S0-BCK-230

DISCARDED:

OUTDATED, REDUNDANT
MATERIAL

**Date: 2/1/22**

**SP FIC SANCHEZ CARRASCO**
**Sánchez Carrasco, Nacho,**
**Mil mares de distancia /**

PALM BEACH COUNTY
LIBRARY SYSTEM
3650 SUMMIT BLVD.
WEST PALM BEACH, FL 33406

# MIL MARES DE DISTANCIA

# Mil mares
# de distancia

## NACHO SÁNCHEZ CARRASCO

Papel certificado por el Forest Stewardship Council®

Primera edición: abril de 2021

© 2021, José Ignacio Sánchez Carrasco
Autor representado por Antonia Kerrigan Agencia Literaria (Donegal Magnalia, S. L.)
© 2021, Penguin Random House Grupo Editorial, S. A. U.
Travessera de Gràcia, 47-49. 08021 Barcelona

Penguin Random House Grupo Editorial apoya la protección del *copyright*.
El *copyright* estimula la creatividad, defiende la diversidad en el ámbito de las ideas y el conocimiento,
promueve la libre expresión y favorece una cultura viva. Gracias por comprar una edición autorizada
de este libro y por respetar las leyes del *copyright* al no reproducir, escanear ni distribuir ninguna
parte de esta obra por ningún medio sin permiso. Al hacerlo está respaldando a los autores
y permitiendo que PRHGE continúe publicando libros para todos los lectores.
Diríjase a CEDRO (Centro Español de Derechos Reprográficos, http://www.cedro.org)
si necesita fotocopiar o escanear algún fragmento de esta obra.

*Printed in Spain* – Impreso en España

ISBN: : 978-84-666-6927-6
Depósito legal: B-2.585-2021

Compuesto en Llibresimes, S. L.

Impreso en Domingo Encuadernaciones, S. L.
Castellar del Vallès (Barcelona)

BS 6 9 2 7 6

*A Gema, Leo y Marina.*
*Siempre a Belén.*
*Eternamente a mis padres*

1

*En algún lugar del Atlántico*
*Viernes, 13 de mayo de 1898*

Aquellos momentos de desazón quedarán grabados para siempre en mi memoria. Cuando menos te lo esperas y sin lógica alguna, tu vida se derrumba como un castillo de naipes y debes improvisar otra nueva. Y en esas andábamos mi marido y yo, en mitad del Atlántico, navegando en un majestuoso vapor italiano rumbo a la ciudad mexicana de Veracruz. Apretujados los dos junto a la barandilla de estribor, intentábamos aventar nuestra incertidumbre con el humo negro que parecía volver al puerto de Cartagena, abandonado hacía ya cuatro días. Y es que cuando tienes que dejar tu tierra de improviso, tu sosiego desaparece, tu esperanza se nubla y los recuerdos afloran; por mucho dinero que tengas y por muy señorial que sea el barco en el que viajas.

En aquella cubierta de elegantes apliques, los pasajeros enlazaban con risas conversaciones intrascendentes sobre hamacas de algodón, mientras los niños correteaban vigilados por asistentas uniformadas con vestido fúnebre, cofia bordada, delantal blanco y peto con puntillas. Apenas cincuenta pasajeros en primera clase, quizá menos, de los más de quinientos que supuestamente viajábamos en el barco.

En principio no había otro motivo para el desasosiego que no fuera el propio del apresurado peregrinaje, y así se lo repetía a Zoilo con fingida entereza. Nos teníamos el uno al otro y en las maletas, muchísimo más dinero del que necesitaríamos si viviéramos cien años. Al llegar a México nos alojaríamos en un buen hotel y con calma consideraríamos la opción de regresar cuando las aguas volvieran a su cauce. Hacía una semana de la huelga general que había convertido en un polvorín los veinticinco kilómetros de sierra minera asomada al Mediterráneo, desde Cartagena al cabo de Palos. Una horda de miles de trabajadores había quemado el ayuntamiento de La Unión y la cárcel, y habían arrasado negocios y viviendas como la nuestra por considerarnos culpables de sus estrecheces.

Convencida entonces de la honradez de los trajines que mi marido llevaba entre manos, no entendía que despreciaran unos salarios acordes con su trabajo no cualificado, en forma de vales canjeables en el colmado. Vales que, con frecuencia, se les entregaba por adelantado, incluso antes de que la mina diera beneficios. Tuvieran razón o no los manifestantes, el sinsentido de tanta violencia había trastornado nuestra vida y los pocos sueños que la aderezaban.

Si bien ahora estábamos seguros, la incertidumbre de no saber qué sería de nosotros me paralizaba la respiración. Apoyada contra aquella barandilla sentí por primera vez el vértigo de quien se asoma al precipicio de lo desconocido. Apenas me quedaba aliento para apretar la mano de Zoilo, para dedicarle alguna mueca o palabra tierna, para soportar el peso de su mirada.

Mi segunda preocupación había subido al trasatlántico también en Cartagena. Tres tipos esquivos con aspecto agrio que por turnos guardaban el fondo del pasillo, desde donde nos observaban cada vez que entrábamos o salíamos de nuestro camarote. Nunca los vimos por la cubierta ni en las salas de esparcimiento del barco. Únicamente en el restaurante. Subían de uno en uno, engullían la comida sin hablar con nadie y regresaban al camarote o a la penumbra del pasillo para que subiera el siguiente. Al principio imaginamos que custodiaban a alguien importante, pero como pasaban los días y el supuesto custodiado no salía del camarote, dedujimos que debía de tratarse de un cargamento de metales preciosos, obras de arte o de la repatriación de algún individuo reclamado por la justicia. La cara del más joven me resultaba familiar, aunque no conseguía ubicarlo. Tal vez me lo hubieran presentado en alguna de las incontables fiestas que habíamos frecuentado hasta unos días antes de la revuelta. Quizá nuestros semblantes le resultaban familiares a su vez y ese era el motivo de sus indiscretas miradas. Como sus quehaceres no afectaban a los nuestros y no quería inquietar aún más a mi marido, decidí observar sus movimientos con disimulo, incapaz de presentir los contratiempos que nos causarían aquellos tres rostros.

## 2

*San Pedro del Pinatar, Murcia*
*Miércoles, 4 de mayo de 1898*

Huimos de la alterada marabunta escondidos en la tartana del servicio. Ilesos de milagro, habíamos tenido el tiempo justo para echar en una maleta todo el dinero que guardábamos en casa. Nuestros incondicionales asistentes, un matrimonio entrañable, arreaban incansables a la yegua mientras nosotros permanecíamos ocultos bajo la lona, tumbados entre cajas de pescado en salazón por si aparecía algún grupo de exaltados en mitad del camino. No salimos del improvisado escondrijo hasta llegar a los llanos de la costa marmeronense. Solo entonces nos encaramamos a los asientos laterales, entretanto el matrimonio azuzaba con menos ímpetu al equino para que dejara de trotar. Saqué mi pequeño espejo del bolso, pedí a Zoilo que me lo sostuviera e intenté disimular con la polvera la desazón de los últimos días. Aunque el peligro se advertía nulo, parábamos únicamente en los pilones del camino para que la yegua bebiera, quizá por miedo a que algún huelguista descerebrado hubiera salido en nuestra búsqueda. Los campesinos que transitaban por el camino nos saludaban a nuestro paso, ajenos al galimatías del que procedíamos; y los que faenaban en los bancales detenían los golpes de azada al oírnos pasar y levantaban la cabeza bajo su sombrero de paja.

Campos de avena para alimentar a las bestias y de cebada para hacer harina en los molinos de viento. Molinos que por centenares poblaban la comarca, unos pocos para la molienda y el resto, para la extracción de agua: un pequeño caño suficiente para regar los árboles frutales aledaños a la casa, un par de tablas de alfalfa y el *rodalico* de hortalizas para el gasto diario de la familia. La avena y la cebada solía sembrarse en octubre y ya estaba segada en mayo, por lo que solo oteábamos campos de rastrojos amarillos que apuntaban tiesos hacia el cielo.

Una y otra vez buscaba consuelo en los ojos de Zoilo, clavados en las cajas de pescado. Pensativo. Nublado como el cielo que nos cubría. Como no tenía en qué ocupar mi tiempo y la temperatura era agradable, asomé la cabeza al silencio de nuestros sirvientes, entre sus costados, y aventé mis cavilaciones en la quietud de aquel aire exento de azufre y cenizas.

Tras siete horas de pedregoso camino y un dolor de cabeza insoportable, llegamos escoltados por decenas de gatos a un pueblecito de la Costa Cálida llamado San Pedro del Pinatar, con la intención de refugiarnos en el palacete de un matrimonio catalán con el que habíamos entablado una formidable amistad desde hacía varios años. Elegimos aquel destino por considerarlo el mejor de entre todos los alcanzables en una sola jornada. Mis padres y mis cinco hermanas vivían en Cádiz, mis tíos en Cataluña, y la familia de Zoilo estaba demasiado cerca del foco de los altercados, aunque no corrían peligro ya que no eran patronos mineros ni arrendadores.

Aquel municipio del Mar Menor, limítrofe con la provincia de Alicante, tenía censados unos dos mil quinientos vecinos dispersados en poco más de quinientas viviendas. Un pueblo tranquilo ligado al mar y a la sal. De ahí que la localidad conocida en sus inicios como El Pinatar por su extensa masa forestal repleta de pinos, ampliara su nombre para incorporar al apóstol pescador. Mar, sal y pinar. Azul, blanco y verde.

Puesto que nuestros amigos desconocían el conflicto que desbordaba la sierra minera, se sorprendieron al vernos llegar de improviso, abatidos, con la ropa manchada y un fuerte olor a salazón. En un santiamén avisaron al servicio para que nos prepararan un baño con agua tibia y mucho jabón. Cenamos los cuatro y rematamos con una láguena corta de anís, que nos reconfortó el espíritu y nos soltó la lengua hasta altas horas de la madrugada.

Matilde y Salvador, catalanes de nacimiento y murcianos de corazón, habían vivido en Águilas dedicados a la exportación de esparto a Gran Bretaña para la fabricación de papel. Al igual que ellos, en la década de los sesenta llegaron tratantes a la región murciana, británicos en su mayoría, para establecer sus propias compañías relacionadas con la demandada gramínea.

Nuestros amigos, retirados ya de los negocios, habían comprado el palacete de San Pedro del Pinatar a un tal Raimundo Ruano, hombre de política y capital, que había tenido el capricho de construirlo en una zona arbolada a un par de kilómetros del barrio de los pescadores. Suntuoso, solemne, exhibía el encanto que solo provee el paso de los años y un jardinero con la suficiente experiencia: el esplendor de la buganvilla desplegada sobre la fachada y los torreones laterales, la solemnidad de los árboles asomados a las terrazas de mármol y las innumerables flores colgadas de los alféizares de las ventanas.

El interior tenía aires diferentes según la estancia, influenciados supuse por los continuos viajes del matrimonio al norte de África y a media Europa. Del amplio vestíbulo, flanqueado por dos enormes espejos con sus respectivos candelabros, partía una escalera de mármol hacia los dormitorios de la planta superior. Los techos del palacete los habían decorado con frescos que representaban escenas imaginarias de diferentes rincones del mundo, todas ellas escenificadas en la misma estación del año: en verano. Mi fresco preferido era el que cubría el techo del salón y que reproducía una escena costumbrista de nuestra región: tres gruesos hombres con esparteñas y zaragüelles cocinando un caldero de arroz, junto a dos féminas que movían sus refajos al son de unos músicos con laúdes y bandurrias. Jovialidad y colorido ligados con encanto.

En un lateral de la finca se ubicaba la cuadra y en el otro, una casita de fachada encalada para los sirvientes, con un pequeño huerto, aljibe y un cordel de ropa tendida.

El edén, a poco que a uno le guste su tierra.


A la mañana siguiente coincidí con Matilde en la terraza posterior de la vivienda. Pedimos tostadas con zumo de naranja y esperamos en la balconada, de la que descendía una majestuosa escalera de mármol hacia el jardín y el estanque. Al fondo, una arboleda de pinos y un camino central que conducía recto hacia la playa. Las primeras luces matizaban el brillo del mármol que la oscuridad de la noche anterior había envuelto con tonos grisáceos. Aunque habíamos estado allí decenas de veces, no dejaba de asombrarme la hermosura del entorno.

A mi amiga se la percibía perfectamente adaptada a la vida en el cortijo y al clima húmedo de aquella tierra. Era cuidadosa con su imagen y cada mañana, antes de salir de su dormitorio, se peinaba y componía su semblante con la paciencia y minuciosidad de un relojero. Siempre me resultó curioso que se prestara tanta atención aunque viviera en el campo. En mi caso, indiferente a lo que pudiera opinar el servicio, aprovechaba la intimidad de mi hogar para relajar las consabidas tareas de engalanamiento. Y en momentos como aquel, en que me sentía como en casa, las reducía a lo imprescindible: un recogido apresurado y un mechón ondulado sobre la pequeña verruga que me asomaba en la parte alta de la frente. Cuántas horas de mi vida dedicadas a ocultar ese bultito oscuro, que siempre dejé plácido ante el riesgo de que la cirugía lo propagara hacia zonas más visibles. Zoilo, que tampoco estaba a favor de extirparlo, me decía que mis ojos azules y mi mata de pelo castaño eclipsaban cualquier grano, que nadie se fija en las hojas de un rosal cuando está florido. Ahora estaba sentado junto a Salvador, mucho más alto y corpulento, inclinados ambos frente a un pequeño artefacto que manejaban como si fuera de porcelana.

Deseosa de inhalar la elegancia del anfitrión, vestido de blanco, me acerqué para saludarlos.

—¡Mira, Elisa, qué cámara de fotos! —me dijo Zoilo tras besarme en la mejilla. Si llevaban unos minutos hablando del cacharrito, mi marido ya se sabía todas sus características—. Kodinet. Inglesa. Veinticinco pesetas. Es preciosa. Hace veinticinco retratos del tirón, sin tener que abrir ni recargar y cabe en el bolsillo.

La miré con forzado gesto de asombro. No era consciente, por aquel entonces, de las horas que un jornalero debía trabajar para conseguir una de esas cámaras fotográficas. Los porteros y los serenos ganaban al día en torno a dos pesetas y media; entre tres y cuatro pesetas los electricistas o mecánicos de una fábrica; y menos de una y media los que faenaban en el campo.

Como demostración de lo fácil que resultaba su uso, nuestro amigo nos propuso un retrato de pareja, a lo cual me opuse en redondo dado mi aspecto deliberadamente descuidado. Improvisé, como contrapropuesta, que inmortalizaran el hermoso entorno. Al anfitrión le pareció tan bien que propuso a mi marido salir a caballo para retratar no sé qué parajes.

Tras su marcha a las caballerizas, mi amiga y yo nos sentamos a la mesa en espera del desayuno. Abstraída de los trajines mundanos, me llené de placidez mientras Matilde ojeaba el periódico sobre el mantel bordado. De nuevo se me removieron las entrañas cuando levantó la hoja y vi el titular de la portada: «La guardia civil busca a los presos liberados ayer durante la huelga minera». Sabía que no debía seguir leyendo, pero no pude remediarlo: cuando mi amiga hubo finalizado, me incliné sobre la letra pequeña de la portada. Al parecer, la pasada noche habían capturado una docena de presos, sin que quedara clara la cifra exacta de fugados. El periódico relataba que los manifestantes habían destruido las viviendas y colmados de los patronos y que el gobernador civil había declarado el estado de guerra.

—No entiendo por qué destruyen las propiedades de sus patronos y los amenazan, como han hecho con tu marido —soltó mi amiga, que hasta ese momento no había comentado nada relacionado con nuestra huida—. Son tan insensatos que muerden la mano que les da de comer.

Estuve a punto de subrayar su última frase con calificativos relativos a la ignorancia de aquellas gentes —las mismas entre las que se había criado mi marido—, pero me mantuve pensativa. Con el vaso de zumo suspendido a la altura de la boca y los ojos perdidos en cavilaciones enfrentaba pensamientos contrapuestos como nunca había necesitado, como si las vivencias de los últimos días hubieran estimulado mi conciencia ingenua. Quizá aquellas gentes no eran tan ignorantes. Quizá mi idea sobre el fundamento de nuestro estatus no era del todo realista. Continué leyendo en las páginas interiores del noticiero y vi datos relativos a las supuestas condiciones de vida de los mineros que me alarmaron. No podía ser verdad que nuestra vida acomodada estuviera basada en la explotación de aquellas personas. Definitivamente, habían manipulado la información de manera intencionada. ¿Acaso alguien había preguntado la opinión de los patronos? Imposible, si todos habían huido. Cerré enérgica el periódico y me terminé el zumo de un sorbo.

Mi amiga, que derrochaba empatía, entendió que aquel asunto había abierto en canal los cimientos de mi vida. Sabía que no debía hurgar en la herida ni procedía apaciguarme con frases balsámicas, así que endulzó el gesto y me propuso una visita a su vestidor para mostrarme las nuevas adquisiciones de sus últimos viajes. Acepté sin demasiado entusiasmo y juntas ojeamos los elegantes vestidos y complementos de diseñadores parisinos como Doucet o Paquin. También británicos, como Worth, que a pesar de haber fallecido hacía tres años, cada vestido firmado con su nombre valía un potosí. Al parecer, había tenido el privilegio de vestir a aristócratas famosas de la época, como Eugenia de Montijo o Sisi.

Sin duda, Matilde se había gastado una auténtica fortuna en su vestimenta. Y tras la opulencia de los armarios, echamos un vistazo a los últimos ejemplares de la edición quincenal de lujo de *La Estación*. Sentadas sobre la cama repasamos aquellas revistas de moda: ropa blanca, canastillos, ropa de capa, servicios de mesa y de tocador. La edición económica costaba 3,50 pesetas por trimestre y contenía hojas de patrones trazados, patrones tamaño natural y dibujos para bordados. La edición de lujo incluía, además, figurines «iluminados» y suplementos con trajes «elegantísimos», con un precio de suscripción de 5,75 pesetas por trimestre.

La táctica de evasión no le resultó. Como mi mente continuaba abstraída y mi ánimo apagado, me propuso enseñarme algo que me había silenciado hasta entonces.

—¿Te apetece ver mi rincón de la tranquilidad?

Acepté con gesto postizo de fascinación. Me agarró de la mano y salimos al pinar que rodeaba la finca, entre chirridos acompasados de grillos y escoltadas por Babú —un cruce desatinado entre caniche gigante y galgo inglés—, bajo nubes que resplandecían apiladas en una composición de tonos ocres y rojizos. En un punto del sendero exento de marcas, Matilde me instó a desviarnos, avanzó sobre la maleza y se descalzó frente a una zona rocosa para encaramarse sobre la piedra más grande. Se giró hacia mí para que la imitara y sin esperarme avanzó en dirección a unos arbustos enormes. Se coló entre las ramas y desapareció en su interior. Aunque no me apetecía aquella deriva exploradora, la seguí, me destilé en el verde y hallé la razón al otro lado: Matilde estaba sentada sobre un banco de madera, sonriente, rodeada de decenas de macetas dispuestas en forma de anfiteatro.

—¿Y esto? —pregunté, asombrada.

—Es mi refugio. Todo lo que ves es obra mía. Las plantas las he traído de casa poco a poco, sin que nadie se dé cuenta, y la estructura de madera de las macetas la he montado yo... Este es mi secreto, que ahora ya sabes.

—¿El banco también es cosa tuya? —Un viejo banco de fundición con baldas de madera y cubierto de cojines.

—No... lo traje del jardín... Bueno, me ayudó el hijo de la asistenta. Es el único que conoce mi escondite.

No quise entender aquellas palabras adornadas con una sonrisa pícara.

Sin duda, aquel paraje se me mostraba espectacular por su originalidad, no por su acabado: no había dos macetas iguales y los torcidos soportes, sujetos por cuerdas y púas oxidadas, parecían hacer equilibrio apoyados unos sobre otros. Rápidamente me senté a su lado, más que por antojo, por miedo de que algún tiesto se me cayera encima. Desde el centro la perspectiva era diferente, las maderas de la estructura quedaban tapadas por mantos superpuestos de follaje. Contemplé el recinto y me giré hacia ella. Los ojos le brillaban como gotas de agua al sol. Me resultó curioso que una persona que podía tener todo tipo de lujos y comodidades prefiriera la incoherencia de aquel escondrijo.

—Los mejores momentos —me confesó— son cuando estoy en este escondite o en la consulta del doctor Sanabria.

—¿Te ves a escondidas con un médico?

—A escondidas no. Tengo problemas de histeria y Salva lo sabe. Me pasa sobre todo en las temporadas de cacería. Al quedarme sola durante mucho tiempo sufro de insomnio, respiración entrecortada y una especie de ansiedad insoportable. El año pasado fui al doctor Sanabria y me diagnosticó paroxismo histérico. Lo que la gente conoce como histeria femenina.

—¿Y por qué te gusta tanto ir a su consulta?

Volví a ver una sonrisa pícara.

—¡Hija, por Dios, qué inocente! ¿No sabes cómo se trata esta enfermedad?

Negué con la cabeza, sin ocultar la sorpresa en mi rostro.

—Te tumbas en la camilla sin calzones, con una sábana por encima, y el doctor mete la mano bajo las enaguas para darte un masaje pélvico hasta que llegas al espasmo. Al doctor Sanabria le gusta utilizar una pluma, porque dice que es más efectivo.

Soltó una carcajada al ver mi cara de asombro.

—¡No me digas que nunca lo habías oído!

Volví a negar.

—Lo que mi doctor no sabe es que no necesita la pluma. Es tan guapo y apuesto que con una mirada me aliviaba todos los trastornos. Y no solo a mí. Tiene a mis amigas ansiosas por sufrir ataques de histeria.

Nos miramos y rompimos en carcajadas comprimidas. Nadie debía descubrir aquel refugio vigorizador de sensaciones. El aire aromatizado de lavandas, rosas y lirios me rememoró momentos de mi infancia en la casa de las ruedas, que era como cariñosamente llamábamos al cortijo en donde nos perdíamos cada vez que padre, marino de profesión, disponía de algún día de permiso.

Me abracé a la estrechez de su contorno, dejé caer la cabeza sobre su hombro y cerré los ojos para paladear la brisa perfumada por infinitas flores entrelazadas con descaro. Desempolvar mis sentidos en aquel extraño entorno me sirvió para percatarme del privilegio de tener lujos o austeridades al gusto.


Por la tarde, tras la siesta, paseamos los cuatro hasta la playa de Lo Pagán, donde el matrimonio poseía uno de los muchos balnearios que alineados se elevaban sobre las aguas mansas del Mar Menor. Nuestros amigos nos contaron que estos palafitos solían pertenecer a los propietarios de las viviendas situadas enfrente. El caso de Matilde y Salvador era una excepción, pues disponían de uno sin vivir pegados a la costa. Cada inquilino costeaba su construcción y se encargaba del mantenimiento, si bien la propiedad pertenecía siempre al Estado, que les otorgaba concesiones de hasta cien años. Al comienzo del periodo estival los pintaban, cambiaban las cuerdas deterioradas que hacían las veces de barandillas y equipaban las casetas con sillas, mesas, toallas y todo cuanto fuera necesario para el baño.

De colores diversos, aunque predominaban los azules y blancos, todos los balnearios eran similares en tamaño y disponían de una pasarela de tablas levantada sobre pilotes, que partía desde la arena hacia el interior del mar, para ensancharse finalmente en una plataforma con una caseta central, una pérgola cubierta con cañizo y varias escalerillas para acceder al agua. El balneario de nuestros amigos era el que más se adentraba en el mar, con el fin de conseguir el calado suficiente para atracar el velero que tenían previsto adquirir en breve, cuando Salvador aprendiera su manejo con la ayuda de un amigo pescador.

Aquella tarde conseguí despejar mi mente con la brisa fresca que resbalaba suave sobre las aguas de la laguna murciana, remanso del Mediterráneo. A pesar de que el agua estaba demasiado fría, el baño me sentó muy bien, rodeada de gente querida, cientos de fugaces pececillos y algún que otro caballito de mar. Los colores azul y blanco de la caseta se reflejaban en el agua brillante de la tarde. Tras el fugaz baño, Matilde y yo nos cambiamos de ropa en la caseta y nos sentamos enfrente, a la sombra de la pérgola, para cuchichear y observar a Zoilo y Salvador, que continuaban en el agua tratando de pescar con una pequeña redecilla en forma de cono unida a un mango de madera. Hasta el momento, ninguna captura había tenido el suficiente tamaño como para no ser devuelta al agua. Y como su orgullo no les permitía salir de vacío, subieron con un manojito de berberechos, que abandonaron sobre las tablas para cambiarse de ropa en la caseta y charlar juntos bajo la pérgola. Ellos con una copita de aguardiente de uva y nosotras, con una taza de té frío.

Un paraíso hecho con tablas, cañizo y cuerdas.

El sol iba cayendo a nuestra espalda, alargando la sombra de la caseta sobre las débiles olas que a ritmo pausado abordaban con suavidad los pilotes que nos sostenían. Un ritmo lento que servía de compás a mi respiración. Elevé la cabeza para contemplar las caprichosas formas de las nubes, blancas, ralladas como si les hubieran pasado un rastrillo, cuando mi marido alargó el brazo para dejar la copa sobre la mesa y romper el especial mutismo que me estaba ayudando a baldear la mente de todas las preocupaciones acumuladas en los últimos días.

—¿Sabéis que van a hacer un hotel-balneario de aguas termales en Los Alcázares?

Todos negamos con la cabeza. Con mayor énfasis yo, molesta porque hubiera quebrado aquel momento de calma. Como siempre, Zoilo no se dio por aludido y continuó con la noticia.

—Lo construirá Alfonso Carrión Belmonte. Un tipo con mucho dinero que conozco desde hace bastantes años. Él también tiene concesiones mineras. Hace unos meses estuve en su casa y me enseñó el proyecto. Si al final lo construye, será la delicia de los huertanos.

Era costumbre por entonces que los campesinos del interior acudieran a la laguna de agua salobre con sus carros a partir de la festividad de la Virgen del Carmen y tras finalizar la cosecha, para darse nueve días consecutivos de baños que les aseguraran un invierno con salud. Para los que no podían ir a la costa, no les quedaba otra que sumergirse en las acequias, refrescarse con agua de pozo artesiano o ir a los baños públicos a menos de una peseta la hora.

—¿Para cuándo está previsto que comiencen las obras? —le preguntó Salvador.

—No me lo comentó, pero supongo que en breve, porque los planos estaban terminados: treinta y pico habitaciones, dos alturas, un patio interior con fuentes...

—Puesto que lo conoces —apuntillé tajante—, reserva dos habitaciones para que vayamos los cuatro el día de la inauguración, que devolvamos algún favor a nuestros anfitriones.

—Eso está hecho —concluyó Zoilo.

Matilde parecía estar en otra cosa y Salvador se limitó a sonreír en respuesta a nuestra invitación con su habitual finura. Sensual, elegante, fornido, inmune a los guisos con tocino. Indumentaria blanca y sombrero de hoja de palma, repantigado en la silla con las piernas juntas, cruzadas a la altura de los tobillos y el brazo izquierdo tras el respaldo. Nos miró alternativamente a Zoilo y a mí, tras comentar algo que no recuerdo por hallarme dispersa en pensamientos obscenos. Me incorporé a la conversación en el preciso momento en que el anfitrión musitaba entre los aljófares de su sonrisa la extraordinaria relajación de bañarse desnudo en las calurosas noches de verano. Con total naturalidad. Con la confianza de estar entre amigos, lo que no evitó el sonrojo de Matilde.

Mi marido sonrió el comentario y yo lo intenté a pesar del escalofrío que recorrió mi espinazo. El lance no acabó ahí, porque Salvador continuó enumerando las ventajas de los baños nocturnos, el desentumecimiento que en sus cuerpos producían, dando a entender el inevitable resultado de armonizar ambos cuerpos desnudos. Menos mal que todas las miradas se volcaron en las mejillas ruborizadas de la anfitriona, porque el mundo se me derritió sobre las tablas de aquel balneario.

Recompuesta la mesura, Salvador nos propuso dar un paseo antes de volver a casa. Impetuoso y decidido, como si se bebiera en garrafas el vino de hemoglobina. Podía definirse con cualquier adjetivo antónimo al de mi consorte.

Nosotras con grandes pamelas de paja trenzada, Salvador con sombrero vigoroso y Zoilo con pañuelo de cuatro nudos, recorrimos la pasarela de tablas hacia la arena, donde dos señores de piel oscura y lorzas desproporcionadas descansaban varados en la orilla. Sentí lástima por el hecho de que no pudieran valerse de ningún balneario —vacíos todavía a la espera de la época estival— y tuvieran que estar tirados sobre la tierra y cruzar a pie la banda de algas que flotaban perennes en los primeros metros de agua. Los sorteamos y avanzamos por la playa hasta llegar a la ermita de Santiago de la Ribera, y a la vuelta aceleramos el paso para recoger los bártulos y llegar a casa antes de que anocheciera. Aunque no me desprendí de la pamela en todo el día, aquella noche tuve que untarme manteca sobre las mejillas enrojecidas, echando por tierra los continuos cuidados por mantener mi cutis de porcelana a salvo de los rayos de sol.

La estancia transcurría tranquila como agua de alberca, gracias a la amabilidad de nuestros amigos y pese a nuestra desazón. Si bien la situación en la sierra minera se había normalizado tras varios días de altercados y negociaciones —con el balance de tres huelguistas muertos y decenas de heridos—, el miedo se nos había instalado en el cuerpo irremediablemente y no había marcha atrás en nuestra decisión de comenzar una nueva vida. Siempre con la opción de volver si pasado un tiempo la situación continuaba estable y el exilio nos resultaba amargo en exceso. Mantuve muchas conversaciones con Zoilo y juntos analizamos destinos de lo más variopinto en la intimidad del dormitorio y en horas robadas a la noche, sentados sobre la cama o contemplando frente a la ventana la negrura del vacío que nos aguardaba. Por fin, nuestro rumbo lo marcó la casualidad de un anuncio en *El Eco de Cartagena* mientras desayunábamos con nuestros benefactores en la terraza: un vapor-correo con destino a México hacía escala en el puerto de Cartagena en solo dos días. Sin tiempo ni necesidad de meditarlo, mandamos al mayordomo a Cartagena, esta vez sin salazones y con la tartana lavada, para que se cerciorara de que habían abierto de nuevo las puertas de la ciudad. Si todo estaba en calma, nos compraría dos boletos en primera clase, entretanto nosotros preparábamos un par de maletas con ropa prestada.

Matilde me insistía en que nos quedáramos durante el tiempo que fuera necesario. No teníamos por qué huir, me repetía; en su casa estaríamos seguros. Pero su mirada punzada de efervescencia me tenía desconcertada: parecía decirme lo contrario. Como si anhelara unirse a la expedición y zarandear aquella estabilidad conseguida a base de perseverancia y esfuerzo. Fueran ciertas o no mis figuraciones, le agradecía su amabilidad pero le decía que no. Que no podíamos vivir escondidos como si fuéramos prófugos.

Decididos a emprender una nueva vida, continuamos con los preparativos. Se me ocurrió hacer un cinturón de tela con un par de saquitos para guardar bajo el vestido todo el dinero que pudiera. Pedí a Matilde un trozo de tela resistente y la máquina de coser, una Singer floreada de hierro, y me puse manos a la obra. Al cinturón le hice un doble pespunte del que colgaban unas bolsitas con solapa y botón. Me anudé el invento debajo del vestido de manera que los bultos quedaran disimulados debajo del pecho y fuimos a mostrarlo a nuestros maridos. Como a Zoilo le gustó, hice otro para él con cuatro bolsillos para amarrar a la cintura. La cantidad de billetes que podíamos llevar encima era minúscula en comparación con los que guardábamos en la maleta, pero al menos evitaría que nos quedáramos sin dinero en caso de robo o extravío del equipaje y, sobre todo para mí, era un motivo menos de preocupación.

Aquella noche el mayordomo ya había regresado con los dos pasajes que darían sosiego a nuestra vida y un folleto publicitario del buque con ilustraciones y comentarios rimbombantes respecto de los lujos que nos esperaban. Por fortuna, las puertas de Cartagena volvían a estar abiertas, todos los establecimientos a pleno rendimiento y el ambiente en las calles como de costumbre.

Sin que nosotros se lo hubiésemos pedido, a la vuelta el mayordomo había pasado por nuestra casa para ver qué había sido de ella tras las revueltas de los últimos días. No nos quiso decir cómo estaba, pero sí que sus familiares habían conseguido poner a buen recaudo casi toda la ropa, utensilios de cocina, cuadros, figuras, lámparas y otros objetos de valor, pocas horas antes de que llegaran los insurrectos, lo cual nos produjo cierto alivio y nos llenó de agradecimiento.

—Cuando *lleguemoh* mañana a Cartagena, puedo acercarme a casa de mi *cuñao pa'* que al día siguiente *noh* traiga al puerto *to* lo que *uhtedeh* quieran llevarse: ropa, *lámparah*, *cuadroh*... —nos propuso el mayordomo con la voz cargada de desconsuelo—. Lo que *uhtedeh* digan.

Zoilo y yo nos miramos sorprendidos por aquella propuesta genial. Ya no necesitábamos que nuestros amigos de San Pedro del Pinatar nos dejaran ropa para la larga travesía. Instintivamente me abracé a nuestro querido mayordomo, incapaz de contener las lágrimas que pausadas descendían desde mi mejilla a su hombro.

—¡Cuánto te echaré de menos!

—*Ain* señora, que *mese* pone un nudo en el *ehtógamo* que no me deja ni hablar. En cuanto *ehtén uhtedeh ihtalaos* cruzo el charco con mi familia *pa'* seguir *sirviéndoleh*, aunque se vayan al quinto coño, que allí también necesitarán personal de confianza.

—Así es —contestó Zoilo—. Ten por descontado que tendréis noticias nuestras y si decidimos quedarnos a vivir allí, os pediremos que vengáis, con todos los gastos pagados, por supuesto. Pero vayamos paso a paso. De momento, veamos dónde nos instalamos y qué tal nos va. Respecto a lo de tu cuñado, la ropa sí que nos vendría muy bien, sobre todo a Elisa. El resto quedáoslo en señal de agradecimiento o vended, si queréis, los objetos de valor. Ya no nos harán falta.

—¡No, señor! ¡Venderlo no! Lo *guardaremoh* por si vuelven o por si quieren que *leh llevemoh* algo cuando *vayamoh* con *uhtedeh*.

—Como prefiráis, pero si cambiáis de opinión tenéis nuestro permiso para vender lo que os plazca.

—Lo que *uhtedeh* manden, que *pa'* servir *ehtamoh* —repuso visiblemente emocionado.


La mañana siguiente fue de lágrimas, buenos deseos y emoción contenida. Tras el desayuno salimos a la soledad del camino con la ansiedad tatuada en nuestra mirada y con la maleta de los dineros, atestada ahora con varios paquetes que nuestros amigos nos habían preparado para la higiene personal y la lectura. La idea era dormir en una fonda del Barrio Peral, a las afueras de la urbe amurallada, y poder así llegar al puerto a primera hora del día siguiente. Habría preferido alojarme en la fonda Burdeos con la excusa de que estaba situada en la plaza de los Caballos, a solo quinientos metros del puerto, pero desistí rápida convencida por los sabios argumentos de mi marido: «Con el estado de crispación que hay, debemos pasar desapercibidos en la medida de lo posible. No creo que sea aconsejable alojarnos en un lugar tan céntrico y concurrido».

Efectivamente, Zoilo durmió más tranquilo. Yo no pegué ojo. Toda la noche de pie, asomada a la mosquitera de la ventana.

## 3

*Cartagena, España*
*Lunes, 9 de mayo de 1898*

A las ocho y media de la mañana nos esperaba en la puerta nuestro fiel mayordomo. Perfectamente uniformado a pesar de las urgencias e improvisaciones: camisa blanca, pajarita negra, chaleco granate de rayas verticales, pantalón negro y pelo abrillantado con unas gotitas de limón. En el rostro llevaba incrustado el desaliento de nuestro inminente adiós. Clavé la mirada en la tierra y evité sus ojos cuando Zoilo y yo subíamos al carruaje. Cerró la puerta, subió al pescante y arreó a la yegua para encaminarnos a la ciudad amurallada por la alameda de San Antón.

Durante el trayecto solo nos cruzamos con un par de carros y con el tranvía de tracción animal. Si para finales de año estaba previsto que la empresa Tramways de Carthagène Societé Anonyme Belge presentara el proyecto del primer tranvía eléctrico de Cartagena, hubo que esperar nueve años para que se hiciera realidad.

A pocos metros de la puerta de Madrid nos saludó un labrador, botijo en mano, mientras sus burros esqueléticos bebían en un pilón dispuesto junto a la entrada para el alivio de las bestias viajeras. Frente a nosotros se desplegaba el imponente lienzo de muralla con los dos vanos de la puerta y una garita en desuso, utilizada aquella mañana como escondite por un grupo de niños. A los lados de la puerta, la impávida majestuosidad de dos enormes baluartes poligonales, coronados por una retahíla de cañoneras y merlones. Y a lo lejos, más baluartes estratégicamente repartidos, con sus respectivas garitas asomadas al camino de tierra que acompañaba la línea zigzagueante de la muralla. Unos tramos se advertían destruidos en parte por los miles de proyectiles que veinticinco años atrás acallaron la revolución cantonal.

Cada vez que contemplaba alguna de aquellas mellas, recordaba los estremecedores relatos de mi padre, cuando en 1873 defendieron la ciudad del asedio de las tropas centralistas con el apoyo de miles de cantonales llegados de municipios cercanos y ante la pasividad de buques ingleses, italianos, americanos y franceses. Con los prismáticos veían cómo se acercaban los proyectiles de hasta cien kilos, en movimiento parabólico, desde las catorce baterías que los sitiadores habían situado de forma estratégica. Veintisiete mil disparos frente a los dieciséis mil de los defensores de la plaza. También me contó anécdotas ajenas al conflicto, como el día en el que un grupo de vecinos se reunieron frente al Arsenal para votar la sentencia a un procesado por muerte violenta, situándose a un lado u otro del balcón en el que el presidente de la Comisión de Justicia había leído las pruebas y circunstancias del hecho.

Decía un periódico de la época: «La actual revolución que es hecha para el progreso y el bien social, para reparar las injusticias, para que obtengamos las dichas de la paz y del trabajo, para que cese la explotación del débil por el fuerte, para que el pueblo se gobierne a sí mismo... Pueblo de Cartagena, tú eres hoy la esperanza de la patria... Pueblo de Cartagena, tú eres sufrido y digno».

Sin suministro exterior de alimentos y con el agua de las fuentes cortada por los sitiadores, tuvieron que racionarse un cupo máximo diario e inspeccionar los domicilios, comercios y almacenes abandonados en busca de alimentos, ropa y armas, levantando acta de los bienes decomisados con la intención de devolverlos en el futuro a sus respectivos dueños. Dueños que, antes de huir de la ciudad, habían escondido en lugares considerados seguros los bienes preciados que no habían podido llevar consigo. Fue sonado el caso de una familia adinerada que había guardado parte de sus alhajas y objetos de valor en tres cofres dentro del Hospital de la Caridad, en el primer piso, en la misma esquina que fue devastada por un incendio como consecuencia de la explosión de un proyectil.

Y como toda tragedia tiene sus beneficiarios, algunos campesinos se jugaban la vida burlando la vigilancia de los sitiadores para acercar víveres hasta la muralla y venderlos a precios desorbitados.

Aquel viacrucis me separó de mi padre durante seis interminables meses cuando yo solo contaba seis años. No sufrí la insensatez de semejante infierno gracias a que nos trasladamos a la casa del campo pocos días antes de la proclamación del Cantón. Quizá ahora, con el paso de los años, solo puedo alabar la labor de la Cruz Roja, que intentó mediar entre ambas partes para resolver el conflicto y que solicitó una tregua de diez horas para sacar a los enfermos, heridos y a las personas pacíficas que quisieran salir.

A pesar del miedo a que algún indignado minero nos reconociera, saqué la cabeza de la capota para contemplar mi Cartagena, quizá por última vez. Zoilo no mostraba ningún interés por el entorno, perdido en pensamientos baldíos. Atravesamos la muralla y el mayordomo giró a la izquierda, en dirección a la plaza de los Carros, para que nuestra nostálgica entrada en el puerto fuera a través de la calle Gisbert, supuse que con la prudente intención de evitar el siempre concurrido centro. Eso pensé inicialmente, hasta que llegamos a la plaza y contemplé sorprendida la cantidad de campesinos, artesanos y tratantes que ofrecían sus mercancías a gritos. No era una zona que yo frecuentara y menos a esas horas tempranas de trajines insanos. Pasamos junto a un taller de artículos de pleita —cestos, sogas, serones, alfombras—, sorteamos despacio el ir y venir enmarañado de mercaderes, parroquianos, holgazanes y mendigos. Todos varones. La mayoría con gorrilla y alpargatas blancas. Unos con sombrero y zapatos de cuero. Pieles tostadas, rostros castigados, unos con densos mostachos y ropas estampadas de huerto y granja.

Dejamos el ruido de la plaza y paralelos a la muralla nos

adentramos en la calle Salitre, colmada de establecimientos y almacenes: una fábrica de hielo en el número veinte con el toldo azul desplegado, una fábrica de pan con un gran cartel tras el escaparate que matizaba la calidad del producto «elaborado mecánicamente para que no se halle regado con el sudor de los operarios», una peluquería con un caballero en la puerta a la espera de que abriera y un taller de maquinaria con exposición y venta de estufas, hornos y parrillas. El bullicio resultaba algo menos molesto; el tráfico rodado, casi imposible y el olor a excrementos y orines, bastante desagradable.

Sobre los toldos y escaparates se alzaban viviendas de tres alturas, ventanas con persianas de madera y pequeños balcones de hierro forjado. Miré fijamente uno de aquellos balcones, en cuyo consultorio había estado tantas veces de pequeña, y recordé los llantos y rabietas. Resistirme a las escaleras me costaba algún que otro cachete y la jeringuilla hirviendo en el cazo me removía las entrañas. Bajé la mirada y vi a un niño de la mano de su madre, arrastrando los pies sobre la acera, llorando como yo lloraba, y no pude evitar imaginar el motivo. Como nuestro carruaje seguía avanzando, me asomé hacia atrás y, en efecto, entraban en el mismo portal. Me extrañó que después de tantos años, aquel practicante siguiera con sus inyecciones, curas y vendajes. Quizá un familiar había dado continuidad al negocio.

A cada momento debíamos aminorar la marcha para que pasaran otros carruajes y carretillas de mano. El pueblo parecía vivir en la calle; las principales, adoquinadas, el resto, de tierra y orines. Por entontes, el Ayuntamiento decía que era inminente el comienzo de las obras de alcantarillado, pero el proyecto seguía posponiéndose año tras año.

La calle Salitre nos condujo a los muros de piedra del parque de Artillería, pendientes de restauración desde su explosión durante la revolución cantonal. El día de Reyes de 1874 un proyectil había impactado en los almacenes de pólvora y municiones y acabado con la vida de centenares de mujeres y niños guarecidos en el interior. Y la tragedia pudo haber sido mayor de no ser porque otro proyectil había causado el día anterior la suficiente alarma como para que más de seiscientas personas salieran del edificio en busca de lugares más seguros. Hacía veinticuatro años de aquel suceso devastador, pero las huellas seguían visibles. La zona más dañada, la esquina noroeste del parque, nos recibió como triste recuerdo de las insistentes miserias humanas.

Avanzamos por el lateral del parque de Artillería y me sorprendió el trasiego de mujeres y niñas con enormes cántaros sobre la cabeza o el costado. Rebasado el recinto militar, ya en la calle de la Serreta, vi en una perpendicular una hilera de mujeres con delantales y faldas largas, junto a sus respectivas vasijas de cerámica, algunas recubiertas de pleita. Intenté alcanzar con la vista el origen de la fila y me extrañó que fuera la puerta abierta de una vivienda. Pregunté a mi marido.

—¿Qué están haciendo?

—Comprando agua a uno de los pocos vecinos que les llega por tubería desde el depósito del Monte Sacro —contestó sin levantar la mirada. Parecía un reo de camino al cadalso.

Me resultó curioso que existieran aquellos privilegiados del agua y supuse que no lo serían por casualidad. Zoilo reconstruyó su ausencia y yo volví al trasiego de almas con semblante serio y olor a penuria. Levanté la cabeza y vi que de un balcón colgaba una tabla escrita a mano: NODRIZA. JOSEFA GARCÍA, LECHE DE UN AÑO, EDÁ 20, PRIMERIZA, RAZON AQUI. Era usual encontrar anuncios de nodrizas en el periódico, pero la primera vez, al menos que yo hubiera visto, que alguien se publicitaba de aquella manera.

A paso lánguido dejamos la calle de la Serreta y continuamos recto por la calle Caridad, directos hacia el puerto. A la altura de la majestuosa iglesia que daba nombre a la calle, nos cruzamos con el aguador que tantas veces había ido a casa de mis padres: Manolo, «el comino». Con su mula escuálida y cabizbaja, el carro desvencijado de ruedas escoradas y un gran barril encajado entre los varales. Otros aguadores llevaban cántaros, pero resultaban más trabajosos que un barril con grifo en la zaguera. Y para evitar el movimiento del animal en los trasiegos, disponía de un juego de cuñas que colocaba bajo las ruedas. El dueño era inconfundible a la legua. Su indumentaria perenne: sombrero de ala ancha sobre orejas despegadas, mostacho denso, camisa blanquecina, chaqueta de paño gris con un único botón superviviente, pantalón remendado, cuerda a modo de cinturón y alpargatas ajadas. Solía llevar a bordo varios ejemplares de la revista de espectáculos *El Cuerno*, que ojeaba en diagonal durante los trasiegos del agua. De mirada afilada y directa, era tan simpático y cordial como tierra y polvo llevaba en su indumentaria.

Al aproximarnos me escondí en el interior del carruaje, pero justo cuando coincidimos, la mula se paró en seco. El aguador, que caminaba a su lado, le dio una palmada en el lomo y continuaron su marcha, momento que aproveché para asomarme hacia la mula, que marchaba reacia con la cabeza girada. Sé que el animal no pudo verme debido a las anteojeras, pero estoy convencida de que me olió, acostumbrada a que le diera verduras frescas como desayuno mientras su dueño nos llenaba los cántaros. Agua que utilizábamos para el aseo personal, para el riego de plantas y para dar de beber a los animales. Para nuestro consumo y para cocinar comprábamos Agua de Villa-Cruz, en garrafones de doce litros.

Me resultó extraño verlo por el centro de Cartagena. Según nos contaba, traía el agua directamente de Perín, a unos quince kilómetros en dirección al municipio de Mazarrón, de los mismos manantiales que surtían al depósito del Monte Sacro, pero más limpia al evitar tuberías y filtros. Por eso su agua era bastante más cara que la de otros aguadores, que se abastecían en las fuentes de la urbe. Si no había ido allí a por agua, carecía de sentido que estuviera vendiéndola a aquellas gentes que la tenían más cercana y barata. De hecho, nos contaba que sus clientes eran exclusivamente familias acomodadas de los barrios extramuros. Yo siempre había pensado que Manolo era un tipo listo, pero no tanto.

Asomada con descaro contemplé, quizá por última vez, cómo se alejaba uno de los símbolos de mi vida acomodada. Me llevé un susto tremendo al notar que alguien me tocaba en el hombro. Era Enrique Nier, muy buen amigo y dueño de la fonda Burdeos, situada más adelante, en el número ocho de la plaza de los Caballos. Hijo del fundador, Celestino Nier, había conseguido reflotar el negocio, expoliado durante la insurrección cantonal, para darle el esplendor y la categoría de antaño.

Pedí al mayordomo que parara.

—¡Hola, guapo! ¡Cuánto tiempo sin verte!

—¡Uy! ¡Meses! —corroboró con su tono afeminado—. Como ya no organizo fiestas, no queréis saber nada de mí, y razón no os falta: ahora soy mucho más aburrido, ya solo me dedico a trabajar, trabajar y trabajar. Por cierto, ¿no conocerás a alguien de confianza? Necesito un mozo fuertote y una planchadora.

—¿Te sirvo yo? —bromeé tras negarle con la cabeza.

—Tú me servirías para poner orden en el negocio. Si tú quisieras, podrías ser mi regenta. Ayer me rompieron una mantequera de porcelana y esta mañana me he enterado, de casualidad, de que no nos queda vino de Burdeos... ¡Mira, estoy de los nervios! Bueno, como siempre, ya me conoces. Ahora mismo voy a encargar dos cajas de vino, media docena de sábanas de hilo y varias cubiertas de cama de zaraza. Dicen que el negocio es un reflejo de tu vida y es verdad. Mi vida es un puro caos y el negocio también.

—Sabes que no es así —negué—. Tu padre estaría muy orgulloso de ti.

—Pobrecillo. Estoy convencido de que no pudo superar el disgusto de encontrarse la fonda destrozada y expoliada. Si no hubiera sido por los bombardeos estoy seguro de que no se habría marchado y todo habría sido más fácil. —Se acercó para susurrarme—: Necesito un hombre en mi vida. —Al aproximarse a la ventanilla vio que no estaba sola—. ¡Zoilo! Hola, guapo. ¿Qué tal? ¿De paseo? Qué bien vivís los que tenéis dinero y qué envidia me dais. No recuerdo cuándo fue la última vez que subí en carruaje para pasearme. Para pasearme no —volvió a susurrarme—, pero para otras cosas sí. —Soltó un suspiro y elevó de nuevo el volumen—. Bueno, no os entretengo más que tendréis cosas que hacer mejor que estar aquí parados oliendo a mierda. ¡Qué peste, por Dios! En la próxima sesión del Ayuntamiento me quejaré de la falta de limpieza de las calles. Esto es inadmisible. Bueno, lo dicho, que lo paséis muy bien. ¡Muchos besitos!

Mi marido se limitó a forzar una leve sonrisa, mientras nuestro amigo zarandeaba la diestra y reanudaba su camino. Enrique Nier era todo amabilidad y su mirada, persuasiva.

—¡A ver cuándo me hacéis una visita! —exclamó alejándose casi a la carrera.

Asentí con la cabeza y pedí al mayordomo que retomara la marcha. Ahora era Zoilo quien me tocaba en el hombro requiriendo atención. Al parecer había resurgido de su letargo.

—Tenemos que ser un poco más discretos. Se supone que por ese motivo no nos hemos alojado en esa fonda.

Asentí apocada, pero inmersa en los bonitos recuerdos de aquellos bailes de disfraces que organizaba nuestro amigo en el comedor de la fonda. Eran fiestas más modestas, pero mucho más locas y divertidas que las celebradas en el Casino, en el Ateneo, en la casa del gobernador militar o en la del capitán general del Departamento. Siempre he pensado que cualquier tipo de evento con reglas impuestas carece de chispa. Nada más insípido para una soltera que un carné de baile y un lápiz donde emparejar canciones y pretendientes.

Mientras recordaba aquella vez en que mi adorado Enrique Nier apareció disfrazado de una especie de chimpancé volador, con un manojo de ramitas que lanzaba con gracia a nuestros maridos, entramos en la calle que desembocaba en el puerto. Por primera vez cruzaba aquel inmenso surco excavado en el monte, que separaba para siempre el cerro de la Concepción y el Hospital Naval.

A lo lejos se oía el incesante trajín de personas, herramientas, carruajes, poleas y gaviotas.

Faltaban varios minutos para las nueve cuando desfilamos entre montículos de carbón y mineral directos al muelle de Alfonso XII. El mayordomo detuvo el carruaje y buscó la ubicación de nuestro crucero, momento que aproveché para espirar mi nerviosismo y observar desde la ventana izquierda aquel paisaje inolvidable. Lo que hasta entonces me había resultado anodino y vulgar, se me ofrecía ahora como un banquete de contrastes: barcos de gran tonelaje, carruajes y mucho ajetreo. A lo lejos, el ferrocarril llegaba cargado de mineral, bajo una densa nube de vapor y humo. Cambié de ventana y observé a nuestra derecha más vapores atracados en el muelle con decenas de personas trasegando mercancía. A continuación, los barracones para el almacenaje y el hermoso paseo donde se celebraba la Feria de Verano cada año desde el 25 de julio hasta el 15 de agosto. En esas fechas era imposible encontrar habitación en ninguna fonda. Familiares y forasteros llegados por miles, se nos unían para disfrutar de las bandas de música, los desfiles militares, los puestos de dulces y los maravillosos pabellones engalanados con luz eléctrica. Normalmente bajo un sol intenso que las señoras evitábamos con parasoles y los señores con sombrero. Todos muy elegantes bajo los gallardetes y farolillos. Como si transitáramos por la calle Mayor. Nuestro círculo de amistades solía frecuentar el pabellón del casino, rodeado de jardines y vegetación, en cuyo interior se celebraban bailes los jueves y domingos por la noche.

Miré a la apatía de mi marido y suspiré de nuevo hacia la zona del muelle donde esperaba el vapor que nos cambiaría la vida. Ahora yo también parecía que fuera al cadalso. Consciente de que ya no había marcha atrás, angustiada ante la incertidumbre de no saber si habíamos hecho bien en improvisar una nueva existencia a diez mil kilómetros de distancia.

Nuestro buque era inconfundible por su tamaño y por el trasiego de personas, maletas y carruajes. Un vapor-correo —de tres mástiles y una hélice— que alcanzaba, según se publicitaba en periódicos y folletos, una velocidad de quince nudos. Insignificante cuando se navega engullido por la inmensidad del océano.

Paramos a la altura del crucero, nos apeamos y enseguida estuvimos rodeados de mendigos que se nos acercaban con la palma de la mano extendida. Allí estaba el cuñado de nuestro mayordomo, junto a cuatro maletas enormes. Reconocí las dos más nuevas, de Louis Vuitton.

—¡Qué disparate de ropa! —me soltó Zoilo al oído—. Nos llevamos solo una y la nuestra. El resto que se las queden ellos.

Ajena al comentario, me acerqué al hombre para agradecerle la ayuda. Retrocedí hacia mi marido, que junto al carruaje contemplaba sorprendido el volumen del equipaje.

—¿Y cuál elegimos? —le pregunté moderando el tono de voz—. No sabemos cómo han repartido la ropa y no es cuestión de abrir aquí las maletas. Igual nos quedamos con la que solo lleva calzoncillos.

—No tengo tantos. Sabes perfectamente que toda mi ropa cabe en una talega.

—Zoilo —lo miré con gesto tajante—, el trabajo de empaquetarlas y traerlas hasta aquí ya está hecho. Lo de menos es subirlas al barco. Además, sería un insulto para ellos. ¡Decidido!

Agarré su mano y recorrimos la pasarela, entretanto nuestro mayordomo y su pariente se encargaban de entregar el equipaje a la tripulación.

Intentando calmar nuestro nerviosismo, para atender las indicaciones que sobre la cubierta nos daban dos señores con uniforme, vi de soslayo que nuestro mayordomo nos hacía un leve gesto de despedida con la mano, mientras con la otra se enjugaba las lágrimas. Como odiaba las despedidas tanto como yo, subió al pescante y sin mirar atrás arreó a la yegua para volver a San Pedro del Pinatar, donde trabajaría, junto con su mujer, para nuestros amigos Matilde y Salvador. Así lo habíamos acordado.

En poco más de media hora zarpamos, sorprendida de que hubiera pocos pasajeros en la cubierta y menos familiares en el puerto. Unos y otros se lanzaban besos y adioses. Los silbidos del barco nos despedían de Cartagena y como nosotros no teníamos a nadie en el muelle, saqué un pañuelo del bolso para agitarlo al aire.

—¿Qué haces? —me preguntó Zoilo.

—No quiero que piensen que no tenemos familiares ni amigos.

—¡Qué más da! ¡Nadie nos conoce!

—Nunca se sabe. Puede que más adelante entablemos amistad con otros pasajeros.

—¿Y se van a acordar de si agitabas el pañuelo?

—Nunca se sabe —repetí—. Y tú deberías hacer lo mismo.

Sin pensarlo dos veces, comenzó a ondear el periódico que nos había ofrecido la tripulación al darnos la bienvenida.

—Adiós, Venancio. Adiós, Faustina. Tiburcio, nos vemos a la vuelta. Un abrazo, Teófilo.

—¡Qué dices! —interrumpí visiblemente enfadada.

—Estoy despidiéndome.

Lo miré fijamente y acabé por esbozar una ligera sonrisa.

—¡Anda! Vamos a ver cómo es nuestro camarote.

No llegamos a la habitación. Sentir el bullicio y que era muy probable que no volviera a ver mi tierra me hizo dar la vuelta de nuevo hacia la cubierta. Esta vez sin pañuelos ni farsas, me limité a contemplar el paisaje desde el desamparo gélido de la barandilla, quizá por última vez, mientras Zoilo —que había seguido sigiloso mi recorrido de ida y vuelta— se acomodaba en una hamaca para leer el periódico. Algunos familiares en tierra ya habían regresado a sus carruajes, otros contemplaban en silencio cómo nos alejábamos y unos pocos seguían despidiéndose con escaso ímpetu en sus pañuelos.

El día era claro y las vistas, formidables. Por primera vez tuve la sensación de que mi ciudad se asomaba al mar. Parecía un retrato de no ser por el ajetreo del puerto y el trasiego de las embarcaciones. Aquella imagen la tendré grabada para siempre en mi memoria.

Cada vez más alejada, se distinguía una hilera privilegiada de edificios con sus tres filas de ventanas encaramadas a la muralla; y sobre ellas, una ladera de viviendas apretadas, sin orden aparente, a la sombra de las ruinas del castillo de la Atalaya. Imponente sobre la colina más alta, con las murallas y torres desolladas, desgajándose lentamente entre montículos de cascotes.

De entre la senda sinuosa de construcciones que perfilaban el cielo, destacaban también el campanario de la catedral Vieja, el molino de viento con las velas triangulares sobre el cerro del Molinete y el Hospital de Marina.

Antes de salir de la bahía pasamos junto al balneario del Chalet, al pie del monte de Galeras, en el que tantas veces había estado con Zoilo durante los últimos veranos. Siempre me había parecido el mejor sitio donde disfrutar relajada de un buen baño, pero aquella mañana del 9 de mayo, visto por primera vez desde la posición elevada que me ofrecía la cubierta del vapor, se me mostró como una de aquellas postales paradisiacas que por remotas se te antojan imposibles. Tan cerca y tan lejos a la vez. Una sensación muy extraña. Indescriptible.

A medida que avanzábamos, intenté retener en mi retina cada detalle de aquellas instalaciones y recordé que, de pequeña, cuando todavía no existía el Chalet, nos bañábamos en el balneario flotante del puerto. Las casetas, el tablado para la música y la cafetería ofrecían un entorno agradable, aunque demasiado cercano al trasiego y al humo de los barcos. Pero la Junta de Obras del Puerto y la Comandancia de Marina presionaron para que retiraran el balneario del muelle, por las incomodidades que generaba a los trabajadores. Y si bien el cambio de ubicación generó el rechazo inicial de la mayoría de los usuarios —principalmente por la necesidad de llegar en barcaza hasta la ladera del monte—, el balneario del Chalet resultó bastante más tranquilo y discreto. El agua rompía mansa a los pies de la terraza, frente a la hilera de mesitas y sillas; el ambiente era distendido y la brisa se deslizaba bajo los porches de cañizo y sobre los bancos de madera, escurriéndose entre las barracas distanciadas con recato para el uso, por separado, de hombres, mujeres y matrimonios.

Cuántas celebraciones con amigos y conocidos. Cuántos buenos momentos.

Volví la cabeza hacia la ciudad de las cinco colinas y rememoré los veranos de la feria, la primavera de la Semana Santa, los helados de mantecado y café blanco en la calle del Duque, las tortas de aceite en la panadería de Puertas de Murcia, el chocolate de la calle Mayor y los desfiles de barcazas de las veladas marítimas.

Mi última ofrenda fueron varias lágrimas que cayeron al mar, para que permanecieran en aquella bahía. Saqué un pañuelo de la manga, me sequé las mejillas y esperé unos segundos con la mirada perdida, antes de girarme para ver qué hacía mi marido. Leía el periódico tumbado en la hamaca. Tranquilo. Impasible ante todo lo que estábamos dejando atrás e indiferente al futuro incierto que nos esperaba al otro lado del océano.

Al oír que susurraba, me acerqué para escucharlo.

—¡Qué desastre! Hace ocho días que los yanquis nos han aniquilado en Cavite y ahora están planeando desembarcar en Cuba para apoyar a los mambises. Al parecer, el Congreso yanqui pidió hace un par de semanas la supuesta independencia para Cuba, disfrazando sus ansias expansionistas como si no quisieran sacar tajada: la guerra será inevitable. Al menos, espero que tanto la expedición de siete mil hombres a Cavite como la escuadra que va a Cuba consigan evitar la pérdida de nuestras colonias. ¡Si nuestros gobernantes hubieran apoyado a Isaac Peral como se merecía, ahora tendríamos submarinos para defender lo que es nuestro!

Tomé el periódico que me ofrecía señalándome la página en cuestión, lo dejé en el suelo junto a su hamaca y posé mis ojos sobre los suyos.

—Entiendo que te preocupe, pero vamos a comenzar una nueva vida y, al menos de momento, tenemos que dejar atrás todo aquello que nos genere desazón.

Le alargué el brazo para que se levantara y viniera conmigo a contemplar las vistas. Cada vez más lejanas. Cada vez más inalcanzables.

4

*La Unión, Murcia*
*1870*

La infancia de Zoilo fue tan efímera que apenas tuvo tiempo para volar cometas. Con solo ocho años ya formaba parte de los dos mil niños que trabajaban en la sierra minera de Cartagena-La Unión. En 1870, uno de cada tres trabajadores de las profundidades era niño. Niños que no tuvieron tiempo de serlo, que vinieron al mundo como adultos.

Hijo de inmigrantes andaluces que, como tantos, habían llegado al distrito minero con el empeño de encontrar plata y el absoluto desconocimiento de lo que tal empresa suponía. El padre de Zoilo había oído de crío, allá por los años cuarenta, historias lejanas de paisanos lenguaraces que, supuestamente, habían conseguido suculentas sumas de dinero sin tener que horadar la roca. Buscando solo en las abandonadas galerías púnicas y romanas, o escarbando entre escoriales y terreras. Se murmuraba que hasta el más holgazán llevaba en el bolsillo un pedrusco con incrustaciones de plata. Historias que habían servido de acicate para la llegada masiva de buscadores de fortuna, hombres solos o familias enteras, con la ilusión de cambiar su vida para siempre.

Para cuando llegaron los padres de Zoilo, en el caluroso verano de 1851, ya habían rebuscado las galerías milenarias en su totalidad, una y otra vez, pero seguía imperando la búsqueda de galena argentífera. La fiebre de la plata cabalgaba inquebrantable por aquella sierra de fatigas a lomos del entusiasmo colectivo, razón de las tres fábricas de desplatación. También por entonces se había intensificado la extracción de plomo, debido al vertiginoso incremento de la demanda para la fabricación de tuberías de agua y gas, tan necesarias para el desarrollo de las urbes, y a la facilidad de su extracción, ya que las masas de carbonatos de plomo se encontraban muy próximas a la superficie y su extracción no requería ningún tipo de maquinaria industrial. Tan simple y tan duro como un pico, una pala y una espuerta de esparto. Para transportar el mineral a las fábricas de fundición utilizaban carros destartalados y recuas de bestias esqueléticas cargadas hasta los topes. Aunque se habían presentado varios proyectos para la instalación de una línea de ferrocarril, ninguno había llegado a buen término.

Los años sesenta hilaron una época de intensa actividad y caos debido a que la nueva ley de 1859 permitía a españoles y extranjeros realizar prospecciones en cualquier terreno, con la única condición de requerir autorización del dueño si la propiedad era privada. Esa era la teoría, porque la realidad era mucho más cruda. En ocasiones, tan pronto se tenía noticia de la supuesta existencia de un buen filón de mineral, se presentaba una banda de desaprensivos a llevárselo, incluso delante del propietario, cuya única opción era denunciar a la Inspección de Minas del Distrito con la esperanza de que el trance se resolviera antes de la desaparición del mineral. Si el trámite se cursaba con excesiva lentitud, podía ocurrir que, tras los usurpadores iniciales, entrara un enjambre de rebuscadores para mayor desesperación del propietario. Usurpadores, rebuscadores, patronos tiranos y capataces de correa. Suertes desiguales, almas todas de una misma sierra que con demasiada frecuencia resolvían sus desavenencias a tiros o a cuchilladas.

Para el acceso al interior de las minas y extracción del mineral a través de los pozos se empleaban tornos manejados por braceros o malacates movidos por mulas, que, a partir de 1860 y solo en las minas de mayor tamaño, comenzaron a sustituirse por máquinas de vapor.

La necesidad de madera para los hornos de fundición y para el entibado de las galerías, unida al frenesí por las prospecciones, deforestó la sierra y devastó el terreno hasta tal punto que los lugareños evitaban transitar fuera de los caminos, tanto por el riesgo de hundimientos como por miedo a caer en alguno de los múltiples pozos, socavones o calicatas. Un terreno extenuado que parecía haber vomitado sus entrañas en forma de montículos de escombros y terreras en una amalgama de tonalidades grisáceas, pardas y ambarinas.

El caserío donde se instalaron los padres de Zoilo se hallaba desbordado de inmigrantes. Desorden, caos, suciedad y chamizos de madera rodeaban el núcleo originario de viviendas; chiquillos harapientos por las callejuelas estrechas de tierra seca, perros flacos tumbados al sol y olor a excrementos. La familia de Zoilo vivía en uno de aquellos chamizos húmedos y fríos de la periferia, que con el tiempo y mucho esfuerzo llegó a ser una vivienda digna de piedra y argamasa, con un corralito adosado para la cría de gallinas y pollos.

La vida en el caserío transcurría monótona como en un malacate de bocamina: igual de mustia los siete días de la semana. Lujos pocos, más bien ninguno. Ninguna pertenencia que resultara prescindible. Fortuna ni para zafarse del azote de las epidemias. Comodidades las que ellos podían fabricar con sus propias manos o las que conseguían al trueque con otros vecinos. Como asientos utilizaban serijos de esparto —taburetes circulares con una tapa superior forrada de piel de cordero—, en cuyo interior solían guardar ropa, trapos y utensilios de costura. Los cinco serijos los habían canjeado por alimentos a un joven toledano, amputado de una pierna por un accidente en la mina y dedicado desde entonces a elaborar todo tipo de utensilios de esparto, principalmente espuertas para el transporte de mineral, de leña o de productos de la huerta.

Las camas no eran más que simples colchones rellenos de paja, sin somieres ni patas. Había tres en la vivienda de Zoilo: uno para el matrimonio, otro que compartían sus dos hermanos y el más pequeño para él, que gustaba de dormir con sus perros para tener calor en invierno y tranquilidad todo el año. Con el tiempo, los colchones pasaron a ser de lana, aislados de la humedad del suelo sobre marcos de madera con patas y cuerdas trenzadas entre los largueros. Había un vecino del pueblo, «el colchonero», que a las familias más pudientes les vareaba la lana y les cosía los colchones.

No existían bañeras, agua corriente, alcantarillado ni luz eléctrica, y la evacuación intestinal se resolvía entre chumberas. Para la limpieza doméstica, la madre de Zoilo utilizaba un desinfectante casero elaborado con agua y ceniza. Tras el caldeo de la mezcla en una vasija, los restos sólidos precipitaban y el agua clara se utilizaba para la limpieza de loza, cristal, azulejos e incluso ropa. La concentración de ceniza era la adecuada si se dejaba caer una patata y flotaba. Si se hundía faltaba ceniza. Una vez obtenido el desinfectante, debía ser manipulado con cuidado y alejado de la curiosidad de niños y animales domésticos.

El padre de Zoilo traía a casa, como salario, unos vales que la madre canjeaba por harina, arroz, legumbres, patatas o vino de baja calidad en el colmado del patrono. Solo en ocasiones excepcionales compraba embutido, queso o chocolate de garrofa. Obtenían carne y huevos del corral, y alguna que otra liebre de la sierra. La dieta consistía básicamente en potajes, huevos cocidos, acelgas silvestres hervidas, gachas de harina y calderos de arroz. Arroz de Valencia o de Calasparra. Los arroces extranjeros apenas se consumían por ser más caros y de menor calidad.

Las mujeres se dedicaban al trabajo doméstico, incluyendo el corral —si es que tenían— y al cuidado de la prole. Los hombres trabajaban largas y penosas jornadas de doce horas diarias, excepto los domingos, consagrados al dominó en la taberna del pueblo o en alguno de los ventorrillos repartidos por la sierra si el trabajador había optado por vivir próximo a la mina que lo esclavizaba.

El padre de Zoilo, que no era hombre de taberna, murió en 1870 con treinta y ocho años, tras diecinueve de duro trabajo como minero; dejó mujer, tres hijos, un esbozo de casa y muchos proyectos frustrados. Como consecuencia, ese año en que la peseta cumplía su primer aniversario, le llegó a Zoilo la hora de arrimar el hombro, por ser el mayor de los tres hermanos. Otros dos habían fallecido al poco de nacer, lo que en aquellos años no resultaba extraño.

Con ocho años le tocó una de las peores etapas de la minería. Comenzaban a escasear las capas superficiales de mineral y se había hecho necesaria la prospección en profundidad. Una minería mucho más peligrosa, que requería maquinaria y dinero al alcance de pocos.

Zoilo comenzó trabajando de sol a sol a las órdenes de un capataz de trato imposible y en sustitución de otro niño que había fallecido por un desprendimiento en una galería. Aprendió al vuelo los secretos de la profesión y la necesidad de compensar con arresto la flacidez de sus hechuras: cargaba espuertas de mineral sobre su endeble espalda, ayudaba a los entibadores a asegurar con maderas los techos de las galerías y sacaba con calderos el agua de las filtraciones. Todos sus compañeros de faena residían en la villa de La Unión, excepto un mozo de nombre Ignacio, que venía de un caserío llamado El Mirador, ubicado entre almendros y garroferos a unas siete horas dirección norte. Solo algunos sábados el mozo acometía la caminata tras la faena, para visitar a su familia y volver el domingo a la tarde. El resto de los días dormía en el establo de la única mina del patrono que por su tamaño disponía de bestias para el traslado del mineral: dos mulas que nunca veían la luz. El enclenque Ignacio salía solo para recoger comida caliente que le traía una vecina, en ocasiones también para ver la puesta de sol y los domingos libres para distraerse con otros mozos del pueblo.

Tras cuatro años de empeño inquebrantable —a pesar del hastío que inundaba cada rincón de aquel distrito minero—, el capataz designó a Zoilo responsable del cuidado de las dos mulas y de la limpieza del establo, excavado en la roca por los propios mineros. Diariamente debía rellenar de heno y agua limpia los pesebres, retirar los excrementos, poner los aparejos a las bestias antes de cada jornada y desvestirlas al finalizar.

En el severo mundo de la minería, el cuidado de las mulas —ya fueran las del interior de las minas o las que en el exterior tiraban de malacates y carros— era un trabajo al que los capataces prestaban especial atención, ya que la sustitución de una bestia enferma o fallecida costaba dinero al patrono. Dinero que no era necesario desembolsar cuando se trataba de un minero, puesto que no tenía ningún derecho a indemnizaciones por enfermedad o accidente laboral; y si resultaba impedido para trabajar, quedaba a merced de su familia o de la caridad vecinal. Era usual que el desdichado se trasladara a Cartagena, plagada por entonces de mendigos y prostitutas.

Los trabajadores de la mina calzaban esparteñas y vestían únicamente con un calzón, sin ninguna protección ante desprendimientos o golpes. Semidesnudos, abatidos de desdicha, rodeados de polvo y en penumbra; alumbrados solo por las mechas o torcidas de los candiles de aceite. Uno de los candiles iluminaba perenne la imagen de santa Bárbara, a quien rezaban todas las mañanas al comienzo de la jornada.

Zoilo, que tenía aspiraciones mayores que las de tragar polvo, aprendió en pocos domingos a sumar, restar y leer silabeando, lo que le valió para que, con catorce años, lo designaran custodio y contable de la dinamita. Un solo kilogramo costaba en torno a cuatro o cinco pesetas, el equivalente a dos días de duro trabajo de un minero varón y adulto, si bien la gran mayoría cobraba en vales el total de su salario. Pudo aprender la ciencia de los explosivos y su técnica de uso; y aunque no era cometido suyo, le encantaba ayudar a los dinamiteros en la colocación de los cartuchos, tendido de cables, evacuación de la galería y detonación de los explosivos.

Zoilo tuvo suerte de que don Antonio, jefe de su capataz y patrono de varias fábricas y minas, se fijara en él, quizá por los buenos comentarios llegados de boca del capataz. Y es que Zoilo era meticuloso, trabajador y discreto. Un cóctel de facultades que con diecisiete años recién cumplidos le sirvió para ser el elegido como correveidile del patrono y le permitió librarse del penoso trabajo de transportar mineral, maderos o calderos de agua. Como seguía al cuidado de las bestias, todos los días y tras finalizar las tareas del establo, Zoilo volvía a salir de las profundidades para dirigirse a casa del patrono a hacerle toda clase de recados.

El capataz de la mina, un tipo tosco de los que solo tienen boca para el berreo, no se veía con fuerza para recriminar al protegido de don Antonio si llegaba tarde a sus quehaceres en la mina; y si algún día no aparecía, era el propio capataz quien debía encargarse de las mulas: solo ellos dos estaban autorizados a alimentar a las dos joyas de la corona.

Zoilo, que no gustaba de eludir sus responsabilidades, aprovechaba en contadas ocasiones su aventajada situación si debía resolver algún asunto personal o familiar: los de la mina pensaban que estaba con el patrono y el patrono que estaría en la mina. A pesar de su situación relativamente privilegiada, Zoilo tenía claro que no quería heredar aquella vida de estrecheces y que los pequeños cambios solo conllevan pequeños avances. Debía poner en marcha un plan que desviara para siempre los designios de la providencia, plan que en aquellos años convulsos y en aquella tierra de profundas desigualdades solo podía trazarse al margen de la ley.

## 5

*En el vapor-correo, océano Atlántico*
*Sábado, 14 de mayo de 1898*

Como cada mañana desde que zarpamos, entré al tanteo en el excusado, encendí la luz y deslumbrada observé mi inconsciencia en el espejo. Me habría quedado encamada todo el día, pero a Zoilo le urgía el desayuno. Aliviada la vejiga, salí sonámbula al tocador para engalanarme acorde con el entorno: horquillas para afianzar el recogido en un moño alto, perfume francés Bourjois, sobre la tez un ligero tono claro con mi mezcla casera de polvos de arroz y talco, un poco de carmín en los labios, corsé, blusa blanca y falda acampanada. Mi marido me observaba sentado sobre su cama, junto a la caterva de maletas. La asistenta nos había propuesto guardarlas en otra dependencia del barco, pero yo quería revisarlas antes para comprobar la disposición de los tejidos más delicados y para repartir el contenido, incluido el dinero, de manera que en todas hubiera una pizca de todo, por si alguna se perdía a bordo o durante el desembarque.

Esa era tarea para las horas muertas. Ahora nos azuzaban los estómagos. Siempre más el de Zoilo. Revisé en el espejo que todo estuviera en orden y salimos en dirección a la sala de té. De nuevo la asistenta esperaba en el pasillo, nos saludó con estudiada reverencia y esperó a que nos marcháramos para arreglar el camarote.

Al fondo del pasillo, dos de los tres señores custodios de los últimos camarotes. Serios. De pie. Tiesos como palos, excepto cuando sacaban alguna silla para sentarse en aquel pasillo de moqueta púrpura y apliques dorados.

Pese al lujo que nos rodeaba, mi marido se advertía abstraído. Yo le susurraba una y otra vez que nada más podíamos hacer, sino relajarnos y disfrutar de los encantos de aquel majestuoso buque, pero él parecía contestarme con su mirada abandonada. Adversidades múltiples habían menguado su sonrisa, extinguida por completo desde el momento en que comenzamos a barajar la posibilidad de abandonar nuestra querida tierra. Ni siquiera se molestaba en mostrar su lado cariñoso en aquellos momentos de desazón.

Seis días de navegación, siete, ocho, nueve. El hecho de no ver en el horizonte otra cosa que no fuera agua, me producía la sensación de estar anclados en un mismo punto, aunque acometía mis desesperanzas procurando estar siempre animada. Cuando percibía a Zoilo absorto, tomaba su mano para llevarlo a cualquier otro lugar del barco. A la clase denominada como «lujo» se accedía a través de un vestíbulo de enormes alfombras, sillones tapizados con sobriedad en torno a pequeñas mesitas de caoba contorneada, columnatas con capiteles, multitud de plantas ornamentales, techos con impresionantes mosaicos de madera y paredes revestidas de vidrieras artísticas y cuadros navales.

A continuación del vestíbulo, una escalinata majestuosa, alfombrada, daba acceso a los salones de la planta superior y una escalera algo más discreta servía para bajar a los camarotes. Camarotes de una o dos camas con colchones de lana y sábanas de hilo. El nuestro tenía tamaño considerable y suntuosidad de habitación de palacio. A la derecha, un tocador con silla y espejo dividía la estancia en simetría perfecta: una cama a cada lado con sus respectivos cuadros, cabeceros barrocos, mesitas de noche y alfombras para evitar el frío de las losetas. A la izquierda la puerta del aseo y al fondo un armario y un ojo de buey con cortinas estampadas. Como asistente del servicio de habitaciones, una joven uniformada, de modales exquisitos y sonrisa de porcelana, controlaba con absoluta discreción nuestras salidas y las del resto de los pasajeros de los camarotes del pasillo, para ordenarnos una y otra vez.

Nuestras expediciones solían tener como destino la sala de

té, la biblioteca o la sala de lectura; bastante menos estentóreas que el bar o el vestíbulo. También nos gustaba pasear por la cubierta los días de brisa suave, para ver cómo el alisio hinchaba las voluminosas velas de los tres mástiles.

Todas las noches ofrecían un espectáculo diferente en la sala de fiestas, la más bonita del barco. El evento lo presentaba un maestro de ceremonias y solía estar amenizado por un piano como acompañamiento a magos, acróbatas circenses, escapistas, bailarinas, humoristas o cantantes.

Vino, champán, borgoña, jerez, burdeos y licores variados. Copas de Bohemia, platos de porcelana, cubertería con puños de marfil y manteles bordados con hilo de oro. Bizcochos ingleses, hígado de pato trufado, jamón ibérico y setas de París. Probé de todo lo que no oliera a pescado, incapaz desde que salimos huyendo de La Unión tumbados entre cajas de salazones. Todo estaba exquisitamente organizado para que disfrutáramos de cada estancia sin la sensación de hastío que al menos yo esperaba.

En una de las comidas aclaré parte de las incógnitas del viaje. Gracias a mi afinado oído y al rutinario mutismo de mi consorte, capté el diálogo que mantenía un matrimonio en una mesa vecina: el señor había oído en el baño de caballeros una conversación que intentaba repetir a su mujer con manifiesto nerviosismo. Trataba de explicarse en voz baja, pero su estado de ansiedad no le permitía hablar con la suficiente discreción.

Al oír aquellos comentarios entendí por qué los salones y la cubierta se encontraban siempre bastante despejados de pasajeros. Si al principio pensaba que era normal por viajar en categoría de lujo, con el paso de los días me había resultado extraño que sobraran tantas mesas en el comedor, asientos en los salones y hamacas en la cubierta. Y al parecer, no solo sucedía en nuestros camarotes, porque aquella pareja estaba comentando que apenas había pasajeros en las categorías inferiores.

Pero los camarotes no estaban vacíos. Ninguno estaba vacío.

# 6

*La Unión, Murcia*
*Domingo, 20 de abril de 1879*

Aquel domingo era día de elecciones generales, con derecho a voto reservado únicamente para los varones mayores de veinticinco años. El plebiscito de ese año inició una época de alternancia en el poder entre conservadores y liberales, acordado entre el rey Alfonso XII y los líderes de ambos partidos, de manera que uno de ellos dejaba ganar al otro comprometiéndose a no denunciar irregularidad alguna, a cambio de gobernar tras las siguientes elecciones. De este modo conseguían mayorías absolutas y evitaban que el resto de los partidos políticos adquirieran fuerza parlamentaria. Para ello, el ministro de Gobernación transmitía las instrucciones sobre quién debía ganar a los gobernadores civiles de las provincias y estos a su vez a los caciques de los pueblos, que impunes conseguían votos a cambio de favores, en muchos casos mediante manipulación del censo, de las papeletas durante el recuento de votos —las cuales ocultaban en pucheros, de ahí lo de «pucherazo»— o, si era necesario, mediante intimidaciones y amenazas.

Pero no era el fraude electoral un problema relevante para una población analfabeta, que llegaba a superar el noventa por ciento en la villa de La Unión. Algo menos numerosa en Cartagena, en torno al setenta por ciento, al ser mayor la proporción de mercaderes, industriales y militares.

A lo lejos se oía la campana de la iglesia de La Unión llamando a misa, pero el joven Zoilo Baraza llevaba otro cometido menos candoroso. Deslizándose por las calles bulliciosas del único día ocioso de la semana, llegó a una casa con fachada de cal desconchada, giró la manilla de la puerta, abrió levemente y se coló en el interior. Cuatro chicos de su edad lo esperaban en una estancia repleta de aperos agrícolas.

—¡Pasa, Zoilo! —dijo el más corpulento—. Vamos a empezar ya, que mis padres estarán al llegar. Por cierto, si entran y nos preguntan, les decimos que estamos... por ejemplo... organizando una rifa benéfica para las fiestas. —A continuación, endureció el gesto y repasó los ojos de todos—. Los que trabajáis en la mina, ¿cuánto dinero habéis ahorrado? Ni un solo real, ¿verdad? —Varios chicos, entre ellos Zoilo, asintieron con la cabeza—. ¿Y vuestros padres? ¿Cuántos años llevan trabajando y qué han conseguido aparte de llenar los bolsillos de sus patronos? ¡Malvivir y pasar hambre!

Zoilo escuchaba triste, con la mirada clavada en el suelo, consciente de que su padre no pudo conseguir el sueño de una vida mejor con el que había venido a esta tierra.

—¿Queréis pasar así el resto de vuestras puñeteras vidas? —Les señaló amenazante—. ¿Queréis morir de la enfermedad del minero dentro de unos años, mientras vuestros patronos se enriquecen? Sabéis que os están explotando, ¿verdad? Porque trabajar de sol a sol a cambio de unos vales, sabiendo que estáis obligados a aceptar, a eso se le llama explotación. Abusan de su posición para robaros lo que os corresponde. ¿Y sabéis lo que os digo? Que quien roba a un ladrón tiene cien años de perdón y eso es lo que vamos a hacer: desplumar a los que os roban.

—Lo siento —negó el que tenía una cicatriz que recorría su frente en diagonal—, pero yo prefiero ser humilde y honrado.

—Me extraña que digas eso, precisamente tú, que tienes varios familiares tullidos por percances en las minas, que sobreviven gracias a la caridad cristiana. Entendería que no estuviera interesado el que ha sido elegido por su patrón —dijo señalando a Zoilo con aire burlón— para llegar algún día a ser uno de ellos.

Zoilo levantó la mirada.

—No te equivoques. Soy el elegido para hacerle recados

porque sabe que soy discreto con sus asuntos, pero sé que no tiene ningún interés en que algún día sea como él, porque para eso tiene seis hijos. Por cierto, antes de continuar deberíamos saber quién no está de acuerdo con la propuesta de Serafín.

Se hizo el silencio unos segundos.

—Yo ya he dicho que no tengo ninguna intención de convertirme en un bandolero —se reafirmó el de la cicatriz en la frente.

Zoilo miró levemente a Serafín.

—Creo que deberíamos quedarnos aquí solo los que estamos dispuestos a seguir con esto. —Y volvió a bajar la cabeza.

El corpulento, que ya había acordado con Zoilo qué estrategia seguir, se acercó al de la cicatriz y le señaló la puerta.

—Aquí solo se ha hablado de rifas. ¿Entendido?

El de la cicatriz asintió encogido y se dirigió a la puerta. Zoilo esperó a que saliera a la calle para reanudar su razonamiento con la cabeza gacha.

—Si algo tengo claro es que no quiero repetir la misma vida que llevó padre y por eso estoy de acuerdo con la propuesta de Serafín, aunque también os digo que únicamente estaré dispuesto a entrar en las propiedades de los patronos que nos están explotando, a pesar de ser más peligroso por tratarse de gente poderosa y con influencias. Por eso, como dice Serafín, yo tampoco lo considero robar, sino más bien recuperar lo que durante tantos años han estado arrebatando a nuestras familias. Aclarado ese punto, debemos pensar antes qué podemos hacer y cómo, porque ya hay cientos de paisanos dedicados a rebuscar por la sierra e incluso a entrar por la noche en las minas para intentar escarbar lo que pueden y ¿sabéis de alguno que haciendo eso haya salido de la miseria? No. Ninguno. Lo de menos es rebuscar en las montoneras o bajar a una mina que no está vigilada. Lo importante es saber a qué mina debemos bajar, porque hay miles y cada una de ellas tiene decenas de galerías. Encontrar una veta de plata al azar es más difícil que toser con diarrea. —Todos rieron a carcajadas—. Solo podremos ganar dinero si sabemos a qué mina bajar. —Hizo una pausa deliberada hasta que los demás enlutaron el gesto—. Y ¿cómo podemos enterarnos de las minas en que han aparecido vetas? ¿Cómo podremos vender el material conseguido? ¿Y a quién? ¿A las fábricas de los mismos patronos a los que les estemos robando?

Los tres chicos escuchaban atentamente, Serafín asentía además en señal de avenencia.

—Para ello hace falta información y contactos —continuó Zoilo—, de lo cual me encargaré yo, que para eso soy el que hace los recados a uno de los más ricos e influyentes de la zona. Gracias a los mandados, conozco a la mayoría de los patronos y tratantes mineros de esta sierra. Hablo con ellos a diario y me cuentan sus tejemanejes como si me conocieran de toda la vida. Como si fuera de la familia. Parece que necesiten presumir de lo que llevan entre manos, como Serafín con sus amoríos. —Todos volvieron a reír—. Pero hay un problema y es que no puedo dejar mi trabajo. Debo seguir en contacto con los patronos si queremos estar enterados de las novedades.

Zoilo no tenía ninguna intención de renunciar a sus quehaceres diarios, que si bien estaban tan mal pagados como los trabajos de la mina, le permitían disfrutar de cierta libertad de horarios, muy a pesar del capataz, que veía con recelo las progresiones del elegido.

Esperó a que finalizara el murmullo de un cuchicheo entre dos compañeros y continuó su razonamiento.

—De hecho, os aconsejo que no dejéis vuestros trabajos porque es bastante probable que los encargos sean muy esporádicos y baste con dormir algunas horas menos. ¿Para el transporte del material tenéis carreta y mula?

Serafín y otro chaval levantaron la mano.

—Además, necesitaremos espuertas, palas, candiles, martillos y algún pico. Yo, que compro material de faena a mi jefe, sé lo que valen: un candil, media peseta; un martillo de acero, peseta y media; una pala, dos pesetas, y las espuertas de esparto se pueden comprar al cojo por menos de una. Hasta que consigamos algo de dinero, si es que lo conseguimos, nos las arreglaremos con lo que tengamos en nuestra casa. Como supongo que este tema de las herramientas tampoco es un problema, no veo ningún obstáculo que me impida apoyar la propuesta de Serafín, al menos hasta ver si funciona, pero siempre y cuando aceptéis mis condiciones, que son las siguientes. —Zoilo volvió a levantar la cabeza para recorrer las miradas del resto—: Yo diré qué hay que hacer y cuándo, para que vosotros ejecutéis; yo seré quien contacte con Serafín, nunca al revés, para darle las indicaciones que él os transmitirá a vosotros; Serafín será quien lidere los trabajos; repartiremos los beneficios a partes iguales, y, por último, ninguno de vosotros se dirigirá a mí ni me saludará cuando nos veamos por la calle. ¿Estáis todos de acuerdo?

Todos asintieron ilusionados y sellaron el acuerdo con un apretón de manos conjunto.

—No perdemos nada con intentarlo —dijo Zoilo extendiendo su brazo hacia el resto.

—Cuando se está en el fango... —matizó el más pequeño.

—Y si no funciona, desmantelamos el tinglado y aquí no ha pasado nada.

—Pues lo dicho, a partir de ahora no me conocéis. Puede que mañana mismo os llegue un encargo o que pasen semanas sin tener noticias mías. Esperemos que haya suerte.

—Confiamos en ti, Zoilo.

El corpulento se asomó a la calle para comprobar que no hubiera viandantes antes de permitir la salida escalonada de los compañeros.

## 7

*En el vapor-correo, océano Atlántico*
*Sábado, 14 de mayo de 1898*

En aquella comida aclaré la incógnita relativa a la escasez de viajeros. Para mi sorpresa —a mi marido nada parecía sorprenderle—,
los camarotes no estaban vacíos. El barco iba pertrechado de víveres, agua potable, armamento, munición y explosivos repartidos
por camarotes, sala de máquinas, despensas y almacenes. Habían
planeado desembarcarnos en México y a continuación hacer una
escala clandestina en Cuba para el abastecimiento a nuestras diez-
madas tropas.

La piel se me erizó.

—¿Vamos cargados de pólvora? —susurré nerviosa a Zoilo,
que se limitó a encogerse de hombros. Puesto que no encontraba respuesta en mi marido, miré a la pareja de reojo, atónita. No
podía creer que aquello nos estuviera sucediendo a nosotros—.
¡Este barco podría saltar por los aires en cualquier momento!

Al ver Zoilo que mi nerviosismo aumentaba vertiginosa-
mente, emergió de su particular nirvana.

—No tiene por qué pasar nada si el personal que lo maneja
tiene unos conocimientos mínimos de seguridad. Supongo que
por eso tienen los accesos vigilados.

—Entonces, los señores que están siempre en el pasillo...

—En efecto. Deben de ser militares vestidos de paisano.

—¿Y por qué han permitido que subamos al barco? ¿Por
qué no van ellos solos?

—Por discreción, para que los yanquis no sospechen. No sería la primera vez...

—¿Por discreción ponen en juego la vida de cientos de personas? ¡Dios mío! Además, ¿cómo pueden saber los yanquis si este barco lleva pasajeros, armas o un cargamento de caramelos? ¿Acaso controlan todos los barcos que salen de España?

Zoilo elevó la cabeza buscando mi mirada.

—Es muy probable, sobre todo los que van a lugares próximos a las zonas en conflicto. Elisa, los soplones existen y ese es uno de sus trabajos.

—¡No entiendo cómo puedes estar tan tranquilo! ¿Y si los yanquis se han enterado de que llevamos armamento? ¡Podrían bombardearnos en cualquier momento!

—Si ya lo saben, esperarán a que el barco intente entrar en Cuba para abordarlo o destruirlo, porque Estados Unidos ha decretado el bloqueo naval a la isla, lo que supone que ningún navío español puede entrar sin su permiso. Supongo que, si es verdad lo que dice esta pareja, porque puede que lo hayan entendido mal, nuestros militares intentarán burlar la vigilancia de los yanquis para llegar a las costas sin ser vistos, posiblemente en botes y por la noche. De ser así, supone un riesgo enorme. —Zoilo se nubló pensativo antes de continuar—. Aunque, tal como están transcurriendo los acontecimientos y lo que ha pasado en Cavite, si no mueren en el barco, morirán en los botes o en la isla.

El corazón se me disparó. Me levanté enérgica y sin mediar palabra me encaminé hacia nuestro camarote, seguida a cierta distancia por mi marido. El postre se había quedado intacto sobre la mesa.

Entré en la habitación y me senté sobre la cama mirando hacia la puerta. Al ver que Zoilo no aparecía, me asomé al pasillo. Estaba hablando con los señores custodios del fondo. Los serios. Volví a entrar y cerré la puerta para aliviar mis nervios en el aseo.

Como seguía sin presentarse, salí otra vez al pasillo. No vi a nadie. Supuse que estarían charlando en algún camarote y, aunque me extrañó, me senté de nuevo. Tras media hora de desazón oí golpes de nudillos contra la puerta. Me levanté, giré la manilla, abrí un poco y con la mirada clavada en el suelo volví a la cama.

—¡Sí que has tardado! ¿Qué hablabas con esos tipos?

La voz que sonó no era la de Zoilo.

—¿Es usted doña Elisa Monturiol, señora de don Zoilo Baraza?

Asustada me giré al tiempo que caía de nalgas sobre el colchón. Era uno de los tipos del pasillo.

—¿Y mi marido?

—Está charlando con un compañero. Necesitamos hablar con usted. ¿Me podría acompañar?

Aquella pregunta sonó a mandato. A pesar de ello, me mantuve firme.

—Esperaré a que llegue mi marido. No tengo por costumbre acompañar a desconocidos.

Sacó una cartera del bolsillo del pantalón y me mostró un carné similar al que tenía mi progenitor.

—Me llamo Alfonso Torres Fructuoso. Teniente de navío del Ministerio de Marina.

—Teniente de navío... del Ministerio de Marina —repetí, extrañada—. ¿Por qué no va usted uniformado?

—Señora, se nos permite realizar esta clase de navegaciones sin uniformidad.

Lo miré fijamente con una pausa intencionada.

—Oficial, debe usted saber que soy hija del almirante Monturiol del Arsenal de La Carraca.

En efecto, lo era. Almirante Ignacio Monturiol y Molins, catalán de nacimiento, gaditano de adopción y declarado carlista. Muy a su pesar, solo tuvo como descendencia a seis hembras lozanas y ningún varón que perpetuara su apellido y disciplina castrense. Las seis nacimos en Cartagena, en la misma casa y a intervalos de un año. Por ser yo la mayor me pusieron el nombre de la fundadora de Cartago. Los otros cinco intentos fallidos de descendencia masculina resultaron ser María de la Encarnación, Remedios, Carlota, María Ana y Caridad. Diecinueve años en Cartagena y varios ascensos hasta su último destino: el Arsenal de La Carraca, en Cádiz.

—Necesitamos hablar con usted —me repitió con gesto visiblemente suavizado al saber de mi ascendencia—. Por favor, acompáñeme.

No tenía otra opción.

Aquel tipo se apartó de la puerta y con el brazo extendido me indicó el pasillo. Salí nerviosa pero altiva, con la barbilla apuntando al frente. Ni rastro de mi marido. Solo la alfombra roja y los farolillos de luz titubeante. Avanzamos hasta uno de los camarotes del fondo, repitió el golpeteo con los nudillos como había hecho en mi puerta y la abrió sin esperar respuesta. Las camas las habían retirado al fondo del camarote y en el centro había dos hombres de edad avanzada, sentados en sillas de bar. No era ninguno de los que habíamos visto hasta entonces custodiando el pasillo. Frente a ellos, una silla vacía. La mía.

Al verme, se levantaron para presentarse con adiestrada solemnidad. No recuerdo los nombres ni las graduaciones: no estaba para eso. También del Ministerio de Marina. Correspondí el saludo y tragué saliva. Seria. Muy seria.

—Como he advertido a su compañero, soy hija del almirante Monturiol del Arsenal de La Carraca y espero que este atropello esté perfectamente justificado, porque a mi llegada a México informaré como es debido de todo lo ocurrido.

No sé cómo pude pronunciar aquellas palabras en semejantes circunstancias.


—Entendemos su indignación y rogamos acepte nuestras disculpas, pero como hija de marino debe entender que nos limitamos a hacer nuestro trabajo —soltó el de aspecto más demacrado. Amplia calva, pelusa blanca en los laterales y gafas asomadas al vértice de la nariz—. Conocemos a su padre. Un gran profesional. Por favor, siéntese. Necesitamos hacerle unas preguntas.

Procedí con lentitud, intentando disimular mi nerviosismo, mientras el escolta salía al pasillo y entornaba la puerta. El que me había preguntado dio unos pasos hacia la mesita de noche, abrió una caja bajo la lamparilla y sacó un puro de grandes dimensiones.

—Me molesta el humo —solté con la intención de tasar su hostilidad.

—¡Ah! Perdone.

Lo retornó a la caja y volvió a su asiento.

—Tiene usted los mismos ojos azules que su padre.

—Le agradezco el cumplido —atajé—, pero ¿me podría decir a qué se debe todo esto?

Carraspeó, se enderezó en la silla y desvió la vista hacia su compañero, que pasaba hojas de una libretita hasta encontrar la primera en blanco.

—Tenga la tranquilidad —me susurró a continuación— de que lo que aquí hablemos será tratado con absoluta confidencialidad.

—No es necesario, porque no sé nada que deba ser tratado como tal.

Me sonrió. El compañero mantenía el lápiz en alto y el cuaderno en la otra mano, a la espera de entrar en materia.

—Por lo que veo, también tiene la inteligencia de su padre.

—¡Al grano! —le reprendí.

Mirada tierna hacia la mía. Cambio de postura para cruzar las piernas e inclinarse sobre sus rodillas, como intentando mostrarse más cercano. Mirada a su compañero, sonrisa y vuelta a mis ojos para comenzar las cuestiones. Las primeras estuvieron relacionadas con nuestro pasado reciente y nuestro futuro inmediato: el motivo por el que habíamos emprendido aquel viaje y nuestros planes en el exilio. Les conté todo con total transparencia, desde la huelga de los trabajadores de La Unión y nuestra salida en carro hacia San Pedro del Pinatar, hasta los planes improvisados de viajar a México tras leer el anuncio del vapor-correo.

Mientras el de aspecto demacrado me preguntaba, el acólito tomaba notas concentrado en no perder detalle. Encorvado hacia el cuaderno que descansaba sobre su regazo, como esquivando nuestra presencia. El resto del dormitorio se mostraba lúgubre con la tenue luz que se colaba por ambos lados de la cortina del ojo de buey. Un camarote idéntico al nuestro, pero desordenado y maloliente.

Mi corazón comenzaba a calmarse cuando empezaron las preguntas comprometidas.

—¿Qué sabe usted de este barco?

Lo miré extrañada.

—Pues... que es italiano, que pasa por Cartagena una vez al mes... ¡No entiendo por qué me hacen estas preguntas!

—Y de la carga que transporta, ¿qué sabe usted?

Entendí entonces el motivo del interrogatorio: probablemente mi marido les había contado la conversación de la pareja del comedor y querían saber ahora si yo lo sabía.

Intenté no alterar el gesto.

—Maletas. Supongo que llevarán muchas maletas. Si todos los pasajeros han traído el mismo volumen que nosotros, el barco debe de llevar los almacenes llenos.

Conforme contestaba banalidades, llegué a la conclusión de que si me preguntaban era porque mi marido habría dicho que yo no sabía nada.

—¿Solo maletas? —me preguntó el marino.

—Y comida, supongo. Y alguna cabra. Y probablemente loros también. ¡Yo qué sé! ¡Pregunten a la tripulación!

Se levantaron, estiraron los bajos arrugados de sus chaquetas y se dirigieron al fondo del camarote, donde no los pudiera oír. Al cabo de varios minutos me levanté histérica.

—¿Me puedo ir ya?

—Todavía no, señora. Por favor, siéntese.

—¡Quiero ver a mi marido! —grité mientras me sentaba de nuevo.

Ajenos a mi requerimiento, el demacrado gesticulaba con las manos una especie de sentencias que el ayudante remachaba con la cabeza. Varios gestos más y volvieron a sus sillas.

—Señora, su marido nos ha contado algo relacionado con un cargamento de armas. ¿Qué sabe usted de eso?

—¡Ah! Les habrá contado que hemos oído una conversación en el comedor. Una pareja hablaba de que este barco transporta armas, pero no le he dado mayor importancia. La gente joven inventa historias con mucha facilidad.

—¿Alguien más ha oído esa conversación?

—Creo que no. Ninguna otra mesa estaba lo suficientemente cerca como para poder oírlo.

—Y ustedes, ¿se lo han contado a alguien?

—Por supuesto que no. No conocemos a nadie en este barco y no solemos parar a desconocidos para contarle habladurías.

—Señora, por la seguridad de nuestras Fuerzas Armadas debo comunicarle que nos vemos en la obligación de impedir que, tanto ustedes como la pareja a la que hacen referencia, divulguen lo que han oído.

—¿Eso qué quiere decir? ¿Qué van a hacer con nosotros?

—Créame que lo siento.

## 8

*La Unión, Murcia*
*Jueves, 22 de mayo de 1879*

—¡Pasa, Zoilo!

Zoilo Baraza estaba acostumbrado a entrar en las casas de los caciques de la sierra minera, lo que no resolvía su manifiesta timidez. Esta vez traía un recado para don Hilario, patrono minero al igual que su jefe. El mayordomo lo condujo hacia el salón, donde esperaba don Hilario, echado sobre un elegante sofá de terciopelo estampado y remates dorados.

—Buenos días, señor —saludó Zoilo—. Con su permiso, me ha pedido don Antonio que le pregunte si usted sabe quién ha movido los mojones del terreno donde está la mina Dichosa.

El cacique lo miró con aparente gesto de asombro, aunque sabía de sobra que sería el principal sospechoso, tan pronto como don Antonio se enterara de que alguien había movido los mojones para que el mineral extraído quedara en la finca aledaña. En la inmundicia de aquellos años, nadie se andaba con remilgos. A pesar de leyes, decretos y reglamentos, imperaba la ley del dinero.

—¿Te has ido de la lengua?

Zoilo negó sin levantar la cabeza, de pie frente al burgués.

—Entonces, ¿por qué me pregunta, si sabe que no son mías las tierras que hay junto a la Dichosa? Sabe perfectamente que están a nombre de un tal Emilio que vive en Málaga. Él mismo me lo dijo la última vez que nos vimos.

—Es probable que mi jefe se huela que un tipo que vive en Málaga no sea el verdadero propietario de la finca.

—Y, ¿por qué ha pensado en mí?

—Supongo que tiene varios candidatos en la cabeza, aunque de momento no me ha pedido que pregunte a nadie más. Usted habrá sido el primero... por ser de Málaga y porque el mineral en disputa se está llevando a la fundición que usted regenta. Eso también lo sabe.

Don Hilario resopló con doblez. Extendió el brazo e invitó al chico a que imitara su posición sobre un butacón tapizado con piel de algún animal de pelo blanco.

—No soy el único andaluz de origen malagueño en esta tierra. Aunque la mayoría son almerienses, hay malagueños y gente de media España. Don Antonio sabrá, y si no díselo tú, que la población aquí se ha triplicado en los últimos quince años. Y también sabrá que a mi fundición llega mineral de muchas comarcas mineras, no solo de La Unión. —Don Hilario se removió en el sofá ciertamente inquieto—. Todos los fundidores, no solo yo, tenemos que importar mena de mayor riqueza de Linares, Ciudad Real, Peñalcázar... y no podemos saber si todo lo que nos llega es legal o algún lote ha sido robado. —Inspiró profundo—. Si cuando le lleves mi contestación sigue sin estar de acuerdo, que denuncie.

—Ya ha ido a la Inspección de Minas.

—Pues el inspector dirá... —Hizo una pausa con sonrisa incluida—. Aunque para entonces ya no quedará ni un solo gramo de mineral sobre la ladera. Mala suerte. Unas veces se gana y otras se pierde, y don Antonio ha ganado muchas veces. Ya está bien que pierda alguna. Lo que no entiendo es por qué te ha mandado a preguntarme. Él no es tonto ni nuevo en esto, y de sobra sabe lo que voy a contestar. Me suena más a amenaza y eso me preocupa. No me interesa andar a malas con don Antonio. ¿Estás seguro de que nadie os vio moviendo los mojones?

Zoilo negó antes de explicarse.

—Yo no estuve esa noche, pero los tres paisanos que los movieron me aseguran que no había nadie por la zona. Y en el caso de que alguien los hubiera visto, no podría relacionarlos con nosotros. Mis paisanos nunca dirían que me conocen y de usted nunca han oído hablar. —Zoilo hizo una pausa, sin dejar de recorrer con la mirada las figuras geométricas del suelo—. Ahora los mojones están donde están y hasta que la Inspección de Minas se pronuncie, los tres están trabajando legalmente para el titular de la finca. Y como usted ha dicho, para entonces ya habremos sacado todo el mineral.

—Eres listo, Zoilo.

—No sé si soy listo, porque si mi jefe se enterara del lío que llevamos entre manos, sería capaz de tirarme por la caña de un pozo.

—¡Qué va! Como mucho te despediría, pero te vendrías a trabajar conmigo y ganarías bastante más dinero. No creo que conmigo tengas queja, ahora que cobras el cinco por ciento de comisión solo por transportar en carro hasta la fundición un mineral que ya está fuera de la mina. El cinco por ciento de un mineral que ya está cribado y que tiene una ley sorprendentemente alta en plata. Vas a ganar mucho dinero, Zoilo. Debes saber que tu jefe no es ningún santo. Como ejemplo te diré que en más de una ocasión ha mandado hacer galerías subterráneas que comunicaran sus minas con las de otros propietarios para robarles material, las vagonetas e incluso las mulas.

En ese momento se asomó el mayordomo.

—Señor, la cena está preparada.

—¿Te quedas a cenar? —invitó el cacique.

Zoilo no dudó en aceptar, consciente del agasajo que suponía la invitación de un pudiente como don Hilario.

Al entrar en el comedor, apareció una sirvienta uniformada de sonrisa dulce, con una sopera de porcelana en la mano. Zoilo nunca se había sentado a una mesa como esa, vestida con un enorme mantel blanco, servilletas bordadas y candelabros.

Junto a los cubiertos del anfitrión había un periódico doblado.

—Esta noche nada de periódicos —ordenó para que el mayordomo lo recogiera—, que tengo invitado. ¿Sabes, Zoilo? Desde que quedé viudo, intento engullir mi soledad en esta esquina de la mesa con los pocos placeres que me quedan: buena comida, buen vino y buenos puros.

Zoilo, que solía comer con su familia de la misma cacerola, optó por repetir los movimientos del anfitrión al ver que le habían plantado enfrente un sinnúmero de copas, platos y cubiertos. Todos perfectamente ordenados.

—¿Va a querer sopa el señor? —le preguntó la sirvienta.

Zoilo asintió solemne y cogió el cucharón que asomaba de la sopera. La sirvienta, que se advertía entusiasmada con la presencia del invitado, le sujetó la muñeca con suavidad.

—¿Me permite?

Zoilo soltó el cucharón al entender que debía ser ella quien sirviera la sopa y levantó su plato en dirección a la sopera.

—Por favor, déjelo sobre la mesa —dijo comedida la joven.

El cacique, que contemplaba gozoso la escena, no pudo evitar la carcajada.

—Tienes mucho que aprender, Zoilo.

Ambos se sonrieron bajo la atenta mirada del mayordomo. Serio, tieso y uniformado, con guantes blancos y chaqué negro.

El divertido lance de la sopera había servido para que Zoilo aflojara los nervios y disfrutara la sopa, acompañada de un pan de miga blanca, insólita para el invitado. Pan de harina refinada, le aclaró don Hilario al ver cómo lo contemplaba. Tras la sopa llegaron el vino y la carne. Y tras la segunda copa, las preguntas indiscretas.

—Don Hilario... con todos mis respetos... ¿cuándo piensa usted que podré cobrar mi parte?

—Si termináis de transportar el mineral este fin de semana, tendré los lingotes a mediados de la semana que viene. Te puedo dar tu parte en plata o te puedo pagar con dinero si esperas a que se venda. Como prefieras.

—Si es más rápido, prefiero la plata. Siempre y cuando a usted no le suponga...

—¡No, por Dios! —resolvió don Hilario—. A mí me da lo mismo. Pásate por aquí la semana que viene, miércoles o jueves, que tendré preparada tu parte.

El resto de la cena sirvió para que el cacique enseñara al chico modales y costumbres de la ciudadanía pudiente, consciente de que Zoilo acabaría siendo uno de ellos. Conceptos como cordialidad, puntualidad, cortesía o caballerosidad fueron explicados por el maestro como cualidades distintivas del estatus que se le avecinaba.

Para cuando Zoilo abandonó la residencia de don Hilario ya era medianoche. Del caserón rodeado de árboles partía un sendero oscuro que cruzaba el descampado en recto hacia el pueblo. Sin cruces ni desvíos que extraviaran a quien había bebido más vino en una noche que agua en una jornada minera. Fueron necesarios varios altos en el camino para vaciar la vejiga y vomitar los excesos. De haber una siguiente vez, pondría límites a tanto ofrecimiento, pensaba tras cada contracción del estómago.

Comenzaba a levantarse viento cuando llegó al caserío. Ni un solo transeúnte por las calles sinuosas de tierra y escoria minera. Si acaso, algún vecino que había salido a orinar antes de acostarse. La villa descansaba y Zoilo avanzaba serpenteando entre el aire denso, bajo la luz tenue de las farolas. Hacía cuatro años que se había inaugurado una red de cañerías de gas para suministro a trescientas farolas repartidas por el pueblo.

Al llegar a casa de Serafín golpeó con las uñas sobre el marco de la ventana de su dormitorio y esperó apoyado contra la pared. Al otro lado de la reja apareció el semblante adormilado de Serafín.

—Dime.

—¡Traigo buenas noticias! —anunció Zoilo sin despegarse de la pared—. Vengo de...

—¿Estás borracho? —interrumpió Serafín.

—Borracho de vino del bueno. ¡Vino de botella! —matizó con el dedo índice en alto—. No podía rechazar la invitación de un patrono. Es lo que tiene trabajar con esa gente... Escúchame, que tengo que irme a dormir. Que digo yo... que... ya no me acuerdo lo que te iba a decir... ¡Ah, sí! ¡Que te traigo buenas noticias! Si termináis de transportar esta semana el mineral de la Dichosa, nos pagarán la semana que viene.

—¿Cuánto?

—El cinco por ciento de la plata que contenga.

—Eso es poco, ¿no?

—Al parecer, este mineral tiene bastante plata —contestó Zoilo encogido de hombros—. Lo sabremos la semana que viene, siempre y cuando terminéis antes del domingo.

El corpulento asintió tras la reja de varillas empotradas.

—Estamos terminando. Mañana viernes o como mucho el sábado.

—Perfecto —remató Zoilo—. Si todo va bien, tendrás noticias mías en breve. Buenas noches.

Se despegó de la pared y se encaminó titubeante a su casa, mientras Serafín volvía a su cama.


A la mañana siguiente no pudo bajar a la mina para preparar las mulas y adecentar el establo. A pesar de que su madre lo había despertado en varias ocasiones, consiguió saltar de la cama cuando el sol ya brillaba en lo más alto. Sus hermanos estaban faenando en el campo y su madre, en el fogón.

—Me duele la barriga —simuló Zoilo al encontrarse con su madre, que desoyó la queja consciente del olor a alcohol que espesaba el aire de su dormitorio.

—¿Hoy no vas a trabajar?

—Sí. Voy ya mismo a la fábrica de hierros de don Antonio.

Con movimientos pausados para disimular el mareo que todavía le embestía, tomó un pedazo de pan del tablero que en el centro de la estancia hacía las veces de mesa y salió a la calle. En media hora estaba en la fábrica de su patrono. Cruzó el taller de construcción de tolvas, bebiendo de todos los cántaros que encontraba a su paso, y subió a la oficina.

—Buenos días, don Antonio. ¿Da usted su permiso?

El patrono asintió sin levantar la cabeza del manojo de papeles que tenía sobre la mesa, concentrado en buscar números para apuntarlos en un cuaderno. No solía desviarse de su faena si estaba inmerso en cuentas, excepto para no volar los papeles cuando le sobrevenía un ataque de su tos crónica mal curada. Aquejado de dolencias varias, su enorme barriga y continuas pesadumbres lo hacían firme candidato a habitar el subsuelo que tanto le había dado.

—Ayer me dijo don Hilario que no sabe nada del corrimiento de los mojones.

—¡Será sinvergüenza! ¿Tiene la cara dura de decir que no sabe nada? Seguro que se ha justificado diciendo que no está a su nombre ese terreno colindante a mi finca, ¿verdad?

Zoilo asintió en silencio.

—Lo he investigado y en efecto no está a su nombre —resolvió don Antonio—. Está a nombre de Emilio José Díaz, hermano de su difunta mujer. Qué casualidad, ¿no? —Visiblemente enfadado, sacó un cuchillo del cajón para afilar el lápiz. Con cada frase asestaba un golpe de muñeca sobre la punta y una lasca de madera saltaba al aire—. Esto no quedará así. Ya se me ocurrirá algo para compensar las pérdidas, porque equivocado está si piensa que perderé el tiempo volviendo a colocar los mojones en su sitio, ahora que ya no queda mineral. —Tras rebanar medio lápiz a cuchilladas, lo dejó sobre la mesa y sacó una carta del cajón—. Toma, llévala al capataz de la Teniente y que te diga si han reparado la tubería del agua.

Fue entonces cuando vio el lamentable estado de su lacayo.

—¡Coño, Zoilo! ¡Qué ojos llevas! ¡Las fiestas hay que dejarlas para el domingo!

Cabizbajo, Zoilo se disponía a salir de la oficina.

—¡Espera! —requirió el cacique al tiempo que sacaba una notita del bolsillo de su pantalón—. Y de allí vas a la tienda y llevas esto a mi señora esposa.

Entregó el papelito a Zoilo y continuó inmerso en sus cuentas.

## 9

*En el vapor-correo, océano Atlántico*
*Sábado, 14 de mayo de 1898*

Aquellas palabras me paralizaron la respiración: «Debo comunicarle que nos vemos en la obligación de impedir que divulguen lo que han oído... créame que lo siento». Mientras el que hacía de jefe me soltaba aquello, su asistente dejó el cuaderno sobre la cama y salió para dar indicaciones al de la puerta.

—¿Qué van a hacer con nosotros? —repetí—. ¿Qué está pasando? ¿Y mi marido?

—Tranquilícese —me pidió con tono sereno—. Al margen de que investiguemos quién ha divulgado esa información y la veracidad de la misma, entienda que debemos evitar, bajo cualquier circunstancia, que llegue a oídos de los mambises cubanos o de los yanquis que los apoyan. Aunque la noticia no sea veraz, si corriera el rumor de que este barco transporta armas, podría ser bombardeado en cualquier momento.

—Aunque se enteraran la tripulación y todos los pasajeros, no entiendo cómo podría llegar la noticia a esos señores que usted comenta, porque no creo que llevemos a bordo palomas mensajeras.

—Podrían telegrafiar tan pronto como llegáramos a Veracruz. No se hace usted una idea de la cantidad de agentes encubiertos que se dedican a informar a sus gobiernos. Incluso alguno podría estar viajando con nosotros. Un simple telegrama y este barco estaría hundido en cuestión de horas.

No me aclaró más, pero aquellas palabras y el hecho de que fueran militares me sirvió para confirmar los rumores que habíamos oído durante la comida: que llevábamos material bélico y que habían planeado una escala clandestina en Cuba después de desembarcarnos en México.

—Ni mi marido ni yo vamos a decir nada —convine algo más calmada—. Pueden estar seguros.

En ese momento volvió a entrar el apuntador para sentarse, acompañado del que había ido a recogerme, que se quedó de pie en mitad de la habitación. Giré la cabeza y vi que le asomaba una pistola bajo la chaqueta.

—Póngase en mi lugar y entienda la gravedad de la situación —me justificó el veterano. Al ver que yo seguía mirando de reojo al de la pistola, le mandó retroceder hasta la puerta—. Le voy a explicar lo que vamos a hacer de manera que les suponga la menor molestia posible. Durante los días que quedan de navegación, su marido y usted tendrán un escolta privado —señaló al de la pistola—, de manera que cada vez que salgan de la habitación, Alfonso les acompañará. La única condición es que no pueden hablar con ningún otro pasajero ni con la tripulación.

—¿Y cómo pediremos la comida en el restaurante?

—Desayunarán, comerán y cenarán en su camarote. Alfonso será su interlocutor para todo lo que necesiten y solo podrán salir a pasear acompañados por él.

—¿Me está diciendo que vamos a tener detrás a este señor —me detuve unos segundos para hacer recuento— los once días que quedan de navegación?

—Efectivamente. Háganse cuenta de que son ricos de los que llevan escolta.

—Ricos que no pueden hablar con nadie.

—Entre ustedes dos... y con Alfonso.

—¡Ah, bueno! ¡Con Alfonso! ¡Qué alegría de hombre! ¡Si no parpadea!

—Señora, lo siento, pero no hay otra opción. Le vuelvo a pedir que entienda la situación que nos ha tocado vivir. Le puedo asegurar que no es tan satisfactoria como escriben los periódicos de nuestro país. Ya no somos bienvenidos en la isla. Mire.

—Se levantó y buscó entre varios periódicos que había sobre la cama. Cuando encontró el que buscaba, me lo dio y señaló el párrafo que leyó en voz alta a continuación—: «Telegrafían de Cuba que a la llegada de los buques españoles a la isla hubo gran entusiasmo entre la población» —continuó un par de párrafos más abajo—. «La travesía se ha hecho sin encontrar barcos enemigos. La salud de los marineros es excelente y reina a bordo gran entusiasmo.»

Me miró con gesto amargo. Amargo pero rotundo.

—Mentira. Todo es mentira. Propaganda del Gobierno para contentar a cuatro necios porque, como sabrá, los artículos son censurados antes de ver la luz. Incluso tienen la indecencia de decir que la reina y el Ministerio han enviado felicitaciones al almirante Cervera. Felicitaciones en lugar de armas y hombres. ¡Si hasta el propio almirante Cervera dice que va al sacrificio! La flota yanqui es muy superior a la nuestra y nos están cañoneando por mar y tierra, mientras en Madrid siguen debatiendo qué estrategia seguir. No hemos aprendido nada de Cavite.

Suspiré, miré a los dos marinos con odio manifiesto y me levanté dando por zanjada la conversación. Al instante se levantaron e hicieron una reverencia a modo de despedida; el que tenía el cometido de guardaespaldas se me adosó en el pasillo para acompañarme hasta mi camarote. Al abrir la puerta, Zoilo estaba sentado sobre mi cama.

—Elisa, pensaba que no volvería a verte.

Corrió hacia mí, pero lo aparté para observar la habitación, revuelta como si hubiera entrado un ladrón con manoplas. Las maletas estaban abiertas y la ropa, diseminada al fondo del camarote.

—¿Qué ha pasado?

—Supongo que no se han conformado con interrogarnos.

El olor intenso a perfume me hizo suponer que también habían pasado por los cajones del tocador. En efecto, el neceser estaba en el suelo y mi perfume, hecho añicos. Salí airada al pasillo, para preguntar al vigilante.

—¿Qué diantre habéis hecho? ¿Qué buscabais? ¡Estáis locos! —Levanté el dedo índice—. ¡Se os va a caer el pelo!

Zoilo salió al pasillo para tirarme del brazo, cerró la puerta y me pidió tranquilidad con las palmas de las manos hacia el suelo.

—Ahora no me vengas con lecciones sobre cómo hay que comportarse —protesté—, que todo esto ha sido por tu culpa. ¿Cómo se te ocurre decirles que hemos oído esa conversación?

Al ver sus ojos lúgubres y puesto que el daño ya estaba hecho, preferí no seguir hiriendo. Fue en ese momento cuando saqué la tensión contenida en forma de sollozos. Zoilo solo acertaba a pedirme disculpas e insultarse con saña. Respiré profundo repetidas veces hasta conseguir tranquilizarme y nos sentamos para comentar lo sucedido, yo en la silla del tocador y Zoilo sobre su cama. En voz baja, sabedores de que el guardaespaldas acechaba al otro lado de la puerta.

A Zoilo le habían explicado lo mismo: que investigarían la veracidad de la información divulgada, que no podíamos hablar con nadie y que el tipo de la puerta vigilaría nuestros pasos hasta llegar a México. En ese momento deduje una aparente incoherencia que nos produciría aún mayor desazón.

—Zoilo —exhalé manifiestamente nerviosa y me incliné hacia él para explicarme con voz de susurro. Levantó la cabeza con lentitud hasta encontrar mis ojos—. Será verdad lo de que llevamos munición o armamento a bordo. De no ser así, no me habrían hablado de lo mal que está la situación en Cuba. Además, no tendría sentido que hicieran todo esto por un simple comentario. Rumores de todo tipo corren por doquier, sobre todo tras lo de Cavite, y no pueden estar entrevistando y vigilando a todo aquel que diga haber oído un comentario que pueda perjudicar sus intereses. Por lo tanto, si es verdad lo de las armas, no entiendo que se olviden de nosotros al llegar a México. Lo lógico sería que nos siguieran vigilando unos días más, ya que todavía les quedaría el trayecto hasta Cuba. Quizá no han querido comentarlo para no incrementar nuestro agobio. —Pensé que era hora de apaciguar nuestras mentes—. No le demos más vueltas. Como ha dicho ese señor, imaginemos que somos ricos y llevamos escolta privado.

A Zoilo aquellas palabras no le sirvieron de alivio: su mente seguía ofuscada en pensamientos que preferí ignorar. Lo dejé inmóvil sobre su cama mientras recogía y ordenaba nuestras pertenencias. Habían sacado toda la ropa de cajones, maletas y armarios. Amontonada y arrugada. Aprovechando que tenía pendiente redistribuir el contenido de las maletas, fui extendiendo una a una cada prenda sobre la colcha para doblarla con cuidado y guardarla de nuevo.

Zoilo pareció revivir al traer a su memoria su mayor motivación. Se estiró hacia la mesilla de noche, quitó la cinta elástica a su cartera de cuero y la vació sobre la cama. A continuación, saltó al suelo y recogió los legajos de billetes. Yo, que seguía ordenando ropa, observaba de reojo el minucioso recuento de manojos. Levantó la cabeza y me confirmó que no faltaban. Estaba claro que habían sido ellos y que no buscaban dinero.


Los días transcurrían muy lentos. Zoilo mataba el tiempo tumbado sobre su cama entre periódicos y revistas. Yo, ofuscada en mis maletas. Las abría una y otra vez con obsesión casi compulsiva, ponía prendas en el armario y guardaba otras, buscaba huecos donde apretujar zapatos, repisas donde descansar sombreros y comprobaba que ningún vestido hubiera quedado arrugado al cerrar las maletas por última vez. Las abría levemente, me asomaba y volvía a cerrar. Así una y otra vez.

Si bien nada nos impedía pasear por el barco, la falta de espontaneidad en nuestros movimientos nos coartaba sobremanera. Entendí entonces cómo podría ser la vida de aquellos que tienen un protector siguiéndoles como una prolongación de su sombra. Si nunca los había envidiado, menos ahora que lo experimentaba en mis carnes.

Por suerte, lo que en un principio era rigidez absoluta en cuanto a horarios y rutinas, se fue relajando hasta el punto de permitirnos comer fuera de la habitación, con el resto de los pasajeros. Eso sí, con nuestra sombra particular al acecho de cualquier comentario con la tripulación. Acercaba una mesita a poco más de un metro de la nuestra y se sentaba con cierto disimulo a una distancia suficiente para oír nuestras conversaciones con los camareros. Entre Zoilo y yo podíamos hablar en voz baja, pero debíamos asegurarnos de que el escolta nos oyera cada vez que hablábamos con terceros.

Alfonso era un tipo arrogante. Me incomodaba el trato despectivo que dispensaba a la tripulación, y lo grosero que era con el género femenino. Sin embargo, con nosotros se mostraba más respetuoso y distante, quizá por ser yo hija de almirante. Se le advertía entusiasmado con su trabajo y gustoso de cumplir las órdenes de sus superiores. En lo profesional era recto como el tronco de un eucalipto. Y alto, muy alto. Un metro ochenta como poco. Corpulento y de manos toscas, llamaban poderosamente la atención las enormes estacas que tenía por dedos. Enfundado en negro, no se despojaba del sombrero, tal vez para ocultar su prominente calvicie, ni de una chaqueta poblada de arrugas, aunque la temperatura a mediodía superara los treinta grados. Para probar hasta qué punto era capaz de aguantar el porte sin descomponerse, propuse a mi marido salir a la cubierta uno de esos días en que el sol se mostraba implacable. Y resistió sin torcer el gesto. Tenía el cuello de la camisa empapado y rodales de sudor recalada en la chaqueta cuando decidí que ya era hora de volver a la sombra. A veces me invadía cierto instinto de resarcimiento, a pesar de saber que estaba arremetiendo contra el mensajero.

No solo llegué a acostumbrarme a aquel tipo. Debo ser sincera y reconocer que me sentía importante cuando pasábamos escoltados frente a otros pasajeros. En esos momentos me acordaba de Concha Peñaranda, La Cartagenera, aquella noche que tras la actuación salió del teatro escoltada por dos tipos fornidos, entre decenas de aficionados que se le abalanzaban con piropos y elogios. «Cómo quieres que en las olas no haya perlas a millares —cantaba—, si en la orillita del mar te vi llorando una tarde.»

Estábamos cenando la noche del decimosexto día de navegación cuando miré la mesa donde engullía nuestro escolta y visualicé en mi mente la pareja cuyo comentario había desatado la polvareda. No era la primera vez que me acordaba de ellos; siempre había pensado que, ante la posibilidad de que también llevaran acompañante, hubieran decidido limitar sus salidas. Cinco días desde entonces y no habíamos vuelto a coincidir. Aunque el barco era grande, las zonas que frecuentábamos —la sala de té, el vestíbulo, la sala de lectura, la biblioteca, el bar y la cubierta— terminaron siendo como un patio de colegio en el que todos nos veíamos a diario. De hecho, muchos matrimonios habían entablado amistad y las tertulias se sucedían por doquier.

Mi mente, que a la sazón parecía carburar en régimen de sobrecarga, comenzó a plantear posibles razones que justificaran la ausencia de aquella pareja. Desde que los hubieran llevado en bote a otro barco, hasta que hubieran cambiado a un camarote de las categorías inferiores. Ninguna me convenció. Miré a mi marido, abandonado a sus pensamientos, y me giré hacia Alfonso:

—¡No hemos vuelto a saber de la pareja! —le solté intentando atemperar el volumen.

Recogió mi mirada y continuó comiendo.

—¿Sabes de quién te hablo?

Asintió con la cabeza sin apartarla del plato.

—¿Sabes algo de ellos? —volví a preguntar.

Elevó los hombros en señal de desconocimiento, con una espiración a modo de hastío que me mostró su escaso interés hacia aquella conversación. Probé con el otro insulso: mi marido.

—¿Se te ocurre qué puede haber pasado con ellos?

—Los habrán tirado por la borda.

—¡Dios mío! —solté desbocada. Inspiré profundo, espiré y volví a moderar la voz—. ¡Espero que no estés en lo cierto! Y si fuera verdad... ¿por qué no han hecho lo mismo con nosotros?

—Pues... porque tu padre es almirante, por ejemplo. Tú misma se lo contaste para que te tuvieran en consideración.

Me levanté enérgica hacia la mesa de Alfonso y aparté su plato para obligarle a mirarme.

—¿Qué habéis hecho con esa pareja?

—Le repito que no lo sé. No tengo ni idea. Esta noche preguntaré a mi jefe y mañana les comentaré.

Me sorprendió aquella contestación afable. Volví a sentarme para terminar el postre y marcharnos al camarote.

La mañana siguiente permanecería congelada para siempre. Cada minuto. Imborrable. La mañana del 25 de mayo de 1898.

Me despertaron los rayos de sol que se colaban por los laterales de la cortina, atravesando la habitación en horizontal para alumbrar la puerta de nuestro particular presidio en forma de figuras estilizadas que parecían bailar al son del continuo y lento balanceo del barco. Por primera vez en días el dormitorio se respiraba limpio. Y me extrañó.

Me aproximé al borde de la cama, alargué el brazo hacia la de Zoilo y tiré de su sábana de hilo frío. Me incorporé buscándolo, solo había aire. Aire frío coagulado. Vi entonces que la puerta del excusado estaba abierta y el interior oscuro.

—¿Zoilo? —Mantuve la respiración para ayudar al oído—. ¿Zoilo?

No respondió. Su cartera y su reloj seguían sobre la mesilla de noche, por lo que supuse que estaría en el pasillo, hablando con Alfonso. Procedí a la rutina diaria de aseo, evacuaciones y vestimentas, aunque esta vez con mayor celeridad por la incertidumbre. Al abrir la puerta del camarote, allí estaba Alfonso como cada mañana. Tieso y solo. Con su sombrero y su chaqueta negra.

—¿Y mi marido?

—¿Zoilo?

—No tengo otro.

Me apartó con el brazo y entró raudo en la habitación para registrarla como si estuviera buscando un jilguero.

—¡Ni se te ocurra tocar nada! —le dije desde la puerta al ver que abría el armario—. No se ha escondido en la habitación.

Indiferente a mis comentarios miró bajo la cama, tras las cortinas, se asomó al cuarto de baño y finalmente salió en dirección al camarote de sus jefes.

Por primera vez había tenido que improvisar y se había olvidado de mi custodia, lo que aproveché para buscar a Zoilo por el barco. Recorrí las estancias que solíamos frecuentar e incluso algunas dependencias reservadas para la tripulación. Ni rastro. Supuse entonces que podría estar hablando con los jefes de Alfonso y volví a los camarotes. Por el camino me encontré con los tres marinos que desde el primer día custodiaban el pasillo, alterados por habernos perdido de vista. Alfonso, sofocado además por haber fallado en su cometido y quizá por la reprimenda de sus superiores.

Tampoco sabían nada de Zoilo. Me pidieron que esperara en la sala de lectura, acompañada de Alfonso, prometiéndome los otros dos que revolverían el barco hasta encontrarlo.

Sonó el nombre de Zoilo por la megafonía, solicitando que se personara en la sala de lectura. No apareció. Recé para que no se cumplieran mis presagios, pero no apareció.

Al cabo de una hora interminable, asomaron los dos marinos negando con la cabeza. Habían revisado el barco con la ayuda de varios miembros de la tripulación: el resto de las categorías, la cámara de máquinas, la bodega, la cocina... Todo. Y nada.

Me hicieron varias preguntas improvisadas sobre el estado anímico de Zoilo de los últimos días y de algún posible comentario que pudiera justificar su desaparición.

—Últimamente los acontecimientos no nos han sido muy favorables. De no ser así, no estaríamos en este presidio flotante —les dije entre lágrimas—, pero no para llegar a este punto...

Los dos marinos me miraron desolados antes de encaminarse hacia su pasillo, mientras Alfonso se apoyaba contra la pared como gesto de espera. Estaba claro, debía volver a mi celda. A mi celda vacía.

Había desaparecido, quizá para siempre, el hombre del que un día había estado enamorada. Aquel chico que conocí una calurosa noche de verano. Aquel chico tímido ligado al mineral, al sol y al mar. Ese mismo mar que había engullido de improviso sus treinta y seis lamentos.

Y eché de menos el olor de su piel, su rictus marchito, arrepentida por tantos arrumacos y besos pendientes. Ese sería nuestro destino, pensé. Y volví a llorar.

Los días restantes de navegación los pasé en la habitación. Sola. Abatida durante el día y angustiada durante la noche. Pese a no perder nunca la esperanza de que se abriera la puerta y entrara Zoilo, debo admitir que en más de una ocasión estuve a punto de subir a la cubierta para reunirme con su alma. Alfonso, quizá consciente de aquella posibilidad, hacía guardia en el pasillo las veinticuatro horas del día, para protegerme de mi desesperación; o más bien por miedo a represalias de sus superiores si perdía a otro custodiado. Su tono y sus gestos se habían suavizado por el cansancio acumulado en los cientos de horas de espera junto a la puerta, pero seguía teniendo el mismo aire vanidoso de quien se tiene en alto concepto por ningún mérito propio y el mismo aire patriótico de quien nunca ha vivido un conflicto armado ni sus consecuencias.

Inventaba excusas a diario para entrar en mi camarote. Me decía que una mujer como yo no debía estar sola. Que necesitaba un protector, un hombre a quien cuidar. Yo me cuido a mí misma y de mí misma, le contestaba. Despeinada de apatía, no me apetecía la compañía de quien por boca suya nunca salió un buenos días ni un por favor. Normalmente, solo permitía entrar en el camarote a la asistenta y al camarero, pero en ocasiones era Alfonso quien traía la comida. En ese caso, lo autorizaba el tiempo de dejar la bandeja en el tocador y salir de nuevo al pasillo. Alfonso era un tipo persistente y de ideas fijas. Corpulento, sus hombros abultaban la chaqueta como si llevara almohadillas y la cabeza era una continuación en vertical de su cuello robusto. Nariz de púgil. Mostacho frondoso y patillas gigantes que apenas dejaban libre el mentón. Dientes blancos y alineados. Ojos de avellana y comisura externa en caída que le daba cierto aire mustio. Tampoco le favorecían los cuatro surcos horizontales de la frente ni las cejas espesas. Calvicie prominente y un islote redondo de pelo en el frontal, oculto bajo su eterno sombrero oscuro.

Fue él quien me dio el segundo disgusto del viaje. Una mañana me despertaron lo que al principio interpreté como quejidos de mi asistenta en el pasillo, intercalados con bufidos del marino. Me incorporé en la cama y agucé el oído en lo que parecía una discusión. Me extrañó que mi dócil asistenta pudiera reñir con alguien, por lo que tomé el parasol y corrí al pasillo. Mis presagios resultaron ciertos. Alfonso tenía a la chica inmovilizada contra la pared y sus dedos bajo la blusa. Agarré el parasol con ambas manos y descargué mi furia sobre su espalda. Tras un golpe certero en la zona lumbar, Alfonso cayó al suelo y la chica huyó visiblemente sofocada, mientras yo terminaba de doblar los hierros contra el marino. Con odio. Con insultos que jamás han vuelto a salir de mi boca. Creí entender a Alfonso que, entre lamentos, trataba de decirme algo.

—No tengo la culpa. Ha sido ella.

Detuve en lo alto lo que quedaba del parasol.

—¿Cómo dices?

—Que es su culpa. Lleva varios días insinuándose.

Aquellas palabras sirvieron para que terminara de destrozar la sombrilla sobre su cabeza con el mismo nervio que me desata el correteo de una cucaracha. Lo salvaron de más golpes varios pasajeros varones que salieron al pasillo y un par de marinos que acudieron a la carrera. Puesto que la asistente ya no estaba y los presentes desconocían lo sucedido, procedí a explicarme apenas recobré el aliento. Todos escucharon, nadie se pronunció. Los pasajeros volvieron a sus habitaciones y los compañeros de Alfonso lo condujeron a uno de los camarotes del fondo para hablarle en privado.

Desconozco el alcance de las represalias, si es que las hubo, pero conseguí con tal hazaña que a partir de ese momento Alfonso ignorara a mi asistenta. Durante los días restantes de navegación actuaba como si aquella mañana no hubiera sucedido nada. No pidió disculpas ni trató de excusar su comportamiento. Y por si aquella mente obtusa volvía a reincidir, saqué de una maleta mi segundo y último parasol, para llevarlo conmigo día y noche como aviso de lo que podía volver a sucederle.

Al llegar al puerto de un lugar llamado Veracruz me ayudó a sacar las maletas al pasillo y avisó a mi asistenta para que se hiciera cargo de ellas. Dispuesta como siempre, tenía en su mano unos tiques que nos entregó para canjearlos por las maletas una vez que desembarcáramos y tras los trámites aduaneros oportunos.

La vi llorar al alejarme por el pasillo. Debí haberla abrazado, no sé por qué no lo hice. Siempre me ha faltado ese punto resolutivo que más tarde lamento. De haberlo tenido, incluso le habría propuesto ser mi asistente personal. Mi intuición me decía que habría aceptado: tras su velo de innegable profesionalidad, podía vislumbrarle cierto halo de tristeza y hastío. Desconozco el motivo, porque ella nunca me habló de su situación personal ni profesional en mis numerosos intentos de conversación. Discreción absoluta que admiraba, incluso en mis momentos de profunda soledad.

Bajamos a tierra firme y por primera vez en veintidós días sentí con alivio que el suelo no me mecía. Resguardada bajo el parasol, miré a ambos lados asombrada por el trasiego de obreros y mercancías. Llegué a ver baúles, armarios, camas y mesas sobre las espaldas de aquellos hombres de piel tostada.

Embelesada, intentaba captar hasta el último detalle de lo que ocurría a mi alrededor, como si aquel día fuera el último para mi vista. En otro muelle cercano había atracadas embarcaciones de menor tamaño, algunas cargadas hasta los topes de mercancías que desembarcaban mediante grúas con forma de arbotante, cuerdas, garruchas y músculo. El trajín era incesante, pero no se respiraba sensación de caos.

Nuestro muelle se advertía reformado, con una hilera de grúas en cada cantil frente a las dependencias de la aduana marítima, comandancia del resguardo, capitanía del puerto y comisaría. En la parte central del edificio había un gran arco central al que llamaban la Puerta del Mar; a la derecha un vano de menor altura con el letrero de ENTRADA y otro similar a la izquierda con el de SALIDA. Hacia el de entrada nos condujeron al medio centenar de pasajeros de primera clase, entre barriles, carretillas, cajas de madera y tablones, para que unos uniformados nos preguntaran de dónde veníamos, cuál era el motivo de la travesía y el tiempo previsto de estancia.

Cumplido el trámite aduanero y a la espera del equipaje, Alfonso consideró oportuno darme conversación que yo no demandaba. En una especie de monólogo patriótico admitió que el barco, en efecto, llevaba munición y armas a bordo, además de bacalao en salazón y tocino para los compañeros que luchaban en Cuba. La situación en la isla era cada vez más complicada. Me detalló algunos enfrentamientos como el producido en la bahía de Cárdenas, al norte de la isla, pocos días antes de que zarpáramos de Cartagena. En aquella ocasión, una lancha cañonera española había conseguido vencer a un torpedero estadounidense de mayor capacidad ofensiva. Dos cañones españoles contra tres cañones y dos lanzatorpedos americanos. Diez disparos españoles habían sido más certeros que setenta del enemigo. Me explicó que nuestro vapor entraría en el puerto de Santiago de Cuba por la noche y con los faros apagados para mayor discreción, lo que incrementaba considerablemente la peligrosidad; la entrada en el puerto era larga y tortuosa, y la posibilidad de encallar, elevada si no se conocía lo suficiente. Me habló de buques civiles reconvertidos para uso militar, cañoneras españolas que perseguían los alijos de armas de los insurrectos y minas españolas que no explotaban, debido a su deficiente ensamblaje. Su fervor patriótico parecía revestir el desenlace que se avecinaba. Lealtad exenta de realidad. Mientras él hablaba, mi mirada revoloteaba por los rostros de los viajeros y lugareños. Mi déficit de atención era mayúsculo y mi capacidad de oratoria casi nula hasta el punto de no poder enlazar dos palabras sin romper en lágrimas.

Cuando por fin llegaron mis maletas, Alfonso —que solo llevaba un pequeño saco de lona colgado del hombro, lo que me escamó sobremanera— salió por una de las puertas traseras en busca de porteadores, para regresar en pocos minutos con dos individuos endebles y añosos. Repartieron los bultos en dos carretillas y salimos directos al sol de mediodía, entretanto comenzaban a llegar más pasajeros al edificio, los de segunda clase, según Alfonso.

Anduvimos bajo los soportales de la aduana, donde decenas de vendedores ambulantes ofrecían sus artículos expuestos sobre cajas de madera o bien en el suelo sobre telas: muebles, vasijas de cerámica, utensilios de cocina y sombreros, sobre todo sombreros. Otros ofrecían agua fresca, limonada, camotes horneados, pollos, gallinas, loros, chihuahuas, huevos hervidos, pescado y fruta que nunca había visto. Hombres y mujeres de piel morena, sentados tras su mercancía, viejitas algunas, niños correteando alrededor y bebés dormitando sobre la pechera de sus progenitoras o amarrados a la espalda. También holgazanes, pedigüeños y curiosos, clanes universales.

No tardé mucho en descubrir que brincando mayo llegaban los meses de lluvias y que los soportales servían de refugio para unos y otros. Enfrente quedaba la plaza del Muelle, delimitada por edificios antiguos con balcones, persianas verdes y toldos, bajo los que se refugiaban más vendedores y mercancías. Y como si de vigilantes se trataran, decenas de zopilotes posados en las alturas, sobre balcones y tejados, a la espera de que la plaza se aliviara de personal para disputarse la mejor basura.

Me llamó la atención la vestimenta de los lugareños: sombreros calados hasta las cejas con copa cónica enorme y ala ancha circular, alguna que otra gorra y escasos sombreros de inspiración norteamericana; algunos con pañuelos al cuello en lugar de corbatas y una especie de chaquetas ajadas, abotonadas a la altura del pecho que dejaban asomar la camisa en la zona del ombligo.

Al girarme, alertada por el ladrido de chihuahuas, creí advertir que un chico seguía nuestros pasos. Efectivamente, las dos veces que me detuve él hizo lo mismo. Alfonso, que avanzaba entre la multitud unos metros más adelante, no se había percatado. Apreté el paso, adelanté a nuestros dos carretilleros y le toqué en la espalda.

—Con disimulo mira hacia atrás. Hay un chico que nos está siguiendo —susurré.

—¿A nosotros? Imposible.

—¡Que sí! Cada vez que me paro, él también. —Giré la cabeza y miré de reojo—. Viste todo de blanco.

—¡Ah! Es Samuel. Me sigue porque me conoce de otras veces que le he dado propinas o le he encargado algún recado. No se preocupe, es de fiar. Cuando lleguemos a la hospedería le daré unas monedas para que se marche.

Ingenua y con la mente llena de complicaciones, no le di mayor importancia.

Alfonso me propuso alojamiento en uno de aquellos edificios de toldos. No se me antojaba excesivamente viejo y puesto que necesitaba resguardarme de semejante bochorno, acepté indolente. Alfonso debía custodiarme durante cinco días más, tiempo suficiente para que el vapor llegara a Cuba y completara su peligrosa misión. Esas eran las órdenes.

Entramos en la recepción, muy pequeña y con las paredes saturadas de salvavidas, anclas, nudos marineros y otros objetos navales. Los carretilleros esperaban en la puerta y el chico de blanco, en el quicio.

La muchacha que apareció tras la cortinilla, simpática y exuberante, nos preguntó nuestros nombres, los apuntó en un cuaderno y abrió la caja de latón donde guardaba las llaves de las habitaciones.

—No somos pareja —le refunfuñé al ver que sacaba una sola llave—. Necesitamos dos habitaciones individuales.

—Individuales pero contiguas —matizó Alfonso.

—Ustedes disculpen. —Rebuscó en la caja hasta encontrar los números seis y siete—. Las recámaras están en la planta superior, subiendo por esta escalera. El cuarto de aseo está al fondo del pasillo. Para cualquier cosa que necesiten no duden en llamarme. Mi nombre es Benita. Que disfruten de la estancia.

Tenía una expresión dulce que agradeció mi estado de nervios próximo al desfallecimiento. Para colmo, vi cómo Alfonso se acercaba al chico de blanco y le daba con disimulo un papel doblado. Seguro que no era la lista de la compra. Tampoco un billete. Quizá un mensaje para avisar a alguna lugareña de que su don Juan Tenorio había llegado, aunque me resultó extraño tanto sigilo. En cualquier caso, esos asuntos no eran de mi incumbencia.

El de blanco salió corriendo, los carretilleros nos subieron el equipaje, Alfonso les pagó y se despidieron sombrero en pecho.

La chica de la recepción nos había dado habitaciones con vistas a la plaza del Muelle. No sé la de Alfonso, pero la mía era amplia, luminosa y muy colorida, en la que predominaban los tonos cálidos. Las paredes estaban pintadas de un color anaranjado pálido, decoradas con varios cuadros y un gran tapiz con animales y personas en posturas imposibles que supuse tendrían significados místicos o religiosos. La colcha era estampada con una representación de personas en un mercado de fruta. Una auténtica obra de arte. Rematada por un cabecero con la silueta de un enorme sol sonriente, cuyos rayos se dispersaban oscilantes. A ambos lados de la cama, sendas alfombras con dibujos en forma de grandes rosetones morados. El techo: blanco. Solamente blanco.

Lo único que me generó cierta desazón fue el hecho de que los baños fueran comunales. Al fondo del pasillo había una bañera y dos retretes: uno para señoras y otro para caballeros. El dormitorio solo disponía de un pequeño lavabo con una pastilla de jabón, una toalla y un espejo.

## 10

*La Unión, Murcia*
*Jueves, 29 de mayo de 1879*

Según lo convenido, Zoilo Baraza volvió a casa de don Hilario para recoger su parte, como compensación por los trabajos realizados en la finca de la mina Dichosa, consistentes en el movimiento de mojones en favor de la finca anexa y posterior acarreo del mineral a la fundición de don Hilario.

Confiado en recibir un pequeño trozo de plata o algunas monedas, su sorpresa fue mayúscula al verlo con un lingote en la mano.

—¡Aquí está tu parte! —clamó don Hilario con la barra en alto—. Treinta onzas. Casi un kilo de plata. Ya tengo todos los lingotes vendidos. Todos igualitos al tuyo —dijo el patrono visiblemente orgulloso—. La semana que viene, Dios mediante, saldrán de la fábrica en dirección a Barcelona.

—¿En carro?

—No, en barco. Esta plata va, según el tratante, a varias orfebrerías de un pueblo de Barcelona donde fabrican hermosos cubiertos, bandejas, candelabros... —Don Hilario extendió los brazos para hacerle entrega del lingote—. Aquí tienes tu parte, como te prometí. ¡Para que veas que soy hombre de palabra!

Zoilo lo recibió perplejo y observó su brillo en silencio, al tiempo que deslizaba el pulgar sobre la suavidad del mazacote de seis dedos de largo y dos de ancho.

—Si yo soy de palabra, tú eres de pocas palabras —bromeó el patrono—. No te veo muy contento.

—Por supuesto que sí, don Hilario. Es que... nunca había visto nada igual. —Por unos segundos el salón se inundó de mutismo. Con timidez Zoilo levantó la mirada hacia don Hilario—. Con todos mis respetos, no sé cómo voy a repartirlo con mis socios.

El patrono soltó una carcajada.

—Por eso te recomendé esperar al cobro para pagarte con dinero, aunque puedo volver a fundirlo y hacer lingotes más pequeños.

La cara mustia de Zoilo parecía deleitar al patrono, que de nuevo volvía a reírse.

—Ya veo que no te apetece desprenderte del lingote. No quieres seguir esperando y te entiendo, porque yo de joven era tan impaciente como tú. Solo se me ocurre una última opción y es cortarlo con una sierra.

—¿La plata se puede cortar?

—¡Por supuesto! ¡Claro que sí! El acero de la sierra es más duro que la plata. Incluso con un vidrio podríamos rallar este lingote. El hecho de que la plata o el oro se valoren tanto no es por su dureza, como ocurre con el diamante, que es el mineral más duro que existe. Un diamante puede rallarlo todo y solo un diamante puede rallar a otro. —Don Hilario sonrió tierno al que ya consideraba su discípulo—. Vamos a cortarlo y asunto solucionado.

Elevando el volumen pidió una regla, un lápiz y una sierra a su mayordomo, que apareció a los pocos segundos con el material solicitado.

—¿No tenemos otra sierra en mejor estado? —preguntó el cacique al recibir una de arco con la hoja oxidada.

—No, señor. Lo siento.

Don Hilario miró a Zoilo con la herramienta en alto.

—Te va a costar cortarlo, quizá se rompa la hoja...

—No se preocupe don Hilario, ya me agenciaré una sierra.

Se quitó la camisa y la extendió sobre el suelo.

—¿Qué haces? —preguntó don Hilario.

—Es para envolver el lingote.

—Espera.

El cacique elevó la voz para pedir un pañuelo a su mayordo-mo, que lo trajo a la carrera con la urgencia de suponer otro uso más común. Un bonito pañuelo de seda, bordado con las inicia-les H. R. M.

—Te lo regalo, para que lo guardes como recuerdo de este viejo gruñón.

Zoilo lo recibió agradecido, con paciencia envolvió el lingo-te como un tendero empapela el embutido y se despidió cortés-mente de don Hilario.

Camino del pueblo, Zoilo apretaba el envoltorio contra la barriga, sorprendido de que uno de los grandes patronos de la sierra minera hubiera sido honesto en el trato con un don nadie como él. Como su parte había sido el cinco por ciento, pensó en calcular el número total de lingotes que habría obtenido don Hilario. Se agachó frente a una torrentera y con la mano que le quedaba libre alisó las pequeñas grietas de la tierra para que le sirviera como lienzo. Buscó una ramita y con ella escribió un cinco, una rayita y un uno.

—El cinco por ciento es un lingote —murmuró Zoilo.

A continuación, escribió un diez bajo el cinco y un dos bajo el uno.

—El diez por ciento serían dos lingotes.

Así continuó hasta concluir que el número total de lingotes habría sido de veinte.

—¡Veinte lingotes! ¡Joder! ¡Eso tiene que valer mucho dinero!

Borró los números y se levantó para continuar en dirección a su casa. Por su mente desfilaban imágenes de los últimos días, orgulloso por la hazaña y a su vez sorprendido de no sentirse mal por haber conseguido tal botín de manera ciertamente inde-corosa. Sus padres, que siempre habían presumido de ser pobres pero honrados, no habrían aceptado conducta semejante, por lo que quizá había llegado el momento de decidir si debía abando-nar aquellos tejemanejes o continuar manteniéndolos en secreto.

Así anduvo varios kilómetros de senderos inundados de olor a tomillo, valorando pros y contras. Si bien robar a patro-nos mineros era considerado como mal menor, puesto que la población los consideraba responsables de gran parte de sus miserias, saquear a personas tan poderosas como don Antonio suponía asumir un riesgo muy elevado. Para cualquier patrono —y don Antonio no era una excepción—, la vida de un trabajador tenía menos valor que la de una mula de carga: de sobra sabía Zoilo que sus días estarían contados si su jefe se enteraba, máxime al tratarse de una de sus personas de confianza. Continuar con aquellos tejemanejes también tenía el riesgo de que alguno de sus socios anduviera blando de boca con algún familiar o amigo, o que fueran sorprendidos en plena faena y forzados a desembuchar el nombre del cabecilla. Además, a buen seguro no todos los trabajos serían tan sencillos y fructíferos como aquel.

Suspirando su incertidumbre, desenvolvió ligeramente el lingote y lo observó a la luz del sol. Nunca había visto un brillo tan hermoso. Pensó que tal vez podría conseguir más lingotes, con suerte los suficientes para sacar a su familia del lodazal en el que se encontraban. Decidió entonces que los tejemanejes no habían terminado aún.

Al llegar a casa, sus hermanos ya estaban sentados en torno a la cazuela.

—Llegas tarde —dijo uno de ellos.

—Don Antonio siempre me lía con sus recados y cualquiera le dice que no. Empezad que ya voy.

Entró en el dormitorio, dejó el pañuelo enrollado debajo del colchón y salió al trote para tomar una cuchara y compartir el guiso.

Apenas probó bocado. Fingía seguir la conversación de sus hermanos mientras su mente sobrevolaba el lingote. Los hermanos de Zoilo trabajaban ambos en el campo. Sus sueldos eran inferiores a los ocho o diez reales diarios que cobraba un minero, pero el trabajo era menos peligroso y algo más saludable, además de que con cierta frecuencia traían pan casero, higos secos, aceite e incluso vino regalado por el terrateniente.

Sus caras tostadas, sus fornidos brazos y sus manos repletas de callos delataban la rudeza del manejo de azadas, legones, horcas y aperos de labranza. Zoilo también tenía la piel bronceada y la frente palidecida por el uso perenne de gorras y sombreros, pero se advertía menos corpulento. Su cara era más alargada, la nariz más afilada, la barbilla ligeramente prominente y los pómulos poblados de pequeñas pecas, todo ello herencia de su madre. De su padre habían heredado los tres una abundante mata de pelo negro y piernas cortas compensadas con un talle largo; era el intelecto lo que más diferenciaba a Zoilo de sus hermanos, sobre todo en forma de modales menos toscos, verborrea más resuelta y avidez por aprender. Solo él sabía leer, sumar y restar, enseñado por el dueño de una de las tabernas del pueblo a cambio de servir bebidas los domingos a los que mataban las horas jugando al dominó.

Terminada la comida, Zoilo dijo tener más recados pendientes y se marchó precipitado hacia una de las fábricas de su patrono, la más grande, conocida como la fábrica de hierros porque se manufacturaban allí todo tipo de depósitos, canalizaciones y estructuras metálicas.

Lo encontró en la oficina, como siempre, rodeado de papeles.

—Buenas tardes, don Antonio. ¿Da usted su permiso?

—¡Pasa!

Zoilo entró y se encogió junto a la puerta en espera de atención.

—Dime —autorizó finalmente don Antonio.

—Me dice el capataz de la Cogotazos —los nombres de las minas podían ser tan variados y originales como Acabose, Casualidad, Desengaño, Dios te ampare, Mi nena, Por si llega o Qué se yo— que se ha lesionado un minero y necesita otro que sepa entibar.

—¡Coño! ¿Y qué quiere, que se lo busque yo? ¡Además de nuevo es tonto! ¡Me tiene harto! ¡Solo sabe dar problemas! ¡Dile que lo busque él, que para eso le pago!

Zoilo escuchaba consciente de que la elegancia no era la principal virtud de su jefe y acongojado por lo que tenía que contarle.

—¿Algo más? —refunfuñó sin levantar la vista de los papeles.

—Bueno... pues... parece que... según me ha comentado un

vecino que trabaja en la fundición de don Hilario, ya tienen la plata de la Dichosa y la semana que viene la embarcarán para Barcelona.

—¡Ese cabrón tiene mi plata! ¿Mucha? ¿Ha sacado mucha?

—Creo que en torno a quince lingotes.

—¡Joder, eso es mucho! ¡Quince lingotes de trescientas onzas! ¡Se está forrando a mi costa!

—¿Trescientas onzas dice usted? No creo que sean tan grandes... —Inmerso en sus papeles, el patrono no hizo caso al comentario—. Don Antonio... con todos mis respetos... —farfulló Zoilo con un hilo de voz—, ¿quiere usted recuperar su plata?

—¡Por supuesto que quiero! ¡Cómo no voy a querer! Pero ¿acaso me la vas a traer tú?

Zoilo se giró hacia la manilla de la puerta.

—¡Chsss! ¡No te vayas tan rápido! —El patrono apartó la vista de los papeles por primera vez—. ¿Estarías dispuesto a entrar en la fundición?

Zoilo asintió sin levantar la mirada.

—¡Coño, Zoilo! No me esperaba eso de ti. Tú, que eres más parado que un pollino de mármol. —Don Antonio lo miró fijamente, con el lápiz suspendido en el aire—. Pero ¿irías tú solo?

Zoilo negó.

—¡Ah! ¡Con un grupo de amigos! ¡Siéntate!

El patrono miró atento a su lacayo, que obediente tomaba asiento.

—Tus amigos y tú vais a hacer lo siguiente. —Se mantuvo unos segundos en silencio ordenando ideas y procedió—. Este sábado por la noche es la inauguración del Teatro-Circo de Cartagena. Lo anuncian en el periódico desde hace no sé cuánto tiempo como si fuera el acontecimiento del año y se ve que ya están todas las entradas vendidas. Lo único que me gusta de esos espectáculos son las señoritas que actúan. El caso es que, como se espera que vaya el señor alcalde y toda la gente de estirpe, renombre y dinero —dijo con aire despectivo—, también va el sacabarrigas de don Hilario, que ya se ha encargado de decir a todo el mundo que se sentará junto al alcalde. Digo yo que tendrá ganas de olerle los *peos*. —Se reclinó con aspavientos sobre su silla de madera—. Mira si será sacabarrigas que, según dicen, tiene en el salón de su casa un butacón tapizado con piel de oso polar.

Zoilo, que había estado sentado en ese butacón de pelo blanco, carraspeó con asombro fingido.

—Para colmo, presume con el dinero que nos roba a los demás, pero esta vez le va a salir rana. Como se quedará a dormir en Cartagena y no aparecerá por La Unión hasta el domingo o el lunes, vosotros entraréis en la fundición el sábado por la noche. Id en carro porque tantos lingotes no se pueden transportar a pie. Una vez que estéis dentro, os vais directos a la caja fuerte que hay en la oficina, al fondo de la nave a la izquierda. La caja es como la mía. Acompáñame para que te diga cómo se abren.

Bajaron las escaleras y entraron en un pequeño cuartucho sin ventanas. Polvoriento. Revestido de estanterías con cajas, vasijas y garrafas. Apestaba a humedad. El patrono encendió una lámpara de aceite y avanzó hacia el fondo, donde la caja fuerte. La puerta estaba abierta y al parecer la utilizaban como almacén de cables y cuerdas.

—El punto débil de estos trastos son las bisagras. Tenéis que pegarle justo aquí. —Golpeó suavemente sobre una de las bisagras como si su mano fuera un cincel—. Tened paciencia porque tendréis que darles muchos golpes. Cuando estén rotas, solo quedará meter el cincel por la puerta y hacer palanca con ayuda de un tubo. ¿Entendido?

Zoilo asintió tan vacilante como la luz endeble de la lámpara.

—Antes de irte recuérdame que te dé unos buenos mazos, un tubo y un par de cinceles. Otro tema importante es dónde guardar los lingotes. Aquí no los quiero todavía. Un buen sitio sería el polvorín, ya que solo entras tú y estarán bajo llave hasta que amaine la tormenta.

—De acuerdo —asintió Zoilo, para carraspear a continuación por la cuestión de los honorarios—. Con todos mis respetos, ¿qué nos va a pagar a cambio?

—Os daré a cada uno un talonario de vales para la tienda.

Zoilo negó.

—Si conseguimos los quince lingotes, cuatro para nosotros y el resto para usted.

—¡Coño! ¡El tímido se ha espabilado! —Don Antonio elevó

la lámpara de aceite y miró fijamente a Zoilo—. Un talonario para cada uno y dos lingotes.

Zoilo aceptó con un leve movimiento de la cabeza.

—Quizá sería aconsejable —continuó el cacique— que mañana viernes por la noche vinieras con tus amigos a romper esta caja. Como no os va a molestar nadie, os servirá para aprender y a mí para presentarme como víctima. El sábado por la mañana denunciaré a la policía y así, cuando por la noche entréis en la fundición de don Hilario, todos pensarán que se trata de una banda que está entrando en las fábricas de la zona.

—Pero corremos el riesgo de que don Hilario se entere el sábado de que hemos roto la caja fuerte de usted y por miedo saque los lingotes de la suya.

—Tienes razón. —El cacique se mantuvo pensativo unos segundos—. Denunciaré el sábado a mediodía o por la tarde, cuando don Hilario haya salido hacia Cartagena.

—O quizá mejor esperar al lunes.

—No. Podrían sospechar si tardo dos días en denunciar. Tiene que ser antes para que la propia policía cuente lo mío a don Hilario. —La cara del patrono rezumaba satisfacción—. Acompáñame para que te diga por qué ventana debéis entrar y dónde están las herramientas. Cuando os vayáis, llevaos las que necesitéis para el sábado y me las devuelves el martes de la semana que viene. No quiero volver a verte hasta entonces, ¿entendido?

Zoilo asintió sumiso. Al salir del cuchitril, se toparon con el hijo mayor de don Antonio.

—Padre, ¿qué hace? —preguntó ignorando la presencia del subordinado—. En esta sala no pueden entrar obreros.

—Tienes razón. Zoilo no es un obrero.

El cacique agarró a Zoilo del hombro y lo llevó a la parte trasera de la nave, donde varios obreros remachaban el cono de una tolva gigante.

—¡Este hijo mío es tonto!

Zoilo, que sabía ser prudente, ignoró el comentario y se limitó a escuchar las indicaciones de don Antonio respecto a cómo entrar en el edificio, la ventana que debían romper y dónde estaban las herramientas. A petición del cacique, empleó lo que quedaba de tarde en ayudar a varios obreros a transportar perfiles y chapas.

El sol se aproximaba al horizonte cuando Zoilo salió de la fábrica. Un horizonte salpicado de montículos, castilletes mineros y chimeneas. Dedicó el camino de vuelta a planificar el encargo de los lingotes. Su siguiente destino era la vivienda de Serafín, pero antes pasó por la suya para recoger la plata.

—¡Qué pronto vuelves hoy! —comentó su madre desde el fogón.

—Me queda un último recado. Vuelvo en media hora.

Entró en el dormitorio y buscó el lingote. Le pareció que no estaba en la misma posición, quizá lo habrían movido los perros al subir y bajar de la cama.

—Ya me contarás qué trajines llevas —soltó su madre cuando salía de nuevo.


No había nadie en casa de Serafín, que vivía con sus padres y un hermano. Se sentó en el suelo, contra la pared de cal de una casa vecina y esperó con el preciado paquete sobre el regazo.

Cuando llegó su amigo, era noche cerrada. Zoilo aguardó a que la calle estuviera desierta y entró raudo en la cochera. Al ver de frente a su amigo no pudo disimular la sonrisa.

—¿Me traes buenas noticias? —preguntó Serafín.

Zoilo tendió los brazos ofreciéndole el bulto envuelto en el pañuelo de seda.

—¿Qué es esto?

—El pago por los trabajos en la Dichosa.

El corpulento destapó la tela con sigilo.

—¿Esto es lo que parece?

—¡Sí! Es plata. Un lingote de plata pura. Según don Hilario pesa treinta onzas. Casi un kilo. De momento guárdalo tú hasta que decidamos si se corta en trozos y lo cambiamos por dinero.

Serafín abrazó a su amigo emocionado.

—¿Valdrá mucho dinero? —preguntó Serafín mientras lo palpaba.

—Por supuesto.

—¿Cuánto?

—Aproximadamente... ni idea —sonrió Zoilo—. Pero, seguro que mucho y por eso debemos ser muy discretos, porque ningún jornalero tiene en su casa un lingote de plata y menos aún zagales de nuestra edad. En el momento en que lo enseñemos o intentemos pagar con él en cualquier tienda, aunque sea con trozos pequeños, saltarán todas las alarmas porque pensarán que son robados. Quizá lo mejor es que vayamos a un banco, los cambiemos por monedas y las repartamos, pero debe ser un banco que esté lo más lejos posible para evitar que se pueda enterar don Antonio. Tú, que aparentas más edad, deberías agenciarte un buen traje, una corbata elegante y zapatos en lugar de alpargatas. Debemos ser cuidadosos y discretos porque probablemente este no sea el último lingote que consigamos.

Aquella estaba siendo una noche de sorpresas para Serafín, que de nuevo volvía a sobresaltarse.

—De hecho —continuó Zoilo—, no deberíamos cambiar todavía el lingote porque tenemos un encargo de don Antonio, para este fin de semana, que nos puede hacer ganar un par más.

Ante la cara de asombro del corpulento, Zoilo pidió sentarse en los serijos de esparto para detallar las nuevas instrucciones, en tono de susurro, por miedo a que las paredes escucharan.

—Mañana por la noche recoges a los dos pánfilos y a las once en punto salís caminando hasta la fábrica de hierros de don Antonio. No es necesaria la carreta porque no hay que echar nada y es menos discreta. Yo os esperaré en algún punto del camino. Una vez que lleguemos a la fábrica, yo seré quien diga lo que hay que hacer en cada momento —Zoilo levantó el dedo índice, ante el gesto sumiso de su amigo—, que básicamente consistirá en entrar por una ventana, coger unas herramientas y con ellas romper las bisagras de una caja fuerte que estará vacía. Dejaremos allí la caja fuerte, saldremos con las herramientas por la misma ventana y de vuelta las esconderemos en algún punto del camino para utilizarlas el sábado.

—No entiendo nada. ¿Vamos a entrar en la fábrica de don Antonio para romper una caja fuerte que está vacía?

—Así es. Nos servirá como aprendizaje para abrir pasado mañana la que hay en la fundición de don Hilario. Esa noche será la importante, porque arramblaremos con toda la plata del mineral de la Dichosa.

—¡Ah! —soltó Serafín sonriente—. Vamos a recuperar la plata de don Antonio.

—Así es. Y como antes habremos entrado en su fábrica, mi patrono también quedará como víctima y nadie sospechará de él.

—Qué lista es esta gente. Por algo son los que manejan el dinero.

—Mucho dinero. Según mis cálculos, debe de haber unos diecinueve o veinte lingotes como este y debemos darnos prisa porque la semana que viene saldrán para Barcelona. Para una *olfería* o algo así, que es donde hacen los candelabros, cuchillos y tenedores para los ricos.

—Para los ricos, cada vez más ricos, a costa de los pobres, cada vez más pobres.

Zoilo asintió con la cabeza y a continuación aclaró que ese fin de semana los acompañaría de manera excepcional, por ser quien conocía la fábrica de hierros de su patrono, la fundición de don Hilario y la manera de romper la caja fuerte. Además de ser la única persona que custodiaba el polvorín donde debían guardar los lingotes.

Aclarados todos los detalles, se recrearon imaginando cómo sería su vida con los bolsillos llenos de monedas de plata. Desde los serijos de esparto, rodeados de aperos agrícolas, una prensa de aceitunas y un carro sobre el que dormían dos perros esqueléticos.

## 11

*Veracruz, México*
*Martes, 31 de mayo de 1898*

Alfonso llamó a la puerta de mi habitación y sin esperar autorización entró con un cesto de mimbre en una mano y un periódico en la otra. Parecía que estuviera amaneciendo, porque la luz comenzaba a colarse por los laterales de la cortina. Estiré la sábana para taparme hasta el cuello y observé perpleja los trajines resueltos de Alfonso, vestido por primera vez con camisa beige y pantalón del mismo tono pálido, arrugados con ahínco. Ni siquiera sabía dónde me encontraba cuando dejó el cesto sobre la mesa. Se acercó a la ventana y destapó la cortina para forzarme a recuperar la plena consciencia. Efectivamente había amanecido, porque la luz entró a borbotones. Entorné los ojos y esperé a que mis pupilas se adaptaran a la claridad, antes de orientarlas hacia la ventana. Como en un lienzo, el cielo enmarcado se dibujaba inmóvil entre un mar de nubes rojizas, remanente de la fuerte tormenta que durante toda la noche se había aliado con mi desasosiego para mantenerme en permanente duermevela.

El contraste de colores de la habitación me volvió a impresionar. Ocres, rojos, azules, naranjas. Formas geométricas, rosetones y lagartos. Colores y formas combinadas con descaro que nunca habríamos concebido en mi tierra. Parecía como si estuviera inmersa en un cuento de hadas.

Mientras yo contemplaba el escenario, Alfonso dejó el periódico sobre una maleta y fue sacando del cesto varias vasijas de cerámica con comida. Lo miraba sorprendida desde la cama, molesta porque hubiera entrado sin mi permiso y descubriera mi desorden en forma de maletas revueltas y ropa dispersa por la habitación.

—¿No sabes que es de buena educación pedir permiso antes de entrar? ¿A qué se debe todo esto?

Me sonrió altanero y continuó con los preparativos. Olía bien, a pesar del tufo a pescado que subía del puerto. Me incorporé sobre la cama para ver de qué se trataba, con la precaución de cubrirme el camisón con la sábana.

—¿Qué es eso?

—Chilaquiles con queso y pollo, quesadillas, huevos rancheros y zapotes. Aquí suelen utilizar bastante picante, pero como sé que no está acostumbrada, he pedido que no le echaran. Aun así, es posible que lo note un poco.

—¡Por Dios! ¡Qué nombres más raros! ¿No había comida más normal? Qué sé yo: plátanos, naranjas, tostadas...

—Le recuerdo que estamos en México.

—Dudo mucho que aquí no haya plátanos o naranjas.

Alfonso se detuvo y me miró con sus ojos de avellana entornados de placidez.

—Es la primera vez que viaja, ¿verdad?

—¡No! He viajado bastante... aunque siempre por España.

Soltó una carcajada y retomó el trajín culinario.

—Los zapotes, además de tener sabor dulce, son buenos para la tensión alta y para la diarrea.

—Pues ya sé lo que no voy a probar porque necesito justo lo contrario. Los viajes me paralizan el intestino...

Volví a escurrirme sobre la cama, deseosa de seguir durmiendo.

—Entonces necesita alcachofas. Compraremos luego. ¡Venga! Levántese que tenemos muchas cosas que hacer.

Se acercó y me rozó los dedos de los pies.

—¡¿Qué confianzas son estas?! —rugí—. ¡Recoge la comida y sal de mi habitación! ¡Que sea la última vez que entras sin que yo te lo pida!

Su sonrisa se vació en seco. Se giró hacia la mesa y procedió a recoger el desayuno con cuidado de no derramar el contenido de las vasijas. Lo habría echado de mi vida de no ser porque no conocía a nadie y mi situación anímica necesitaba acompañamiento. Los cambios drásticos se me amontonaban y nunca había estado sola. Nunca había gobernado mi propia existencia.

—¡Espera! —le dije con algo más de suavidad—. Déjala ahí y espérame abajo.

Asintió con la cabeza y volvió de preparar los recipientes y mi cubierto. Salió de la habitación y cerró la puerta a su espalda. Avergonzada ante tamaño desorden, recogí las enaguas de crinolina del suelo, la blusa del respaldo de la silla, alineé las maletas junto a la pared, me adecenté el peinado y salí al baño de señoras.

Alfonso estaba de pie en el pasillo, fumando un puro, rodeado de una espesa nube de humo. Se le advertía en la sonrisa una mueca pícara que ignoré.

—No hace falta que esperes aquí —le sugerí—. Puedes bajar a la plaza si quieres, que no tengo pensado escaparme. Por cierto, esta misma mañana tenemos que cambiar de alojamiento. Uno que tenga servicio de habitaciones, lavandería y algún salón donde reposar en las horas de espera.

—No sé si habrá hoteles con tantos acomodos —objetó entre soplidos—. Lo que usted quiere está en la capital y cuesta mucho dinero. A no ser que esté dispuesta a pagar mi habitación, no va a ser posible. Pero no se queje, que cualquier mujer estaría dispuesta a alojarse en un cuchitril con tal de tenerme cerca.

Desoído el comentario, continué pasillo adelante. Al salir del baño, Alfonso seguía plantado en la misma losa.

—En media hora nos vemos abajo para buscar otro hotel —le dije.

Entré, cerré la puerta y me acerqué a la mesa para asomarme a los recipientes. «Seguro que pica», pensé. Sin demasiado apetito ni entusiasmo probé de todas las vasijas, comenzando por una especie de tortitas muy finas, rellenas de salsa y tropezones. Sabores y olores desconocidos que en ese momento no supe calibrar. Finalizada la cata, vi que Alfonso me había dejado el periódico sobre una maleta. Lo alcancé y me senté en la cama para ojearlo. Me llamó la atención la caricatura de un señor con chistera junto al nombre del periódico: *El Popular*. Era su director, un tal Francisco Montes de Oca. Seguí leyendo: «México, lunes 30 de mayo de 1898» ... «Núm. 504.- Vale tres centavos» ... «Compañía cervecera Toluca y México, Sociedad Anónima». La primera noticia en la columna central me dejó helada:

> Un peligro inminente en México.
> Preparativos de guerra por mar y tierra.
> El bloqueo del Congreso.
> Cañoneros y torpederos.
> Bombardeo electoral.

¿También México iba a entrar en guerra? ¡Lo que me faltaba! Había elegido el peor lugar donde refugiarme. Tiré el periódico sobre la cama y nerviosa salí al pasillo. Alfonso ya no estaba. Continué hacia el aseo, alivié el intestino activado por la noticia y volví a mi dormitorio para vestirme con lo mismo que llevaba desde que desembarcamos. Buscaría ropa cuando encontrara alojamiento definitivo y tuviera tiempo suficiente para escudriñar las maletas.

Bajé con el periódico en la mano. Alfonso, que charlaba con un vendedor de limonadas, se me acercó al verme.

—¿Has visto? —le susurré—. México va a entrar en guerra.

Me puso la misma cara que se me quedó el día que mi marido me propuso salir a comprar género para renovar sus camisas de invierno. Tomó el periódico y se dispuso a leerlo con detenimiento. Al cabo de unos segundos soltó una carcajada.

—Siga leyendo —me dijo apuntando con el dedo los primeros párrafos que acompañaban el titular.

> La época, clásicamente naval, ha «ingerido» la necesidad literaria de reducir todos los asuntos a términos de marina y tratarlos bajo el punto de vista «oceánico», para que puedan conservar el interés actual, que no admite nada que no tenga una fórmula de mar. Y como nosotros sucumbimos a la presión del medio ambiente, tenemos que seguir la moda y envolver nues-

tros artículos en capsulitas navales, para estar en carácter de guerra, que es el que hoy domina, como el «sport» fin de siglo.

De manera que dentro de este molde estamos obligados a tratar la vitalísima cuestión de las elecciones legislativas, que verdaderamente presenta el inminente y futuro encuentro de las dos poderosas escuadras constitucionales: el pueblo y el sufragio libre.

—Se refiere a las elecciones legislativas del 10 de julio —me aclaró—. Lo comparan con una batalla naval para captar la atención de los lectores.

Resuelta la duda con sonrojo incluido, remaché mi intención de buscar otro alojamiento con mayores acomodos. Por alguna razón se le notaba apegado al puerto y, como era de esperar, me propuso el Gran Hotel de Oriente, situado en la misma plaza del Muelle. Edificio de fachada blanca y barandas corridas de hierro forjado, de tres alturas con sus respectivos carteles, enormes, que recorrían el ancho de sus dos fachadas: CANTINA Y HOTEL DE ORIENTE, ENTRADA HOTEL, en la planta baja; AMERICAN HOUSE MONEY EXCHANGE, en la primera planta y GRAN HOTEL DE ORIENTE DE M FERNANDEZ, en la segunda. Manuel Fernández, español, me aclaró Alfonso. Disponía de restaurante, oficina de cambio de moneda, habitaciones luminosas y vistas al muelle, pero me disuadió la ruidosa cantina de la planta baja, con sus holgazanes parroquianos adheridos a la fachada cual lagartijas al sol; algunos, menores de edad. Faltos todos de orden y moralidad. Además, seguíamos estando demasiado cerca de los olores del puerto, por lo que rechacé la propuesta y tomamos un carruaje en busca de otro establecimiento más alejado.

El segundo me convenció sin tener un precio excesivamente elevado, como me había pedido Alfonso. Comida española, francesa y mexicana. Bonito y ostentoso, aunque con menos luz y peores vistas. Dos habitaciones contiguas. Eso era innegociable.

Resuelto el tema del alojamiento, Alfonso me propuso un breve paseo en calesa por la ciudad, para finalizar en las cercanías de unas oficinas donde debía dejar un recado.

—Esto nos pasa a los que tenemos más de un jefe. Uno me ordena que no la pierda de vista y el otro, que vaya a verlo —me dijo sin más detalles.

Puesto que no tenía nada mejor que hacer, acepté la propuesta y subimos de nuevo a la calesa. El cochero era un chico renegrido de doce o trece años, ataviado con camisa blanca y pantalón corto bombacho atestado de remiendos. Remataba la estampa un sombrero de ala enorme hasta los hombros y frontal elevado hasta la copa. Muy gracioso y dicharachero, me daba detalles de las plazas y edificios por los que transitábamos. Aunque Alfonso iba a mi lado, el chico se dirigía siempre a mí, consciente de que era yo la bisoña.

—Este parque se llama Ciriaco Vázquez. Su estatua está al otro lado. Al parecer fue un militar que luchó contra la invasión de los gringos. Verá usted que el suelo es de mármol, como si nos sobrara la lana. —Se encogió de hombros.

Una plaza hermosa por su vegetación, amplias veredas para el paseo, suelo de mármol impoluto e infinidad de bancos. Vacíos la mayoría. Frente a uno de ellos, un limpiabotas le daba al trapo mientras otro chico con un cajón colgado del cuello ofrecía al señor su mercancía.

—A continuación —prosiguió con el brazo extendido—, tenemos una fábrica de puros. La Prueba, como puede leer en la fachada.

Alcé la mirada para contemplar el edificio rectangular, macizo y escueto: pared de piedra enlucida y ventanas de madera con jambas y dinteles blancos. No me dio más datos, pero más tarde pude leer que fabricaban diariamente unos cincuenta mil puros de gran calidad. Fundada en 1869 por una familia de origen español, poseían plantaciones de tabaco en la costa de Yucatán y eran suyas las marcas La Prueba, Flor de Balsa, Glorias de Colón y La Mercantil. La planta inferior se había destinado a oficina, empaque y almacén de tabaco en ramo. La superior estaba distribuida en grandes salones para el resagado, despalillado, fileteado y escogida de los puros.

Eran buenos tiempos para la industria tabacalera mexicana gracias en parte al declive de la producción cubana por las revueltas independentistas. De hecho, muchos trabajadores de aquella fábrica veracruzana provenían de la isla. Los vínculos entre La Habana y Veracruz eran tan estrechos y estaban tan arraigados, que la mayoría de los inmigrantes procedentes de Cuba consideraban la ciudad como «la casa mexicana de los cubanos».

Rebasado el edificio giramos a la izquierda para rodar en recto hacia el puerto. El chico volvió a girarse hacia atrás. Siempre sonriente.

—Un par de calles más y habremos llegado al Zócalo.

Era como los lugareños llamaban a la plaza de Armas. La plaza contigua a la parroquia. Nuestro destino. Donde las oficinas de Alfonso.


Entre carretas y burros con alforjas nos recibió la torre de la parroquia. Blanca. Hermosa y austera al mismo tiempo. Mientras el cochero sostenía las riendas del carruaje con una mano, con la otra se quitó el sombrero y se santiguó con una ligera reverencia. Farfulló algo que no entendí y volvió a colocarse el cucurucho para adentrarnos en la calle que bordeaba la plaza rectangular, entre el costado de la parroquia a la derecha y un jardín a la izquierda escrupulosamente cuidado y troceado en multitud de isletas de formas y tamaños diferentes, repletas de plantas, árboles enanos y palmeras gigantes. Farolas y estatuas. En el centro, la fuente de las sirenas. Hombres de toda calaña, agrupados por etnias y poderío económico, charlaban animosos unos, reposaban otros, contemplando nuestro desfile desde los centenares de bancos de madera que recorrían en hilera la periferia y los laterales de las isletas. Un paraje concurrido y bullicioso.

De camino a la siguiente esquina de la plaza, el arbolado se nos apartaba para descubrir al frente la Casa del Cabildo: un edificio precioso de dos alturas con arcos de medio punto a modo de soportales, un pequeño campanario en el lado derecho y una torre gigante en el izquierdo, utilizada antaño como torre vigía de embarcaciones forasteras. Seguimos bordeando la plaza y nos encontramos con un inmueble de dos alturas, con los mismos arcos y soportales en la planta baja que la Casa del Cabildo, tapados algunos con toldos de lona. Según nuestro cochero, aquellos soportales eran conocidos por los lugareños como Portal de Flores. Una cantina, un almacén de loza y cristal, una librería y el hotel Universal.

Cuando vi aquel hotel me giré hacia Alfonso y le recriminé que hubiéramos estado buscando alojamiento, teniendo aquel tan bonito y tan bien situado.

—No hay ningún problema, nos alojaremos en este —me contestó.

En el número veintitrés se elevaba el edificio de paredes encaladas con una hilera de balcones solemnes, individuales, de dinteles rectos soportados sobre pilares de piedra blanca, coronados por una terraza que se adivinaba ideal para contemplar el paisaje durante las noches de primavera.

A medida que el carruaje avanzaba entre el tráfico, contemplaba el establecimiento con mayor embelesamiento. Ya me veía descansando en uno de los balcones o paseando bajo los arcos de la planta baja, con la falda acampanada hasta el suelo y el sombrero de plumas. Por cierto, cómo estarían las plumas apretadas entre tanta ropa. No podía culpar a nuestro personal del servicio doméstico por no haberme traído al puerto cartagenero los sombreros en sus respectivas cajas, debido, supuse, a la urgencia de los hechos y al considerable incremento de volumen que habría supuesto. Ya encontraría algún lugar donde me los dejaran como el primer día, pensé. Por primera vez desde que Zoilo desapareció, el ánimo parecía envolver a la desazón.

Sentía una mezcla entre asombro y satisfacción al ver que aquella gente estaba mucho más avanzada de lo que esperaba. Mucho más que nosotros en muchos aspectos. Creo que Alfonso se dio cuenta de mi cara de fascinación, porque cuando me di cuenta, habíamos dado la vuelta completa a la plaza.

Anduvimos de nuevo por el lateral de la parroquia y paramos frente a la Casa del Cabildo, junto a un grupo de chicos que saltaban a la cuerda. Alfonso bajó y avanzó unos pasos para situarse a la altura de nuestro particular cochero. Tras él, un niño de unos doce años le tiraba de la chaqueta.

—*Shine, mister?... Five cents.*

Alfonso se giró para agarrar el delicado brazo del limpia-botas.

—¡No me toques!

Se enderezó y con el mismo tono se dirigió al cochero. No me llegaba la conversación, pero parecía acalorada. El ala del sombrero le tapaba parte del rostro. Para terminar, dedo índice en alto de Alfonso y asentimiento pausado del chico.

—Espere aquí. No tardaré más de diez minutos —me dijo con sonrisa forzada.

Recorrió la calle y desapareció a la derecha tras el hotel.

No me importó esperar en aquel paraje. La temperatura era agradable, el chico encantador y entretenido el trasiego de personas y carruajes. También los saltos coordinados sobre la cuerda de la media docena de chicos, todos con pantalón corto a la altura de la rodilla y camisas anchas. Gorras y sombreros de todos los tamaños. Solo uno iba descubierto. Según leería más tarde, a la mayoría de aquellos niños de piel morena sus progenitores no los habían inscrito en el registro civil, por apatía, dejadez o rebeldía quizá. No existían para el gobierno del dictador Porfirio, quien, conocedor del problema, había ordenado la imposición de multas de entre cinco y cincuenta pesos a los padres que no registraran a sus hijos. Padres que, en su mayoría, apenas disponían de unos centavos al día para comer fríjoles con tortitas de maíz. El plato por excelencia.

Se abría ante mí una desconocida amalgama de mestizos, indígenas y europeos. Entre ellos el más blanco de todos: un señor con chaqueta y elegante sombrero de copa cruzaba apresurado el parque, quizá a la caza de algún litigado o del próximo desahuciado.

A lo lejos nos llegaba el soniquete melódico de un trompetista callejero. Me llamó la atención un señor con barba frondosa, bombín y chaqueta, sentado en un taburete frente a un pupitre de madera, a la sombra de un árbol, junto a un botijo y un cesto de mimbre. Durante el rato que estuvimos allí, se sentaron varias personas a su lado para susurrarle al oído, mientras él apuntaba en una hoja y finalmente se la entregaba doblada en el interior de un sobre. Le habría preguntado al chico, pero me estaba contando en ese momento que el pasado invierno había estado en la capital de la República, en cuya plaza principal había una estación de tranvías, jardines, monumentos, fuentes, un quiosco para orquestas de música, centenares de puestos con ropa, utensilios de cocina, muebles y sombreros, y cientos de personas en la dirección en que mirara, andando o sentadas bajo los árboles que engalanaban la plaza por decenas. También me contó la anécdota de por qué en Veracruz y en otras muchas ciudades mexicanas llamaban Zócalo a la plaza central: en la capital se había construido un zócalo para instalar un monumento conmemorativo de la independencia de México, pero nunca se llegó a instalar y aquel pedestal solitario pasó, con el tiempo, a ser el principal punto de encuentro de familiares y amigos; y así se extendió el nombre de zócalo a otras ciudades del país como sinónimo de plaza principal.

—Mi papito me contó —de nuevo se me giró el cochero en el pescante— que, cuando él era un chavito, sonaron las campanas de la parroquia para llamar a la defensa de la ciudad ante la invasión de los gringos.

«Otra vez los yanquis», pensé.

Tuvimos tiempo de charlar de temas varios durante casi una hora. Aquel chaval era sorprendentemente culto y un enamorado de su tierra, de su historia, de sus ciudades, de su gente. Me contó, orgulloso, que el país lo dirigía un general llamado Porfirio Díaz, de ascendencia paterna española, que había luchado, antes de ser presidente, contra la ocupación francesa en México.

—¿Sabes leer? —le interrumpí.

—Estoy aprendiendo.

—¿Vas a la escuela?

—No. Todo lo que sé me lo enseña don Fadrique, un señor que chambea de contable en el puerto. Es el dueño del carruaje y de Domingo de Ramos.

Lo miré extrañada.

—El caballo —me aclaró—. Se llama así porque nació ese día.

Tras una carcajada, le alabé su esfuerzo por aprender y le animé a que siguiera estudiando. No se lo dije, pero me planteé ayudarlo económicamente para que continuara sus estudios si al final me quedaba a vivir por aquellos lares.

La media hora siguiente la dediqué a censurar la falta de palabra de personas como Alfonso. Me habría marchado de no ser porque le necesitaba. Decidí que había llegado la hora de poner fin a la espera. Avisé al chico para que me colocara el escabel y descendí del carruaje. Avancé por la calle y doblé la esquina por la que había desaparecido Alfonso. Elevé la mirada y contemplé edificios de fachada blanca y grandes ventanales. En la mayoría no se detectaba actividad, solo en algunos se veía a gente leyendo o trabajando con sus máquinas de escribir. Se me antojaba imposible localizar a Alfonso. Seguí avanzando y fue cuando creí distinguir su silueta. Me detuve y esperé a verlo de nuevo tras aquella ventana de la primera planta. En efecto, era él. Inconfundible el mechón de pelo plantado sobre la frente, sus patillas enormes y sus cejas frondosas. Por los gestos parecía que estuviera hablando con alguien.

Sin pensarlo dos veces, decidí entrar para sacarlo de una oreja si hacía falta. Subí por una escalera de mármol y comencé a abrir puertas de despachos, hasta encontrarlo en la tercera. Hablaba con un señor de edad avanzada y pelo canoso.

—Buenos días —le dije al extraño para mirar a continuación a mi custodio—. Alfonso, ¿te falta mucho?

Sus caras de sorpresa eran colosales.

—¿Nos conocemos, señora? —me preguntó el de pelo canoso con marcado acento extranjero.

—No creo. Mi nombre es Elisa. Señora de don Zoilo Baraza.

Avanzó hacia mí y me ofreció su mano. Alfonso se quedó estático junto a la ventana.

—*Pleased to meet you!* Mr. Alfonso no ha hablado a mí de usted. ¿Familia, amigos?

—Nos conocimos en el barco que nos trajo desde España, pero no piense mal. Mi marido ha desaparecido y Alfonso me está ayudando a buscar alojamiento.

Aquel hombre, cuyo nombre no me dijo, se giró hacia Alfonso.

—¿Un barco desde *la* España? *You didn't tell me.*

De nuevo se giró hacia mí.

—¿Mr. Alfonso solitario en el barco? ¿No dama con él?

—No. Viajaba con otros militares.

—¿Militares? —repitió. Al ver que Alfonso apretaba los ojos y los cuatro surcos de su frente, sentí que estaba metiendo la pata desde el mismo momento en que había entrado en el despacho—. ¿Mr. Alfonso explicó a usted por qué militares en el barco?

Intenté recular, pero mis siguientes palabras solo sirvieron para seguir hundiéndome en el lodo.

—No se lo puedo decir.

El hombre retrocedió hacia Alfonso, lo agarró fuerte del brazo y le susurró algo en un idioma extranjero. Alfonso le negó con la cabeza, al tiempo que le contestaba en ese idioma. Acto seguido, el de pelo canoso se giró hacia mí y con su acento extranjero me pidió que me sentara. Desde la ventana, Alfonso me negaba con la cara desencajada. Uno me pedía que me sentara y el otro, lo contrario.

Antes de que reaccionara, Alfonso hizo un gesto rápido hacia la mesa del despacho, agarró un abrecartas y se lo clavó en el cuello.

No recuerdo qué ocurrió a continuación. Cuando me desperté estaba en el coche de caballos, reclinada sobre el hombro de Alfonso, esquivando la multitud al trote. El joven carretero no dejaba de azuzar a Domingo de Ramos, al tiempo que gritaba a todos los viandantes y jornaleros que se interponían en nuestro camino.

—¿Qué ha pasado? —le pregunté.

—Nada. Un pequeño contratiempo.

En ese momento recordé la escena que me hizo desmayar.

—¡Has asesinado a ese hombre! ¡Eres un asesino!

No contestó ni torció el gesto. Siguió mirando al frente, achuchando al chico para que no dejara de fustigar al caballo. Vi entonces que en los pies llevábamos legajos de periódicos atados con cuerdas.

—Me vas a matar a mí también, ¿verdad? Y has traído los periódicos para limpiar la sangre y esconder mi cuerpo, ¿no es cierto?

—No diga tonterías. Si no hubiera hecho lo que he hecho,

ahora mismo usted y yo seríamos fiambres. Estos periódicos son para llevarlos a España. Yo me vuelvo mañana. Debo desaparecer.

—Desapareces...

El corazón me latía todavía más fuerte. Iba a quedarme sola en una ciudad que no conocía.

El carruaje se deslizaba raudo entre la multitud. Alfonso se inclinó hacia el joven para indicarle que doblara hacia una callejuela que se abría a la derecha y a continuación le ordenó que parara. Bajó raudo y se acercó al cochero en dos zancadas. Le pidió su sombrero y le pagó la carrera y la prenda. Yo, que no sabía qué hacer, opté por bajar también. Sin escabel. De un salto.

—Solo si alguien te pregunta —oí que Alfonso decía al chico con el dedo índice levantado— contestas que has llevado a un matrimonio español desde el puerto hasta la plaza de Armas y que, de vuelta a la hospedería, el caballo se te ha desbocado y nos hemos bajado asustados a mitad de camino. Si te preguntaran dónde estamos alojados, contestas que en el Gran Hotel de Oriente. Eso es lo único que ha pasado. Si comentas a alguien algo diferente, te encontraré. ¿Me has entendido?

El joven asintió sumiso y continuó por el callejón, mientras nosotros esperábamos a que desapareciera.

—Aquí termina nuestra andadura conjunta. A partir de ahora debe buscarse la vida sola y olvidarse de que existo. Pida otro carruaje que le recoja las maletas del puerto y la lleve al hotel Universal.

Se puso el sombrero del chico, se levantó la solapa de la chaqueta y avanzó por el callejón con el legajo de periódicos colgando de una mano.

—¿Dónde te alojarás? —le pregunté.

Se paró lentamente, se quitó el sombrero y sus ojos de avellana se giraron hacia mí, fondeada entre surcos de lodo seco.

—Por supuesto que en ningún hotel. Me encontrarían en cuestión de minutos.

—¿Me harías un favor? —Sin esperar respuesta le lancé la siguiente pregunta a modo de súplica—. ¿Me comprarías un boleto de vuelta para España?

—¿Para mañana?

Asentí con un quejido del rostro.

—El barco que zarpa mañana toca puerto en Almería y sigue hasta Italia. Si quiere uno que llegue a Cartagena, deberá esperar un par de semanas como mínimo. Si viene conmigo mañana, tomaremos un carruaje en Almería que nos lleve a Cartagena. Hay unos doscientos kilómetros de distancia —se quedó pensativo unos segundos—, lo que nos llevará un total de cuarenta horas. Unos tres días. Aunque, con un poco de suerte, es posible que encontremos algún mercante que haga la misma ruta. Entonces, ¿se viene mañana?

Se me quedó mirando con el sombrero en una mano y el manojo de periódicos en la otra, congelado, a la espera de respuesta.

—Sí. Me voy —le dijo mi agobio.

En segundos organizó lo que debíamos hacer hasta que el barco zarpara. Como ya no merecía la pena el traslado al nuevo hotel, me recomendó que volviera a la hospedería del puerto. Poco antes del embarque enviaría a alguien para recoger mis maletas y esa misma persona me entregaría mi boleto. Nos veríamos en el interior del barco.

No supe distinguir en aquel momento si el plan propuesto era malo, pésimo o peor. Mi mente no era capaz de pensar con la suficiente lucidez, por lo que me limité a asentir y contemplar cómo desaparecía bajo aquel enorme sombrero.

Allí me quedé sola no sé cuánto tiempo, en un callejón umbrío y desierto, intentando ordenar los pensamientos que me hostigaban a miles. Finalmente salí del callejón y comencé a deambular por las calles más concurridas. La presencia de gente me proporcionaba cierta sensación de seguridad, aunque la palidez de mi cara y mi vestimenta llamaran la misma atención que uno de esos sombreros en mitad de la calle Mayor de Cartagena. Vendedores de agua fresca, pulque o limonada me ofrecían sus productos con manifiesta alegría y amabilidad. En cada calle. A cada paso. «¿Agua fresca, señorita?» Yo negaba con una sonrisa. «Qué ojos más hermosos.» Volvía a sonreír sin decelerar mi marcha. También en aquellas tierras tenían representación las clases más desafortunadas en forma de mano cóncava y ropa rota en jirones, sentados a las puertas de comercios e iglesias.

Atraída por el olor a mar y el silbido esporádico de los barcos llegué al puerto en pocos minutos, pese a que las aceras y los adoquines parecían deslizarse bajo mis pies. Estaba mucho más cerca de lo que yo pensaba. Apenas dos calles separaban la plaza de Armas del puerto. Quizá tenía la sensación de que la distancia era mayor porque el recorrido en carruaje no había sido en línea recta. Recordé y entendí entonces la explicación del cochero relativa a la torre de aquella plaza, utilizada para divisar los barcos que entraban en el puerto.

Entré en la hospedería y subí apresurada al abismo de mi habitación, al silencio de los tapices, al sol desvaído del cabecero, a mis maletas sin deshacer. Cerré la puerta y me dejé caer sobre la cama, exhausta. Extenuada mentalmente, tenía que aprender de improviso a no compartir decisiones. A deliberar por mí misma. Me habría gustado saber la opinión de Zoilo respecto a si debía quedarme en México o regresar a España, volver en el mismo barco que Alfonso o esperar a que saliera otro directo a Cartagena. «Zoilo, ayúdame», pensé hacia el techo. Respiré profundo y revoloteé la mirada por la habitación. En silencio. Buscaba una señal que me ayudara a decidir, contando los cuadros y las marcas del enlucido como si deshojara una margarita. Decidía en afirmativo para negar a los cinco minutos. ¿Tenía tanta prisa como para navegar otros veintitantos días sin apenas haberme repuesto del viaje anterior? ¿Volver sin saber de Zoilo? ¿Y si lo habían retenido en el barco para llevarlo a Cuba? Además, marcharme al día siguiente supondría llevar como acompañante a un asesino. Un tipo sin escrúpulos ni compasión que no dudaría en tirarme por la borda para que nunca declarara en su contra si algún día lo juzgaban. Decidí entonces que debía quedarme una temporada, aunque tuviera que aprender a buscarme la vida en una ciudad que no conocía. Siempre podría contratar a alguien que me ayudara, problema de dinero no era. Quizá la chica de la recepción me podía buscar una asistente. Pero antes necesitaba solucionar un problema que yo misma había creado: si al final no embarcaba, podía ocurrir que Alfonso viniera a buscarme y quién sabe con qué intenciones. Por lo tanto, debía cambiar de alojamiento y registrarme con un nombre diferente, excusando la falta de documentación hasta la llegada de mi marido, prevista para unos días más tarde, por ejemplo. Esa sería mi estrategia y el hotel Universal de la plaza de Armas, mi nueva morada. Resoplé de alivio y salté de la cama. Tenía que desaparecer cuanto antes. Tomé el bolso y bajé las escaleras. La chica estaba tras el mostrador.

—¿Está bien, señora? —preguntó al verme—. Tiene mala cara.

La miré fijamente buscando excusas que no encontraba y me eché a llorar. La chica salió del mostrador y me ayudó a sentarme en un sillón.

—¿Quiere un poco de agua? ¿Un traguito de pulque, mejor? Seguro que alivia las penas que le afligen el alma.

Atravesó la cortina de rayas verticales que había tras el mostrador para regresar a los pocos segundos con una linda sonrisa y un vaso con un caldo de aspecto lechoso. Eso supuse yo, que era caldo. Pobrecita, le puse el delantal perdido de aquel líquido infernal. Rápidamente saqué el pañuelo de la manga y comencé a secarle la tela.

—Tranquila, no se apure —dijo sin perder la sonrisa—. Cuando se evapora no deja rastro.

Me enjugué los ojos y la boca al tiempo que la miraba avergonzada. De pronto rompimos en risas que me sirvieron para aliviar parte de la tensión contenida.

—Me llamo Benita González y, aunque no nos conozcamos, puede estar segura de que soy de total confianza. Dígame, ¿es por culpa de ese pinche con el que vino ayer?

Asentí con un movimiento leve de la cabeza.

—Necesito que no me encuentre —sollocé—, al menos hasta que se vaya mañana. Zarpará a primera hora.

—La puedo cambiar de recámara y si el pinche me pregunta diré que usted pagó y se marchó con sus petacas. Siempre y cuando usted no salga de su recámara, él no podrá saber dónde está.

Me abrumó su amabilidad y la rapidez con la que había encontrado solución, pero si algo tenía claro era que no quería seguir oliendo a pescado.

—Te lo agradezco muchísimo, Benita. Me encantaría quedarme: las habitaciones son acogedoras, todo está muy limpio y sé que podría recurrir a ti cada vez que tuviera algún problema, pero... el olor del puerto me produce náuseas. Desde que mi marido y yo salimos del pueblo ocultos entre cajas de pescado, lo he aborrecido de tal manera que no puedo ni olerlo.

—Lo entiendo. Si quiere le busco un muchacho que la ayude a recoger las petacas y la lleve a otro alojamiento.

Mi atormentada mente me bombardeaba con ideas contrapuestas: «¡Huye del hotel, huye de la ciudad! Pero ¿hacia dónde? No vas a saber qué hacer. Solo necesitas estar escondida durante un día y la única que te puede ayudar es esta chica...»

Tras unos segundos de reflexión opté por la propuesta de Benita.

—Vamos a hacer lo que has dicho respecto al cambio de habitación hasta que mañana Alfonso haya zarpado —respiré profundamente—. Y mañana, con tranquilidad, recogeré todo y me cambiaré de hotel. Yo había pensado en el que hay en la plaza de Armas. Creo que se llama Universal.

—Buena elección. —Se acercó para susurrarme—. Sinceramente, este sitio no es el más adecuado para una señora de su categoría.

Era tal su cordialidad que no solo estuvo de acuerdo, sino que se ofreció a organizarme el traslado.

—Mañana, cuando el barco haya zarpado y nosotras hayamos desayunado, buscaré un mocito de confianza que le lleve las maletas. Con calma usted se acomodará en su nueva recámara y en cuanto llegue mi patrón a media mañana, me acercaré a hacerle una visita por si necesita algo.

No sabía cómo agradecer tanta generosidad.

—Si todo el mundo es como tú, no me van a sacar de esta tierra ni con espátula.

Mi ángel de la guarda de trenzas negras y delantal soltó una carcajada.

—¿Ha comido? —me preguntó.

Abrí mi bolso y miré el reloj. Eran las dos de la tarde. Con el ajetreo y el nerviosismo se me había olvidado comer. Ni siquiera me había parado a pensar si tenía hambre.

—Pues... no he comido, pero no te molestes. Tomaré algo por aquí cerca.

—¿Dónde? ¿Se va a meter en una cantina maloliente repleta de batos? ¿Y que le vea Alfonso? Si no se queda a comer conmigo secuestraré sus petacas.

Llamaban así a las maletas.

—Bueno, pero te pago la comida.

Entonces caí en la cuenta de que no llevaba ni un solo peso mexicano. De nuevo rompí a llorar antes de explicarle el motivo de este nuevo episodio de crisis. Con su infinita bondad, Benita me abrazó sonriente. Si algo había en el puerto eran establecimientos donde cambiar dinero de cualquier nacionalidad, así que me propuse comer sin prisas para realizar los trámites burocráticos cuando los estómagos estuvieran llenos. Apartó la cortina tras el mostrador y con la palma de la mano me invitó a pasar.

—¡Señorita, señorita! —me recibió un loro que ascendía por el interior de una hermosa jaula.

—Lleve cuidado y no le acerque el dedo que es muy bronco con los desconocidos. Conmigo tampoco es cariñoso, pero me hace compañía. Si quiere le compro uno.

—Quizá más adelante. —El loro seguía exclamando «¡Señorita, señorita!»—. ¿Le has enseñado tú a hablar?

—¡Qué carajo! No tengo tiempo ni paciencia. Ya sabía cuando lo encontré, aunque no más dice «señorita» a las mujeres y «huevón» a los hombres. Lo encontré hace un par de años en la puerta. Estaba así como delgadito y apenas le quedaban plumas. Supongo que se escapó de alguna casa y el pobrecito andaba perdido.

Avancé a la estancia que hacía las veces de dormitorio, cocina y salón. Todo muy limpio y ordenado. A la izquierda una cama grande vestida de azul, junto a un gran espejo de cuerpo entero y una hornacina con una imagen rodeada de flores y figuritas. A la derecha una pila de tronquitos y ramas, cercanos a un mortero de piedra negra rectangular y dos lebrillos, un fogón con una perola soplando bajo la campana de humos, un desfile de jarrones sobre la piedra y otro de cacerolas, cucharones y palas sobre los azulejos de la pared. En el centro de la estancia, dos sillas de madera amarillas y una mesa con un cántaro y una vasija barnizada repleta de fruta. Tras la mesa amarilla, el loro verde y tras el loro verde, un gran ventanal con cortina naranja pálido. El techo: blanco. Solamente blanco.

Olía fenomenal.

Me invitó a sentarme mientras retiraba las vasijas de la mesa para vestirla a continuación con dos mantelitos pequeños y dos juegos de cubiertos y platos. Sus dos trenzas bailaban al son de sus idas y venidas. Le calculé unos veinticinco o veintiséis. Cinco o seis años menos que yo, pero con mucho más brío y desparpajo. Destacaba su voluminoso busto, su hermoso pelo negro y su falda floreada.

—Yo siempre he estado unida a este puerto —entabló Benita—. Desde muy chiquita veníamos todos los días en burro. Nuestro papá nos traía a mi manito y a mí metidos en los huacales, uno a cada lado. Vivíamos en una choza de cañas y hojas de palma, en un pueblecito del interior llamado Jamapa, y salíamos de noche para llegar acá al amanecer. Más de cinco horas a lomos del burrito. Durante todo el día, nuestro papá chambeaba descargando mercancía en el puerto, mientras nosotros matábamos el tiempo jugando con otros chavitos. Nuestro menú era siempre el mismo: un huevo cocido y una tortita de maíz para cada uno. Bueno —Benita se sonrojó levemente—, y alguna cosita que de forma puntual «distraíamos» a los vendedores. Cuando se le hacía muy tarde a mi papito, nos quedábamos a dormir en el puerto, al raso o en algún cobertizo, entre aparejos y redes. Mis papás ya murieron y ahorita no más me queda mi manito y su familia, que viven a las afueras de la ciudad. —Sus ojos se enrojecieron—. Siempre que podemos nos vemos. Casi todos los fines de semana vienen ellos, porque yo apenas puedo moverme de acá.

—¿Cómo se llama tu hermano?

—Mauricio, como mi papito. Y como mi abuelito, creo.

Perdida en pensamientos, dejó la olla en el centro de la mesa y volvió a por el cazo para llenar los platos. Un guiso delicioso hecho con cebolla, carne, apio, pimentones verdes, puré de tomate y una especie de alubias llamadas porotos.

Se sentó frente a mí y con la mano me señaló el plato a la espera de mi cata y veredicto. Con sonrisa constreñida inspiré profundo intentando aliviar la desazón que me comprimía el estómago, tomé la cuchara y di un par de tragos para expresarle a continuación la exquisitez del guiso. Benita lo agradeció con un guiño y procedió a achicar su plato, momento que aproveché para desembuchar parte de mi agobio.

—No te he comentado el motivo por el que huyo de ese hombre. —Dejé la cuchara sobre la mesa y me incliné hacia ella—. Después de lo que ha hecho esta mañana, tengo miedo. Mucho miedo.

Cerré los ojos y volví a inspirar, mientras se oía al loro murmurando palabras ininteligibles. Benita me miró fijamente.

—Si necesita contarlo, puede confiar en mí. Le prometo por nuestra Virgen de la Asunción que no soy de bocota floja.

No sabía por dónde empezar. Mi mente me proyectaba secuencias superpuestas. Precipitadas. Como pude le detallé los hechos, incapaz de recordar con claridad lo sucedido tras mi entrada en aquel despacho. La imagen de Alfonso con el abrecartas en la mano se me difuminaba. Una sensación extraña que me recordó aquella vez en que se rompió la cinta del cinematógrafo del barracón de la plaza Santa Catalina y durante varios segundos las imágenes se aceleraron hasta desaparecer.

Benita seguía comiendo, sin mostrarse extrañada, al menos en apariencia. No le sorprendió que Alfonso hiciera aquello y dedujo algo que me abrió los ojos. Sin duda Benita era muy lista.

—Le digo, si Alfonso platicaba en un idioma que usted no entendía, a buen seguro que era en inglés, por lo que el hombre al que apuñaló sería un gringo. Me temo que Alfonso se dedica a pasar información a los gringos.

Se me cortó la respiración y se me congeló el gesto. Entendí entonces que, al llegar a la hospedería, Alfonso diera un papel doblado al niño que nos había seguido desde el barco: probablemente aquella hoja tenía como destino la oficina del extranjero para comunicarle de manera urgente el cargamento que contenía nuestro crucero con dirección a Cuba.

—O igual ha sido al revés y ha estado sonsacando información a los gringos —reculó Benita al ver mi cara de asombro—. En cualquier caso, hace usted muy bien en poner tierra de por medio. ¡Pero no se arrugue, mujer! ¡Hay que ser recia! Le digo, la chichona que llevaba antes este negocio se arrugaba como fríjoles viejos y la despidieron para que me hiciera cargo yo, que soy un poquitito más resuelta, ¡claaaaro! Si el cliente está bien atendido y le caes bien, lo tienes para toda la vida.

Supongo que quiso zanjar aquel suceso clavado en mi mente, y al parecer también en el semblante, con chismes de la zona e intentos de seducción de clientes, algunos ancianos, que sirvieron para distraerme y retomar el guiso.

—¿A qué te dedicabas antes de trabajar aquí? —le pregunté.

—Chambeaba como cocinera en casa de una familia muy rica. Y me encantaba mi chamba a pesar de los dos chavos malcriados, ¿sabe usted?, pero no tenía vida. De siete de la mañana a once de la noche, para tener preparado el desayuno a las ocho, la comida a la una, la merienda a las cinco y la cena a las ocho. Y si tenía algún rato libre, ayudaba al servicio de limpieza. Todito por diez pesos mensuales. Y no estaba mal pagado —dijo con el dedo índice en alto—. Los sirvientes cobraban entre dos cincuenta y tres pesos.

Aquel tema captó mi interés.

—¿Cuántos sirvientes suele tener una familia pudiente?

—Una familia con mucha lana puede llegar a tener —volteó la mirada hacia el techo y comenzó el recuento con los dedos de la mano— una cocinera, una recamarera, un mozo, un portero, un cochero —continuó con los dedos de la otra mano—, una planchadora, una lavandera, un caballerango, una molendera y un lacayo. Llevo diez, ¿no?

Asentí sorprendida.

—Pues eso, entre ocho y diez.

Disuadió la conversación la campanilla de la puerta, que anunciaba la entrada o salida de algún huésped. Benita abrió los oídos en silencio. A los pocos segundos sonrió.

—Es don Aurelio. Ya vuelve de la cantina. Este charro tiene garganta de mariachi. Algunas veces me pide que lo ayude a subir las escaleras.

Al parecer, conocía a los más veteranos por la forma de andar, en algunos casos por la forma de arrastrar los pies.

Retomó el relato hasta que su plato estuvo rematado y el mío, medio. No cabía más en mi angosto estómago. Recogimos la mesa y tras fregar la loza propuso ir ella sola a cambiar mi dinero, no fuera a ser que Alfonso anduviera por la zona. Agradecida nuevamente, saqué el bolsito de debajo de la falda y le di un billete de cien pesetas.

—¡Uy! ¡No creo que cambien tanta lana acá en el puerto! —dijo sorprendida tras remirar el importe que aparecía impreso, acompañando sus palabras con movimientos en horizontal de la cabeza—. Además, no es bueno que nos vean con tanto poderío. ¿No tiene monedas?

Volví a buscar en el bolso y saqué varias; recordé que al salir a la carrera de La Unión solo habíamos tomado billetes y algunos montoncitos de monedas. Qué cara habría puesto, pensé, si hubiera visto los fajos de billetes que guardaba en las maletas.

—Ahorita vuelvo —susurró con los dedos índice y pulgar tiesos, casi rozándose—. Mientras espera, échese un coyotito.

—¿Un coyotito? —pregunté. No entendía qué quería que me echara. Quizá un licor de esos que queman la garganta.

—Una siestecita —aclaró.

—¡Ah! No, gracias. Esperaré aquí sentada.

—Pórtate bien —regañó Benita al loro—. Deja a la señora que descanse.

Benita me volvió a sonreír y salió con las monedas, su gracioso contoneo y su desparpajo. En menos de diez minutos ya estaba de vuelta con el equivalente en pesos mexicanos y un papelito escrito a máquina que justificaba el cambio. Lo miré y aunque no entendía el significado, dije que sí con la cabeza, le di una moneda mexicana de las que traía —tuvo que ser una buena propina por su sonrisa— y guardé el resto en el bolsito de tela.

—Me ha dicho el señor que la peseta española está perdiendo valor por culpa de las malditas guerras y que no es buen momento para cambiar. Debe esperar a que la situación mejore. Sobre todo, olvídese de cambiar billetes, que son puro papel. Al menos las monedas son de plata. ¡Ah! Otra cosa: no vaya usted a confundir la peseta española con la mexicana. Acá llamamos así a las de veinticinco centavos de peso, que, por cierto, las están retirando. Si le dan de esas, no las tome, porque es bastante probable que sean falsas. Cuando me traen alguna le hinco el diente y si dudo, la devuelvo al propietario. Y los billetes mexicanos tampoco los tome porque los fabrican empresas extranjeras y en algunos estados no aceptan los billetes que han fabricado otros. Cualquier día esos papeles no sirven ni para limpiarse el trasero. Lo dicho, lleve mucho cuidado con la lana que le dan. Y sepa que siempre debe regatear los precios.

No respondí, consciente de que cualquiera podía engañarme. No conocía las monedas mexicanas ni su valor. Por unos segundos permanecí pensativa ajena a los comentarios de Benita; recordaba que durante la revolución cantonal en mi querida Cartagena se habían emitido, para sufragar gastos, ciento cincuenta mil monedas de plata procedente de las minas, acuñadas en el arsenal de Cartagena con la ayuda de presos condenados por falsificación de moneda.

De nuevo mi mente cruzaba el Atlántico, así que intenté distraerme pidiendo a Benita la llave de otra habitación para proceder al traslado cuanto antes, también por miedo a que en cualquier momento apareciera Alfonso. Para minimizar el recorrido de las pesadas maletas, me dio la llave de una puerta anexa a la mía. La habitación era igual de bonita y espaciosa. Los mismos colores. La misma soledad. La misma sensación de vivir estancada, sin avanzar un ápice, como cuando estábamos en el vapor italiano en mitad del océano.

Mientras Benita arrastraba las maletas hasta mi nuevo dormitorio, yo las abría para sacar lo imprescindible. Terminado el traslado, se despidió desde la puerta.

—Me tiene abajo para lo que necesite —susurró—. Y no se preocupe, que este tipo no la va a encontrar.

Cerró la puerta y oí sus pasos bajando las escaleras. A los pocos segundos, los mismos pasos acompañados de una especie de soniquete tarareado por mi ángel de la guarda, supongo que para que supiera que era ella. Le abrí la puerta y apareció su sedante sonrisa con un par de libros en la mano.

—¡Tome! Quédeselos si quiere. Se los dejó un cliente el invierno pasado. Y para que lea tranquila echaré la llave por dentro a la puerta principal para que nadie entre sin que yo me entere. Si apareciera Alfonso, conectaré la vitrola de mi patrón con el disco de una soprano que chilla como un águila afónica.

O sea, que ya sabe, si oye a la señora cantando recio, no salga de la habitación.

Estallé en lágrimas de agradecimiento y espontáneamente me abracé a ella.

Aunque no sonó el águila afónica en toda la tarde, me mantuve tumbada sobre la cama, con las cortinas extendidas, en silencio. Evitaba toser, estornudar, caminar por la estancia y, sobre todo, salir al aseo. Me dediqué solo a leer hasta que Benita se presentó con una bandeja con comida caliente que olía a gloria. No habíamos hablado respecto a la cena y mucho menos que me la subiría al dormitorio. De hecho, ni siquiera había sentido la necesidad de echar algo al estómago.

—He cerrado la puerta del zaguán y he dejado la llave puesta por dentro —me dijo al tiempo que dejaba la bandeja sobre la mesa— para que pueda cenar tranquila y hacer todo el ruido que quiera.

Salté de la cama y fui rauda al aseo intentando contener la vejiga, repleta de improviso. A la vuelta, Benita me había preparado la mesa incluyendo servilleta, cubiertos y un vaso de vino que no rechacé.

Mientras comía, Benita me susurraba anécdotas de su día a día, sin dejar de prestar atención a posibles ruidos. De vez en cuando callaba para aguzar el oído y comprobar que seguía tranquila la hacienda que administraba. Estar a su lado me tranquilizaba.

—Don Aurelio está bajando —dijo. Yo no había oído nada—, voy a abrirle la puerta. Usted siga cenando tranquila.

Salió del dormitorio en busca de los pasos del señor y de nuevo se me aceleraron las pulsaciones. El estómago se me volvió a cerrar y el resto de la cena quedó en el plato.

Esa noche apenas pude dormir. Me despertaba sobresaltada con pesadillas relacionadas con el abrecartas o creyendo haber oído los pasos de Alfonso.

Amanecía cuando oí que paraba frente a la hospedería un coche de caballos. Después la puerta de entrada y una conversación entre Benita y un hombre de voz similar a la de Alfonso. No era capaz de entender lo que decían, pero me extrañó que se tratara de él, más que por la ausencia de música en el gramófono, porque estaba previsto que fuera un porteador quien recogiera mis pertenencias, ya que Alfonso debía ocultarse a vida o muerte. Avancé descalza hasta la puerta y pegué la oreja. Las voces estaban subiendo de intensidad.

Era él.

A los pocos segundos oí unos golpes, la puerta y gemidos de dolor de mi amiga. Si por miedo a Alfonso había reprimido las ganas de ir al aseo —incluso apenas me había movido en toda la noche—, al escuchar los lamentos de Benita corrí escaleras abajo.

—¡No baje, señora! ¡Podría volver!

—¡Era Alfonso, ¿verdad?! —exclamé mientras descendía a la carrera con los bajos del camisón remangados.

—¡Sí, señora! ¡Ese malnacido!

Cuando llegué abajo, vi a mi amiga sentada en el suelo.

—¿Qué ha pasado? ¿Te ha pegado?

Benita se incorporó ligeramente aturdida.

—Suba. Podría volver...

No le hice caso y la ayudé a sentarse en el sillón. Al acercarme vi que tenía un poco de sangre en el labio y enrojecida la mejilla.

—Lo siento, señora, pero no me ha dado tiempo a conectar la vitrola. Nada más entrar me ha preguntado por usted y al decirle que se había marchado, se ha enchilado ese cabrón hijo de la chingada. Aunque puede estar tranquila, que si vuelve le estaré esperando con mi escopeta. Usted suba.

Saqué mi pañuelo del escote y lo acerqué a la herida.

—¡No, que lo mancha! ¡Y la sangre es muy difícil de quitar! —Con el dedo se tocó el labio y me lo enseñó para que viera que estaba seco—. No ha sido nada.

Con el firme propósito de aliviar mi ansiedad, se levantó en dirección a su alcoba y sacó una escopeta enorme.

—Está cargada y sé disparar. Puede estar tranquila de que sé lo que debo hacer en estos casos. Lo mejor que puede hacer por el bien de las dos —me dijo— es subir a su recámara hasta que el barco haya zarpado.

Eso hice. Subí y me acurruqué sobre la cama, vigilante ante cualquier ruido.

A las diez de la mañana, cuando se suponía que Alfonso navegaba rumbo al Atlántico, me ajusté el corsé sobre el pecho ya oprimido de desasosiego, vestido negro acampanado, intenté disimular las ojeras con mis polvos de arroz y talco, un poco de carmín en los labios, moño recogido en alto, inspiré profundo y bajé al amparo de mi guardiana. «Elisa, no te preocupes —me decía mientras bajaba—. Lo malo ya ha pasado. Tienes dinero y alguien que te ayuda.»

Al llegar a la recepción, Benita ya había oído el tintineo de mis pulseras y me llamaba desde el fogón. Aparté la cortina y asomé la cabeza.

—Pase y siéntese —sonrió como si no hubiese pasado nada—. En unos minutitos tengo el desayuno listo.

Consideré oportuno no rememorar lo sucedido, puesto que ella tampoco parecía dispuesta: me acerqué al loro, que estaba comiendo pipas, y a continuación al fogón, para observar cómo preparaba huevos rancheros y fríjoles. Sobre la mesa la escopeta, un plato con tortitas de maíz y una jarra de cristal con zumo de frutas.

—Siéntese, señora —repitió.

—No me llames señora. Somos amigas. Llámame Elisa.

—De acuerdo, señora Elisa.

No pude evitar una carcajada.

—Señora Elisa, no —le volví a corregir en tono cariñoso—. Elisa solo.

—Es que usted es una señora.

—Soy igual que tú, aunque con menos valor y coraje. Siempre he vivido a la sombra de mi marido y es ahora cuando me doy cuenta de que no sé hacer nada por mí misma. Sin embargo, tú le has echado coraje a la vida y sabes desenvolverte perfectamente.

Sacó la pala de la sartén y me miró sorprendida. En silencio. Me dedicó una de sus sonrisas de terciopelo y volvió a centrarse en el fogón. En ese momento, reparé en dos pequeñas cicatrices que tenía sobre la sien derecha. De la infancia, supuse. De sus andanzas por el puerto. Esas y otras cicatrices invisibles le habían imprimido esa personalidad sosegada y expeditiva a un tiempo.

—Cada vez que usted baja las escaleras —continuó con la mirada en los fríjoles— oigo el ritmo de sus pulseras, la delicadeza con la que pisa las maderas... Yo no tengo esa finura, ni podría conseguirla por mucho empeño que pusiera. Usted es más refinada y mucho más culta.

—Ya quisiera yo tener tu dulzura y tu gracia —reprobé—. Y en cuanto a lo de culta, no sé yo... Quizá en eso también me superes.

—¡No, señora, para ser culta hay que tener tiempo y yo ando siempre muy liada! Las señoras cultas saben un poquito de todo: leen libros, platican en inglés, tocan el piano... mientras sus maridos se echan el humo de sus puros, aburridos de todo y enfadados con el mundo. Y sé lo que digo, que a mi recibidor ha llegado más de uno preguntando. —Se volteó de nuevo hacia mí y continuó con voz queda—. La mayoría se marchan de volada al ver que ni el lugar ni la servidora tenemos la categoría suficiente. —Hizo una pausa y se negó—. Pensándolo bien, usted no es como esas señoras que van al Casino Alemán y que no quieren hablar con gente pobre como yo.

—¿Casino Alemán? —repetí.

—Sí. Está en la capital, aunque no más pueden entrar los colonos alemanes. Igual usted que es extranjera y toda una señora, sí podría ir a sus banquetes y bailes. Precisamente el pasado fin de semana festejaron los quince años de su casino, aprovechando también la llegada a Veracruz de un crucero alemán. Cuentan que llenaron el edificio de focos de luz y que parecía aquello el catre del Sol.

No tenía yo ningún interés en rememorar ínfulas de grandeza de burgueses deseosos de noble pedigrí. De hecho, tampoco en Cartagena solía ir al casino. Prefería los bailes de disfraces o cualquier otra fiesta que organizara mi amigo Enrique Nier en el comedor de su fonda.

Al parecer, los alemanes eran los mayores tratantes del puerto de Veracruz y se dedicaban a todo tipo de productos primarios y manufacturados, como azúcar, aguardiente, fríjol, cacao, vainilla, tabaco, café, carbón, trigo, tintes vegetales, barras de plata o monedas acuñadas.

Tras el desayuno salimos a la calle para pedir un carruaje que me llevara a mi nuevo hotel. Mientras el mozo bajaba las maletas, agradecí a Benita su ayuda con un abrazo, un par de lágrimas y un par de monedas que no quería aceptar.

—El tiempo que esté en Veracruz tendrá acá a una amiga. Y si algún día se marcha, estará en mi corazón —añadió para terminar de desgarrar mi emoción contenida.

A los pocos minutos, bajó el mozo arrastrando la segunda maleta y quejándose de que no cabían todas las petacas en su carro. La única opción era hacer un par de viajes, pero preferí la propuesta de Benita de dejar algunas allí hasta tener claro mi alojamiento y puesto que tenía ropa de sobra. Agradecida nuevamente, le pedí que las guardara a buen recaudo con la excusa del valor sentimental de las prendas que contenían y omití que en todas ellas había mucho más dinero del que un jornalero podía ganar en toda su vida.

—Las guardaré bajo llave —me confirmó.

Antes de subir al carruaje me prometió que se pasaría por el hotel Universal a media mañana, cuando su jefe le diera el relevo.

El traslado me supo a derrota. Otra más. Y me recordó el trayecto que hice con Zoilo entre el Barrio Peral y el puerto de Cartagena el día del crucero. Hacía veintitrés días que habíamos embarcado. Veintitrés días con la continua sensación de estar huyendo. Demasiado tiempo con el corazón agarrotado.

Cuando llegué a la plaza de Armas contemplé el mismo ajetreo del día anterior: carros, bestias, vendedores, marineros, transeúntes y desoficiados. En un lateral de la plaza estaba el hombre de bombín y chaqueta, sentado en su pupitre de madera, y junto a él, un señor de avanzada edad.

Paramos frente al hotel, esperé a que el chico pusiera el escabel y bajé con cuidado de no caerme, consciente de las miradas que por decenas contemplaban mi nerviosismo. La recepción se encontraba vacía. Pulsé el timbre del mostrador y esperé. Entretanto el mozo descargaba las maletas, tres en total.

—Un par de portes más como este —farfulló el mozo mientras cobraba— y me cargo la mula.

Correspondí al comentario con una sonrisa de indiferencia y me centré en la recepcionista, que acababa de aparecer. Sobre la pared había una gran pizarra con los nombres de los huéspedes y sus correspondientes números de habitación. Apuntó el mío a continuación y tras pagar lo convenido subí al dormitorio. Espejos en la escalera y en los pasillos. Primera planta. Tras de mí la recepcionista con una de las maletas.

Me resultó curioso que todas las habitaciones tuvieran puertas de doble hoja horizontal. La inferior, de aproximadamente un metro veinte de altura, podía cerrarse con llave, no así la superior. Más que curioso, me resultó inquietante y falto de intimidad, así que me giré hacia la recepcionista y le pedí que por favor me instalara un cerrojo en la parte superior. Zanjé así la inminente revuelta de cavilaciones en mi mente.

Al entrar en mi nueva habitación comprobé satisfecha que por fin disponía de cuarto de aseo completo, incluida bañera y bidé. La estética era un poco deslucida: cama de hierro forjado negro, paredes grises y suelo en parte cubierto con alfombras de cáñamo. Abrí las puertas del balcón y me senté en el sofá con un libro de Veracruz que me había ofrecido la recepcionista tras subir la última maleta. En sus primeras páginas explicaba que el conquistador Hernán Cortés llamó Villa Rica de la Vera Cruz a aquellas tierras porque el desembarco había sido un Viernes Santo, día de la Verdadera Cruz. Recordé que en nuestra ciudad murciana de Caravaca de la Cruz teníamos la basílica de la Vera Cruz protegida por los muros del castillo medieval. Me apoyé sobre el sofá y mis ojos despegaron del libro a lomos de los caballos del vino.

Al cabo de varios minutos aterricé de nuevo en Hernán Cortés, 1519. Continuaba el texto explicando que desde entonces Veracruz era el principal puerto mexicano, lo cual no era de extrañar a la vista de sus enormes dimensiones. Entre sus instalaciones contaba con la Heroica Escuela Naval Militar, fundada hacía un año y dedicada a la formación de futuros oficiales del

Departamento de Marina. Y frente a mí tenía el Zócalo, el lugar de encuentros entre paisanos, charlas, tránsito comercial y ostentaciones militares. El trajín era lógico y agradable en aquel lugar de paso entre el puerto y el centro de la ciudad.

Volví a poner el libro frente a mí y continué pasando hojas. Lo detuve al ver el retrato de un peso mexicano, bajo el cual se detallaban sus características principales: 39 milímetros, 27 gramos y un 90 por ciento de plata. Alargué el brazo hasta el bolsito de tela que había dejado en el sofá, lo vacié sobre el asiento y tomé la moneda más brillante para compararla con el retrato del libro. Por el anverso, un águila con las alas desplegadas, posada sobre un cactus parecía devorar una serpiente bajo la leyenda REPÚBLICA MEXICANA. Por el reverso, un gorro con la inscripción LIBERTAD sobre un abanico de rayos. Estaba nueva. De hecho, había sido acuñada ese mismo año: 1898. La apreté contra el pecho y me dije que aquella sería mi moneda de la suerte.

Continué engullendo páginas, encomendando la realidad al embeleso. De la parte de cultura y costumbres me llamó la atención el apartado dedicado a los mariachis. Explicaba que se remontaban al siglo XVI y para mi sorpresa detallaba que eran muchos los estilos musicales y cancioneros en función de la región, aunque básicamente todos transmitían las costumbres y tradiciones mediante historias y relatos cantados, acompañados por guitarras, arpas de madera, trompetas o violines. Cánticos y bailes regionales, cultura de pueblo. Como en España, pensé. Como en la Cartagena que tanto añoraba.

De improviso sonó la puerta del dormitorio. Era Benita, mi ángel, ofreciéndome su ternura y su tiempo libre. Podía disponer de ella hasta la tarde. Como Alfonso ya habría zarpado y puesto que en la habitación no tenía nada que ofrecerle, ni siquiera dónde sentarse, le propuse bajar para aprovechar que hacía buen tiempo.

—Pues claro que sí. Hay que disfrutar, que cuando menos te lo esperas estás reposando junto a los alcanforeros del cementerio. Esta vez no le voy a ofrecer pulque —me dijo con su habitual dulzura—, pero si le apetece un refresco, le recomiendo el Café de la Parroquia. Está en el puerto. Además, en esa cafetería se ven unos mangos chidísimos.

Asentí sonriente suponiendo que se refería al porte de algunos clientes.

—Le digo. —Benita levantó su delantal para mirarme a continuación con gesto mustio—. Los paisanos pensarán que soy la sirvienta de usted, pero me da lo mismo. Ya no me afectan los comentarios de la gente. Hasta me critican porque algunas veces visto con faldas que enseñan los tobillos desnudos. Una vez una monja me dijo que era una desvergonzada. ¡Ya ve usted! ¡Como si fuera enseñando un pecho!

En cuanto a la compostura del atuendo no había diferencia con mi tierra, ninguna mujer que quisiera ser considerada decente enseñaba los tobillos. Aunque me encantaba su faldita floreada y su blusa con canesú bordado que dejaba los hombros al descubierto, entendí el calado del comentario.

—Eso tiene fácil solución —le dije—. Vamos a hacer una prueba y si te gusta la ropa que te voy a escoger, te la regalo.

Le quité su sombrero de paja y coloqué el mío sobre su gran mata de pelo negro. A pesar de su reticencia, abrí un par de maletas y comencé a echar ropa sobre la cama: faldas lisas y plisadas, vestidos, un corsé, varias enaguas de crinolina y tres blusas blancas. Los sombreros que aparecieron los dejé maltrechos sobre la cómoda. Al mostrarle un corsé se echó a reír sin control, con las manos sobre la falda a la altura de la entrepierna.

—¡Ay, señora, que me meo!

La risa era imparable y contagiosa.

—Si me pongo eso voy a parecer un chorizo. ¡Que me meo de verdad!

Por unos minutos no pudimos hacer otra cosa que reír, ella con las piernas cruzadas.

—No seas exagerada —dije finalmente—. Vamos a hacer una prueba y si no te gusta, vuelves a ponerte tu ropa.

Insistí porque noté en su mirada que de verdad le apetecía. Descarté el corsé temiendo la aparición de llagas y comencé con la blusa. Al ser la tela desahogada a la altura del pecho, le quedaba bien y le permitía recoger su voluminoso busto. Los pliegues del costado y de la cintura reunían la tela, más tensa que de costumbre, para quedar amoldada a su cintura. Las mangas eran voluminosas desde el hombro hasta el codo, para ajustarse a continuación al contorno del antebrazo. Le pedí que se diera una vuelta para comprobar cómo quedaba la prenda.

—¡Uy, señora! ¡Qué tetas! —soltó con su risa contagiosa—. Si me pongo un par de sombreros sobre la pechera le puedo hacer competencia al escaparate del señor Tomás.

—Qué exagerada eres. Tienes un pecho muy bonito. Ya quisiera yo...

Continuamos con la prueba y, descartadas las enaguas, le ofrecí una falda plisada. La menos larga, pero le arrastraba. Como me miraba con gesto retorcido y negando con la cabeza, rebusqué en las maletas el bolsito de la costura.

—¿Qué hace, señora? Ni se le ocurra cortar la tela.

—No hace falta. Le meteré al doble.

Así hice. Señalé el exceso con alfileres y en diez minutos tenía el nuevo dobladillo cosido.

Desacostumbrada a ese tipo de prendas, se miraba en el espejo sin dejar de hacer poses graciosas. Notaba que se sentía rara, pero que en el fondo le gustaba. El conjunto le quedaba muy bien, diría que mejor que a mí, debido a la amplificación de sus curvas: caderas anchas, pechos erguidos y posaderas prominentes.

—Los chicos se van a desmayar a tu paso.

Por primera vez me miraba con cierta timidez.

—No es para tanto, señora. Sé que no soy guapa, pero me tomo la vida con humor. La hermosura de la cara se estropea con los años, pero la del corazón puede conservarse si se condimenta todos los días con un poquito de alegría.

Visto que el primer paso había sido un éxito, continué con el pelo. Saqué el neceser de horquillas, cepillos y la senté para hacerle un recogido. Nunca había visto un pelo tan fuerte y grueso. Consciente de que los sombreros no eran de su estilo, le acomodé un voluminoso moño en lo alto y recogí las greñas con horquillas.

—¿Te gusta? —le pregunté.

—Señora, no le voy a mentir —contestó con sonrisa pícara.

La miré fijamente unos segundos, a la espera de su veredicto.

—¿Entonces? ¿Te gusta? —volví a preguntar.

—Señora, le he dicho que no le voy a mentir.

No pude evitar una sonora carcajada mientras procedía a deshacer el peinado y probar otro diferente. Aproveché su pelo rizado para marcarle el estilo *pompadour* que tanto me gustaba, pero que no me hacía por mi endeble pelo rubio. Deshice todos los nudos, aplané los laterales con horquillas y con el cepillo di volumen a los rizos de la parte superior, arrastrando las ondulaciones desde la frente hacia la parte trasera de la cabeza. Para rematar el trabajo, situé la cola sobre su hombro izquierdo y le coloqué delante mi espejito.

—Me encanta. Este sí —me dijo sin esperar a que le preguntara.

Me quedé mirándola y vi a una amiga. Respiré y gran parte de mi nerviosismo voló por la ventana. No sé por qué aquel día tuve la idea de vestirla con mi ropa, como si aquellas prendas ganadas con sudor minero ajeno la fueran a ennoblecer. Como si una prenda mía la honrara. En tal caso debería haber utilizado yo las suyas, ganadas con dignidad. A mi mente le faltaba todavía mucha claridad.


Como dos señoronas, bajamos trabadas del brazo. Al salir del hotel, señalé con cierta discreción al señor del pupitre de madera.

—Es un evangelista —me aclaró—. Un escritor de cartas para los que no sabemos.

Entendí entonces el motivo de que la gente se sentara a su lado. Apenas un quince por ciento de los catorce millones de mexicanos sabía leer, y descendía drásticamente en zonas rurales.

Le comenté que, si necesitaba escribir una carta o leer algún artículo de la prensa local, la ayudaría con mucho gusto. Nombres como *El Imparcial*, *Diario del Hogar* o *El Tiempo*, de corte gubernamental, liberal o católico, salían a la venta a diario en formato de cuatro hojas, y de ocho los domingos. Agradecida por el ofrecimiento, tomó mi brazo y cruzamos la plaza. Hermosas magnolias blancas se mecían a nuestro paso, para ofrecernos su dulce fragancia. Rosas, violetas, lirios nos rodeaban en tal cantidad que apenas podía reprimir la tentación de reunir un ramillete. Mi amiga parecía más atenta a los varones de los bancos.

—Están todo el día echando la hueva —me susurró—, sin oficio ni beneficio. El que quiera estar conmigo tendrá que ser chambeador.

No repliqué por si me oían los que reposaban, pero sobre todo porque no supe qué contestar. Entre miradas descaradas y gestos indecorosos salimos de la plaza para cruzar en recto hacia el puerto. Al llegar al establecimiento, un camarero de piel tostada se nos acercó sonriente. Nos hizo una leve reverencia y abstraído por la voluminosa delantera de Benita nos ofreció una mesa junto a la cristalera. Benita lo apartó con gesto altivo y se encaminó hacia las mesas del fondo. Todos miraban nuestro desfile, callados unos, cuchicheando otros con acento mexicano. Daba la sensación de que mi nueva amiga levitaba mientras serpenteaba entre las mesas y su falda se mecía como oscila una campana que repica requiriendo atención. Al llegar a la zona esquinada que ella eligió, nos sentamos y pedimos un par de refrescos.

Benita se inclinó contenta, apoyando la pechera sobre la mesa para hablarme al oído.

—Señora, ¡qué éxito! Esos pinches se han quedado de piedra. Le compro este vestido. ¡Me encanta! ¡Con un par de retoques y unos bordados coloridos, me quedaría estupendamente!

Por lo que yo había visto hasta entonces, las chicas solían vestir en sus momentos de ocio con colores llamativos o blancos radiantes, bordados muy elaborados, faldas largas plisadas, blusas de escotes anchos con motivos florales o indígenas, ceñidores de lana a la cintura y sandalias de cuero. Paseando por la calle podía intuirse el mestizaje de culturas indígenas y forasteras, sobre todo en Veracruz, por ser una ciudad portuaria con profusa actividad mercantil. Agricultores, ganaderos, artesanos y tratantes de toda la comarca venían hasta aquí con sus productos. Según Benita, las vestimentas delataban sus diferentes procedencias.

Mis maletas contenían ropa mucho más... elegante. No me resignaba a pensar que había gastado tanto dinero en ropa anodina.

—Es tuyo. Te lo regalo. Y no me llames señora —le pedí con voz mansa.

Asintió con gracia y volvió a inclinarse hacia mí.

—¿Ve el mocito que tengo detrás?

Asentí discreta, y entendí el motivo por el que había elegido aquella mesa.

—El año pasado le tocaron sesenta mil pesos en la Lotería de la Beneficencia Pública. ¡Sesenta mil! Y pensar que me rondaba por el hostal y a mí no me gustaba de puro feíto. Desde entonces ya no lo veo tan feo. Supongo que ahorita es él quien me ve fea a mí.

—Pues se te ha quedado mirando al entrar.

—Pero creo que no me ha reconocido. ¡Cómo carajo me va a reconocer si no ha subido de las tetas! Ahorita se ha vuelto una persona importante. Dejó su trabajo de conserje para hacerse corredor de haciendas. Como conoce a todo el mundo, es el primero en enterarse de ofertas de terrenos o edificios y el que más comisiones gana —me trincó del brazo y se acercó a mi oreja—, aunque sigue siendo cortito como la sombra de mediodía. ¿Ve que lleva periódico?

Asentí sonriente.

—Pues no sabe leer. Lo lleva para aparentar.

De nuevo solté una carcajada. Puestas en harina, no pude reprimir la siguiente pregunta.

—Con lo guapa y resuelta que eres, supongo que habrás tenido más de un pretendiente.

—Hace tres años conocí a un chavito un poco guajolote, pero muy atento. Estuvimos de novios hasta el año pasado, que se me fue a Colombia. —Me miró con gesto lastimoso—. Y ya no quiero saber nada de él. Amor de lejos es de pendejos.

—Él se lo pierde, aunque igual vuelve algún día para conquistarte.

—Señora, ni amor reanudado ni chocolate recalentado. No quiero aventureros. O encuentro un mandilón apañadito o prefiero quedarme sola. Mandilón, pero chambeador. No quiero un lagartijo abonado a la plaza. —Me clavó sus hermosos ojos negros—. Aunque se me vea resuelta, yo tengo mi corazoncito, ¿sabe usted? —Y suspiró—. Me gustaría un charro catrín, dueño de un rancho, que llegara en un caballo negro. Bueno... blanco también me vale. Canela también... En realidad, me vale cualquier color, pero que sea un caballo, no un burro esquelético como llevaba el desgraciado que se me fue a Colombia.

Entre risas y chismes varios platicamos animadas sin conseguir que me tuteara, a pesar de que ella era la bizarra y yo la desdichada. Cuando menos, absurdo. Admiraba la valentía de personas como Benita o su hermano, que desde pequeños habían tenido que conseguirse el pan sin la ayuda de nadie. Él vivía y trabajaba en las afueras de Veracruz, en una fábrica familiar de velas de cera. Anteriormente había trabajado en un horno de cal y en un almacén de carbón. Fabricar velas resultaba mucho más liviano que cargar piedra caliza o carbón.

Tras el refresco pedí a Benita que eligiera la mejor casa de comida mexicana que conociera. A ser posible, fuera del puerto y sus olores. Me llevó a una cantina situada unos veinte minutos hacia el interior, pero mereció la pena el paseo, a pesar de los piropos de quienes miraban nuestro paso con descaro. Sabrosa la comida: bistec marinado en hierbas para mí y fríjoles colorados refritos en manteca para mi amiga. De postre nos sirvieron un plato con zapotes amarillos, chirimoyas y mangos. Y como colofón: café con crema de cabra. Uno de los cafés más aromáticos que he probado nunca. Recordé entonces cuando acudía de la mano de Zoilo al café de la calle Mayor de Cartagena, cuando charlábamos con el resto de los asiduos al local, como en una gran familia. El ambiente a este lado del Atlántico resultaba igual de animado, si bien algo más bullicioso; entretenido a poco que una se dejara llevar, de no ser porque mi marido había desaparecido y yo me limitaba al transcurrir de los días sin saber cómo encauzar mi vida en una tierra que no era la mía.

De vuelta al hotel, nos desviamos para pasar por una librería. Como en todos los comercios, el dependiente era un hombre educado y sonriente que se mostraba más interesado en las clientas que en la venta. Me llamó la atención que nos diera la mano nada más entrar en su comercio. «Con mucho gusto», respondía a cada petición mía. Era la frase que más repetían dependientes, vendedores, mozos o camareros. Compré tres obras de Benito Pérez Galdós para mis futuras horas de soledad: *Maria-*

*nela* por 1 peso, *Nazarín* por 1,38 pesos y *Torquemada en el Purgatorio* por 1,25 pesos. Nos regaló un retrato de la capital a cada una y de nuevo la mano como despedida. Un par de sonrisas y rumbo al hotel.

Esa misma tarde, tras despedirme de mi querida amiga, comencé a devorar las aventuras del sacerdote Nazario Zaharín.

# 12

*La Unión, Murcia*
*Viernes, 30 de mayo de 1879*

Los tres cuartos de luna alumbraban la senda de tierra prensada por el paso perenne de mulas y carretas. Cerros de ganga, piedras enormes y terrenos quebrados dibujaban los contiguos a la senda por la que Serafín y sus dos amigos circulaban a ritmo resuelto, camino de la fábrica de hierros de don Antonio.

A lo lejos, tras un tramo de pedriza, vieron que Zoilo saltaba al camino desde unos matorrales cercanos y, sin hacer gesto alguno que delatara su camaradería, tomaba la delantera manteniendo cierta distancia con el grupo, vigilando que nadie los observara, si bien era tarde y la sierra descansaba del trajín diario. Sabía que aquella noche no era más que un ensayo consentido por su patrono y que la importante era la siguiente, pero no podía evitar cierto desasosiego manifiesto en forma de palpitaciones y premura del tránsito intestinal.

Resuelto el lance evacuatorio en varias ocasiones, llegaron a la fábrica. Zoilo señaló la ventana que debían romper y esperó a que el corpulento procediera. Un par de pedradas certeras y el cristal quedó hecho añicos.

En el interior, las siluetas de máquinas y tanques se recortaban entre penumbras, alumbradas débilmente por unos pocos hilos de luz que se colaban por resquicios y grietas. Zoilo avanzó con lentitud zigzagueando entre chapas, tubos y vigas. El silencio resultaba inquietante. Tras él sus tres socios replicaban el trayecto de sus alpargatas.

Llegados a una mesa de trabajo, les esperaban dos candiles, una botellita de aceite para las mechas y todas las herramientas que según el patrono necesitarían. Encendieron las mechas y se dirigieron a la sala de la caja fuerte. Como había predicho el patrono, la primera bisagra costó multitud de golpes y varios relevos. La segunda fue mucho más fácil. Rotas ambas, introdujeron la punta de un cincel en la ranura de la puerta y haciendo palanca con un tubo de acero de varios metros de longitud, lograron que cediera.

El trabajo ya estaba hecho, así que tomaron los enseres y alumbrados por los candiles volvieron sobre sus pasos. Cerraba la comitiva el corpulento, con el tubo de acero en horizontal sobre su hombro.

—Vamos a esconder los bártulos para recogerlos mañana —requirió Zoilo cuando los cuatro habían atravesado la ventana.

Eligieron un socavón lo suficientemente grande en un barbecho cercano a la fábrica, dispusieron las herramientas, los candiles, la botella de aceite, el tubo y taparon todo con matorrales y piedras.

—Mañana os esperaré a la misma hora en el mismo sitio —susurró Zoilo, que volvía a la parte delantera del edificio para retomar el camino de vuelta—. Traed el carro y echad un par de...

En ese momento oyeron que se acercaba un carruaje a velocidad endiablada.

—¡Ladrones! ¡Sinvergüenzas!

Los cuatro se quedaron boquiabiertos. Al oír de nuevo los insultos, Zoilo identificó el timbre del enfurecido.

—Creo que es el hijo mayor de don Antonio. Supongo que esta mañana ha oído la conversación y viene ahora a dejar claro que él también manda. Y por lo que parece, no está muy de acuerdo con lo planeado por su padre.

—¡Sinvergüenzas! —repetía una y otra vez el del carro.

Bajo el resplandor de la luna, permanecían estáticos en el llano de tierra dispuesto para los aparcamientos frente a la fábrica. Zoilo, a la espera de dialogar con el que llegaba, y sus compañeros, estremecidos por las formas, sin saber siquiera si el caciquillo atendería a razones. Un disparo de escopeta aclaró sus dudas. Instintivamente se tiraron al suelo y decenas de perdigones se incrustaron en la pared de la fábrica, a pocos centímetros sobre sus cabezas.

—¡Corred! —gritó Zoilo.

Cuando sonó el segundo disparo, no quedaba nadie frente a la fábrica. Los cuatro se habían dispersado campo a través, aun a riesgo de caer en pozos o socavones. Zoilo se había refugiado detrás de un olivo, en cuclillas. Inmóvil, a pesar del tembleque y del jadeo.

El silencio era estremecedor, roto solo por el canto de un joven mochuelo, que en la distancia parecía reclamar la presencia de sus progenitores.

Tras unos segundos de indecisión, se asomó sobre la cruz del tronco, lentamente, con cuidado de no hacer ruido alguno que delatara su ubicación. El carruaje estaba parado delante de la fábrica y el hijo del patrono, escopeta en mano, observaba la ventana por la que habían entrado.

—¡Todo lo que hayáis roto, lo vais a pagar con vuestra sangre! —gritó el hijo levantando la escopeta al aire. Sacó un manojo de llaves del bolsillo y tras probar varias consiguió abrir la puerta.

Zoilo miró alrededor y pudo distinguir un trasero y los pies de quien estuviera agazapado tras una enorme piedra. Prosiguió el repaso de sombras, pero por más que clavara los ojos en la penumbra no era capaz de localizar al resto. Volvió a orientarse hacia la fábrica, la puerta estaba cerrada y el hijo del cacique dentro, así que salió al camino y corrió desbocado en dirección al pueblo.

Nunca había corrido con tanto ímpetu ni le habían temblado tanto las carnes, aun habiendo lidiado a la parca desde bien joven en derrumbes e inundaciones. No más de tres zancadas duraron las alpargatas bajo sus pies, ni diez en irrumpirle un inoportuno dolor en el costado, que parecía acrecentarse con cada bocanada de aire. A pesar de las molestias, la imagen de los perdigones clavados en la pared le mantenía a ritmo constante. Solo cuando estuvo seguro de que ni el más certero de los perdigones le alcanzaría, comenzó a decelerar el ritmo. Oyó entonces ruidos a su espalda que de nuevo lo espolearon.

—¡Para, Zoilo! ¡Somos nosotros!

Giró la cabeza y vio que sus tres compañeros de faena le hacían señales con los brazos extendidos. Se detuvo y esperó a que lo alcanzaran.

—¡No entiendo lo que ha pasado! —dijo Serafín entre jadeos—. ¡Si el hijo ha escuchado esta mañana la conversación, sabía lo que iba a suceder!

—Eso pensaba yo —contestó Zoilo—. Está claro que ha venido porque algo ha oído, pero no sé si no ha entendido bien lo que íbamos a hacer, si ha querido aprovechar la ocasión para quitarme de en medio o si está tratando de arrebatar la autoridad a su padre. No lo sé porque no he tenido ocasión de aclararlo. Espero que el lunes podamos...

La conversación se detuvo al oír el galope de un caballo. Sin tiempo para esconderse, solo pudieron apartarse para no ser atropellados. Se trataba de don Antonio, que frenó en seco al ver a Zoilo.

—Don Antonio —exclamó Zoilo—, su hijo...

Desde lo alto del caballo, el patrono asintió con ojos colmados de rencor.

—Ya lo sé. Voy a hablar con él.

—¿Qué hacemos mañana?

—Seguir según lo previsto.

—Pero su hijo sabrá que hemos sido nosotros.

—Mi hijo no dirá nada. De eso me encargo yo. Vosotros seguid según lo previsto.

Sin conceder réplica, arreó al caballo y continuó al galope en dirección a la fábrica.

Zoilo, que no quería aumentar el desasosiego de sus compañeros, dio el tema por zanjado y les recordó con falso aplomo lo planeado para la noche siguiente. Ya no había marcha atrás, pese a lo acontecido y a la que se avecinaba.

Descalzos los cuatro entraron en el pueblo a intervalos y por caminos diferentes.

# 13

*Veracruz, México*
*Jueves, 2 de junio de 1898*

A pesar del cansancio, apenas pude pegar ojo. En mi mente se repetía una y otra vez la secuencia previa al asesinato con el abrecartas. Pensaba también en la mujer del difunto, en sus hijos, en sus amigos, en el momento en que recibieran la noticia. Yo era la única testigo y en lugar de dar parte a la policía, me había dedicado a pasear, tomar café y comprar libros. Si no contaba lo ocurrido, aquel asesinato quedaría impune y para siempre sobre mi conciencia. No podía permitirlo, aunque con ello pusiera en riesgo mi vida. Qué más daba, ya nadie lloraría mi ausencia.

Tras el desayuno, salí a la plaza en busca de un carruaje que me llevara a la comisaría de Policía, pero como no hallé ninguno y mi objetivo se encontraba cerca, me encaminé bajo mi parasol, ofuscada en repasar la explicación que daría al llegar.

El policía que me atendió no pudo evitar su cara de asombro al oír mi declaración. Al instante llamó a dos colegas para que me acompañaran al lugar de los hechos. Sin uniforme y armados con pistolas que asomaban bajo sus chaquetas de cuero, me acribillaron a preguntas, que respondí con sinceridad para no caer en contradicciones. Todas relacionadas con la oficina a la que nos dirigíamos y con las dos personas que intervinieron en el suceso. Afortunadamente, ninguna pregunta referente a mi situación personal.

Me sorprendió cómo se les transformaba la cara a medida que aportaba datos. El puyazo definitivo fue la ubicación de la oficina. Al describirles el edificio, se miraron y se detuvieron en seco. Debían volver para hacer una consulta al comisario, me dijeron sin más explicaciones. Silencio durante el camino de vuelta. Eterno.

Llegamos a la comisaría, me invitaron a sentarme en una especie de estancia desierta con varias sillas de madera, intenso olor a humo de puro y paredes blanquecinas manchadas de humedad, y ellos se dirigieron hacia el pasillo. Entraron en el despacho del fondo y cerraron la puerta.

Irritada por la burla que para mí había supuesto la vuelta, me levanté inmediatamente y me situé en el punto de la sala donde podía ver el pasillo en su longitud, con la intención de entrar y abordarlos si la espera se dilataba en exceso.

Durante varios minutos no vi nada, solo oía el ruido continuo de una máquina de escribir y un murmullo de voces superpuestas. De pronto, una voz ronca que desde el despacho último reclamaba la presencia de un tal Jesús. La máquina de escribir paró y un chico joven salió al pasillo en dirección a los convocantes. Aunque el ruido de la máquina había desaparecido, la conversación era ininteligible al mezclarse con otras más cercanas.

Diez minutos de espera, puertas, idas y venidas hasta que alguien se personó en la sala donde yo esperaba. Como me temía, fue el joven que habían llamado a gritos.

—Buenos días, señora. Disculpe la espera. Mi nombre es Jesús Martínez García y con mucho gusto le voy a acompañar al lugar de los hechos.

—¿Y sus dos compañeros?

Se quedó pensativo.

—No pueden... no... no pueden. Tienen que atender otro asunto... urgente.

Su aspecto aletargado aclaró todas mis dudas: habían puesto al más lerdo e inexperto como muestra del poco interés en resolver mi denuncia. Definitivamente, me estaba moviendo en arenas movedizas y su intención era dejar que me hundiera yo solita. Pero me daba lo mismo. No podía permitir que aquel asesinato quedara impune.

—Pues vamos —le dije.

Salimos de la oficina y tomó calle arriba. Pasos cortos y cabeza clavada en el suelo.

—¿Adónde vas? —le increpé con cierto desaire—. ¡Vuestro carruaje está aquí!

—Señora, la oficina que usted comenta está muy cerca —me señaló con el brazo extendido—, a doscientos metros. Además, no me permiten utilizar el carro.

—Hoy sí te permiten. ¡Arriba!

Supongo que fui tan taxativa que no hubo réplica. Al ver que el joven ni siquiera sabía sujetar las riendas, se las quité y azucé a nuestro Rocinante. Yo tampoco había llevado nunca un carruaje, pero creo que no se me notó.

Durante el trayecto, el novato aprovechó para preguntarme sobre lo sucedido en la oficina a la que nos dirigíamos, quizá con más sentido y acierto que los dos veteranos, aunque con este me tomaba la libertad de no contestar si así lo consideraba oportuno. Él intentaba tomar nota de todo, palabra por palabra, y si no le daba tiempo me pedía que le repitiera la frase. Me resultó curioso que anotara todo y sus compañeros nada. Yo miraba al frente mientras guiaba al animal; mi acólito, con la cabeza clavada en su cuaderno. No pude contener una sonora carcajada al oírle decir que no sabía si él mismo entendería lo escrito por culpa de los baches y de la precaria suspensión del vehículo.


Bajamos en la plaza de Armas y desde allí lo conduje a la fachada de grandes ventanales. Como había hecho solo dos días antes, elevé la mirada hasta encontrar la ventana de la primera planta donde había visto la silueta de Alfonso: el mechón de pelo sobre la frente, las patillas enormes y las cejas frondosas. Asentí en silencio al endeble que tenía por acompañante y me dirigí al zaguán. Nerviosa. Muy nerviosa.

Subimos la escalera de mármol y le señalé la puerta del despacho. La tercera. Golpeó con los nudillos y esperó respuesta. Parecía más alterado que yo y dispuesto a esperar el tiempo que hiciera falta. Como supuse que, de haber alguien dentro, no habría oído el leve golpeteo, alcé el parasol y arremetí contra el cristal. Al instante se oyó un adelante. Me aparté y dejé que el retal de policía encabezara la expedición.

—Buenos días. —Entró mostrando su placa. Yo me quedé junto a la puerta. En el interior había un hombre sentado frente a un desorden de papeles y carpetas—. Necesito hacerle unas preguntas. Serán solo unos minutos.

El hombre se mostró extrañado.

—Por supuesto. Pase y tome asiento —dijo con perfecto acento español. A continuación, me miró—. ¿Vienen juntos?

El policía asintió por mí.

—Pues me temo que no tengo asientos para los dos. Discúlpenme un segundo.

Salió al despacho de enfrente y trajo una silla que colocó junto a la que ya había. Parecía tranquilo. Sentados los tres, abrió una caja que había sobre la mesa y ofreció al agente un puro habano, que rechazó agradecido.

—Señora, a usted le puedo ofrecer un cigarrillo, si le apetece.

Negué en silencio.

Aquel señor tomó un puro, lo encendió y dio varias caladas arrellanado en su sillón, a la espera de que desveláramos el motivo de la visita. El agente inspiró profundo y procedió al tiempo que me señalaba.

—Esta mujer dice que fue testigo de una agresión con arma blanca en esta oficina, hace unos días, en concreto, anteayer. ¿Qué sabe usted de este asunto?

—¿Agresión? —repitió estupefacto, mirándome con ojos de búho—. Señora, nadie me ha agredido con un arma blanca ni de ningún otro color. De haber sido así, estaría en el hospital o tendría alguna cicat...

—No fue a usted —interrumpí.

—¿Una agresión a otra persona en mi oficina? No puede ser. Yo trabajo aquí y me habría enterado.

—¿Podría ser —preguntó el agente— que se hubiera ausentado en ese preciso momento?

—Imposible. Cada vez que salgo cierro la puerta con llave. Siempre. En cualquier caso, si se hubiera producido una agresión con arma blanca en mi ausencia, habrían quedado restos de sangre que por supuesto no vi. Señora, es posible que se haya equivocado de escalera. A menudo llaman a mi puerta preguntado por alguien de otra empresa.

Negué al agente, que seguía tomando notas a ritmo endiablado.

—Este es el lugar donde ocurrió, aunque parte del mobiliario ha sido remplazado.

—No puede ser —me increpó diluyendo su cordialidad inicial—. Trabajo entre estas cuatro paredes desde hace cuatro años y no he cambiado absolutamente nada.

Volví a negar y señalé los cambios que recordaba, entre ellos, varios cuadros pequeños junto a la ventana donde ahora había un enorme mapamundi, la esquina donde había un perchero o el color de los muebles.

El señor apenas me dejó explicarme.

—Si me dice a quién vino a ver o cuál era el motivo de su visita, es probable que pueda indicarle dónde está la oficina que ustedes buscan.

—No lo sé. Venía de acompañante.

—¿De su marido?

—No.

—¿De su hermano? ¿Su socio?

—No. Eso no importa ahora.

—Señora, viene aquí a acusarme de no sé qué y ni siquiera es capaz de decir quién la acompañaba, a quién vieron ni para qué. Quiere que detengan a alguien por algún motivo que desconozco y al parecer me ha tocado a mí... ¡Pues se equivoca! Me levanto todos los días a las seis de la mañana para sacar adelante esta modesta agencia de transportes y no voy a permitir que nadie me intente pisar con sucias estratagemas.

—¿A qué se dedican? —preguntó el agente, que no dejaba de anotar todos los comentarios—. ¿Qué transportan?

—De todo —sonrió—: caucho, vidrio, loza, químicos... principalmente entre México y Estados Unidos.

Se levantó con manifiesto desdén hacia mi persona y pidió al agente que le acompañara al pasillo, momento que aproveché para acercarme a la pared y levantar el mapamundi. En efecto, debajo podían apreciarse las marcas de los cuadros que yo había visto. Me volví a sentar y esperé a que entraran, disipada de seguir insistiendo.

No sé de qué hablaron ni si hubo más obsequios, pero la ausencia fue prolongada y la entrada jubilosa. El agente repasaba mi figura mientras se me acercaba con el cuaderno cerrado, haciendo gestos con la cabeza y los hombros como quien perdona la travesura de un niño. Tras él, el tipo me sonreía puro en mano, con gesto triunfal y sonrisa de soborno. Pero yo tenía claro que no seguiría insistiendo. Si había ido allí era únicamente por aportar mi testimonio a familiares y amigos que lo necesitaran, lo cual no parecía que fuera necesario.

El agente pidió perdón por las molestias y salimos al pasillo. En ese momento, salía una mujer del despacho de enfrente y pude ver el perchero y los cuadros pequeños amontonados sobre la mesa.

No dije nada.

—Señora, no se meta en líos —me aconsejó al pisar la calle—. Lo mejor que puede hacer es olvidar lo sucedido y disfrutar de su estancia. ¿Necesita que la lleve a algún sitio?

—No, gracias. Pasearé para comenzar ya mismo a disfrutar de mi estancia.

Me saludó protocolariamente y enfiló la calle en dirección a la plaza de Armas. Lo vi alejarse decepcionada, inmóvil junto a la pared. Exhausta. Dolida. Como un náufrago entre la muchedumbre. Y volví a pensar en Zoilo y en el sinsentido de aquellas circunstancias. La añoranza de mi tierra y de mi gente embestía mis entrañas a cada pausa. Parecía a la espera de un solo instante de desánimo para atacarme de nuevo.

Aunque estaba cerca del hotel, decidí deambular por aquellas calles impolutas forradas de adoquines. Pasaban las doce del mediodía y como el sol del recién inaugurado mes de junio caía a plomo, me refugié bajo un toldo con bambalinas bordadas al estilo del dosel de un palio, junto a un grupo de niños absortos frente al cristal de una tienda. Al acercarme vi las dos hermosas bicicletas que presidían el escaparate. Los chavales, cubiertos todos con sombrerones o gorrillas, descalzos la mayoría, estaban ensimismados. Por primera vez vi un escaparate como un vertedero perverso de anhelos y frustraciones.

—Señora, ¿nos podría leer lo que pone ahí? —me preguntaron al verme llegar.

Me pegué al cristal para leer un pequeño cartel que había apoyado junto a una pila de ollas.

---

## DOS MÁQUINAS SUPREMAS
construidas correctamente, con exactitud mecánica
y con materiales de superior calidad, finamente esmaltadas
y niqueladas.
Cómodas, duraderas, fuertes y veloces.

BICICLETA IMPERIAL manufacturada por una de las principales fábricas de Chicago. Precio $150

BICICLETA REMINGTON procedente de la primera fábrica de armas en los Estados Unidos. Precio $200

### ¡PASE Y PREGÚNTENOS!

---

—¡Doscientos pesos! —Les dejé cuchicheando para avanzar hacia la siguiente sombra—. ¡Para que mañana te la robe un pinche ratero!

Mi próxima pausa fue una palmera, bajo la cual un muchacho ofrecía agua fresca de su tinaja. Un par de vasos y continué en dirección al puerto buscando las sombras de toldos y balcones, entre jornaleros y campesinos, algunos sentados sobre el bordillo con sus mercancías. Inconscientemente buscaba a Zoilo en cada rostro, bajo cada sombrero, para después seguir con el entorno. Recuerdo una señora sentada a pleno sol, inmóvil entre dos cajas de madera llenas de pollos con los picos abiertos al borde del desvanecimiento. Los habría comprado todos si en ese momento hubiera tenido un trozo de tierra donde criarlos. La propietaria parecía de piedra. Ni se inmutaba ante los perros esqueléticos que se aproximaban a olfatear las cajas, desconcertados por el exhausto piar de los desvalidos.

Salté a los adoquines y crucé la calle en busca de otra hilera de toldos. Niños ociosos, calor húmedo y paredes encaladas hasta llegar al puerto. El olor a mar era inconfundible y el hedor a pescado, inexistente en aquella zona del muelle. Cerré los ojos e inspiré profundo para trasladarme al puerto de mi querida Cartagena: los pabellones engalanados de la Feria de Verano, sus jardines, su vegetación, las bandas de música, los desfiles militares, los puestos de dulces, los bailes de los jueves y domingos por la noche. Y donde la bahía se encauzaba al mar, el balneario del Chalet, al pie del monte de Galeras.

Apreté los labios y espiré los recuerdos para girarme hacia un grupo de unos quince chicos, algunos desnudos, otros con calzones hasta la rodilla, que se lanzaban al agua vociferando una y otra vez desde el cantil para subir a continuación por una escalera hecha con cuerdas y tablones. Todos excepto uno que parecía observarme bajo su sombrero de estilo canotier. Sentado sobre un amarre, con camisa blanca y pantalón a la pantorrilla. Me miraba fijamente, con descaro.

Bajé la cabeza y continué el paseo. A unos metros, un matrimonio cocinaba en el suelo frente a media docena de sartenes y ollas. Ella, cubierta con un gran pañuelo, movía las raseras mientras él pelaba mazorcas de maíz bajo su sombrerón. Olía muy bien. Junto a ellos había ramitas que utilizaban para el fuego, varios recipientes y muchas moscas, pero ningún plato ni cajón que sirviera de mesa: supuse que los clientes vendrían con sus propios recipientes. Con recipientes o sin ellos, debían de ser muy poco sensibles a la higiene.

En esos pensamientos estaba cuando noté que alguien tras de mí me tiraba del vestido.

—¡Señora!

Me giré. Era el niño del sombrero canotier.

—¿Conoce al pinche de tirantes que hay junto a mis amigos? —me preguntó—. Mire hacia atrás con disimulo.

El hombre en cuestión estaba de espaldas y parecía observar a los chicos del mismo modo que había hecho yo unos segundos antes.

Le negué.

—Creo que la está siguiendo.

—¿Estás seguro?

—No para de mirarla y cada vez que usted se detiene, él también.

Respiré nerviosa.

—¡Dios mío! ¿Qué hago ahora?

—No se detenga. Siga su camino y no entre en calles donde haya poca gente. Si el pinche continúa siguiéndola, me oirá gritar que vendo camotes.

¿Que siguiera mi camino? Pero ¿qué camino? Y sin pasar por calles no transitadas. Me quedé petrificada, pensativa, hasta encontrar la solución: abrí el bolso, le di unas monedas como agradecimiento y puse rumbo a la hospedería de Benita. El chico disimuló el motivo de nuestro encuentro pidiendo monedas a otros viandantes. Un virtuoso de la calle, astuto por necesidad.

No había dado más de diez pasos cuando oí entre la multitud los gritos de mi confidente vendiendo camotes recién horneados. Efectivamente, aquel tipo me estaba siguiendo. No debía mirar atrás. El cuerpo me pedía alargar el paso e incluso correr, pero debía disimular, así que continué el paseo como si mi corazón no me estuviera sacudiendo la cavidad torácica. La hospedería estaba a menos de trescientos metros. Eternos. No pude evitar acelerar los últimos y entrar en la recepción como quien burla la envestida de un astado.

Para mi sorpresa me recibió una cabra con sombrero de paja, junto a su dueño, que la ordeñaba en cuclillas.

—Estoy comprando leche —me dijo Benita desde el mostrador, con total naturalidad.

Al ver a mi amiga vacié los pulmones de un soplido, gesto que Benita achacó al acontecimiento lácteo. Yo nunca había visto ordeñar una cabra en el interior de un establecimiento ni vivienda, lo que me sirvió para disimular mi sofoco y acercarme al animal con improvisado gesto de entusiasmo. Dócil el animalito, con el sombrero de paja atravesado por los cuernos retorcidos hacia atrás, paciente, a la espera de que su dueño finalizara.

Los chorros golpeaban con fuerza contra la vasija a cada golpe de mano del señor. Me asomé a la vasija y vi cómo se elevaba espuma blanca. El cabrero levantó la cabeza para mostrarme sus cejas espesas y su sonrisa de tres dientes.

—Mucho gusto.

Sucio y harapiento, pero educado. Quise pensar que se habría lavado las manos antes de proceder al ordeño, pero me desmintieron sus uñas del color de las cejas.

—Lo primero que hago es hervir la leche para matar cualquier bichito —me dijo Benita, advertida supongo por mi cara de asco.

—No sabía que aquí la leche se ordeñara delante del cliente. Me ha sorprendido —alegué intentando justificarme.

El cabrero volvió a mirarme.

—Sí, señora. Voy de casa en casa con mi cabrita. Leche más fresca imposible.

—¡Qué curioso! —acerté a decir—. En mi tierra no existe este servicio a domicilio.

—Pues sí, señora. Uno tiene que buscarse el pan como buenamente puede. Pobre y jodido, pero libre de chambear mucho o demasiado —me contestó mostrando de nuevo los tres dientes amarillentos—. No soporto que ningún pinche patrón me friegue. ¡Ya me friego yo solito!

Aquella argumentación me dejó pensativa, plantada frente a semejante cuadro. Terminado el ordeño, el cabrero entregó la vasija a Benita, cobró lo convenido, se ajustó su gorrilla y salió a la calle con el animal atado a una cuerda.

Se aproximaba la hora de comer y Benita me invitó a su morada, ofrecimiento que rechacé con la excusa de que ya había comido algo de fruta en un puesto ambulante. No quise aturdirla con el motivo real de mi desgana y supongo que ella, avispada en demasía, intuyó que mi sofoco venía de la calle, por lo que me ofreció su cama para descansar mientras ella comía.

Al descanso no rehusé. Ya no me tenía sobre los tacones y me tumbé vestida con los pies en voladizo. Supongo que la tranquilidad que me daba su compañía me ayudó a dormir más de tres horas.

Cuando me desperté no solo había limpiado todas las habitaciones y regado las plantas que por decenas alegraban las ventanas, pasillos y repisas, sino que había preparado un refresco. Me levanté, me arreglé las horquillas del pelo y me senté a la mesa al tiempo que ella repartía en dos vasos el contenido de la jarrita de barro.

—Es agua de guayaba y no lleva alcohol —me aclaró anticipándose a mi pregunta—. No más lleva agua fresca, guayabas maduritas y un poquitito de azúcar.

Dimos buena cuenta del refresco y pasamos el resto de la tarde charlando —excepto los momentos en que debía ausentarse por la presencia de algún huésped—, encantadas de conocer nuestras respectivas costumbres. Me explicó Benita que las casas en México se construían de adobe o piedra, lo que las hacía muy frescas en aquel clima tropical del golfo de México, y que se solían construir en torno a un patio central con plantas de infinitos colores, resguardadas bajo la sombra de naranjos, platanales o palmeras.

Estábamos terminando de cenar, cuando por la puerta trasera del hostal oímos música de cuerda, trompetas y voces masculinas. Me quedé mirando a Benita a modo de pregunta.

—Mariachis —contestó resuelta. Soltó los cubiertos y aceleró el paso hacia la puerta—. Ándele, ándele —me requirió por duplicado desde el quicio de la trastienda. Seguí sus pasos y salimos a la noche.

Casi al final de la calle, cinco músicos con sombreros y trajes negros bordados con hilo blanco cantaban frente a una reja. Elegantísimos. Supuse que la afortunada estaría al otro lado.

—Lágrimas de amor —suspiró Benita.

Miré su rostro moreno a la espera de aclaración.

—La canción se llama «Lágrimas de amor». Es preciosa. El hombre que ve en el centro lleva varios meses rondando la ventana de la muchachita y por fin se ha decidido a dar el paso.

Nos miramos y ella me tomó del brazo para balancearnos al ritmo pausado de la música. Poco a poco los vecinos se iban asomando a puertas y ventanas. Nunca había oído una melodía que expresara con tanta intensidad lo que una persona puede sentir por otra. El quinteto de voces experimentadas modulaba las notas con emotiva dulzura. Giré la cabeza para observar al auditorio: mutismo, sonrisas y pieles erizadas. La mía al menos. Un acorde final dejó las últimas notas en el aire. Me dispuse a aplaudir, pero Benita me frenó los brazos.

—Espere —me susurró.

Todos habían enmudecido. Unos segundos de silencio y la

pretendida aplaudió con cierta timidez, respuesta que fue celebrada por los presentes como si hubieran ganado la guerra a los yanquis. Sombreros al aire de los mariachis y felicitaciones al enamorado.

—Ya puede aplaudir —me dijo.

Pude ver en Benita su mirada esquiva inundada en lágrimas de emoción y quizá de tristeza por no haberse visto en una de esas.

—¿Y a partir de ahora? —le pregunté—. ¿La boda?

—No, señora. No tan rápido. Ahorita tiene que platicar con el padre para que dé el consentimiento. Y si dice que sí, el muchachito deberá comprar el ajuar con el dinero que tenga ahorrado.

Qué diferentes eran las costumbres. En España era la familia de la novia la que aportaba el ajuar al matrimonio: sábanas, manteles, servilletas y pañuelos que la deseosa de pretendiente bordaba durante la adolescencia y que guardaba en un armario o arcón a la espera del acontecimiento más importante de su vida.

A pesar de que no habíamos terminado de cenar, mi anfitriona no pudo evitar las oportunas felicitaciones a los afortunados y la tertulia posterior con los vecinos. Media hora que sirvió para que mi estómago se clausurara y mi ajetreada cabeza pidiera descanso. No acepté su ofrecimiento de dormir en la habitación donde guardaba parte de mi equipaje porque prefería la cama de lana mullida de mi cuarto frente al Zócalo: dejé a mi amiga rebañando la bandeja y me dirigí al hotel.

La plaza descansaba del bullicio diurno. Eran bastantes los que utilizaban sus baldosas como colchón durante la noche y expositor durante el día. Aunque el entorno no me resultaba especialmente peligroso, apreté el paso hasta el límite de no revelar a desconocidos la histeria de mil latidos, sobre todo por aquellas calles de visibilidad casi inexistente.

Llegué al hotel y me remangué el vestido para subir a la habitación en cuatro zancadas. No sabía que al entrar presenciaría otro capítulo más de padecimiento: las tres maletas habían desaparecido. Todas. La habitación no estaba revuelta, por lo que me apuntalé sobre la posibilidad de que las hubieran guardado por iniciativa de la recepcionista. No veía lógico que las hubieran robado con lo que pesaban, en lugar de abrirlas y llevarse lo de valor. O podía ser que para el ladrón todo tuviera valor, casi todas las prendas costaban más que el sueldo de un jornalero.

Aliviada en parte por haber dejado dos maletas en el hostal de Benita y por llevar bajo el pecho un cinturón de tela con dos saquitos llenos de billetes, bajé rauda, candil en mano y busqué vida por las lúgubres estancias de la planta baja. Un dormitorio maloliente con la cama deshecha, un pequeñito fogón de ladrillos carbonizados, un fregadero repleto de recipientes y una habitación con abundante ropa de cama amontonada sobre un par de mesas, pero ni rastro de la recepcionista. Abrí la siguiente puerta y me asomé a un patio repleto de sábanas colgadas.

—¿Oiga?... ¿Hay alguien? —susurré en vano a las telas. Volví a la recepción, dejé el candil y salí a la calle.

La primera opción fue avisar a mi única amiga y confidente, pero me decidí por la comisaría de Policía, suponiendo que tendrían algún retén de guardia para la noche. En eso sí acerté. Me recibió otro uniformado diferente a los conocidos aquella mañana y quizá por ello me prestó mayor atención. Un señor de unos treinta y pocos, perfectamente afeitado, ojos azules, pelo rubio y modales exquisitos que me llevó a su despacho para atender mi nerviosismo.

—¿En qué puedo ayudarla? —preguntó al entrar en su cubículo. Del contiguo llegaba el escandaloso ronquido de un sueño profundo que el uniformado no se molestó en excusar. Quizá a esas horas lo normal era esperar dormido a que aconteciera algún suceso como el mío.

—Estoy alojada en el hotel Universal —dije— y me han robado mis maletas.

Sin mostrar asombro alguno, sacó una libretita, un lápiz y comenzó a apuntar.

—¿Me podría decir su nombre, edad, dirección...?

—Elisa Monturiol Sarón. Treinta y un años. Soy de Cartagena, España y llegué a Veracruz anteayer, martes.

—Entiendo así que está alojada en el Universal desde esa fecha.

—No. He estado en una hospedería del puerto y me he mudado esta mañana.

Levantó la mirada buscando la mía.

—¿No será que las han guardado los huevones del hotel? Sin estar segura, negué enérgica.

—Entonces —continuó—, algún ratero le habrá visto entrar... supongo. No es la primera vez que pasa. Esos pinches suelen tener preferencia por los forasteros, ya que suelen llevar objetos de valor y bastante dinero en efectivo.

Así era. Mucho más dinero del que él pudiera imaginar.

—Pues vamos a personarnos ahorita en el lugar de los hechos. Si los indicios confirman su denuncia, le pediré un listado de todos los objetos de valor que contenían las petacas. Tamaños, colores, marcas... Resulta más fácil dar con el ratero si intentamos localizar alguno de los objetos robados, ya que sabemos dónde suelen vender la mercancía.

Tras un suspiro de condescendencia guardó el lápiz y el libro de apuntes en el bolsillo de su chaqueta, y abrió un cajón del que sacó una lupa y un artilugio de madera con un cilindro metálico en el frontal, una manivela en la parte trasera y un asa de cuero en la tapa. Tomó su sombrero del perchero, sopló las velas de la mesa y salimos a la calle rumbo al hotel.

Por el camino se limitó a seguir mi andar más pausado, con el artilugio de madera sobre los brazos como si sostuviera un recién nacido. No pude evitar la pregunta.

—¿Qué es eso que protege con tanto esmero?

—Una linterna, señorita. Diseñada y fabricada por quien le platica.

Debió de ver mi cara de asombro.

—Consiste —añadió— en una dinamo para generar electricidad, una manivela para moverla, un cable y una bombilla. Y si quiere darle mejor presencia lo completa con el asa de una petaca, el objetivo de una vieja cámara de fuelle y la caja de un guardajoyas.

Me miró con el orgullo de quien se percibe admirado y continuamos el resto del camino entre los silencios de la noche. Nuestras sombras nos bailaban alrededor ocultándose de la luz tenue de las farolas de gas, difuminadas por el denso relente que nos impregnaba el rostro y la ropa. Parecía que hubiera lloviznado y esa sensación me resultaba familiar. En cuanto a humedad no advertía gran diferencia con la costa cartagenera, si bien la temperatura en Veracruz era superior en unos cinco o seis grados.

Al llegar al hotel empujó la puerta, me cedió el paso con gesto cortés y mientras yo cruzaba el umbral asomó la cabeza desde la calle para llamar de un grito a la recepcionista.

—¡¡¡Huevón!!!

Como no esperaba aquel alarido, estuve a punto de caer tras perder el equilibrio. Inspiré profundamente y me giré hacia él con los ojos expandidos de coraje.

—No se asuste, señorita —sonrió—. ¡Sal, huevón! —repitió un poco más suave. Solo un poquito más suave. O quizá fueron mis tímpanos que habían perdido capacidad auditiva.

—En todo caso será huevona. La recepcionista es una chica.

Como no hubo respuesta de la referida, tomó el candil que yo había dejado sobre el mostrador de la recepción y subimos a la planta de los dormitorios. El pasillo estaba desierto y los huéspedes dormían a pesar de nuestra gloriosa entrada. Al menos el de la habitación contigua roncaba plácido. Al llegar a la mía me cedió el cacharro para que le alumbrara, dejó el candil en el suelo y se agachó para inspeccionar la cerradura de la puerta inferior con la lupa que llevaba guardada en el bolsillo. Yo le enfocaba sosteniendo el asa con la zurda y moviendo la manivela con la diestra.

—¡Por favor, más rápido, señorita!

Aceleré el giro de la manivela y la luz aumentó proporcionalmente. Con suficiente vigor y la constancia que yo apenas alcanzaba a mantener, aquel artefacto podía alumbrar con la intensidad de una docena de cirios de procesión. Tras unos segundos de concienzuda observación, bajó la lupa y me miró.

—La cerradura no parece forzada. ¿Tiene la llave?

La saqué del bolso y al abrir la parte inferior de la puerta trató él de mover la de arriba.

—Está cerrada por dentro —le dije—. Pedí que pusieran un cerrojo para mayor seguridad, aunque ya ve que no ha servido de nada. Si desea entrar, deberá agacharse.

—¿Me permite?

—Por supuesto.

Entramos y se situó en el centro de la habitación. Yo a su lado, siguiendo con el foco los movimientos de su cabeza. Cada vez con menor intensidad, ya que las fuerzas comenzaban a fallarme. Avanzó hacia el armario y yo a su lado. Me miró solicitando autorización y abrió las puertas. Yo seguía concentrada en enfocar en la dirección de su mirada: a la derecha, a la izquierda, de nuevo a la derecha, arriba a la izquierda, abajo a la derecha... Varios movimientos más aleatorios y una carcajada que hizo aterrizar mi recogimiento.

—¿Se está riendo de mí? —le solté malhumorada.

—Perdone. Ha sido una broma no más. Es que está usted muy graciosa dándole a la manivela.

—Precisamente hoy, no estoy para bromas.

Consciente de que aquella inspección no serviría para nada, le di el artilugio, salí a recoger el candil y me senté en el sofá junto a la persiana del balcón.

—Avíseme cuando haya terminado —le dije.

Su sonrisa desapareció durante el resto del reconocimiento, no más de diez minutos perdidos recorriendo las superficies con su linterna. Sin los aumentos de la lupa por falta de manos, sus ojos enrojecidos de sueño poco podían hacer a no ser que el intruso hubiera dejado su nombre escrito a máquina y con letras mayúsculas.

Cumplido el trámite y apuntados algunos detalles de la ropa y objetos que contenían las maletas, me comentó con aire solemne que redactaría un informe de lo ocurrido al llegar a la oficina, y me mantendría informada en caso de que hubiera alguna novedad, para lo cual necesitaba que los avisara si cambiaba de alojamiento. Asentí desde el sofá y salió al pasillo. Al parecer en ese momento subía la chica del hotel.

—¡Carajo, Rosarito! ¡No me digas que estás chambeando acá!

Me levanté rauda y me asomé al pasillo con la esperanza de que la chica pudiera aportar alguna pista.

—Buenas noches, don Ramiro. Me dieron chamba y alojamiento el pasado invierno —contestó con tono pastoso.

—¡Estás borracha! ¿Cómo vienes en estas condiciones? Una señorita como tú no puede caer tan bajo.

—¡Váyase al carajo! —balbuceó la chica apoyada contra la pared.

—Desde que te comiste la torta antes del recreo y te dejó tu chamaco, no has levantado cabeza.

—¿A eso ha venido? ¿A ponerme como camote? ¡Ande a ver si ya parió la marrana!

El uniformado avanzó unos pasos y la agarró del hombro.

—Sabes que te aprecio, Rosarito, y por eso se me hace duro verte así, tan perjudicada —exhaló profundamente—. ¿Tu chavito está bien?

—Sí. Vive con mi mamita.

Se giró hacia mí con la cabeza inclinada y gesto benévolo.

—Ha tenido una infancia muy dura, pero con esfuerzo está saliendo adelante.

A continuación, se volteó hacia ella.

—Han robado a esta clienta y necesitamos saber si has visto algo sospechoso.

—No. Nada.

—Está como para ver algo —rezumaron las comisuras de mis labios.

La chica, cuya capacidad auditiva era al parecer de lo poco que no le había mermado el alcohol, me miró con aire indiferente.

—Señora, no puedo hacerme responsable de sus objetos de valor, de si las puertas se quedan cerradas, de si los huéspedes van directos a sus recámaras o intentan entrar en otras. —Repentinamente su acento se aclaró—. Entenderá que no puedo dedicarme a ver quién entra y quién sale, puesto que apenas tengo tiempo para limpiar las recámaras, lavar y tender la ropa, planchar, comprar, prepararme la comida... No más puedo decirle que no he visto a nadie sospechoso, aunque podría haber entrado durante la media hora que he salido a hacer un recado...

«¿Un recado?», pensé, «¿a la bebida le llama recado?»

Mientras yo desgarraba sus últimas palabras, el policía se despidió de mí y tomó a la chica del brazo para ayudarla a bajar las escaleras.

Como no me apetecía compartir cama con mis temores, abrí

las puertas del balcón, levanté la persiana y me asomé para llenar los pulmones de la brisa de aquel mar que me mantenía apartada de mis seres queridos. De nuevo busqué a Zoilo entre las pocas sombras que deambulaban, entre las conversaciones ajenas. Incapaz de relajarme, entorné las puertas y me senté en el sofá. Lentamente dejé que mi cabeza reposara sobre el respaldo de terciopelo, hasta quedar sumida en un profundo sueño.

# 14

*La Unión, Murcia*
*Sábado, 31 de mayo de 1879*

Aquella noche cambió sus vidas para siempre.

A la misma hora que el día anterior y al amparo de la inconsciencia, salieron los tres socios del pueblo, esta vez en carreta. Larga, estrecha y muy vieja. Un escueto suelo de tablas con barandas laterales para el resguardo de las ruedas y dos varas frontales a las que iba amarrada la mula. Serafín, a las riendas y los otros dos, detrás, escondidos en capazos de esparto hasta rebasar las viviendas y las farolas de gas.

Tras el tramo de pedriza volvía a aparecer Zoilo, que subió al carro para continuar hacia la fábrica de don Antonio en busca de las herramientas escondidas junto al camino. En un mutismo tenso quebrado solo por el ruido de las piedras a cada paso calmoso de la bestia. Acurrucados contra el viento húmedo que atravesaba sus ajadas prendas directo hacia los huesos. Los últimos días de mayo se estaban despidiendo con un frío impropio de esas fechas.

Con la fábrica delante, destaparon las herramientas y las cargaron en el carro, mientras Zoilo aprovechaba para acercarse al edificio y comprobar que la ventana seguía rota. Los perdigones clavados en la pared le produjeron una repentina indisposición intestinal, sin apenas tiempo para bajarse los calzones, corrió despavorido hacia el barbecho.

Al ver Serafín que su amigo no aparecía, acudió en su búsqueda.

—¡Zoilo, vámonos! ¡No vaya a venir otra vez el hijo de tu jefe!

—¡Esperad un segundo! ¡Ahora voy! —requirió buscando piedras romas con las que limpiarse—. ¡Dios mío, se me está helando el culo!

Recompuesta la figura, subió al carro y emprendieron camino a la fundición de don Hilario, con algo más de celeridad por miedo al de la escopeta y con cierto desasosiego creciente a medida que se acercaban al objetivo.

Mientras tanto, sobre el escenario del Teatro-Circo de Cartagena transcurría el segundo acto de la obra *El diablo en el poder*, interpretado por la Compañía de Zarzuela de Juan Cubas y su correspondiente cuerpo de baile, en la que condes y princesas enredaban en verso matrimonios de conveniencia y conspiraciones políticas.

El escenario, ambientado en una antecámara real, resplandecía gracias a la iluminación de decenas de lámparas alimentadas por el gas procedente del conducto que pasaba subterráneo frente al Arsenal. Lujosos ornamentos, techo de lona al modo circense —de ahí su nombre— y más de cuarenta columnas de estilo árabe decoraban el interior de un edificio construido intramuros, a pocos metros tras la puerta de Madrid, en el sitio que ocupó la antigua glorieta de las Flores y antes la plaza de toros.

Como estaba previsto, don Hilario disfrutaba de la velada inaugural en compañía de otro cacique minero, en segunda fila del patio de butacas, justo detrás del alcalde.

Los cuatro amigos llegaron visiblemente azorados a la fundición. Estremecidos de congoja y frío. Frente a ellos se levantaba un edificio colosal con un par de chimeneas que parecían alcanzar las nubes. Conscientes de los riesgos de tan recio cometido, detuvieron el carro frente a la puerta y permanecieron en silencio. La sensación de congoja los anclaba al carro como si las maderas hubiesen absorbido su energía de improviso. Tras unos segundos de indecisión, Serafín tomó la iniciativa.

—Cuanto antes empecemos, antes terminaremos —alentó el

corpulento, que sacó un mazo de uno de los capazos y saltó del carro para reventar la puerta de un solo golpe.

Rota la puerta, ya no había marcha atrás, así que bajaron los capazos y el tubo, mientras Serafín amarraba las riendas a una baranda de madera. Vaciaron la botellita de aceite en los candiles, prendieron las mechas y entraron raudos, detrás de Zoilo, que los guiaba según las indicaciones de su patrono: «Cuando entréis en la fundición os vais directos a la caja fuerte que hay en la oficina, al fondo de la nave a la izquierda».

También tuvo Serafín que reventar la puerta de la oficina. En efecto, la caja fuerte era como la de don Antonio. Diferente acabado, pero idéntico sistema de bisagras exteriores.

La experiencia de la noche anterior les permitió golpes certeros. Con las bisagras rotas, solo quedó hacer palanca con el tubo y dejar que la puerta cediera con un quejido metálico, como antesala del sobresalto que les aguardaba.

Decenas de lingotes de plata perfectamente apilados llenaban por completo las estanterías. No quedaba hueco ni para una cuartilla de papel. Habría cuarenta o cincuenta. O quizá más. Todos idénticos, brillantes y enormes. Si la barrita que dos días antes había entregado don Hilario a Zoilo, medía unos once centímetros de largo y cuatro de ancho, estas medían más del doble en cualquiera de sus tres dimensiones.

—¡Dios mío! ¡Qué barbaridad! —exclamó el corpulento al tiempo que extraía uno de los lingotes—. ¡Dijiste veinte como el nuestro! ¡Estos son enormes!

Zoilo no fue capaz de responder. No esperaba tal cantidad ni de semejante tamaño. Serafín se encorvó sobre el lingote que había sacado y a la luz del candil señaló una zona donde se podía ver una inscripción en relieve: «300 oz».

—¿Quiere decir que pesa 300 onzas?

—Creo que sí —contestó Zoilo.

—El que te dio don Hilario pesaba 30. ¡Joder, qué barbaridad! ¡Somos ricos!

Zoilo recordó entonces que al hablar de los lingotes a don Antonio, este dio por sentado que serían de 300 onzas. Posiblemente por ser el tamaño estándar. En cualquier caso, estaba claro que don Hilario le había mentido: «Aquí está tu parte... Casi un kilo de plata. Ya tengo todos los lingotes vendidos. Todos igualitos al tuyo... Para que veas que soy persona de palabra».

—¡Somos ricos! —repetía Serafín.

Zoilo reaccionó al final, pero para negar con la cabeza.

—Esta plata es de don Antonio. No lo olvidéis. Cuando el lunes hable con él, intentaré que nos dé al menos un lingote para cada uno.

Serafín parecía no estar de acuerdo. A su lado los dos afiliados al silencio, como de costumbre, a la espera de indicaciones.

—Lo primero —refutó el corpulento— es que toda esta plata no puede haber salido de una sola mina, por lo tanto, no toda es de don Antonio. Lo segundo es que don Hilario te mintió, porque hay más de veinte y mucho más grandes. Fundió un lingote pequeñito para hacerte creer que eran todos iguales. Y lo tercero es que, como puedes ver, ninguno de los dos patronos tiene ningún problema en hacer lo que sea por conseguir más dinero, aunque sea robando al otro, y ya sabes lo que dice el refrán del que roba a un ladrón. Esta gente funciona sin miramientos y si nos tuvieran que quitar de en medio por dinero no dudarían en hacerlo, como intentó ayer el hijo de tu jefe. ¿Nos vamos a quedar solamente con un lingote a cambio de jugarnos la vida? ¿Te imaginas lo que nos ocurriría si ahora mismo apareciera un guarda? Además, tu jefe no sabe los lingotes que hay. Él solo sabe lo que tú le dijiste: que eran veinte. Nosotros somos los únicos que sabemos los que hay en esta caja fuerte.

Zoilo volvió a negar con la cabeza.

—Y don Hilario también lo sabe. Y los operarios que trabajan aquí. Y sus familias. Y sus amigos. Y sus vecinos. Y mi jefe en cuanto don Hilario vuelva de Cartagena y denuncie el robo. ¿Te imaginas lo que nos ocurriría si don Antonio se enterara de que le hemos mentido? —dijo levantando el candil a la altura de la cara del corpulento—. Tú mismo lo acabas de decir: no dudaría en quitarnos de en medio por dinero. Si hiciéramos lo que tú dices, deberíamos esfumarnos para siempre y olvidarnos de volver a ver a nuestra gente, porque mi jefe nos estaría esperando. Lo único que puedo hacer es pedirle dos lingotes para cada uno y, aunque sé lo que me va a contestar, os prometo que lo intentaré.

Serafín pareció conformarse.

—No perdamos más tiempo discutiendo —dijo a modo de aprobación—. Salgamos de aquí cuanto antes.

Llenaron los dos capazos e intentaron sacarlos, pero el peso hacía imposible despegarlos del suelo: tuvieron que aligerarlos y sacar tres lingotes por viaje.

No más de dos viajes soportaron los trenzados de esparto de los sufridos capazos. Así que continuaron sacando los lingotes en brazos. Dos por persona, excepto el corpulento que los sacaba de cuatro en cuatro: unos cuarenta kilos.

Terminado el trasiego, subieron al carro. Los dos silenciosos a la zaguera, Serafín a las riendas y Zoilo a su lado para indicarle el camino al polvorín. Con alegría contenida, acrecentada a medida que se alejaban del solemne edificio.

Como habían apilado la mercancía con urgencia y sin orden, con cada traqueteo de la carreta se volteaban las barras, para crispación del corpulento, que desde las riendas increpaba a sus dos lacayos para que remontaran las más próximas a los bordes, no fueran a romper las cañas de las barandas laterales.

Entretanto, en el Teatro-Circo había finalizado el tercer y último acto de la zarzuela, y la banda de Infantería de Marina amenizaba el intermedio que daba paso a la obra *Un verano en Cartagena* del cartagenero Enrique Soto, hijo del propietario del teatro, que tras la representación fue llamado a escena para hacerle entrega de una pluma de oro.

La velada fue un completo éxito: ovación para los actores, para los músicos, para el compositor y para el pintor escenógrafo. Todos los ingresos fueron destinados al Hospital de la Caridad, lo que representó una suma considerable, ya que no quedó libre ni uno de los dos mil asientos repartidos entre el patio de butacas, las gradas de platea, el anfiteatro y el paraíso.

Finalizada la función inaugural, don Hilario y compañía compartieron impresiones con otros caciques de la zona, entre vinos, láguenas y reparos, que les sirvieron para entrar en calor antes de batirse en retirada hacia la fonda de la Marina, en el número ocho de la calle Jara. Las noches eran muy frías y la lona circense del techo no protegía lo suficiente, lo que obligó a suspender las actuaciones de los días siguientes hasta la llegada de un tiempo más benévolo. «Increíble la temperatura que tenemos hoy en nuestro país a pesar de lo avanzado de la estación», publicaba *El Eco de Cartagena*. «Los señores que tengan tomadas las localidades para el Teatro-Circo pueden pasar a Contaduría a recoger su importe o conservarlas para la primera que se anuncie en dicho Coliseo.»

El domingo amaneció nublado, ventoso y gélido.

Zoilo apenas había pegado ojo durante la noche, imaginando escenarios, dramáticos la mayoría, relacionados con su incursión en la fundición, con la posibilidad de que alguien hubiera estado custodiando la plata, con disparos más certeros del hijo de don Antonio y con la reacción de don Hilario tras su vuelta de Cartagena. Y es que, si bien podría haberse distraído con los posibles usos de su parte del botín, los desvelos nocturnos siempre se le hacían más propicios a cavilaciones sombrías, fatales algunas.

Se levantó a media mañana, aletargado, tras conseguir hilar exiguas cabezadas entre cientos de volteos sobre la cama. Se plantó la camisa de los festivos, el chaquetón de su padre, las alpargatas y replegó la cortina antes de abandonar el dormitorio. En la cocina estaba su madre, que preparaba un guiso en la lumbre.

Descolgó su sombrero de una de las púas en hilera de la pared y salió a orinar sobre la pared desconchada de un solar vecino. Ni rastro de sus hermanos, que probablemente estuvieran laborando pese a ser domingo. De hecho, también Zoilo debía estar trabajando, en su caso como subalterno del tabernero, a cambio de los trozos de pan sobrantes, huevos cocidos o alguna que otra garrafa de leche. Aunque la remuneración resultaba harto escasa, para Zoilo era una manera de aprovechar las mañanas del domingo, ayudando a quien le había enseñado a leer, sumar y restar. Pero aquella mañana no tenía fuerzas ni ánimo suficiente. Además, intuía que el botín escondido en el polvorín le quitaría de tener que soportar a borrachos maleducados.

Tras el vaciado de la vejiga, se sentó en el portal de la casa vecina para evitar las preguntas certeras de su madre y, de paso, deleitarse con los tobillos de las jóvenes que iban a misa en compañía de sus padres y hermanos. La familia de Zoilo no solía ir a misa, rezar al acostarse ni bendecir los alimentos. No tenían en casa imágenes religiosas ni biblias, puesto que solo Zoilo sabía leer. Su madre tenía varias estampas de san Rafael, ángel custodio de Córdoba, su ciudad natal. No obstante, respetaban el ayuno de carne en Cuaresma, cumplían los sacramentos y se inclinaban al paso del párroco cuando este pasaba en carro tañendo la campanilla, señal de que portaba la hostia consagrada.

Sentado en el portal, con la coronilla apoyada sobre la puerta, aguardaba amodorrado el paso de féminas. No esperaba que fuera la llegada de un vecino quien alterara su ánimo.

—¡Han asesinado a don Antonio y a su hijo mayor! —desembuchó el sobresaltado con voz inquieta.

Zoilo se levantó de un brinco.

—¿Don Antonio? ¿El patrono?

El vecino asintió por duplicado. Inspiró profundo y procedió a los detalles.

—El viernes por la noche entró una banda de ladrones en una de sus fábricas pensando que no habría nadie, pero como estos patronos trabajan día y noche, resulta que el padre y uno de los hijos estaban dentro, en la oficina.

Zoilo escuchaba en silencio, intentando disimular la aceleración de sus palpitaciones.

—Le pegaron un tiro a cada uno y, mientras se desangraban, robaron lo que había en la caja fuerte, que según dicen estaba llena de dinero. Y allí los dejaron hasta que ayer por la mañana entraron los obreros y los encontraron tirados en mitad de la fábrica. Parece que el hijo de don Antonio intentó defenderse con su escopeta, porque la han encontrado junto a él, pero no pudo hacer nada. Espero que al menos pudiera pegar algún tiro y lisiar a alguno, aunque de los ladrones no se sabe nada. Lo cierto es que padre e hijo están muertos. Mira lo que te digo —el vecino se acercó a Zoilo para susurrarle—, por muy explotadores y sinvergüenzas que sean estos patronos, no hay derecho a que acaben de esa manera con la vida de una persona. Con ese desprecio.

El vecino continuaba con su monólogo ahora referente al

caos que se vivía en la sierra minera y a la necesidad de mayor control policial, pero Zoilo había desatendido la conversación, horrorizado ante la posibilidad de que alguien los hubiera visto por las proximidades de la fábrica. Y es que los disparos de escopeta en el silencio de la noche podrían haber alertado a cualquiera que viviera incluso a varios kilómetros de distancia. Al parecer no se sabía nada de los ladrones, pero el hecho de que hubiera dos fallecidos implicaría en mayor grado a la policía, con la posibilidad de que alguna pista les condujera hasta Zoilo y sus socios.

Como le ocurría siempre en casos de nerviosismo, sintió de improviso la necesidad de correr urgentemente en dirección a la chumbera más cercana.

—¡Te tengo que dejar! ¡Mis tripas no esperan! —le gritó Zoilo mientras corría calle arriba.

Aliviado el trance y viendo que el vecino se había marchado a seguir difundiendo la noticia, reparó en la necesidad de hablar con Serafín, consciente de que debían repensar cómo afrontar el cambio de escenario. Tembloroso más por nervios que por frío, a paso corto, como si aquello disimulara su ansiedad, se encaminó a casa de su amigo. Con la mirada clavada en la tierra y las manos en los bolsillos.

Las calles del pueblo se mostraban excepcionalmente tranquilas por efecto del tiempo desapacible. Pocos caminantes, ninguna carreta y algunos corrillos de vecinos que era probable que estuvieran comentando la noticia de los crímenes. O eso pensaba Zoilo: que todos estarían hablando de los malditos ladrones, asesinos despiadados. Y es que, lo que había comenzado como un simple movimiento de mojones, había finalizado con el peor de los desenlaces posibles.

No había nadie en casa de su amigo. Lo más seguro era que estuvieran en misa: resolvió salir al campo y volver más tarde. Habría pasado por la taberna para ayudar a su jefe y de paso desayunar, pero no tenía pulso para vajillas ni estómago para digestiones.

De vuelta al pueblo, las calles se sentían más bulliciosas. Todos los vecinos habían vuelto de misa y charlaban en corrillos, vestidos con sus mejores atuendos. Encontró a su amigo en una de aquellas pláticas. Al ver Serafín que Zoilo se aproximaba, abrevió la conversación y entró en casa. Zoilo recorrió la calle de un extremo a otro hasta que quedó despejada, momento que aprovechó para llamar a la puerta. Serafín le esperaba en la habitación de los aperos agrícolas. Le ofreció un serijo, se sentó en otro y le explicó que el párroco había comentado el trágico suceso y la importante pérdida que suponía para la comunidad cristiana y para el pueblo de La Unión. Los detalles provenían de varios vecinos a la vuelta de misa: padre e hijo habían sido asesinados por un grupo de delincuentes de Fuente Álamo, expertos en la apertura de cajas fuertes, pero don Antonio había conseguido disparar a varios delincuentes antes de caer abatido. La cifra total de muertos difería según el relato de cada vecino. Entre tres y cinco.

—A mí me han contado otra versión —objetó Zoilo—. Según mi vecino, don Antonio y su hijo mayor están muertos, pero no se sabe nada de los delincuentes.

—O sea —concluyó Serafín—, que ni unos ni otros sospechan de nosotros.

—De momento no, aunque supongo que la policía investigará lo sucedido.

—¿Es posible que llegaran después esos ladrones que comenta la gente y los asesinaran? —preguntó Serafín.

—No lo sé... Demasiada casualidad... Yo creo que cuando don Antonio llegó a la fábrica, el hijo disparó pensando que habíamos vuelto, y al ver que había asesinado a su padre, se quitó la vida.

El corpulento negó con gesto agrio.

—¿No se dio cuenta de que era su padre? No me lo creo, porque seguro que tu jefe entró llamándolo a gritos. Además, nosotros éramos cuatro... ¡Que no, Zoilo, que no me lo creo! Cuando nos cruzamos con el padre por el camino de vuelta, nos aseguró que su hijo no diría nada. ¿Te acuerdas? Y por la forma en que lo dijo, no me extrañaría que hubiera acabado con él para que no hablara. Esa gentuza es capaz de cualquier cosa por dinero.

El gesto hosco de Zoilo denotaba desacuerdo que argumentó con el índice levantado tras varios segundos de cavilación.

—Lo primero es que don Antonio iba a caballo y no vi que llevara escopeta: se la tendría que haber quitado al hijo. —A continuación, levantó también el dedo medio—. Y lo segundo es que lo conozco perfectamente y sé que habría sido incapaz de hacer algo así. Es verdad que insultaba a su hijo con aparente desprecio, pero nunca le habría hecho daño.

Ese último argumento pareció meter en razón a Serafín.

—Bueno... entonces, ¿qué hacemos ahora?

—Habla con Juanjo y Jesús, y diles que no comenten nada con nadie.

—¡Vamos a ser ricos! —susurró Serafín—. Por cierto, ¿los lingotes se van a quedar en el polvorín?

—Por supuesto que no, porque no sé qué pasará con las minas, quién será el nuevo patrono y si seguiré siendo el encargado de custodiar la dinamita. Tenemos que sacar los lingotes cuanto antes y esconderlos en otro sitio. Esta noche nos vemos allí, a la hora de siempre. Ve tú solo con el carro. Yo te estaré esperando dentro.

—¿No me llevo a los dos pánfilos?

Zoilo negó.

—Si no me los llevo, vamos a tardar mucho más en cargar y descargar los lingotes, pero bueno... vale... ¿Dónde los vamos a trasladar?

—Todavía no lo sé. Esta tarde pensaré algún sitio. Lo que sí tengo claro es que debemos esconderlos hasta que estemos seguros de que nadie nos ha visto y que no hemos dejado ningún rastro en la fábrica ni en la fundición. Si la policía sospechara de nosotros, ya sabes cómo sería su interrogatorio. Esa gente no se anda con minucias y posiblemente alguno terminara confesando. Sobre todo, tus socios, que no se les ve muy firmes de ánimo. Por eso prefiero que no sepan dónde están los lingotes. Si la policía no los encuentra, no podrán acusarnos de nada, por muchos indicios que tengan.

Serafín quedó conforme.

—Madre ha preparado unas tortas de aceite. ¡Quédate!

—Gracias, pero en estos momentos no puedo probar bocado. Tengo cerrada la boca del estómago. No sé cómo tú puedes...

—Por supuesto que puedo. Nosotros no somos delincuentes ni asesinos. No tenemos armas ni hemos disparado a nadie jamás de los jamases. Simplemente nos hemos limitado a cumplir los encargos de los patronos y no tenemos la culpa si entre ellos se roban o se matan. Además, ¿qué rastro podemos haber dejado? Como no sean las alpargatas que perdimos al salir corriendo... Pero nadie puede saber de quiénes son.

—¡Hostias! ¡Las alpargatas! —Zoilo se llevó las manos a la cabeza—. Tenemos que recuperarlas antes de que los policías las vean.

Se levantó del serijo y pidió con la mano que Serafín le copiara.

—¿Por qué? —preguntó el corpulento mientras se levantaba.

—Para que no sepan que éramos cuatro y porque no sé tu madre, pero la mía seguro que ya ha echado en falta mis alpargatas de faena, y si se entera de que los delincuentes también las perdieron, se me cae el pelo.

—¿Qué hacemos entonces? Si vamos ahora seguro que hay policías por allí. No tengo ganas de salir otra vez echándonos tierra al lomo.

—Busca un par de sacos, que vamos a coger caracoles. Aunque no es buen día para eso, nadie sospechará.

Serafín descolgó de la pared un rollo de sacos, los extendió en el suelo y seleccionó dos de los más pequeños para volver a enrollar el resto.

—¡Ya los amarrarás a la vuelta! —gruñó Zoilo.

El corpulento acató en silencio, consciente del estado de crispación de su amigo, y salieron de casa a paso ligero por las calles menos transitadas. Llegando a las proximidades de la fábrica de hierros, se apartaron del camino y avanzaron lentamente entre matorrales y pedruscos, recogiendo caracoles al tiempo que avistaban la fábrica. No se veía ningún carro ni caballo en la fachada. La puerta estaba cerrada y el cristal seguía roto. Tampoco moraba nadie por los alrededores, así que vaciaron los caracoles y en silencio comenzaron a rastrear cada palmo de tierra en busca de las alpargatas.

Poco a poco fueron apareciendo. Le extrañó a Zoilo que casi todas estuvieran en el camino y la policía no hubiera hecho caso.

Quizá porque no sospechaban lo que en realidad había sucedido y, por lo tanto, que aquellos zapatos sucios y desgastados tuvieran algo que ver con la escena del crimen.

Terminada la colecta, Zoilo guardó sus alpargatas en su saco y el resto en el de Serafín, que propuso la búsqueda del montículo de caracoles antes de regresar al pueblo.

—Si los echamos sobre las alpargatas se van a llenar de baba —advirtió Zoilo.

—No pasa nada —dijo Serafín mientras buscaba entre los arbustos—. Se lavan y se quedan como nuevas. ¡Ahí están! —Dio un par de zancadas hacia los caracoles, dejó el saco en el suelo con la abertura extendida y procedió a echarlos a puñados —. Es una pena dejarlos aquí. Además, si alguien nos pregunta de dónde venimos, podemos enseñarlos.

Zoilo suscribió la idea y recogió para su saco los que habían emprendido la huida.

—Esta noche te espero en el polvorín a la hora de siempre —indicó Zoilo a su amigo iniciado el camino de vuelta—. Quizá deberías traer el lingote pequeño, para guardarlo con el resto. No vaya a ser que alguien lo vea.

Solventado el primero de los escollos, el de las alpargatas, la cara de Zoilo se advertía algo menos crispada.

—¿Sabes ya dónde vamos a guardar la... mercancía? —preguntó el corpulento.

—Probablemente la enterremos. ¿Tienes palas?

—Una.

—Pues échala al carro por si acaso.

Se despidieron hasta la noche y Zoilo se alejó campo a través para entrar al pueblo por otro sendero. A ritmo pausado, incorporando al saco los caracoles que encontraba a su paso.

# 15

*Veracruz, México*
*Viernes, 3 de junio de 1898*

A la mañana siguiente me sobresaltó un golpeteo suave contra la puerta de mi dormitorio. Estaba amaneciendo y la habitación comenzaba a llenarse de luz.

—¿Quién es? —Solté al aire desde el interior de las sábanas.

—Soy Benita.

Mis ojos enrojecidos de sueño se iluminaron. Como maná caído del cielo, volvía a aparecer mi ángel de la guarda en el momento que más la necesitaba. Salté de la cama y abrí los cerrojos para abrazarme a ella.

—¿Está bien? —me preguntó al ver tanto ímpetu.

Mi respuesta se limitó a un suspiro leve con ladeo de la cabeza.

—He venido a la plaza a por los periódicos —dijo— y he pensado que traerle uno sería una buena excusa para hacerle una visita.

—Te lo agradezco. Has llegado en el mejor momento. Necesito contarte lo que me pasó anoche.

Como ella no tenía prisa y yo necesitaba calmar la presión de mi pecho, le pedí que se acomodara en el sofá mientras yo me sentaba en la cama, frente a ella. Afiné la voz y comencé el relato de lo sucedido, con detalle, desde que nos despedimos hasta que el policía se marchó de mi habitación.

No parecía muy sorprendida, como si fuera normal que alguien entrara en la habitación de un hotel para llevarse tres maletas, en lugar de abrirlas y sacar lo que hubiera de valor.

Terminado el relato me pidió entrar en el aseo, así que aproveché para apartar las cortinas, abrir la puerta del balcón y recogerme el peinado frente al espejo de la cómoda. Pese a todo lo ocurrido, sentía cierto alivio al haber dejado parte del equipaje en la hospedería de Benita, y con él, parte del dinero. Ese mismo día debía buscar un banco donde guardarlo. El que me aconsejara mi amiga.

Me estaba componiendo la melena cuando llamó a la puerta el policía que había atendido mi demanda de robo. Esta vez sin linterna. Benita seguía en el aseo.

—Buenos días, señora. Perdone que la moleste, pero quería platicar con usted un asunto que ayer me omitió, supongo que por olvido. Resulta que hace un rato, al llegar los compañeros del turno de mañana, les he comentado lo sucedido ayer y me han informado de que usted ya había estado en nuestra comisaría para denunciar un supuesto asesinato en una oficina cercana.

—Efectivamente. Una denuncia que sus compañeros no tomaron en consideración.

La cara del agente se atestó de asombro.

—No es justo que diga eso, señora, ya que uno de nuestros agentes la acompañó al supuesto lugar de los hechos y se comprobó que ni siquiera era esa la oficina. Le ruego que por favor...

En ese momento salió Benita del aseo.

—Buenos días, agente.

El uniformado enmudeció al ver a mi amiga. Al parecer ya se conocían. La saludó con un leve movimiento de la cabeza y volvió a centrarse en mí.

—Pues eso... que... me tiene a su disposición para cualquier cosa que necesite.

Levantó la mano en señal de despedida y se esfumó sin más. Entonces no le di mayor importancia a lo sucedido, suponiendo que habría estado alojado en el hostal de mi amiga e incluso que la repentina timidez fuera fruto de algún escarceo amoroso. De hecho, veía lógico que solteros o casados sucumbieran a los encantos de Benita. Ella tampoco le prestó atención ni comentó nada al respecto. Se centró directamente en mi futuro más inmediato.

—Debería alojarse en mi hotelito. Le aseguro que allí nadie le robará y estará mucho más tranquila, además de que podremos almorzar y cenar juntas cada vez que le apetezca.

Tenía razón. Si me quedaba allí, el miedo me impediría dormir. No me dejaría respirar. Nadie me podía garantizar que no volvieran a por el resto de mis pertenencias. El único inconveniente era el olor a pescado, que según la dirección del viento se colaba por la ventana, porque el bullicio en el Zócalo era inclusive mayor. Por tanto, acepté agradecida su propuesta, segura de que se me acostumbraría el hocico.

Benita debía marcharse para hacer la compra y unos recados, por lo que quedamos en la hospedería a la hora de comer. Me dejó un ejemplar del periódico *El tiempo* y se despidió con un beso al aire. Al salir, cerré la puerta por dentro, me senté en el sofá y aliviada me dispuse a examinar las cuatro páginas. Necesitaba entretener mi mente.

Centré la atención en la noticia de un cablegrama de Haití, recibido hacía tres días, que confirmaba el bombardeo de los fuertes y puerto de Santiago de Cuba, con cañones de grueso calibre, por una escuadra americana compuesta por catorce navíos de guerra. Aportaba datos concretos, como la duración del bombardeo, desde las 14:00 horas hasta las 15:45. En la siguiente noticia, otro cablegrama llegado desde Washington aseguraba que el comodoro estadounidense Schley no había entrado en el puerto de Santiago debido a las dificultades que suponía su navegación tortuosa y a las baterías de la artillería española emplazadas a ambos lados del canal. Aquel artículo me recordó uno de los monólogos patrióticos de Alfonso durante la espera del equipaje en la aduana de Veracruz, su mirada arrogante explicándome que el puerto de Santiago de Cuba era largo y tortuoso, y donde podía encallar todo aquel que no lo conociera lo suficiente.

La guerra me remitía irremediablemente a Zoilo. A su paradero. A mi ansiedad. Algo me decía que, a pesar de su manifiesto desánimo, incrementado con el paso de los días, no se había suicidado. Él nunca me dejaría sola. Pero ¿qué habría pasado? ¿Qué podía hacer yo? ¿Dónde podía buscarlo?

Sin respuestas, respiré y busqué noticias que no estuvieran

relacionadas con el conflicto armado. La primera decía: «Para combatir la epidemia», y daba instrucciones para prevenir el contagio del sarampión y la escarlatina, así como para curar con mayor facilidad a los niños:

El sarampión por sí solo es generalmente benigno, pero con facilidad se complica con otras enfermedades y entonces causa la muerte de muchos niños; las complicaciones principales son: la bronquitis, que a veces llega a ser capilar, la pulmonía y la diarrea, que aparece sobre todo durante la convalecencia. El niño atacado de sarampión debe colocarse en una habitación a la que solo entren las personas que lo asistan, procurando, si es posible, que estas hayan padecido ya esa enfermedad; se quitarán de allí las alfombras, las cortinas y todos los muebles que no sean precisos para atender al enfermo; la cama se colocará separada de las paredes y en el lugar al que no pueda llegar una corriente de aire cuando se abra alguna puerta. Se mantendrá al niño bien abrigado y se evitará que se moje, para que no sufra algún enfriamiento. Es muy útil cuidar del aseo de la boca, para lo cual el enfermo debe hacer buches dos o tres veces al día con una solución de ácido bórico o, si es de muy corta edad, se le puede limpiar la boca con la misma solución. El aislamiento debe prolongarse hasta que hayan transcurrido tres semanas contadas desde el principio de la enfermedad, pero como a veces es difícil mantener encerrado al niño, no debe permitírsele que durante ese tiempo vaya al colegio, a la iglesia, a la Alameda u otros lugares donde pudiera transmitir el contagio, motivo por lo cual tampoco se le conducirá en los vagones ni en los coches de alquiler, porque de lo contrario puede ser este motivo para que otras personas contraigan la enfermedad. El barrido de la habitación donde se asista al enfermo se hará muy cuidadoso, procurando levantar el menor polvo posible, y las basuras y polvo que se recojan deberán arrojarse al fuego. Durante la enfermedad y en la convalecencia, hasta después que haya desaparecido la tos, debe tenerse al niño bien abrigado, evitándole cualquier enfriamiento; por regla general, no se le debe dar alimento los primeros días de la convalecencia excepto leche, ya sea de la madre o de la nodriza, si es de pecho, o de vaca, teniendo entonces cuidado de esterilizarla o de hervirla poco antes de que la tome. Más tarde se le pueden dar alimentos sencillos, como papas, carnes y huevos tibios; pero no es sino después de veinte días o algo más, cuando se le podrán dar frutos, fríjoles y toda clase de alimentos adecuados a su edad, siempre que no tenga diarrea. Terminada la convalecencia, se debe dar al chamaco un baño tibio con jabón y después se cuidará de dar parte al Consejo Superior de Salubridad, para que se desinfecte la habitación donde estuvo el enfermo, así como la ropa y colchón que sirvieron para su asistencia, y los juguetes y demás objetos que pudieran haberse contaminado.

Como necesitaba llenar la espera hasta la hora de comer, continué el ayuno descubriendo crónicas de aquella tierra de sabores agridulces: un ladrón de rejas de balcón detenido por un gendarme; la Exposición de París que se preparaba para el año siguiente; la puesta en libertad de un sargento tras la sentencia de la Corte de Justicia Militar o la recomendación del periódico al Consejo de Salubridad para que inspeccionaran los puestos de los mercados en que se vendía marihuana. Y la última página, como en los periódicos españoles, dedicada casi por completo a anuncios de elixires, ungüentos milagrosos, jarabes y perfumes de exquisita fragancia.

Llegada por fin la hora de comer, me adecenté en el aseo, recogí las pocas pertenencias que me habían perdonado los cacos y liquidé la cuenta de la habitación para salir a airear mi nerviosismo en dirección al puerto.

Como siempre que pisaba la calle, busqué a Zoilo entre la gente, como si acabara de despistarse. A veces creía oír su voz entre la marabunta de ruidos o en el silencio de la noche. Me despertaba sobresaltada y roía las horas mirando el otro lado de la cama. Sentimientos en caída libre.

Antes de ir a la plaza del Muelle, pasé por la parroquia para concederme unos minutos de recogimiento. Rezaba por Zoilo y por mi familia. Con los ojos cerrados y las manos apretadas volvía una y otra vez al lugar donde vi la luz por primera vez. Al lugar donde nací.

Terminadas mis plegarias con sus correspondientes promesas, sequé con un pañuelo las humedades de mis mejillas y salí del templo. El cielo estaba despejado y llegaba del mar una brisa húmeda. Me retiré hacia atrás el velo y tomé rumbo al puerto.

Al entrar en la hospedería que administraba Benita, me recibió de nuevo su sonrisa y su abrazo. Sin duda, mi salvavidas.

—Lo importante es que usted está bien —dijo—. Desde ahorita mismo nos vamos a hacer compañía, que buena falta nos hace. Si le apetece, le puedo enseñar a cocinar y por las mañanas me puede acompañar a hacer la compra.

No había terminado la frase y ya me tenía enjugándome las lágrimas.

—No llore, señora. Ya verá como aparecen sus petacas. Y si no aparecen, tenemos una buena excusa para comprar tela y hacernos vestidos.

—Pues sí. Tienes razón... Aunque debo confesarte que no solo había ropa. También había dinero.

—¿Billetes? ¿Papel?

Asentí.

—No se apure. Quizá no lo recuerda, pero el de la oficina me dijo que la peseta española se está hundiendo por culpa de las malditas guerras y que ahorita los billetes solo sirven para limpiarse el trasero.

No solo llevaba ropa y billetes en la maleta. También multitud de recuerdos que probablemente habían desaparecido para siempre, aunque sin duda las palabras de mi amiga me reconfortaron.

Me disponía a abrazarla de nuevo cuando sonó la puerta del zaguán. Nos asomamos y vimos a un hombre que pedía permiso para entrar. Traje blanco y sombrero del mismo color. En una mano llevaba una pequeña maleta de cuero y en la otra, un bastón de madera barnizada. Porte elegante y sonrisa amplia bajo un denso bigote: de los que chorrean cuando el dueño toma sopa.

Dejó la maleta en el suelo, se descubrió la cabeza y con acento francés nos preguntó si disponíamos de una habitación libre. Se dirigía a ambas como si yo trabajara allí, lo que no me importó en absoluto.

Benita buscó debajo del mostrador un pequeño libro de hojas amarillentas y lo abrió por la primera. Como si supiera leer, recorrió con el dedo las anotaciones casi borradas, con cuidado de que el huésped no alcanzara a verlas.

—¿Hasta cuándo tiene pensado quedarse?

—Hasta el lunes —contestó mirándonos a las dos—, aunque no *descagto quedagme* más tiempo, *pogque* la gente aquí es *magavillosa*.

Benita avanzó a la página siguiente y la observó con detenimiento. Me asomé y vi que no había nada escrito. Yo no sabía si poner los ojos en el libro, en mi amiga o huir a la trastienda, pero decidí mantener el tipo y ver cómo se desenvolvía. Finalmente asintió con gesto solemne.

—¿Me puede decir su nombre?

—Jean Claude Charbonneau.

Ella tomó un lápiz y sin perder la compostura, elevó el libro con una mano mientras con la otra comenzaba a escribir una serie de garabatos ilegibles.

—¿El apellido lo ha anotado con equis al final? —preguntó él.

—Por supuesto, señor —contestó mi amiga sin despegar la mirada del libro.

—Es que mi apellido no lleva.

—Pues se quita, señor. —Hizo el gesto de tachar con el lápiz—. ¿Edad?

—*Cuagenta* y dos años.

El número sí sabía escribirlo.

—¿Casado?

—Estuve casado. *Ahoga* estoy viudo. Tengo una hija *magavillosa* que vive en Alemania con su *magido* y dos niños *magavillosos*.

Benita dibujó una cruz latina y guardó el libro en el cajón. No sé si lo hizo adrede, pero le dio la llave de una habitación contigua a la mía. El hombre avanzó varios pasos hacia la escalera y se detuvo para girarse de nuevo hacia nosotras.

—*Pog* las velas, deduzco que no tienen *electgicidad*.

—No, señor. No tenemos. Van a construir la fábrica de la luz a las afueras de Veracruz, justo donde está instalado el circo, pero espero seguir utilizando velas y candiles durante mucho tiempo, porque la electricidad no es buena.

El hombre soltó una carcajada, Benita prosiguió indiferente.

—Tengo entendido que, si un chamaco nace rodeado de luz eléctrica, muere a los pocos días víctima de espantosos tembleques.

—Le puedo *gagantizag* que no es *ciegto* —dijo el hombre con benigna indulgencia.

—No será cierto del todo, pero tampoco creo que sea bueno tener cables por las paredes y por los techos. La electricidad es muy peligrosa y ya ha muerto más de uno.

El huésped, que se advertía remiso a discusiones, se despidió con una leve inclinación de la cabeza y se encaminó de nuevo hacia la escalera.

—Janclo, dice que se llama —susurró Benita cuando el forastero había desaparecido—. ¡Qué nombres más raros tienen estos gringos!

—No es gringo. Es francés.

—Pues eso... extranjero.

—Yo también soy extranjera.

—No me compare —dijo arrastrando la penúltima sílaba, mientras me apartaba la cortina para entrar ambas en la trastienda—. No es lo mismo, señora. Usted es española. Esta gente es muy rara. A este, todo le parece *magavilloso*.

Solté una carcajada.

—Por cierto, ¿sueles preguntar la edad y si están casados?

—No, pero suponía que usted querría saberlo —contestó con su pícara sonrisa. Tomó un trapo de cocina y apartó la olla del fuego.

—Te equivocas. En absoluto me interesa.

—Eso dice usted ahorita, pero ya veremos más adelante. ¿O es que no se ha dado cuenta de cómo la miraba?

No hice caso al comentario. Como no tenía voluntad ni ánimo para ese tipo de verbenas, preferí cambiar de tema.

—¿Has dicho que hay un circo a las afueras de Veracruz?

—Así es. La primera función es mañana y tengo entendido que van a actuar todas las noches durante dos semanas.

—¿Te apetece que vayamos?

—¡Ay, señora! Me gustaría mucho, pero no puedo dejar el hotel desatendido.

—¿No se puede quedar tu jefe?

—¡Ay, señora! Mi jefe es muy flojo para estos menesteres. Solo puedo contar con él cuando salgo a hacer recados o si estoy malita, muy malita. Algunas veces, cuando quiero visitar a mi hermano, le digo que está malito para que me dé el día libre. Espero que Dios me perdone —dijo al tiempo que se santiguaba—. Pero lo de ir al circo lo tengo más complicado, porque podría enterarse y me quedaría sin chamba. Estoy tan a gustito acá, que si mi jefe me pagara un viaje de dos o tres semanas a una playa paradisiaca... —tornó pícara su sonrisa— creería que se ha vuelto loco y por supuesto que me iría de viaje, no vaya usted a pensar que iba a ser tan tonta como para quedarme acá lavando sábanas, limpiando recámaras y subiendo ollas de agua caliente en invierno para los baños del sábado. Porque me encantaría vivir una aventura, conocer mundo así como sin rumbo fijo —su sonrisa fue menguando hasta cristalizarse en un suspiro—, aunque para eso hay que ser un poquitito más alocada.

Me encantaba escucharla. Me habría gustado cogerla de la mano y subir a un carruaje que nos llevara a recorrer mundo. Pero mi carácter tampoco daba para eso. En mi caso no sé hasta qué punto era innato o por la educación tan estricta recibida desde pequeña. En aquel instante solo tenía al alcance de mi atrevimiento la posibilidad de ir al circo y me habría gustado ver cómo eran a ese lado del Atlántico, pero entendí sus razones y no quise insistir.

Mientras mi amiga repartía el guiso en dos platos, terminé de preparar la mesa, recordándole que se había comprometido a enseñarme a cocinar. Con cada ida y venida mía, el loro no dejaba de incordiar con sus graznidos.

—¡Señorita, señorita!

Me acerqué a mi amiga.

—¿Te importa si tapo la jaula para que podamos comer tranquilas?

—Por supuesto, señora.

Solucionado el asunto del loro, nos sentamos a la mesa. Si las primeras cucharadas me supieron deliciosas, en pocos segundos comencé a notar que la boca me ardía. Aquellos fríjoles con verduras eran excesivamente picantes. Me bebí un vaso de zumo, alternando dentelladas a la tortita de maíz, pero la boca me seguía ardiendo.

—Creo que se ha comido un trocito de pimiento picante —dijo Benita, apurada—. He procurado echármelos todos, pero al parecer se me ha escapado uno.

No podía dejar de resoplar. Y pensar que Benita tenía su plato lleno de esos malditos pimientos y no hacía mueca alguna. Poco a poco fui notando cierto alivio y pude acabar mi plato, inspeccionando antes el contenido de cada cucharada. Finalizada la comida, ayudé a mi amiga a recoger la mesa, a pesar de su obstinación en que señoras como yo no debían hacer ese tipo de trabajos. Me dejó fregar los platos y peroles en los dos lebrillos de agua, mientras ella barría el suelo y sacaba la ceniza del fogón.

Puesto que ninguna tenía previsto dormir la siesta y el tiempo amenazaba con lluvia, me propuso hacer tortas de maíz, a lo que acepté encantada. Me dio un delantal y nos pusimos manos a la obra.

Lo primero era moler el grano, así que agarró el metate —una especie de plancha rectangular de piedra negra con patas que había junto a una pila de troncos— y la arrastró hasta el centro de la estancia. Echó el maíz, se arrodilló frente a la plancha y con un rodillo de piedra comenzó a molerlo.

No imaginaba que aquel trabajo pudiera ser tan penoso. Benita se balanceaba una y otra vez, frotando el rodillo contra la plancha. Infinitas veces. Me contó que en su pueblo solían reunirse las mujeres para la molienda. Una manera eficaz de ignorar el cansancio, pensé.

Obtenida la harina, procedía a amasarla para formar la tortita. Entre anécdotas varias, me iba explicando los pasos. En principio parecía fácil: amasar una mezcla de harina, agua y sal, extraer pelotitas de masa, aplastarlas con la mano y echarlas de tres en tres sobre el comal, el cual había embadurnado previamente con manteca para que la masa no se pegara. El comal era una especie de disco cerámico donde cocinaba las tortitas.

Como me pareció sencillo, le pedí hacer yo las siguientes, desde el principio. Así que mezclé la masa, saqué la primera pelotita y al chafarla con la mano noté que se agrietaba.

—No se apure, señora. Le ha faltado un poquito de agua —apuntó sonriente.

Retorné mi torta fallida al resto de la masa y procedí a añadir agua.

—¡No tanta! ¡Que nos va a faltar harina!

Viendo Benita el estropicio que se avecinaba, me ayudó a conseguir la consistencia adecuada. Lo de chafar las bolitas no me supuso gran dificultad, aunque ninguna me quedó redonda. Era fácil distinguir quién había hecho cada una de las tortas.

Finalizada la primera jornada gastronómica para principiantes y aprovechando que el cielo se había despejado, salí a pasear por el muelle, donde los pesqueros de arrastre se mecían alineados y los pescadores reparaban sus redes. Por la tarde menguaba el ajetreo en la zona del puerto, incluidas las calles aledañas y la plaza donde se ubicaba la hospedería que regentaba mi amiga.

Los pulmones inundados de brisa me transportaron al balneario del Chalet. A sus porches de cañizo, a su restaurante, a sus barracas. A los ratos de placidez en compañía de amigos y familiares. Por unos momentos creí estar sentada con Zoilo en una de aquellas sillitas alineadas frente al mar.

Me retornó a la realidad un matrimonio de viejitos que pasaba a mi lado con un par de maletas, lo que me rememoró la extraña desaparición de las mías. Desconocía entonces que no fue casualidad que Benita apareciera por el hotel del Zócalo a la mañana siguiente del robo.

# 16

*La Unión, Murcia*
*Domingo, 1 de junio de 1879*

El primer día de junio anocheció como había amanecido: nublado, ventoso y gélido.

Zoilo esperaba en el interior del polvorín a que apareciera la carreta de su amigo. En completa oscuridad conjeturaba lo que pudo haber sucedido la noche del viernes entre don Antonio y su hijo. Era cierto que la relación no era ni siquiera cordial, pero nunca habría imaginado semejante desenlace. Consideraba factible el supuesto del disparo accidental, pero estaba convencido de que había sido una confusión, habida cuenta de que en el interior de la fábrica apenas se distinguían las sombras de sus volúmenes. Los disparos iban destinados a Zoilo y a sus socios, como había ocurrido en la puerta de la fábrica. Y si hubieran sido sus cuerpos los que yacieran en el suelo entre charcos de sangre, nadie les habría llorado, toda vez que la existencia de la caja fuerte reventada acallaría cualquier tentativa de disculpa. Nadie, ni siquiera la policía, imaginaría que aquel destrozo había sido encargado por el propio patrono, y por supuesto don Antonio nunca habría dicho la verdad, porque supondría inculpar a su hijo como autor de los disparos y a él mismo como organizador de la trama.

Completado el razonamiento, Zoilo sintió que se aligeraba el peso de su conciencia, aunque le seguía preocupando que su familia pudiera enterarse de su participación en los hechos, sobre todo tras los comentarios vecinales de que los ladrones habían robado la caja fuerte mientras padre e hijo se desangraban. Malditos ladrones, asesinos despiadados, pensaban todos. «No hay derecho a que acaben de esa manera con la vida de una persona. Con ese desprecio», había comentado su vecino.

Quizá no había sido buena idea formar un grupo para ejecutar encargos de patronos, a la vista de los pocos escrúpulos con que se resolvían en los negocios, pero es que nadie habría imaginado hasta dónde podía llegar lo que había comenzado con un simple movimiento de mojones. Tampoco aquella empresa era insólita por entonces, puesto que la usurpación de terrenos, minerales e incluso manantiales estaba a la orden del día. El pueblo se había acostumbrado a oír fechorías de todo tipo, como el robo a los arrieros que transportaban el material a las fundiciones, el desescombro en la finca vecina o la invasión con galerías subterráneas clandestinas si se rumoreaba que en la mina contigua se había hallado un buen filón. Irrupciones que, por apresuradas, provocaban en algunos casos derrumbes que dejaban las minas inservibles, e incluso a los rebuscadores, sepultados para siempre. Y si eran sorprendidos por el capataz o el patrono de la mina, podían acabar descerrajados y desaparecidos en el fondo de algún pozo o galería abandonada.

A pesar del riesgo que conllevaba semejante actividad, la formación de estas bandas proliferaba a ritmo creciente debido a las precarias condiciones de la población obrera. La mayoría de ellos comenzaban por libre rebuscando entre las montoneras que por miles rebosaban los veinticinco kilómetros de sierra minera, como desdichados en la basura, para pasar antes o después a organizarse en la usurpación del bien ajeno.

Si el propietario del coto invadido era resuelto, el conflicto podía llegar a zanjarse de forma violenta, pero si era comedido y ajustado a la ley, debía esperar al pronunciamiento de la Inspección de Minas del Distrito, mientras sus cotos seguían siendo invadidos hasta el agotamiento. Incluso se llegó a denunciar a bandas que se presentaban en la propiedad y con total descaro abrían un pozo con sus correspondientes galerías. Todo ello con la complicidad de los dueños de las fundiciones, que compraban el mineral a bajo precio.

Completaba el caótico panorama la forma de arrendamiento que en ocasiones se daba en la sierra minera de Cartagena-La Unión, consistente en arrendar partes de una misma mina a diferentes grupos de trabajadores, con la consiguiente lucha subterránea por los mejores filones, incluyendo invasiones y hundimientos de las galerías contrarias para retrasar el avance.

Todo ello pese a la existencia de una legislación minera que en la práctica no era respetada por patronos, arrendadores ni el resto de los caciques, y siempre gracias a la más que sospechosa permisividad de las autoridades competentes.

El corpulento apareció pasadas las doce de la noche. Se le adivinaba tranquilo, aunque había llegado una hora más tarde de lo previsto.

—¿Dónde estabas? —preguntó Zoilo, que había salido de la caseta al oírle llegar—. Me tenías preocupado.

—Podría haber venido antes, pero sin la carreta. He tenido que esperar a mis padres, que precisamente esta tarde han ido a visitar a unos amigos.

Zoilo relajó el gesto.

—¿Has hablado con Juanjo y Jesús?

—Es lo primero que he hecho. Mejor dicho, lo segundo. Lo primero ha sido dar los caracoles a madre, que se ha puesto loca de contenta y no ha tardado ni un segundo en ponerlos a purgar. Y después he ido a ver a los dos pánfilos para darles sus alpargatas y explicarles que deben hacer vida normal y no hablar nada con nadie. Juanjo no sabía nada, pero Jesús había oído una versión diferente: que don Antonio y su hijo han sido asesinados por encargo de otro patrón para quedarse con sus minas.

—Hay más versiones que gente en el pueblo —señaló Zoilo con cierto brillo socarrón— y ninguna se acerca lo más mínimo a la realidad. Pero nosotros, ni caso. Por cierto, ¿has notado a los pánfilos nerviosos?

—¡Qué va! No tienen sangre ni para eso. De todos modos, les he explicado que nosotros simplemente hemos cumplido los encargos de los patronos, que no tenemos la culpa de lo que ha pasado y que lo más probable es que ocurriera lo que me has comentado esta mañana: que al llegar don Antonio a la fábrica, el hijo disparó pensando que habíamos vuelto y al ver que había asesinado a su padre, se quitó la vida. —El corpulento hizo el gesto de dispararse con una escopeta imaginaria desde lo alto de la carreta—. Así de sencillo, aunque ahora que no está delante ninguno de mis dos queridos pánfilos, te digo que si la gente se entera de que fuimos nosotros los que entramos en la fábrica, dirán que somos los asesinos. Cambiarán sus versiones para acusarnos a nosotros, lo cual no me produce ningún pavor, te lo aseguro. A quien pregunte, le explicaré lo que ocurrió y si tiene intención de tomarse la justicia por su mano, lo recogerán en una caja de pino.

Se tumbó sobre las tablas de la carreta y cruzó las manos sobre el pecho.

—¡Joder, Serafín! —soltó Zoilo, que de nuevo notaba ajetreo en las tripas—. Vamos a cambiar de tema y centrarnos en la carga.

El corpulento bajó de un salto, amarró la bestia a un madero y siguió a su amigo hasta el interior del polvorín. Su cara se iluminó con el brillo de los lingotes a la luz del candil.

—¿Sabes ya dónde los vamos a esconder? —preguntó tras unos segundos de embelesamiento—. He traído la pala como me pediste.

—Había pensado en la mina Antonia, que está abandonada desde hace varios años y se accede fácil a través de una galería horizontal.

Serafín asintió con la cabeza la propuesta de su amigo, para después balancearla en señal de duda.

—¿Y si la galería se viene abajo? No sería la primera vez que una mina abandonada se derrumba.

—No lo creo. He entrado más de una vez y los maderos están en buen estado, aunque quizá tengas razón y debamos repartir los lingotes en varios sitios. ¿Se te ocurre otro escondite?

El corpulento permaneció pensativo, sin quitar ojo a los brillos.

—¿Y si repartimos el botín entre los cuatro y que cada uno se busque la vida?

—No me fío de los pánfilos. Yo preferiría darles su parte

directamente en billetes o monedas de plata, aunque se nos viene otra pega que deberemos resolver más adelante: dónde cambiar los lingotes por dinero. No podemos llegar cuatro zagales a la puerta de un banco en una carreta llena de lingotes y preguntar si nos los cambian. Saldríamos en los periódicos.

Serafín asintió de nuevo y volvió a abstraerse en otras posibles ubicaciones.

—¡Ya sé dónde! ¡En mi casa!

Zoilo lo miró extrañado a la espera de aclaración.

—Podemos enterrarlos en el patio trasero.

—¿Y si nos oyen tus padres?

—Imposible. Roncan los dos como gorrinos en celo. Además, si metemos la carreta donde los aperos, podemos trabajar a puerta cerrada sin que nadie nos moleste. Tenemos toda la noche para hacer un hoyo y enterrarlos entre los árboles.

—¡Buena idea! —aclamó Zoilo—. De hecho, me parece tan buena idea que los vamos a llevar todos allí.

Así lo hicieron. Corrieron a cargar la carreta, taparon el montículo con un par de sacos y sin dilación emprendieron el camino de vuelta.

A pesar de que Serafín intentaba frenar a la bestia, ansiosa por finalizar la jornada, los lingotes no dejaban de chasquear con cada piedra o desnivel del terreno. Sabían que cuando rodaran por las calles del pueblo, aquel ruido podría alertar a algún vecino insomne, así que pararon para echar unas palas de tierra sobre la montaña de lingotes. Volvieron a cubrirlos con los sacos y retomaron la marcha. Con cada movimiento de los lingotes, la tierra se iba filtrando entre los huecos y el ruido disminuía.

Para cuando entraron en el pueblo, ya solo se escuchaba el chirrido del eje y el rítmico golpeteo de las herraduras sobre las piedras. Las calles descansaban del trajín del domingo y como no todas disponían de farolas de gas, circularon por las oscuras a ritmo pausado.

Al llegar a la casa de Serafín, metieron la carreta en la estancia de los aperos agrícolas, soltaron la mula y la llevaron a través de la cocina hasta la caseta del patio, junto al huerto. Mientras Serafín excavaba el agujero entre dos limoneros, Zoilo bajaba los lingotes del carruaje y los llevaba hasta el patio. Finalizado el hoyo, cubrieron el fondo con tablas, apilaron los lingotes y los taparon con sacos antes de volver a echar la tierra y emparejar el huerto. En apenas una hora habían finalizado la faena.

—Esto es todo por el momento —susurró Zoilo cuando retornaban a la sala de los aperos—. Pasado un tiempo quedaremos tú y yo para ver el tema de los bancos.

Antes de llegar a la puerta que daba a la calle, Zoilo se giró hacia su amigo.

—Hasta entonces es muy importante tener en cuenta lo siguiente. Primero: como mañana don Hilario se enterará del robo de los lingotes, lo denunciará y de nuevo será la comidilla de todos los vecinos. Procura no participar en ninguna conversación. Simplemente oír y callar. Segundo: tenemos que seguir con la misma rutina de siempre. Tú ayudando a tu padre, los pánfilos holgazaneando y yo con los trajines de la mina. Tercero: los pánfilos no deben saber dónde hemos escondido los lingotes. Sería aconsejable que intentaras verlos de vez en cuando para recordarles que deben tener la boca cerrada. No me fío de ellos. Y cuarto: a partir de ahora nunca mencionaremos la palabra lingote. Por ejemplo, cuando vayamos a desenterrarlos para llevarlos al banco, hablaremos de desenterrar patatas para llevarlas al mercado. ¿Entendido?

El corpulento asintió sonriente a la vez que sellaban el acuerdo con un apretón de manos. Era tan manifiesta su alegría que propuso a Zoilo brindar con un vaso de vino, invitación que Zoilo rechazó ya que debía madrugar a la mañana siguiente para poner los aparejos a las bestias de la mina, limpiar el establo y rellenar los pesebres con heno y agua limpia. Aunque su patrono hubiera pasado a mejor vida, debía realizar las mismas labores hasta que alguno de los hijos tomara el control de los negocios.

Con las manos en los bolsillos y la mirada perdida en sus pasos, Zoilo silbaba suave por las calles de La Unión, relajado, con la sensación de haberse quitado un peso de encima y consciente de los cambios que se avecinaban.

## 17

*Veracruz, México*
*Lunes, 6 de junio de 1898*

El lunes Benita y yo desayunamos en un banco de la plaza, a pocos metros de la hospedería, por si entraba algún nuevo huésped.

Hacía muchos años que no comía en plena calle, la primera vez por esos lares, entre transeúntes y moscas. Como el evento fue improvisado, propuesto por mi amiga, yo había bajado de mi habitación engalanada con un vestido de satén azul oscuro, pasamanería negra, encaje en el cuello, sombrero de lazos enormes y varios mechones ondulados derramados sobre los hombros.

Junto a nosotras una viejita arrugada vendía pollos y gallinas, sentada en el suelo y envuelta —pese a la temperatura agradable y la brisa mansa— en una gran manta que solo le dejaba al aire su pequeña cabeza de piel tostada. Los animalitos parecían sedados, tumbados sobre el suelo con las patas amarradas. Tras ella, el chico que nos había vendido los tamales se alejaba sorteando la ruidosa muchedumbre a la captura de nuevos clientes:

—¡Tamales calentitos! ¡Tamales calentitos! —gritaba con voz ronca impropia de su juventud, elevando el cuenco de barro de cilindros alineados por encima de la cabeza.

Benita comió más del doble que yo, a pesar de que ya había comido un par de huevos y un vaso de café con crema de cabra.

—Si no fuera por lo que como, no podría chambear todo el día sin parar —me decía.

El desayuno habría sido agradable de no ser por los insectos alados y por la cantidad de vendedores que se me acercaban e incluso me tiraban del vestido para ofrecerme su mercancía, seducidos supongo por mi apariencia de aristócrata pudiente. Benita los espantaba tajante, a algunos mucho antes de que se acercaran a nuestro banco.

—Si les compra —me aconsejaba—, recuerde que debe regatear. Sobre todo usted, que es extranjera.

Completó el repertorio de hostigadores un perro delgaducho. Desconozco el motivo por el que yo solía ser la atracción de todo ser vivo. Benita levantó la pierna para alejarlo. Atenta a mi comodidad, pero sin perder bocado.

—Pobrecito. —Las comisuras de sus labios resoplaron impregnados de salsa—. Va cargadito de caparras. Y qué flaco está. Ganas me dan de ponerme alguna a ver si me chupan grasa.

Me miró sonriente.

—No estás gorda —le corregí.

—Si no estuviera gorda no me faltaría mesa cuando me plancho las calzonas —soltó con su gracioso acento mexicano.

Entre bocados a la masa de maíz picante, me contó que por su trabajo no cobraba ni un solo peso, quizá avergonzada por no haber podido pagar el desayuno.

—Nada de lana, señora.

La contraprestación por su trabajo se limitaba al alojamiento, la comida y alguna que otra propina.

—¿Y cómo lo haces para comprar ropa?

—Toda la ropa me la coso yo, con la tela que compro cuando mi jefe o los clientes me dan propinas...

—¿Y te llega para comprar la tela, para salir a tomar un café de vez en cuando, para cambiar de zapatos...?

—No.

—¿Entonces?

Apartó la torta y acercó la cabeza para hablar en tono de susurro.

—¡Ay, señora, me busco la vida como puedo! Pero no piense mal, que mi hogar no es la casa chica de nadie.

Como vio mi cara confusa, procedió a aclararme.

—Cuando un hombre es infiel a su señora, llamamos casa

chica a la casa donde vive la amante y casa grande donde vive la familia del coscolino.

Ahí quedó el tema. Supuse que recurriría al trueque. No me constaba que tuviera ningún otro trabajo ni prestara servicio remunerado alguno, pero no quise hacer más preguntas. Volvía a advertirse incómoda. Sirvió para cambiar de tema el chico de los tamales, que de nuevo se nos acercaba. Descendió el cuenco y nos lo ofreció con mirada penetrante y sonrisa mordaz. Con sonrisa de pícaro, de buscavidas. Quizá por eso se entendía tan bien con Benita. Piel tostada, bajito, gorrilla encajada hasta las orejas, camisa blanca enorme, pantalón oscuro a la rodilla y pies descalzos.

Mi amiga se tocó el estómago y resolló negando con la cabeza. Gesto universal que imité con mucha menos gracia. Reverencia del chico, vasija nuevamente arriba y a por más clientes:

—¡Tamales templaditos! ¡Tamales templaditos!

—Esta mañana he visto al francés que salía a la calle muy temprano —soltó Benita.

—¿Y?

—Que está allí... a la derecha... ¿Lo ve?... Es que no quiero señalar por si me ve.

—No tengo ningún interés en saber dónde está. Estamos las dos muy a gusto y no necesitamos a nadie más.

—¡Uy! Pues creo que nos ha visto y viene para acá. Le diría que se fuera, pero es un cliente. Ya sabe...

—Tranquila, nosotras a lo nuestro.

El de sombrero y bastón de madera se acercó con sonrisa de galán.

—¡Buenos días, *señogas*!

Me limité a corresponder el saludo, pero Benita, que no era capaz de dominar su talante servicial, se levantó rauda en señal de pleitesía.

—¡Hace un día *magavilloso*!

Benita me miró intentando contener el rictus. Al girarse de nuevo hacia el francés, vio que un esbelto cura con maletita marrón y sotana negra se detenía a pocos metros de la hospedería. Elevaba la cabeza hacia las ventanas, después hacia los lados de la fachada y finalmente se encaminaba hacia la puerta.

—¡Lo siento, tengo que irme! —exclamó Benita, para salir al trote, sorteando a los que se cruzaban.

Yo, que sabía lo que podía venir a continuación, me levanté, me despedí con una leve inclinación de la cabeza hacia la sombra del francés y me dispuse a seguir los pasos de mi amiga.

—¿Cómo se llama usted? —me preguntó.

Me giré hacia él.

—Elisa.

—Qué *nombge* más bonito. ¿Le *gustagía dag* un paseo *mientgas* su amiga atiende al *sacegdote*?

Negué con amabilidad fingida.

—No se moleste.

—No es molestia. *C´est un plaisir.*

No sabía cómo decirle que prefería la compañía de Benita. Que el poso de Zoilo todavía inundaba mi alma. Que el gesto lánguido de mi marido dormitaba en la fragilidad de mi mente.

—O si lo *pgefiege*, podemos *sentagnos* en el banco.

—Disculpe, señor... además de que no me apetece quedarme a solas con un extraño, sepa usted que estoy casada. Mi marido está de viaje y cuando vuelva nos iremos a vivir a una casa que hemos comprado a las afueras de Veracruz; y mientras, estoy en esta hospedería porque adoro a Benita, me trata muy bien y juntas nos hacemos compañía.

Al parecer, aquella sarta de mentiras, dichas con aplomo, sirvieron para relajar la efusividad del francés, que me dejó marchar sin más propuestas. No volví a verlo, quizá porque la expedición aquí no estaba siendo de su agrado y marchó a otras lindes. Alargué el paso hacia el hostal, deseosa de que el prelado se alojara. Necesitaba conocer a alguien más en quien confiar. Benita, que se había frenado en el último momento, me esperaba en la puerta para entrar juntas. Se le veía nerviosa.

—Buenos días, señoras —nos dijo con modales exquisitos—. Mi nombre es Atilano Orona. ¿Con quién tengo el gusto de platicar?

—Benita. Para servirle a Dios y a usted —contestó besándole la mano del anillo.

Manos más cuidadas que las mías: sin padrastros, sin arrugas y sin una pizca de mugre en esas uñas perfectamente recortadas.

Pelo negro repeinado con raya perfecta, gafas redondas y labios carnosos. A su lado, en el suelo, una maleta pequeña de color marrón bastante deteriorada.

—Elisa Monturiol —dije, estática—. Me alojo en este hotel y soy amiga de Benita.

En su cara pude apreciar cierto gesto de extrañeza, no sé si por no besarle el anillo, por alojarme en una hospedería de categoría inferior a la de mi apariencia o por decir que Benita era mi amiga. Recompuso el gesto y se giró hacia ella.

—¿Entiendo que es a usted —preguntó con la mano del anillo extendida hacia ella— a quien debo solicitar alojamiento?

—Así es, señor.

Sin pedir ningún dato ni tomar nota alguna, Benita corrió al cajón del mostrador para buscar la llave mientras él me contaba que recién había llegado a la ciudad para ayudar al párroco en la labor doctrinal y que la estancia se preveía larga, no menos de dos o tres años. Yo seguía estática, asintiendo con sonrisa forzada. Últimamente todas mis alegrías llevaban sordina. En vista de que yo no le daba conversación y mi amiga se limitaba a mirarle como si hubiera visto al mismísimo Porfirio, se despidió cortés y desapareció escaleras arriba. Nosotras nos dirigimos a la trastienda: Benita para preparar la comida y yo para darle conversación. A mi espalda el loro se entretenía trepando por la jaula, pero sin quitarme ojo y chirriando una y otra vez lo de «señorita, señorita».

Percibí a mi amiga agitada.

—¡Qué guapo! —soltó al tiempo que pelaba las patatas.

Me pilló desprevenida.

—¿Te refieres al cura?

—Don Atilano. Se llama don Atilano. Es muy guapo y muy refinado. Parece que le haga agua la canoa —me miró sonriente a sabiendas de que no le había entendido—. Pues eso... que no le gusten las mujeres.

—¿De verdad lo piensas? —pregunté bajando el volumen a nivel de resuello.

—No lo sé. Tal vez. Lo que no he entendido muy bien es a qué se va a dedicar —me solicitó.

—A la labor doctrinal, ha dicho. Supongo que va a ayudar al cura de la parroquia en las misas.

—¿Ayudar en las misas se dice labor doctrinal? ¡Qué bien platica!

—Benita, ¿es cosa mía o estoy viendo mariposas revoloteando sobre tu cabeza?

Levantó la mirada un instante para dejarla caer de nuevo sobre los tubérculos.

—No más he dicho que es muy guapo...

Decidí callar: nunca sería ella la prometida ni yo el anillo. A punto estuvo de oírnos el susodicho, que en pocos minutos había bajado sin taconear las maderas.

—¡Uy! ¡No le esperábamos tan pronto! —soltó mi amiga al verlo.

Al parecer, tampoco el pájaro estaba acostumbrado a la presencia de sotanas.

—¡Señorita, señorita, señorita! —repetía una y otra vez enfocado hacia el nuevo huésped.

Mi amiga se quedó pálida. Por unos segundos todos permanecimos inmóviles. Yo con los ojos al suelo y el rabillo hacia el cura, que esperaba nuestro permiso para entrar. Pero Benita no estaba para permisos.

—Este loro es tonto —entendí que decía entre dientes.

Nerviosa, corrió al cajón de la mesa y sacó un trapo que echó sobre la jaula.

Se hizo el silencio. Eterno.

Recordado este lance en multitud de ocasiones, me arrepiento de no haber tenido la picardía de auxiliar a Benita dando conversación al invitado o haciendo como que era yo el objetivo del loro, pero no se me ocurrió otra cosa que mirar al suelo y mantenerme ausente. Otro episodio que añadir a mi carácter apocado, que a tiempos resurge en mi mente.

Por fin mi amiga reparó en el invitado como si nada hubiera pasado.

—Señor Atilano, pase usted. Está en su casa.

En esto que el loro pareció revivir.

—¡Señorita, señorita!

Benita se giró enérgica como nunca la había visto.

—¡Lo mato! ¡Mañana hago guiso de loro!

—No se apure —apaciguó el cura—. Si el animalito se refiere a mí es perfectamente entendible que se haya confundido. Les diré un secreto que nunca he compartido con nadie: no me gustan estas vestimentas. Nos enseñan que el hábito es el distintivo del hombre de Dios que dispensa sus misterios, símbolo eterno de dedicación de quien desempeña un ministerio público y signo exterior de una realidad interior, pero yo soy de los pocos que piensan que los tiempos cambian y que el traje eclesiástico no aumenta mi ilusión, mi dedicación ni mi desempeño. Y por estos y otros pensamientos —nos miró con gesto triste— he tenido bastantes desavenencias con mis superiores.

Se arrimó a la jaula, la destapó y acercó su mano derecha en noble gesto de conciliación, momento que aprovechó el animal para lanzarle un picotazo frustrado. Rápido como un rayo. El cura saltó hacia atrás, miró a Benita negando con la cabeza:

—Todo hijo de Dios puede tener un mal día. —Y volvió a tapar la jaula.

Me sorprendió la galantería de don Atilano, pero sobre todo sentí lástima del loro en su presidio: quizá gruñía por no poder desplegar sus alas, aunque tal vez ni siquiera sabía que podía volar. Y me vi reflejada en aquella jaula.

El cura seguía a lo suyo. Tomando literal lo de estar en su casa, se dirigió hacia la hornacina de la Virgen de la Asunción y se dispuso a bendecirla. Benita acudió como una polilla a la luz. El escenario era cuando menos curioso: mi amiga acompañando arrodillada los rezos del prelado, yo de pie tras ellos con la cabeza agachada en señal de respeto y la olla exhalando un vaho viscoso que me hacía salivar a pesar de los tamales. Terminado el evento, Benita volvió a besarle la mano entre repetidos agradecimientos que él parecía ignorar.

—¿Me podrían aconsejar algún sitio baratito donde pueda comer?

—Quédese con nosotras —saltó mi amiga.

—No quiero abusar de su amabilidad —dijo el prelado con suave resoplido.

—Al contrario. Para nosotras será un placer. Estoy enseñando a doña Elisa a preparar papas con pescuezo de res picadito, tomates, cebollitas y chiles. Ya verá usted como le gusta, aunque no esté bien que yo lo diga.

Ante tal ofrecimiento accedió condescendiente, dejando claro que aceptaba por ser el primer día y no haber tenido tiempo para contactar con su homólogo, el de la parroquia. Benita me miró sonriente y abrió el armario despensero para sacar dos tomates y una cebolla, supuse que debido al nuevo comensal. Me dio un cuchillo enorme y siguió meneando la carne.

—¿Quieres que los corte yo? —le pregunté.

Benita asintió sin dejar de vigilar el guiso.

Mi debut culinario se iba a producir delante de un sacerdote. Cogí la cebolla, la situé sobre la tabla y levanté el cuchillo lo suficiente como para cortarla por la mitad de un solo golpe. Benita, que vio la maniobra, me agarró del antebrazo.

—Señora, la cebolla ya está muerta. Solo tiene que pelarla y cortarla en trocitos.

Creo que mi rostro se tiñó del mismo color que los tomates, porque noté que irradiaba calor. Mientras mi amiga me explicaba colmada de paciencia, me giré hacia el sacerdote, que prefirió esquivar mi vergüenza desviándose hacia el loro.

—¡Pobrecito! —dijo a la jaula—. ¡Por mi culpa este animalito está en penumbra y no puede disfrutar de este maravilloso día!

Nos miró con el índice levantado.

—Creo que tengo la solución. Con su permiso y puesto que la ocasión lo requiere, voy a subir a mi recámara para desprenderme de la sotana, siempre y cuando ustedes no lo interpreten como un indecoroso gesto de desobediencia hacia las normas disciplinares de la Santa Iglesia.

—Por mi parte no hay ningún problema —dije con la mano en el pecho.

Ambos miramos a Benita.

—¡Qué bien se expresa usted! —dijo ella con la mirada perdida en el guiso—. ¿Cuándo va a decir misa?

—Todavía no he platicado con mi compañero y no sé qué labores me tiene preparadas —se quedó pensativo unos segundos—. Pensándolo bien, creo que no es buena idea desprenderme del hábito. Algún día podría ser su párroco.

—Si algún día usted es nuestro párroco —dije contundente—, iremos a misa todos los domingos, orgullosas de saber que es buen religioso y mejor persona.

—Dios las bendiga. ¡Ahorita vuelvo!

Voló escaleras arriba y en pocos minutos ya estaba de vuelta con pantalón oscuro, camisa blanca y alzacuellos. Elegante. Guapísimo. Si finalmente era nuestro párroco tendría dos feligresas de primer banco. Alzó el puño y destapó la mano.

—Como agradecimiento les traigo un par de rosarios bendecidos por el papa.

Benita se secó las manos en el mandil, se aproximó para clavar la rodilla derecha en el suelo y volvió a besarle la mano entre agradecimientos. Su semblante destilaba embriaguez. Tomó uno de los rosarios y con excedida reverencia se lo colgó del cuello.

Yo no sabía si copiar a mi amiga o limitarme a recoger mi presente.

—¡Qué chido! —dije sin más.

El cura me miró confuso, dejó mi rosario sobre la mesa y se giró hacia Benita:

—¡Es muy linda mi recámara!

Otro momento grabado entre las vergüenzas de mi memoria. Ni siquiera alargué el brazo para recoger el rosario. Ni un gracias y no sé por qué. En lugar de ello habría salido corriendo hacia el puerto y cruzado el Atlántico a nado, pero me mantuve estática, observándoles.

—Desconozco cómo será la recámara de un monarca o de un noble, pero no debe de ser mejor que esta. Suelo dormir en camastros mucho más modestos.

Benita, que había vuelto a sus quehaceres culinarios, le sonreía sin elevar la mirada. El cura se percibía resuelto por la habitación.

—¡Bueno! Vamos a destapar a nuestro amigo, que el pobrecito...

—¡Huevón! —interrumpió el bicho al ver de nuevo la luz—. ¡Señorita huevón! ¡Señorita huevón!

—Tiene mal carácter el... pajarito —sentenció don Atilano remarcando las últimas sílabas—. Mejor lo dejamos tranquilito.

Volvió a taparlo y se sentó a mi lado para continuar con alabanzas hacia lo visto el día anterior a su llegada a Veracruz. Con total naturalidad, como si estuviera charlando con sus compañeros de congregación. Quizá era eso lo que me ponía más nerviosa: estar junto a un sacerdote despojado de sus hábitos y platicando de sinsabores y complacencias mundanales. Nunca supe si allí era un comportamiento normal, pero desde luego que en mi tierra nunca habría sucedido, o eso creo. Si algo he aprendido de mi viaje transoceánico es que las vivencias destruyen prejuicios.

Pensaba que no probaría bocado, pero a medida que pasaban los minutos me sentía más relajada. La conversación era plácida, regentada principalmente por el orador profesional desde que antes de comer hiciera su particular bendición:

—Da pan a los que tienen hambre y hambre de Dios a los que tienen pan.

Durante la comida nos explicó que adoraba la enseñanza del catecismo a los más jóvenes: «explicar la importancia de la fe a los que se inician en la Iglesia católica», y nos habló de la encíclica *Rerum Novarum* promulgada por el papa, que les animaba a realizar una labor pastoral más cercana al pueblo, más cercana a la clase trabajadora. Su prosa era monotemática, neutra y solemne, diría que ligeramente soporífera, lo que no nos importó a ninguna de las dos oyentes. Entre cucharada y cucharada intentaba concentrarme en su discurso, pero mi mente me traicionaba desconectando una y otra vez para centrarse en sus rasgos físicos, en sus gestos. Creo que a Benita le ocurría lo mismo. Menos mal que el invitado no se percató mientras seguía soltando frases de libro rancio que se diluían entre los suculentos vapores del guiso. Un guiso de papas con carne de res demasiado picante para el paladar de una extranjera. A pesar de ello, en mi plato solo quedaron los trocitos de chile. En los de Benita y don Atilano no quedó ni rastro de humedad.

Finalizada la comida, el cura volvió a agradecer nuestra hospitalidad y subió a su recámara, y Benita y yo recogimos la mesa y fregamos la vajilla. Fuera había comenzado a llover y el agua golpeaba suave contra el cristal de la ventana.

—Esta tarde viene mi jefe —me comentó desde el lebrillo del agua jabonosa—. Si le apetece podemos aprovechar para hacer unas visitas.

—Buena idea, pero no sé si sabes que está lloviendo.

Benita se volvió para mirarme con ternura.

—Estamos en época de lluvias y de volada pasamos del sol a la lluvia y de la lluvia al sol. Ya se irá acostumbrando. A no ser que haya tormenta fuerte, aprovecharemos para hacer unas visitas.

Le acepté suponiendo que tenía previsto visitar a algún familiar o amigo. Desconocía que era así como llamaban al maravilloso mundo de las compras.

—Échese un coyotito hasta que llegue mi jefe —me dijo—. Yo la avisaré.

De nuevo rehusaba mi ayuda, pero me mantuve afanosa hasta que todo estuvo reluciente y ordenado. Benita era mi mayor apoyo y todo un ejemplo de generosidad, así que tenía claro que la ayudaría en lo que pudiera, aunque conllevara quedar en ridículo por mi torpeza e inexperiencia.

Terminadas las labores, Benita se echó sobre su cama y yo sobre la mía.


Cuando hora y media más tarde llamó a mi puerta, estaba sumida en un sueño profundo, en el que Benita y yo éramos dos religiosas que cocinábamos el loro en la trastienda y acto seguido tomábamos el guiso sentadas cual feligresas en el primer banco de la parroquia, frente a don Atilano Orona, que nos cantaba misa ataviado solo con su pantalón oscuro y el alzacuello sobre su torso desnudo. En tal galimatías estaba cuando me despertó la voz dulce de mi amiga, que desde el pasillo atravesaba la puerta para recorrer el dormitorio y llenar una vez más el vacío de mi existencia.

Le pedí que entrara con su juego de llaves y que me apartara las cortinas. Así hizo. Abrió la puerta y su cuerpo avanzó por la estancia, desfigurado por la penumbra, hasta llegar a la ventana para despejar de un envite los cristales y atiborrarme de luz. Cuando mis pupilas se habían adaptado a la claridad, miré a mi amiga, que me sonreía desde los pies de la cama. Llevaba el conjunto de blusa y falda plisada que le había regalado, y su pelo recogido sobre el hombro izquierdo. Estaba realmente guapa.

Sin entrar en detalle alguno relativo a lo soñado, le dije que me había sentado muy bien la siesta gracias a las sabias palabras del clérigo durante la comida, a la frescura de la habitación y, como siempre, a la tranquilidad de tenerla cerca. Como me había tumbado vestida, solo tuve que ponerme los zapatos y frente al espejo recoger mi melena para estar presentable en pocos minutos. Llevaba la mejilla marcada en diagonal por el pliegue de la cabecera, lo que no me importó en absoluto ni traté de disimular con maquillaje. Salimos a la calle y nos alejamos del puerto en busca de tiendas, saltando entre las sombras. El sol relucía despejado y el calor húmedo resultaba pegajoso.

Nuestra primera visita fue una tienda de telas, ropa y complementos. Ya conocía la costumbre que tenían los dependientes de darnos la mano al entrar y al salir, aunque la visita durara una exhalación. Tomamos asiento y pedí al dependiente que nos mostrara algún sombrero o tocado para mi amiga. La cara de Benita al verse como protagonista bien habría merecido un retrato. Lo primero que me susurró cuando el muchacho había pasado a la trastienda fue que ella no necesitaba nada, comentario que ignoré.

A los pocos segundos apareció el dependiente con una mantilla blanca enorme. Benita me miró.

—Es que las mujeres acá no solemos llevar sombrero. Utilizamos mantillas, velos, redecillas... pero sombreros no. Y mantilla ya tengo.

Consciente de la solidez de las tradiciones, pregunté al chico si tenía algún vestido de terciopelo.

—¡Uy! ¿Terciopelo? —masculló mi amiga—. No se me enfade, pero es que... el terciopelo da bastante calor. Se lo agradezco mucho, pero quizá sea mejor que busque algún vestido bonito para usted.

Como Benita no se advertía cómoda, propuse cambio de tercio.

—¿Y si tomamos algo?

—Buena idea.

Pese a no comprar nada, el dependiente nos regaló una tira bordada a cada una y nos dio la mano con su sonrisa perenne. Desconozco si por amabilidad o como un intento de seducción mal hilvanado.

Salimos a la calle y anduvimos a la búsqueda de algún brebaje que nos refrescara la garganta. Lo encontramos en una plaza cercana: un puesto ambulante de refrescos y raspados, artificio modesto resuelto en forma de cajón de madera soportado sobre cuatro ruedas de hierro, tres vasijas en su interior y cuatro varillas de hierro que desde las esquinas subían rectas hasta el marco de un pequeño toldo.

Mientras disfrutábamos de nuestros respectivos refrescos, continuamos el paseo. Nuestra siguiente parada fue el escaparate de una librería. Como dos niñas, nos quedamos embelesadas mirando un enorme globo terráqueo. Terminamos las bebidas, la cogí de la mano y entramos. Tras saludar al dependiente, la llevé hacia la esfera para explicarle dónde estaba España y el trayecto en barco hasta México. Diez mil kilómetros entre Cartagena y Veracruz. Tres semanas de navegación.

Como Benita escuchaba atenta mis explicaciones y creo que el dependiente también desde el mostrador, continué girando la esfera señalando los países más populares, como si fuera aventurera; yo, que nunca había salido de España. Tras una vuelta completa a la esfera, me incliné ligeramente para señalar la zona más baja.

—Los que viven en el polo sur están boca abajo.

Benita me miró extrañada.

—No puede ser, señora. Y México tampoco puede estar torcido. Solo hay que tener ojos para ver que no es así. Señora, usted tiene mucha más sapiencia y todo lo que me dice lo tomo como enseñanza, pero esto creo que no se lo explicaron muy bien. No puede ser que estemos torcidos. Esta bola estará mal porque México está hacia arriba.

—Entonces, si México está hacia arriba, ¿cómo están los que viven en el lado contrario?

—No lo sé, señora. Nunca he estado allí. Supongo que no vivirá nadie. ¡Ay, señora! Vamos a merendar algo.

De nuevo salíamos de otra tienda sin comprar nada y también aquel dependiente nos ofreció su mano sonriente. Siempre hombres tras los mostradores. En vista del poco éxito de mis iniciativas, decidí que sería mejor dejarme llevar y que fuera Benita quien concluyera la tarde. Cuanto más tiempo pasaba con ella, más me daba cuenta de que apenas la conocía.

Un bollo dulce para cada una, paseo por el Zócalo y vuelta al hostal. A la trastienda. Ella, a sus quehaceres domésticos; yo, a escribir cartas para mis hermanas, con la dirección del hostal en el remitente por si tenían a bien contestarme. Todas las cartas iguales, todas sobre la hermosura de aquella tierra, el clima, la gastronomía y sus gentes afables, sin entrar en detalles personales para no tener que mentir ni dar noticias preocupantes, al menos hasta que pasara un tiempo prudencial que me hiciera incuestionable la desaparición definitiva de Zoilo. De hecho, no había escrito hasta ese momento anhelando el milagro, sin caer en la cuenta de que pudieran estar preocupados si había llegado hasta Cádiz la noticia de la revuelta minera. En ese caso tendríamos cartas suyas en La Unión, cerradas todavía, pendientes de contestar. A buen seguro, guardadas por los familiares de nuestro fiel matrimonio de asistentes a la espera de conocer nuestro paradero, así que tomé una de aquellas postales ocres de Veracruz que Benita tenía a la venta en la recepción y les escribí para pedirles que, por favor, nos las reenviaran. También a mi amiga Matilde, para que supiera de mí y al mismo tiempo llegara el encargo a nuestros asistentes que, según lo acordado, estarían trabajando en su casa de San Pedro del Pinatar.

La última misiva tenía como destinataria mi familia política. Ante la posibilidad de que les hubieran llegado noticias de Zoilo, traté de desplegar un hilo de esperanza enviando a mi suegra otra postal. Si Zoilo seguía vivo en algún rincón del planeta, antes o después escribiría a su familia. ¡Cómo no se me había ocurrido antes! En la postal, además de la dirección del hostal, arreglé una frase lo suficientemente ambigua como para pedir que me informaran de novedades, pero sin inquietarles y, por supuesto, sin contarles lo que sucedía. Tras un buen rato descartando frases me decanté por: «Como podéis ver, esta ciudad es muy bonita. Espero que estéis bien. Si os llega alguna carta, por favor, reenviadla a la dirección que os adjunto. Muchos besos desde Veracruz».

Finalizadas las misivas, las apilé sobre la mesa y pregunté a Benita si deseaba que le escribiera alguna para su familia. Desde el fogón me miró con su eterna sonrisa y negó agradecida.

—Ay, señora, nadie de mi familia sabe leer.

Tampoco la familia de Zoilo sabía, pero entendía que recurrirían a vecinos o conocidos. Intuí que Benita simplemente no quería, por lo que no insistí. Me limité a observar su trajín en silencio, junto al loro —que a su vez me observaba pegado a los barrotes— y a la Virgen de la Asunción, que con las manos extendidas nos protegía desde su hornacina.

# 18

*La Unión, Murcia*
*Martes, 17 de junio de 1879*

La denuncia que don Hilario interpuso el lunes 2 de junio por el robo de los lingotes no causó mayor revuelo entre la población de La Unión del que ya había por el asesinato de don Antonio y su hijo. Y es que robar a un cacique no era considerado especialmente gravoso.

Quince días después de la denuncia, los interrogatorios de la policía a varios vecinos y las inspecciones realizadas en el edificio no habían conseguido aclarar la autoría del robo ni si estaba relacionado con el asesinato. Zoilo y sus socios, que se habían limitado a escuchar los rumores vecinales, seguían con sus rutinas pese a saber que la venta de la plata resolvería su vida para siempre. Quizá los más ansiosos por repartir el botín eran Serafín y Zoilo, que en ocasiones quedaban para comentar novedades y desahogar inquietudes. Juanjo y Jesús no habían mostrado prisa alguna, tal vez por su falta de ambición y porque presentían que el dinero no cambiaría su vida de sol y ventorrillo. A pesar de ello, el corpulento había seguido las instrucciones de Zoilo y durante las dos semanas transcurridas había hablado con ambos en varias ocasiones para recordarles que debían mantener la boca cerrada y para explicarles la conveniencia de hablar de patatas y mercados en lugar de lingotes y bancos.

Zoilo seguía madrugando para cuidar las bestias de la mina, llevaba el control de la dinamita, ayudaba a los dinamiteros en sus tareas, llenaba de aceite los candiles y contribuía a achicar con calderos el agua de las filtraciones. Como hasta ese momento ninguno de los hijos del patrono había tomado el control de los negocios, no tenía a quién hacer recados, por lo que aprovechaba los ratos libres para informarse sobre la mejor manera de cambiar la plata.

Descartada la opción de venderla a alguno de los tratantes de la comarca, a sabiendas de que don Hilario se enteraría al instante, tenía claro que el banco era la única opción factible. Y como conocía a bastantes caciques de la zona, por haber sido correveidile de don Antonio, consiguió hablar con algunos de dineros y bancos. Gente proclive al alardeo que no dudaba en detallar sus conocimientos financieros. Le hablaron del Banco de Barcelona, del Banco Hipotecario de España, del Banco de Málaga, de las Cajas de Ahorros de Jerez, de Alcoy, de Valencia... así como de comisiones, valores, activos y otros conceptos que quedaban fuera del alcance de su entendimiento. Finalmente optó por el Banco de España, quizá porque consideraba que tal cantidad de plata debía llevarse al que suponía el padre de todos los bancos, aunque primero llevarían uno o dos lingotes, no fuera a ser que el viaje resultara baldío.

Fijada la entidad bancaria, el siguiente paso era organizar la expedición, así que la mañana del martes 17 de junio, tras terminar los quehaceres de la mina, se acercó a la estación del tranvía de vapor de La Unión para informarse de itinerarios, horarios y tarifas. El empleado le explicó que el trayecto Cartagena-Madrid en el tren-correo solía durar unas dieciséis horas. Todo un adelanto tecnológico, pensó Zoilo, si lo comparaba con las siete horas que necesitaba su amigo Ignacio —el que dormía en el establo de la mina—, para llegar a su pueblo situado a solo treinta kilómetros dirección norte. Dieciséis horas para un total de quinientos veinticinco kilómetros, con parada en cuarenta y tres estaciones, pasando por las provincias de Albacete, Ciudad Real y Toledo. Quince pesetas en primera clase, doce en segunda y siete en tercera. Con toda la información anotada en una cuartilla, volvió al pueblo para conocer la opinión de Serafín antes de poner en marcha los preparativos del viaje. Llegó a casa de su amigo a las cuatro de la tarde. En plena siesta. Se acercó a la ventana, aporreó la madera y esperó a que apareciera tras la reja.

—Serafín, necesito hablar contigo.

El corpulento asintió soñoliento y volvió a cerrar la ventana. Descalzo y en calzones cruzó el pasillo con cuidado de no despertar a sus padres, para abrirle la puerta del almacén de los aperos. Zoilo sacó la cuartilla de la talega y procedió a explicar en tono de susurro la información recopilada.

—¡¿A Madrid?! ¡¿Nos vamos a Madrid?! —interrumpió eufórico el corpulento.

—¡Chsss! ¡No grites! —aplacó Zoilo—. Por lo que he hablado con los que saben de temas monetarios, creo que la mejor opción es el Banco de España. Podríamos ir la semana que viene.

—¿No puede ser antes? Tengo miedo de que las patatas se estén estropeando con la humedad de la tierra.

Zoilo tambaleó la cabeza.

—Podría ser esta semana, pero antes necesitamos un par de trajes, unos zapatos buenos, sombreros y una historia que contar al banquero sobre el origen de la fortuna... ¡Ah! Y no sé tú, pero yo tengo que inventarme algo creíble para madre, que últimamente no para de decirme que lleve cuidado y no me meta en líos. Estoy convencido de que sospecha algo —su mirada se nubló— y no sé cómo explicarle que me voy a Madrid, pero lo difícil será cuando vuelva con mucho más dinero del que ganó padre en toda su vida.

—Los míos no sospechan nada —dijo Serafín con la voz comprimida—, ni van a sospechar cuando les diga que voy con unos amigos a visitar la capital, aunque respecto al tema del dinero sí que tendremos que pensar en algo.

—Es lo que más me preocupa —susurró Zoilo—, porque creo que ni todas las patatas del campo de Cartagena darían tanto dinero.

El corpulento rio brevemente, hasta ver que su amigo no endulzaba el gesto. Restablecido el silencio, Zoilo prosiguió con la información recopilada, señalando la necesidad de hacer noche en Madrid. Al menos una.

—¿Los pánfilos no vienen? —preguntó el corpulento.

—Mejor que no. Cuando hables con ellos, explícales que este primer viaje es una toma de contacto, para saber si nos compran las patatas y que de momento solo vamos a llevar una o dos. Sin dar más detalles.

—Zoilo, me preocupa cómo puedan estar con tanta humedad. Madre no deja de regar el huerto y cada vez que la veo echando agua siento como si me bañaran los ojos en vinagre.

—Pues vamos a comprobarlo ahora mismo.

Tomaron una pala y salieron al patio trasero. Tras retirar apenas un palmo de tierra asomaron los sacos que cubrían los lingotes. Los destaparon y al ver que estaban intactos y relucientes, los volvieron a cubrir.

Por el momento no había nada más que comentar: Zoilo regresó a su casa y el corpulento a la cama. Entonces Zoilo se percató de que probablemente su madre y hermanos habrían estado esperándole para comer.


Al día siguiente volvió a interrumpir la siesta de su amigo. Esta vez no había olvidado comer en casa. De nuevo rasgueó la ventana y de nuevo Serafín le abrió en calzones la puerta del almacén de los aperos.

—Esta mañana me he enterado de que hay una sucursal del Banco de España en Alicante. En la calle de la Princesa, me han dicho. No sé por qué supuse que solo habría una oficina en Madrid.

—¡Qué me dices! ¡Vaya decepción! Para una vez que salimos de la provincia...

—La cuestión es que, si llegamos a un acuerdo con el banquero y tenemos que llevarle las patatas en varios viajes, es preferible que esté lo más cerca posible. —Zoilo puso la mano en el hombro de su amigo—. No te preocupes. Cuando tengas el dinero podrás ir adonde te dé la gana.

El corpulento pareció quedar convencido.

—Otro tema que quería comentarte —continuó Zoilo—: esta mañana he hablado con uno de los hijos de don Antonio, que en paz descanse, y le he pedido un préstamo para el sastre y para los billetes de tren. Me he inventado la historia de un familiar enfermo que vive cerca de la capital. Bisabuelo mío. Pobrecito, que está a punto de morir y madre quiere verlo en vida. —Sacó de su bolsillo dos monedas de oro de veinticinco pesetas y volvió a guardarlas—. Aunque supongo que habrá suficiente, viajaremos en tercera por si acaso. Es preferible gastar poco en el tren y en el alojamiento, y más en la vestimenta. Tenemos que causar buena impresión al banquero, sobre todo yo, que seré el heredero de una fundición de Almería.

—¿Y yo? —preguntó Serafín.

—Tú serás el que me protege y acompaña a todos los sitios. Con ese físico, es perfectamente creíble.

Al corpulento le gustó la propuesta de ser el forzudo protector de un cacique.

—Y un último tema —prosiguió Zoilo—. Respecto a qué decir a nuestras familias, no se me ocurre otra cosa que poner a Juanjo como heredero de una fortuna.

—¿El pánfilo?

—El mismo. Como no tiene familia y vive solo, puede ser creíble que haya recibido la herencia de una tía rica que vivía en Portugal, en Argentina o en la Conchinchina. Y como nosotros somos sus únicos amigos, nos ha propuesto formar una sociedad, en la que tú eres el capataz, Jesús tu ayudante y yo el contable y tesorero por ser el único que sabe de letras y números. De hecho, para que todo sea creíble, deberíamos constituir una sociedad de verdad y comprar una o varias minas con una parte del dinero, que daríamos a partido para que las trabajaran otros.

—No sé si será buena idea... —titubeó Serafín—. Cualquiera puede pensar que ha sido demasiada casualidad que, al poco tiempo del robo de las patatas, cuatro zagales de la zona se hayan hecho ricos.

—Para que todo el pueblo esté convencido, he pensado que la noticia de la herencia aparezca publicada en *El Eco de Cartagena*. La gente se cree todo lo que sale en la prensa. Yo mismo escribiré la noticia y la llevaré al periódico: «Heredero de una fortuna. Un vecino de La Unión, de nombre Juan José, no sé el apellido, recibió ayer una carta con la triste noticia del fallecimiento de una tía materna que emigró a Argentina y de la que no tenía noticias desde hacía varios años. En el escrito, el señor notario le comunica que es el único heredero de una fortuna cuya cantidad no ha querido hacer pública el sorprendido beneficiario. Nuestro más sentido pésame por el citado fallecimiento y nuestra más sincera enhorabuena por la herencia». Los editores no pueden saber si es verdad porque no van a ir a Argentina a buscar al notario, y si nos piden la supuesta carta, la falsifico.

Serafín sonrió los planes de su amigo. Ya solo faltaba ponerse manos a la obra, así que, esa misma tarde, el corpulento debía informar a sus amigos. Si todos estaban de acuerdo con la idea de la herencia, irían los dos a Cartagena al día siguiente, con sus mejores galas, a la búsqueda de un sastre y a la redacción del periódico.

Zoilo volvió a su casa y el corpulento, a voltear su euforia sobre la cama.


El jueves 19 de junio, Zoilo y Serafín pusieron rumbo a Cartagena. El corpulento a las riendas del carruaje y Zoilo a su lado, con las dos monedas de oro en la mano por si el traqueteo del carro las hacía saltar del bolsillo. Más de diez kilómetros de camino pedregoso que podrían haber evitado si hubieran elegido la opción del tranvía de vapor que, desde cinco años atrás, comunicaba La Unión con Cartagena; descartado de inicio porque preveían más de un viaje y se les hacía necesario ahorrar la peseta que costaba por pasajero y trayecto.

A pesar de las incomodidades, se les percibía eufóricos: la suerte se había puesto de su lado y por fin cumplirían el sueño de cambiar de vida. Zoilo llevaba el traje de boda de su difunto padre, adecuado en tamaño, pero repleto de rozaduras. El traje de Serafín era el de su tío para los paseos de domingo. Bastante más nuevo, aunque pequeño en tallaje para sus musculosos brazos. Parecía que la tela pudiera estallar en cualquier momento. En los pies, alpargatas. Ningún familiar tenía zapatos de cuero, ni siquiera para los festivos.

El camino estuvo colmado de ideas y proyectos, excepto cuando se cruzaban con otros transeúntes o veían campesinos por las cercanías, que callaban por precaución.

—Serafín, tengo algo que contarte —soltó Zoilo en tono enigmático.

El corpulento miró a su amigo.

—Dime.

—Algo que te gustará.

—¡Suéltalo ya!

—¡Que nos vamos a Madrid!

La cara de Serafín se iluminó.

—¿Me habías convencido de que era mejor la opción de Alicante y ahora me dices lo contrario?

—Es que he vuelto a preguntar al jefe de la estación de La Unión y me ha explicado que no hay ningún tren que vaya desde Cartagena a Alicante, ni siquiera pasando por Murcia. Según me ha contado, llevan más de quince años entre proyectos, licencias y concesiones para unir Murcia con Alicante, pasando por Orihuela, pero todavía no han puesto ni una sola traviesa. Tendríamos que tomar un tren que nos llevara hasta Albacete y de allí otro que nos bajara a Alicante, y entre trasbordos y esperas tardaríamos más que si vamos directos a Madrid. Otra opción sería el carro, pero son más de cien kilómetros y tendríamos que hacer noche por el camino.

El corpulento se alzó sobre las tablas del carro sin poder evitar un grito de alegría que hizo trotar a la bestia, aletargada de monotonía hasta ese momento. A punto estuvo Serafín de perder el equilibrio, exasperando a Zoilo por la discreción que el asunto requería. Volvió a sentarse y la mula, a su habitual parsimonia.

El camino se iba abarrotando de transeúntes, mulas, caballos y carros con mercancías de todo tipo: estaban llegando a Cartagena. Tras un recodo en la vereda de tierra, divisaron a lo lejos la muralla con dos de sus cinco colinas asomadas a la brisa de levante. Sobre la colina derecha, un molino de viento de cuatro aspas y sobre la izquierda, más alta, las ruinas del castillo de la Atalaya. Sus corazones se aceleraron al saber que sus nuevas vidas estaban a punto de empezar en forma de trajes de chaqueta propios del más rico de los caciques.

Situada entre los baluartes de las dos colinas, los recibió la puerta de San José: dos vanos con arcos de medio punto, por donde transitaban visitantes, campesinos y tratantes procedentes de la sierra minera y del Mar Menor. Los dos amigos avanzaron en silencio. Impresionaba ver de cerca las grietas y socavones de la muralla por los proyectiles gubernamentales contra los cantonales de Antonete. Aunque hacía más de cinco años de tan regia devastación, las secuelas eran visibles en cualquier rincón de la ciudad. Miles de edificios habían quedado dañados, la mayoría con serios problemas estructurales, centenares reducidos a escombros y solo algunos intactos, si acaso una treintena. Únicamente los menos dañados y los indemnes habían vuelto a ser habitados tras los bombardeos. Los restantes seguían pendientes de restaurar, algunos con las ventanas y puertas tapiadas por quienes habían preferido rehacer su vida alejados de la zona amurallada.

Atravesaron el vano y avanzaron por la calle de tierra, sin rumbo fijo, entre viandantes, desperdicios, perros hambrientos y carruajes. Todavía no se había inaugurado el tranvía de tracción animal y para los que tenían suficiente poder adquisitivo existían varias paradas de coches de caballos, berlinas y carretelas.

Ambos habían estado en Cartagena en alguna ocasión, pero apenas conocían nombres de plazas y edificios. Ni idea de dónde localizar una sastrería ni la redacción del periódico. Llegados a un ensanche de la calle, Zoilo pidió a su amigo que se aproximara a la orilla para preguntar por el primero de sus destinos. El corpulento, que había concebido el viaje como esparcimiento, paró el carro, bajó de un salto y se acercó al escaparate de un taller de loza y cristal. A su lado, una niña de cara sucia y trenza infinita le pedía limosna de manera insistente. Zoilo, más centrado en su cometido, bajó por el lado contrario, a la espera de que pasara un traje elegante.

—Perdone, señor. ¿Me puede decir cómo se llama esta calle?

—Puertas de Murcia —contestó el de bastón y periódico.

—¿Y sabría decirme si hay alguna sastrería por aquí cerca?

—Por supuesto. Tiene usted la de don Remigio Redondo en la calle Mayor y la de don Tomás Caballero en la calle San Miguel, en los bajos de la casa de don Leandro Madrid.

Serafín continuaba ensimismado en las vajillas del escaparate, dispuestas a diferentes alturas sobre terciopelos y vistosamente decoradas con inscripciones y ornamentos. Zoilo, que pretendía una indumentaria similar a la que lucía el caballero, seguía sonsacando información.

—¿Cuál de los dos sastres me aconseja?

—Si desea usted un traje elegante sin atender al precio, le aconsejo que se ponga en manos de don Remigio, cuya sastrería tiene usted ahí mismo.

Levantó la mano y le indicó donde la calle se estrechaba. Zoilo señaló entonces el periódico que colgaba de la mano del señor.

—¿Y sabría decirme dónde está la oficina del periódico?

El caballero lo desplegó y mostró a Zoilo la dirección escrita en la parte superior derecha.

—Calle Mayor, número veinticuatro —leyó orgulloso Zoilo—. Muchas gracias.

—Que tenga un buen día.

Despegó a su amigo del escaparate y se encaminaron a la calle Mayor, más estrecha que el resto, repleta de comercios y varones de todas las edades, todos con chaqueta y sombrero. Toldos desplegados sobre los escaparates de edificios de varias alturas, la mayoría con secuelas visibles de los bombardeos. Acongojaba caminar bajo algunas fachadas. Quizá desplegaban los toldos —pensó Zoilo— como protección más que como resguardo del sol, si bien los viandantes parecían relajados; a diferencia de otras calles de carros y polvo, por las que transitaban apresurados, ignorándose los unos a los otros.

En el número dieciocho les esperaba la sastrería de don Remigio Redondo, anunciada en letras grandes sobre el faldón del toldo. En el escaparate tres trajes de caballero sobre maniquíes sin cabeza y ninguna decoración alrededor ni prenda que sirviera como complemento. Así de sobrio. A la derecha, la puerta de entrada. Zoilo se asomó al cristal y vislumbró un mostrador deshabitado repleto de telas. El establecimiento se advertía mucho más pequeño de lo que había imaginado en decenas de horas de ensueño. Inspiró profundo y empujó la puerta seguido de su amigo.

La campanilla de la entrada avisó al dueño, que gritó un ¡ya voy! desde el cuarto trasero. Los dos amigos avanzaron por la moqueta de rombos y esperaron en el centro a que la voz se personara. En silencio, oían al fondo pequeños golpes metálicos. A los pocos segundos apareció el sastre con una plancha de hierro en la diestra y sonrisa de vendedor de feria. Pelo canoso, camisa blanca, corbata, chaleco negro y una cinta métrica colgada del cuello. Desde el mostrador, bajó la cabeza para asomarse por encima de las gafas.

—¿En qué puedo ayudarles?

—Queremos comprar un par de trajes —contestó Zoilo.

—Un par de trajes... —repitió el costurero con la plancha en alto y el gesto endurecido al ver el porte de los dos amigos—. ¿Traen dinero?

Zoilo echó mano de sus dos monedas de veinticinco pesetas y las mostró sobre la palma de la mano, en silencio. El sastre elevó la cabeza para enfocar a través de las lentes.

—Como señal será suficiente —asintió cortésmente, atemperado por los brillos dorados—. Por favor, tomen asiento mientras termino de planchar un encargo antes de que se me enfríe el carbón.

Con la punta de la plancha les señaló la esquina preparada para las esperas y, sin más, volvió al cuarto trasero. Los nuevos clientes se encaminaron a las dos sillas de madera tapizadas de cuero, dispuestas a ambos lados de una mesita pequeña con un cesto de caramelos. Zoilo alcanzó un par de ellos y los lanzó directos a la boca, se acomodó sobre el cuero, estiró la raya de los pantalones y el frontal de la chaqueta. Orgulloso de su figura. Al fin y al cabo, era un día especial por ser el primero de muchos con chaqueta. Serafín, que estaba a otras cosas, vació el cesto de los caramelos en el bolsillo de su pantalón y volvió a los aledaños de la puerta para contemplar a la muchedumbre.

Desde el cuarto del fondo continuaban llegando ruidos metálicos, identificados ahora como la plancha al posarla sobre el depósito del carbón. Zoilo se dedicó entonces a contemplar la anarquía de ropajes y géneros adueñados del local. Sobre el viejo mostrador de madera tallada, piezas de telas oscuras apiladas en equilibrio. Detrás del mostrador, una hilera de maniquíes ataviados con trajes, inacabados algunos, y tras estos un mueble de estantes repletos de patrones, retales y cuadernos. Quedaba más desocupado el lado contrario a la zona de espera, con un aparador sobre el que descansaban varios portarretratos.

Escrutado el entorno, Zoilo se centró en las etiquetas que colgaban de las telas del mostrador, por si los números correspondían a precios. Levantó varias, pero no supo interpretarlos. Quizá fueran códigos del fabricante.

—¡Zoilo, ven! —reclamó Serafín desde la puerta, que de nuevo vegetaba adherido a un cristal.

Como la espera se presentía larga, Zoilo acudió para copiar el gesto de su amigo. Una chica de pelo rubio y aspecto extranjero avanzaba calle arriba, dejando a su paso un reguero de hombres deslumbrados por la liviandad de sus pantorrillas al aire.

—Serafín, no hemos venido a esto. O te centras o te vas al carro y en adelante me encargo yo de ir a los sitios —susurró con tono agrio. Serafín se volvió de espaldas al cristal y dócil escurrió un perdón por entre las comisuras de los labios. Conseguida su atención, Zoilo intentó aclarar la última frase del sastre—. Cuando le he enseñado las monedas, ¿ha dicho que eran suficientes como señal o lo he entendido mal?

El corpulento se encogió de hombros.

—Si ha dicho eso —continuó Zoilo—, será porque no se ha dado cuenta de que son de oro.

—¿Y si resulta que estos trajes valen mucho más de lo que pensamos?

—En ese caso... tendremos que vender la patata pequeña que nos dio don Hilario. Esa patata no puede levantar sospechas porque me la dio él. He leído en el periódico que la onza se paga a cinco pesetas y como pesa treinta onzas, valdría unas ciento cincuenta pesetas.

El corpulento no parecía estar muy conforme con la propuesta de dilapidar un lingote a cambio de ropa, aunque el lingote fuera pequeño y la ropa, digna de un marqués. Zoilo, más decidido, se aproximó al mostrador para ver si los quehaceres del modisto llegaban a su fin. Al otro lado del hueco de la puerta pudo distinguir su perfil, inclinado sobre una prenda negra. Por los movimientos lentos con que manejaba la plancha, se veía que no le estresaba la espera de los clientes. Junto a la prenda, esperaba caliente otra plancha idéntica sobre la base de hierro que contenía el carbón. Al parecer, utilizaba dos planchas que alternaba para evitar dilaciones.

Zoilo iba a girarse hacia su amigo, que se había sentado obediente, cuando creyó oír al sastre. Se desplazó por el mostrador y vio a un chaval de su edad al otro lado de la mesa que cosía un chaleco de papel. No entendía los comentarios, pero por los gestos del regente parecía que estuvieran hablando de ellos.

Al ver el sastre que Zoilo se asomaba, elevó la voz.

—Perdonen la espera. Ya estoy terminando. El planchado es la culminación de mis obras y debo llevar enorme cuidado. Sepan ustedes que utilizo telas de la mejor calidad y que por ello mis confecciones no pueden ser baratas. Para que se hagan una idea, un traje completo les puede costar entre cuarenta y sesenta pesetas en función de la tela y del modelo que elijan, todos de gran novedad. Y si buscan ustedes prendas sueltas, les costaría entre ocho y diez pesetas un chaleco, entre quince y veinte un pantalón y de veinticinco a cuarenta una chaqueta. También confecciono levitas, gabanes, capas, abrigos y batas. Lo que necesite el caballero que busque lucir una prenda de calidad. Llevo cuarenta y dos años, dos de ellos en esta calle, vistiendo a los más distinguidos caballeros de Cartagena y de media España. Esta profesión requiere mucho esmero y no se aprende en dos días. Si no que se lo digan a mi discípulo, que lleva toneladas de papel cosido —don Remigio Redondo se detuvo, levantó la plancha y miró a Zoilo—. Si buscan algo más económico, les puedo aconsejar un costurero en la calle Santa Florentina que trabaja muy bien, pero con telas más modestas. Y esos trajes sí los pueden llevar con alpargatas.

Zoilo intentaba formular una respuesta cuando sonó la campanilla. Un señor orondo saludó entre jadeos y se dirigió directo a la silla que quedaba libre, al tiempo que voceaba el nombre del sastre. Parecía que viniera de picar piedra. Don Remigio Redondo soltó la plancha y salió a la carrera.

—Buenos días, don Serafín —saludó el sastre.

—De buenos nada —refunfuñó el cliente, que intentaba encajar el trasero entre los brazos de la silla—. ¡Mierda de sillas!

¡Con el dinero que te llevo pagado, ya podías haber comprado un par de sillones!

—Tengo dos encargados desde hace tres meses, pero no han llegado todavía.

—Para cuando lleguen, ya me habré muerto. Cada día estoy peor. Ahora dice el matasanos que tengo inflamadas las mucosas nasales. Tengo la nariz taponada de mocos, ataques de tos por las noches y no soy capaz de diferenciar entre el olor de un buen puchero y el de una mierda de perro. ¡Mierda de mocos y mierda de tos!

—Yo le veo estupendamente.

—¿Estupendamente? ¡Una mierda!

El orondo señor absorbió la mucosidad con un sonoro gorjeo y la tragó indignado, ante la mirada de su tocayo, que desde la otra silla no podía evitar contemplarlo colmado de asco. Serafín ya estaría en la calle en circunstancias menos trascendentes, pero se limitó a negar a su amigo con manifiesto hastío por la diferencia de trato que profesaba el de la cinta métrica. A Zoilo, que estaba más habituado a la arrogancia de los pudientes y a la hipocresía de los lacayos, solo le preocupaba la cuestión monetaria. No podía dar crédito a los precios. Él, que pensaba costear la expedición al completo con las dos monedas de 25 y resultaba ahora que apenas les llegaba para un traje. Un solo traje costaba el sueldo de un minero durante un mes, trabajando de lunes a sábado y de sol a sol.

—Entonces, ¿qué le falta al traje? —demandó don Serafín.

—La última prueba —respondió don Remigio Redondo.

—¿Otra prueba más?

El sastre asintió encogido.

—¡Mierda de pruebas! —resopló hacia el suelo, exhausto, inmóvil unos segundos. Cuando pareció revivir, se quitó el sombrero y se lo dio al corpulento—. ¡Toma, chaval! ¡Ponlo en el mostrador!

—Me llamo Serafín —masculló, obediente a pesar de la indignación.

El comentario no llegó al orondo, que tenía oídos solo para su modisto.

—¡Vamos allá!

Extendió una mano a don Remigio para que lo ayudara a levantarse, mientras con la otra trataba de desencajarse de la silla. A paso lento entraron en el cuarto trasero y de nuevo los dos amigos quedaron solos. A la espera de ser atendidos si no entraba ningún otro cliente de mejor linaje o apariencia. El corpulento se acercó al mostrador, donde Zoilo estaba apoyado, y le pidió salir de allí. No soportaba aquel lugar ni la condición de aquellos tipos.

—¿No te das cuenta de que no quiere hacernos los trajes? —reprendió Serafín mientras desde el cuarto trasero seguían llegando gruñidos de su tocayo—. Nos tiene aquí esperando hasta que nos cansemos. Será que nuestras alpargatas no tienen categoría suficiente.

Zoilo asintió en silencio y salieron al bullicio de la calle. Cabizbajo uno y visiblemente irritado el otro.

—Cuando tenga el mejor traje de Cartagena y no lleve alpargatas —gruñó Serafín con el dedo índice levantado—, entraré en esta sastrería para decirle a ese tipo que tal día como hoy perdió a dos buenos clientes por importarle solo la apariencia.

—Cuando llegue ese momento posiblemente seamos como ellos. No conozco a ningún patrono que juegue al dominó con mineros o agricultores.

—En mi caso te puedo asegurar que seguiré jugando al dominó con mi gente, seguiré platicando con los vecinos de siempre y me seguirá gustando el campo, sobre todo cuando ya no lo trabaje. Por muy rico que llegue a ser, nunca me avergonzarán unas alpargatas ni me molestará el olor a gallinaza, porque llevo campo en la sangre.

Sorprendido Zoilo por la improvisada coletilla de su amigo, le echó el brazo por el hombro y juntos desanduvieron la calle Mayor en busca del sastre de Santa Florentina, al ritmo de la muchedumbre. Era el color, la algarabía en estado puro. El embrujo entre la ventura del pueblo y decenas de viandantes y ociosos.

De camino pasaron frente a una tienda de zapatos de caballero, dispuestos a diferentes alturas en una cordillera de cueros perfectamente lustrosos. Entrarían allí cuando tuvieran el traje.

Tras recorrer la calle Santa Florentina de extremo a extremo, no encontraron escaparate alguno ni toldo que lo anunciara. Resultó estar en la primera planta de uno de los pocos edificios intactos. Un lugareño les señaló el diminuto cartel que colgaba de uno de los balcones.

El tramo de escaleras los condujo a la puerta abierta de una habitación pequeña de paredes desconchadas, donde un par de clientes charlaban animosos sentados en un viejo banco de iglesia. Viejo pese al brillo de infinitas capas de barniz y de iglesia porque aún llevaba detrás el reclinatorio. No había sillas, armarios ni mostradores. Tampoco tipos orondos que regruñeran, quizá por no poder subir las escaleras o por no haber quien acudiera sumiso a su encuentro. Según explicaron los que esperaban en la sala, el sastre estaba ocupado, atendiendo a otros clientes en la habitación anexa. Se deslizaron hacia un extremo del banco para dejar sitio a los nuevos y pronto entablaron conversación relativa a parentescos y procedencias. A los pocos minutos apareció el sastre acompañado de un niño y su madre.

—Como mañana ya es viernes —decía el sastre a la madre—, lo tendré hilvanado el lunes y listo para probar el martes o miércoles. Para más seguridad, vengan el miércoles.

Despidió a la señora, enlutada de pies a cabeza, y saludó a los dos amigos con un apretón de manos y un bienvenidos. Explicaron ellos el motivo de la visita y el sastre les pidió que esperaran un rato, mientras probaba y entregaba los trajes a los que habían llegado antes. Contento del cambio de sastre, Serafín miró sonriente a su amigo, que no estaría convencido hasta no ver el acabado de las prendas. Pensó que una buena oportunidad serían los trajes que estaba por entregar.

—¿Podemos ver la prueba? —preguntó Zoilo—. Así nos hacemos una idea del tipo de traje que queremos.

—Si a los señores no les importa... —dijo el sastre mirando a los dos clientes, que ya se habían levantado del banco.

—¡Por supuesto que no nos importa!

Autorizado el sastre, se giró hacia los dos amigos.

—Por favor, esperen aquí sentados y en cuanto tengan los señores los trajes puestos, les aviso.

Zoilo volvió al banco mientras Serafín le sonreía encantado del trato, indiferente a la pericia que tuviera el sastre o al estado lamentable del sitio. Tras ser avisados, entraron en una sala bastante más grande, revestida de armarios y estanterías con tejidos de todo tipo. Lo de amontonar telas parecía un defecto de profesión. Dos ventanales al fondo inundaban la estancia de luz. En el centro, un gran tablero sobre dos caballetes hacía las veces de mesa de trabajo. Completaban la estampa un taburete, un par de sillas y un suelo de vieja losa, cubierto de recortes de telas y fragmentos de hilos.

Junto al tablero, los dos clientes lucían orgullosos sus trajes perfectamente planchados y adaptados a su delgadez. Vestimentas semejantes en apariencia a las que don Remigio Redondo exhibía en su escaparate. Quizá los hilos y las telas no fueran de la misma calidad, cuestión al alcance solo de expertos en la materia.

Convencido Zoilo, se decidió por un traje cruzado. Serafín por uno recto. Negros ambos. Doce pesetas cada uno, incluyendo chalecos, cinturones, camisas y corbatas. Tras comentar modelos y precios, procedió el sastre a tomar medidas. Primero al corpulento, que no podía evitar sonreír cada vez que el maestro le extendía la cinta métrica elogiando su físico. Pecho, cuello, espalda. Largo, cadera, manga, puño. A golpe de carboncillo apuntaba las cifras sobre el tablero, para ir en busca de la siguiente medida. Con gracia y galantería. Encanto de perro viejo. A continuación, Zoilo, más serio y reservado, se limitaba a adoptar la postura que le pedía el sastre.

En una semana tendrían los atuendos preparados para la primera prueba y terminados para la siguiente. Bastante más tiempo del que habrían deseado los aspirantes a patronos.

Según lo previsto, ya solo les quedaba ir a las oficinas del periódico de la calle Mayor, aunque de mutuo acuerdo consideraron oportuno esperar, no fueran a ser tratados con el mismo desaire que don Remigio Redondo. Habían aprendido aquella mañana la importancia de una buena apariencia, así que volvieron a por el carro y salieron por la puerta de Madrid para que la bestia bebiera en el pilón y ellos almorzaran los higos con pan que llevaban en la talega, antes de iniciar el camino de vuelta a La Unión.

# 19

*Veracruz, México*
*Viernes, 10 de junio de 1898*

Dos días estuvo alojado don Atilano Orona en la hospedería, para desconsuelo de Benita, que le habría prolongado la estancia por tiempo indefinido y a coste cero. A partir de entonces, residió en la humilde vivienda del párroco de Veracruz, aunque seguíamos viéndolo casi a diario, ya que acostumbraba pasearse por el puerto a primera hora de la mañana, antes de que los comerciantes desplegaran sus mercancías. Adoraba los amaneceres sobre el agua y, al parecer, encontraba energético el aire colmado de humedad y salitre. Enamorado del mar, solía charlar con los pescadores mientras desembarcaban el cargamento y no era raro el día que obsequiaba a mi amiga con un hermoso ejemplar, que traía con el brazo extendido para no manchar sus túnicas. Afortunadamente para mí, se me estaba diluyendo la aversión al pescado y comenzaba a tolerarlo. Quizá tuvo algo que ver el influjo de don Atilano. Su prosa se había vuelto menos solemne y el loro había dejado de gritarle. En ocasiones, cuando le regalaban gran cantidad de capturas, aceptaba nuestra invitación y comía con nosotras. Dábamos gracias a Dios, rogábamos por las almas de los que se la jugaban en la mar y no dejábamos ni las raspas. Añoro esos momentos.

Una de aquellas mañanas lluviosas de junio, Benita y yo reposábamos en la trastienda, ensimismadas en nuestras conversaciones intrascendentes, cuando sonó la voz de don Atilano en la recepción.

—Buenos días nos dé Dios. ¿Están ustedes por ahí?

La piel de mi amiga se erizó, como siempre.

—¡Adelante, señor Atilano! Pase usted a la recámara.

Se movió la cortina y apareció un pescado enorme seguido del sacerdote y su paraguas.

—Vengo muy bien acompañado y no me refiero al animalito —sonrió—. Con el permiso de ustedes, les voy a presentar a don Gonzalo Tornero. Español como usted —me dijo, apartando la cortina para que entrara el susodicho—. Y no solo español, sino también murciano.

Un tipo alto, de piel tostada, grandes lunares repartidos por la cara y pelo negro brillante peinado hacia atrás que le daba cierto aire seductor. Para mi gusto, porque a Benita le pareció guapísimo. Ya no sé si seguía erizada por la presencia del cura o del acompañante. De buena apariencia los dos, don Atilano desmejoraba una pizca junto al nuevo: más alto y de rasgos más proporcionados.

Me levanté para saludar a mi paisano, que ignoró mi mano para abrazarme cual dos hermanos que no se ven en años. Y lo agradecí. Aquel abrazo me reconfortó el alma. Es verdad que cuando ves a un paisano a tantos kilómetros sientes una complicidad especial, aunque no lo conozcas. Don Atilano observó nuestro abrazo con su habitual sonrisa y Benita, con un par de lágrimas.

—Me ha contado el reverendo —me dijo Gonzalo Tornero— que es usted de Cartagena.

Asentí risueña.

—Yo soy de Lorca. El menor de tres hermanos dedicados todos a la agricultura, como la mayoría de nuestros convecinos. Pero mire usted, a mí no me iba lo de la azada y decidí dedicarme al maravilloso y difícil mundo del teatro, muy a pesar de mi familia, dicho sea de paso. He actuado en el Teatro Guerra de Lorca, en el Principal de Cartagena, en el Romea de Murcia, en el Novedades de Madrid y en muchos otros. —Hizo una pausa para suspirar—. Gracias a esta profesión he conocido muchos rincones de España, pero sobre todo he conocido a mi amor. Y por amor llegué hasta aquí.

—¿Y cómo se llama la agraciada? —pregunté.

—Agraciado —me corrigió—. Evaristo Luis.

Nunca lo habría imaginado, acostumbrada a las gesticulaciones de mi amigo Enrique Nier, de la fonda Burdeos. De reojo pude ver la cara de Benita: una mezcla entre sorpresa y decepción. Don Atilano también se percató.

—Todos somos hijos de Dios —oí al cura que le susurraba.

El recién llegado continuó con anécdotas de su profesión que yo desatendí impresionada por el comentario de don Atilano. Confirmaba mi impresión de que esas túnicas que él detestaba engalanaban a un tipo con una mentalidad mucho más evolucionada que la institución a la que representaba y que una sociedad en la que ser afeminado era sinónimo de desarreglo mental y grave falta contra la moral, hasta el punto de que años más tarde volvería a ser considerado delito en el código penal español. En México, como en otros muchos países, era considerado por los juristas como ataque a la moral y a las buenas costumbres.

Entendía ahora que hubieran cesado a don Atilano como párroco titular por desavenencias con sus superiores, tal vez por defender los derechos de personas como Gonzalo Tornero, cuestión esta que me tenía especialmente sensibilizada. Y es que presencié en más de una ocasión cómo mi amigo Enrique Nier era objeto de burla y rechazo, e incluso vi clientes que al entrar en la fonda y percibir su talante afeminado abandonaban el lugar como si mi amigo fuera un leproso y su local, un lazareto.

Como mujer que soy, podía atender en paralelo los comentarios de mi paisano —centrado en sus peripecias teatrales— y la conversación entre don Atilano y Benita, más interesante ahora que convenían los posibles usos del pescado. Al parecer, el sacerdote conocía el oficio de la cocina y aconsejaba frotar los lomos pelados del animal con limón, sal y pimienta, para servir acompañado de una salsa elaborada con cebollas, pimientos, tomates y un sinfín de ingredientes más. Ambas conversaciones se solaparon apenas un par de minutos, ya que al prelado y a su huésped les apremiaba un asunto que llevaban entre manos, relacionado con una función de teatro entre voluntarios feligreses. Se despidieron con un Dios las guarde y desaparecieron tras la cortina.

—Qué guapo don Gonzalo —soltó Benita desde el fogón, tras unos segundos prudenciales de espera—. Lástima que le haga agua la canoa.

No pude contener la carcajada al oír de nuevo aquella frase.

—Otro bato que me sale rana —suspiró—. Por cierto, hablando de batos, ¿no ha vuelto a saber nada del que vino con usted?

—Se supone que embarcó —contesté— y que ahora está cruzando el Atlántico.

—Ha dicho usted muy bien: se supone. Esperemos que ese bastardo cumpliera su palabra, porque no parecía trigo limpio. ¿No notó nada extraño cuando estuvo con él en el barco?

—No estuve con él —aclaré, molesta—. Únicamente me escoltaba para asegurarse de que yo no hablaba con nadie hasta llegar a puerto.

Al ver el gesto torcido de Benita recordé que no le había contado lo del cargamento para Cuba. Como necesitaba seguir aliviando mi ansiedad, me serví un vaso de agua y procedí a completar esa parte del relato, sin arrugarme, como habría dicho Benita, incluyendo el lance del papel doblado que Alfonso dio al niño que nos había seguido desde el puerto hasta el hostal.

Mi amiga escuchaba en silencio al tiempo que troceaba los lomos del pescado. De vez en cuando se detenía, me miraba y repetía mis frases para confirmar lo entendido, sin hacer valoraciones, como si viera normal transportar armas y munición en un barco de pasajeros. ¡Qué mentalidades tan diferentes! Yo habría hecho mil preguntas.

Terminado el relato, me quedé observando desde la silla sus idas y venidas con innumerables ingredientes que se resolvían en la olla del pescado. Mi mente comenzaba a adormecerse.

—¿Necesitas que te ayude? —pregunté con la esperanza de que rehusara mi ofrecimiento.

—No, gracias. No más me queda trocear el pimiento.

—Pues voy a echarme un rato, a ver si se me pasa el dolor de cabeza —mentí.

—Hace bien, señora. Que descanse.

Subí a mi dormitorio y me desprendí de los zapatos, del vestido y del molesto corsé. Dejé la ropa extendida sobre la mesa y me dispuse a desplegar las cortinas. Al acercarme al cristal vi a Benita con su delantal, deslizándose entre el gentío. Sin pensarlo dos veces me calcé el vestido, los zapatos —para el corsé no tenía tiempo— y bajé rauda las escaleras mientras con la mano me arreglaba las horquillas del pelo. Salté a la calle desaliñada como nunca y bajo mi paraguas aceleré el paso intentando avistar a Benita entre el tumulto de cabezas.

Imposible localizarla ni entrever la dirección que podría haber tomado. Avancé varias fachadas y cabizbaja me dispuse a volver sobre mis pasos.

—¿Busca a la chava de la pensión?

Era el niño de sombrero canotier y camisa blanca. Asentí, extrañada.

—¡Sígame!

Sin más explicaciones se sumergió impetuoso en las calles del pueblo, sin titubeos. Intentaba seguirlo alargando el paso lo que me permitía la falda, pero la distancia que nos separaba se incrementaba irremediablemente. Giro a la derecha, a la izquierda después, dos cruces y de nuevo más giros y más distancia entre su andar rápido y mi resuello. A punto estuve de perderle de vista cuando vi que se paraba en una esquina, bajo la fina lluvia.

Mientras yo llegaba acompañada del tintineo de las monedas escondidas bajo la falda, el chico del canotier miraba a ambos lados de la calle con aparente parsimonia, como si no me estuviera esperando. Como si su presencia nada tuviera que ver con la mía. Cuando me tuvo a un par de metros, hizo un leve gesto con la mano para que me asomara y retomó el camino de vuelta.

—¡Espera! —le dije, exhausta, al tiempo que me asomaba.

En ese momento vi que mi amiga charlaba con una señora, frente a una vivienda con la puerta entornada. Me giré hacia él.

—¿Con quién está hablando?

—Con la mujer del comisario.

—¿Cómo has sabido que vendría hasta aquí?

—Pura intuición.

—No me lo creo. ¿Qué sabes de ella?

Bajó la cabeza y negó, en silencio. Sobre el ala de su sombrero se deslizaba el agua de lluvia para caer frente a él en forma de hilos. Saqué las monedas que me habían estado bailando y se las di.

—¿Qué sabes de ella? —volví a preguntar.

—Muchas gracias.

Las guardó en el bolsillo del pantalón y se giró en dirección al puerto. No seguí insistiendo por no soliviantar a quien me había ayudado ya en dos ocasiones y porque entendí que, para sobrevivir en la calle, chicos como él debían ser prudentes, sobre todo con gachupinas desconocidas como yo.

Mi vuelta a la hospedería rebosó hedor a derrota y de nuevo mi mente me punzaba con preguntas sin respuesta. Ajena al bullicio y temerosa de elevar la cabeza porque en momentos como ese creía ver a Zoilo a cada paso y en cada rostro. Mi chico tímido de rictus marchito. Hacía solo un mes que disfrutábamos de los mayores lujos y comodidades en nuestra casa de Portmán y ahora deambulaba por una tierra que no era la mía. Pero no eran los lujos lo que anhelaba, sino todo aquello que nunca cambiaría por dinero: un abrazo, un beso, una caricia... Mi único deseo no era otro que abrazarlo una vez más y decirle al oído todas las frases que le debía. Aunque solo dispusiera de cinco minutos y tras estos me absorbiera un abismo para siempre.

Y pensar que de no haber llegado a tales extremos no habría vuelto a ver más allá de su semblante marchito. A veces la vida te lleva al borde del precipicio para que valores la tierra que te sostiene. Y como los problemas nunca vienen solos, estaba llegando a la hospedería cuando oí al chico del canotier gritando que vendía camotes recién horneados. ¡Otra vez!

Lo que le faltaba a mi sufrida madeja de nervios. Aceleré el paso gradualmente como si tras de mí el suelo se desmoronara, entré en el edificio, cerré la puerta a mi espalda y subí las escaleras a la carrera. Se suponía que solo Benita conocía el número de mi habitación, pero saber que ella no estaba me generaba mayor desazón: eché el cerrojo, trabé la manilla con el respaldo de una silla y me mantuve en silencio a la espera de que no pasara nada.

Como al parecer el individuo no había entrado en la hospedería, me acerqué sigilosa a la ventana para asomarme tras la cortina. Imposible localizarlo entre la algarabía de tratantes, parroquianos y mendicantes, a lo que contribuía el hecho de haber destapado apenas un hilo del cristal. Me quité la falda empapada y me senté en la cama a esperar inmóvil.

En apenas diez minutos oí a Benita moviendo cacharros. Dudaba entre preguntarle o esperar a que en algún momento llegaran sus explicaciones. Pero necesitaba seguir confiando en ella. Y lo necesitaba ya: me armé de valor y busqué otra falda para bajar, temerosa de perder la confianza en el único pilar que me sostenía.

—¿Ha descansado un poquitito? —preguntó sin apartar la mirada del guiso.

Negué tras un segundo de indecisión.

—He oído que salías a la calle —solté a modo de pregunta.

—Sí. Por cierto, he visto acá enfrentito a Gonzalo, su paisano. Pero creo que él no me ha visto.

Entonces no le di importancia por considerar normal que forasteros como yo despacháramos el tiempo sobrante paseando por el puerto. Necesitaba saber si Benita me confesaría la visita a la vivienda del comisario, aunque no me dijera el motivo.

—¿Adónde has ido? —insistí.

—A comprar cebollas para el guiso.

Mi pilar se derrumbó.

—¿A comprar cebollas? ¿Estás segura?

Se le congeló el gesto y se giró hacia mí. Sorprendida, sacó el cucharón de la olla para aproximarse a mis ojos llorosos.

—No, señora. Tiene usted razón. No he comprado cebollas. Estarían por algún lado, a la vista, ¿verdad? Es usted muy hábil y mi mejor amiga, y por eso yo también necesito contarle algo. Por favor, siéntese.

Nos sentamos, tragó saliva y procedió.

—A ver cómo se lo explico para que no me presuponga mal. No sé si recuerda que el domingo mientras desayunábamos le conté que por mi chamba recibo no más que comida, catre y algunas propinas que no me llegan ni para tomar un refresco en el Café de la Parroquia. —Esperó mi aprobación y continuó—. Si pudiera buscaría una segunda chamba, pero la faena acá me ocupa todo el día. Me estoy dejando la vida por un plato de comida y un catre. Bien, pues... usted entenderá que necesito lana para comprar tela, zapatos, medicinas... y de eso quiero hablarle. Resulta que hace unos meses se alojó un señor que, según me comentó, iba a ser el nuevo comisario. Estuvo alojado acá para estar cerca de la comisaría, durante cinco semanas, hasta que el destronado le cedió su plaza y su catre. En ese tiempo platicamos bastante, cada vez que ambos teníamos un ratito para descansar. Él, con su cigarro, apoyado sobre el marco de la puerta, y yo sentada en el recibidor. Y sabe usted que siempre ando muy liada, pero buscaba huecos porque me encantaba escuchar sus vivencias, algunas imposibles de imaginar. Sabía mucho de la vida el colmilludo. En una de aquellas pláticas le dije que acá una se entera de todo. Quién llega y quién se va. Viajeros, chambeadores, militares... Y me propuso que yo fuera sus ojos en el puerto. Solo tenía que cotorrearle lo que me resultara chueco, sobre todo lo tocante a policías, militares, religiosos o políticos. Hacer de chiva a cambio de propinas. Y acepté, sobre todo por la lana, pero también porque asuntos como este hacen a una sentirse viva. ¿Me entiende usted?

Asentí con la cabeza con la intención de que prosiguiera.

—El hecho de entrar en la comisaría para platicar con el jefe me daba más brío que un litro de pulque, aunque últimamente prefiero hablar con su señora, porque es bastante grosero y lana me da bien poca. Desde entonces no es que haya cambiado mi vida. Sigo haciendo lo mismo, solo que le informo de lo raro.

—Y en este caso has ido a contarle lo del cargamento de armas y munición que llevábamos en el barco.

Benita asintió.

—¡Pero no le he dicho quién me lo había contado!

—Ahora entiendo por qué enmudeció aquel policía cuando te vio en mi habitación del hotel Universal. Supongo que el hecho de que hables directamente con su jefe les causa respeto. Suponía que algo tenías que ver con alguno de ellos, pero nunca habría sospechado lo que me acabas de contar. En cualquier caso, quiero que sepas que te comprendo y agradezco que hayas sido sincera conmigo. —Noté que se me quebraba la voz y opté por desviar el tema—. Por cierto, en lo referente a Cuba, ¿de qué parte están los policías?

—¡Ay, señora! ¡No lo sé! ¡Yo no entiendo de política! Ni

siquiera sé qué hay de verdad y de mentira en eso que cuentan. Hay que ser prudente con lo que una oye. Decía mi papá que las mentiras corren más y llegan antes.

Aclarado el lance, Benita se empleó en su olla del pescado y yo, en preparar la mesa. Durante la comida me contó anécdotas vividas en la comisaría de Policía y me admitió que mientras yo dormía la siesta del lunes, ella había ido a cotorrear al jefe la llegada a Veracruz de don Atilano Orona como ayudante del párroco para no menos de dos o tres años. A partir de ahora y para evitar mi desconfianza, me consultaría antes de ir a la casa del comisario. Incluso me propuso que le acompañara, ofrecimiento que rechacé *ipso facto*.

Como casi todas las tardes, di mi reparador paseo por el puerto tras la siesta. Reconfortante a pesar de que la mente me traicionaba con mostrarme a Zoilo en cada rostro lejano. Respondía a los espejismos siempre de la misma manera: con incremento de palpitaciones y de la frecuencia respiratoria, hasta el punto de sentir mareos y debilidad en las piernas. Falsas alarmas que resistía estoica. No habría suelo que me viera caer.

Bordeaba el cantil, ensimismada en los brillos del agua, cuando noté que alguien me tiraba de la blusa. Era el niño del sombrero canotier que venía a darme datos del pinche que a mediodía me había seguido hasta el hotel: un tipo alto, de pelo negro brillante peinado hacia atrás y grandes lunares en la cara. Parecía que estuviera describiendo a mi paisano Gonzalo Tornero. Agradecida, le di unas monedas y se esfumó. Desde mi desembarco, había aprendido la conveniencia de llevar monedas encima y que los forasteros nunca pasamos desapercibidos, aunque creamos estar diluidos entre la multitud.

# 20

*Cartagena, España*
*Viernes, 4 de julio de 1879*

Dos semanas después de encargar los trajes en la sastrería de la calle Santa Florentina, Zoilo y Serafín ponían en marcha el plan acordado. A media mañana del primer viernes de julio alojaron a Juanjo, el supuesto heredero, en una fonda de Cartagena con la finalidad de mantenerlo apartado de la más que previsible indiscreción vecinal. Se encaminaron al centro para comprar zapatos de cuero y sombreros de fieltro, se vistieron en la sastrería y engalanados fueron a la oficina del periódico, en el número veinticuatro de la calle Mayor.

El redactor que los atendió no mostró recelo ni pidió documento alguno que justificara la información relativa a la herencia. Quizá por avidez de noticias o por haber quedado encandilado ante el empaque de los dos amigos. Se limitó a tomar nota y agradecido les explicó que debía esperar el visto bueno de su jefe, quien además decidía el día de la publicación; si bien les vaticinó que un artículo como ese tenía una alta probabilidad de que viera la luz al día siguiente. Solventado con éxito el capítulo periodístico, volvieron a la sastrería para guardar allí los trajes hasta el lunes y regresaron a La Unión.

Atinó el redactor del periódico: la noticia salió publicada el sábado, en la sección de «Crónica local». Fue el acontecimiento del año para los vecinos de La Unión: por fin le sonreía la diosa Fortuna a uno de los suyos. Buscaron a Juanjo en las tabernas, en su casa. Nadie consiguió localizarlo. Unos habían oído que estaba celebrándolo en un lujoso balneario de la Costa Brava, otros que se había afincado en la hacienda heredada y algunos incluso lo habían visto partir de Portmán en un enorme velero.

Por fin llegó el día de la expedición a la capital. Lunes 7 de julio. Soleado y caluroso.

Cerca del mediodía, los dos amigos fueron a la fonda para visitar al heredero y aleccionarlo sobre la conveniencia de permanecer enclaustrado hasta que volvieran de Madrid, ya que supuestamente viajaban los tres. Para que no necesitara salir en los dos o tres días de espera, le llevaron provisiones suficientes de pan, vino, higos, almendras y tocino. Y para matar las horas de vigilia le obsequiaron con una vieja baraja de cartas, ilustraciones obscenas de almanaques antiguos y una peonza. Le habrían llevado algún libro si hubiera sabido leer, tampoco le compraron ningún juego de mesa porque no les había quedado ni una sola peseta. De las dos monedas de veinticinco, habían gastado treinta y tres pesetas en la vestimenta —zapatos y sombreros incluidos—, catorce en los billetes de tren y tres en la manutención de Juanjo. Para el viaje de esa tarde solo les quedaban unos céntimos y la esperanza de poder canjear por monedas dos de los lingotes de plata: el pequeño de treinta onzas y uno de trescientas.

Los tres amigos comieron en la habitación de la fonda, en torno a una pequeña mesa atestada de manjares, compartieron la única navaja disponible y bebieron a morro de la garrafa de vino. Saciada el hambre, Juanjo se echó sobre la cama con los ojos enrojecidos de sueño y moña, sin apenas brío para despedirse de Zoilo y Serafín, que debían vestirse en la sastrería antes de dirigirse a la estación de ferrocarril bajo un sol abrasador.

El convoy partió con apenas diez minutos de retraso. Directos a Madrid. El vagón en el que viajaban era de madera forrada por el exterior con chapa metálica pintada de verde, con una garita posterior para el freno de husillo y cinco puertas para acceso desde el andén a los respectivos compartimentos. No existía pasillo interior ni puertas que los comunicaran. Cada compartimento tenía alumbrado de aceite y dos bancos de madera sin tapizar por ser de tercera clase. En aquel vagón se apretujaban un total de cincuenta pasajeros: cinco por banco, diez por compartimento.

Zoilo con traje cruzado y Serafín con traje recto. Engalanados con la esperanza de convencer al banquero sobre sus supuestos quehaceres empresariales y poder despachar los lingotes sin levantar sospecha alguna. Zapatos de cuero brillante, sombreros de fieltro y un par de talegas en que guardaban la plata y algo de comida por si la suerte no les sonreía. A su lado, tres señoras enlutadas con pañuelo a la cabeza. En el banco de enfrente un niño y dos matrimonios de campesinos con botas de vino, cestos repletos de embutidos y maletas atadas con sogas de esparto. Charlaban incansables de meteorología, procedencias y antepasados.

A Serafín se le percibía encantado de viajar en tren y compartir el tabaco de los paisanos varones. Zoilo, alerta de que nadie manchara su indumentaria. Pegado a la ventana, con la mirada perdida en los sembrados y cavilando que mejor habría sido llevar los trajes en una maleta o haber ido en carro a Alicante para poder parar a placer y dormir al fresco. Además de haberse ahorrado las catorce pesetas de los billetes de tren.

En aquel cubículo de nulos ornamentos y olor a humo de tabaco de infinitas horas de traqueteo, apenas podían estirar las piernas sin molestar al de enfrente, y las ventanas entreabiertas no conseguían aliviar el calor asfixiante de las horas centrales del día.

Con la corbata aflojada y la chaqueta sobre el regazo, Zoilo solo podía levantarse durante los minutos en que el tren permanecía parado en cada estación. Algunas paradas se limitaban al intercambio de sacas del servicio de Correos, cuyas estaciones no eran más que un suelo de tablas a modo de apeadero, una caseta de aseos y un pequeño edificio de viajeros junto al camino de tierra, en mitad de la nada. Paseo por las tablas y vuelta a las sonrisas amables de los campesinos y las enlutadas, envueltos todos en un velo de humo. Ajenos a la diferente clase social que se les presumía.

El corpulento no solía bajar. Prefería conversar con sus paisanos y compartir manjares, excepto cuando la parada se prolongaba para repostar carbón o llenar de agua el depósito de la caldera; espera que aprovechaban todos para estirar las piernas, sin alejarse en exceso de sus respectivos vagones por miedo a los rateros que solían frecuentar los andenes. En esos momentos de esparcimiento se mezclaban con naturalidad las vestimentas de las diferentes clases sociales, rodeados por igual de vendedores ambulantes y mendigos, así como de gallinas, gatos y perros que acudían a comer las sobras de los viajeros.

De improviso, sonaba el silbato del jefe de la estación y su grito repetido de «pasajeros al tren». Con henchida dedicación y rectitud. Maquinista, fogonero, guardagujas. A todos los empleados del ferrocarril se les percibía orgullosos de tan regios trabajos. Cuando todos los pasajeros habían subido, el jefe de la estación ondeaba el banderín autorizando la salida de la locomotora, que comenzaba a descargar nubes de vapor y a empujar las bielas acopladas a las pesadas ruedas de hierro. Zoilo, a la brisa de su ventana, ajeno a las conversaciones intrascendentes del resto. Relajado, pese a las incomodidades y apreturas, por no tener que batallar. Por no tener que cavilar, contentar ni decidir. Solo si deseaba bajar en cada parada y si aceptaba la comida que con asiduidad le ofrecían los de enfrente. Plácido. Dejando discurrir a los que charlaban, a los que callaban y a los que corrían por los caminos de tierra saludando al tren.

Atento a cuanto pasaba frente a la ventanilla, observó que, en las estaciones sin parada, el tren siempre pitaba al llegar a la altura del jefe de la estación, que sobre el andén daba paso libre con el banderín en alto. Tieso como un palo a pesar de la polvareda. También pitaba al aproximarse a las estaciones, en los pasos a nivel y en las zonas con visibilidad reducida. Acostumbrado al terreno escarpado y removido de su pueblo, le llamaban la atención las descomunales llanuras de barbechos labrados y de espigas erguidas al cielo. Tapices dorados bajo un cielo limpio de nubes.

—Es época de siega —dijo en voz alta uno de los campesinos al ver que Zoilo fijaba su atención en una cuadrilla de segadores—. En La Mancha hay nueve meses de invierno y tres de infierno.

—¿Qué están segando? —preguntó Zoilo.

El señor se levantó y se acercó a la ventana.

—Desde aquí no lo distingo, pero supongo que será cebada, porque es lo que primero se siega. El trigo, el centeno y la avena van después. ¿Ve ese segador que se ha puesto derecho? ¿Ve usted que lleva una antipara de material para no gastarse los pantalones? Y en la mano una zoqueta para no cortarse los dedos con la hoz. Se trabaja muy duro, encorvado de sol a sol. Por suerte, usted no lo sabe, ni falta que le hace. Hay una coplilla que dice: «Ya se está poniendo el sol. Ya se debiera haber puesto, que para el jornal que ganamos no es menester tanto tiempo». Algunos segadores vienen de la tierra de ustedes, del campo de Cartagena. Allí siegan en abril y cuando terminan se vienen para segar aquí durante junio y julio. El problema que estamos teniendo últimamente es que llueve muy poco: la tierra está muy seca y apenas hay cosecha. Llevamos unos seis o siete años muy malos. Que yo recuerde, nunca habíamos tenido una sequía tan larga.

El campesino volvió a sus conversaciones con los demás y Zoilo, a escabullir su mente por donde ondeaban los sembrados. Pese a disfrutar de aquella sensación de calma íntima, seguía prefiriendo la opción del carro a Alicante. O quizá daría otra oportunidad al ferrocarril cuando tuviera dinero. Estaba convencido de que resultaría muy diferente viajar en primera clase.

Tanto Zoilo como Serafín habían explicado a sus familias que el propósito del viaje no era otro que acompañar a su amigo Juanjo para los trámites de la herencia. Y como la noticia se había publicado en el periódico, incluso la madre de Zoilo había creído a pie juntillas el relato, si bien había mostrado cierta desazón ante el peligro de que el tren descarrilara o que su elevada velocidad les trastornara el cuerpo o el entendimiento.

—Ya sabes lo que dicen los médicos acerca del ferrocarril —había dicho su madre, muy preocupada.

—No puede ser cierto, madre. Lo dirán los médicos que no han salido del pueblo, porque todos los patronos que conozco han viajado en tren más de una vez, algunos han recorrido media España, y todos están perfectamente de salud.

Aunque la madre de Zoilo no quedara del todo convencida, solía hacer buenas las explicaciones del mayor de sus hijos, por considerarlo el más culto y avispado de la familia. Admiraba el tesón de su primogénito que, a pesar de bregar en la mina desde los ocho años, había sacado tiempo para aprender a leer y sumar, y era ahora el preferido de capataces y patronos.

Si bien los dos amigos tenían el visto bueno de sus respectivas familias, debían evitar que llegaran a sus oídos las idas y venidas con trajes, sombreros y corbatas; para no tener que dar explicaciones por haber conseguido trajes confeccionados a los pocos días de la noticia de la herencia. Por ello, el lunes de la expedición, Zoilo y Serafín habían salido del pueblo con la indumentaria de todos los días, para vestirse en las dependencias del sastre justo antes de tomar el tren.

Tras cuarenta y tres estaciones, diecisiete horas de viaje —una más de la prevista— y más de quinientos kilómetros, entraron por fin en la capital. Los pitidos discontinuos de la locomotora, entremezclados con los soplidos de vapor en paulatina desaceleración, anunciaban la llegada a la estación de Madrid.

Los vagones se llenaron del bullicio de los que recogían los bártulos y recomponían sus vestimentas, deseosos de salir de aquellas chiqueras incómodas. Todos menos Zoilo, que permanecía asomado hacia donde el convoy humeaba, ya en el interior de una de las naves de frontón triangular y arcos de medio punto, similares a los vanos de la puerta de San José.

Finalmente, el ruido chirriante de los frenos se sumó al concierto de pitidos y soplidos hasta que el convoy se detuvo por completo.

Cuando bajaron al andén, el reloj de la estación marcaba las 10:35 de la mañana del martes 8 de julio. Los dos amigos no parecían afectados por las interminables horas de traqueteos y esperas. Quizá porque habían podido dormir durante gran parte de la noche, a pesar de la incomodidad de estar erguidos sobre un banco de madera. Zoilo, con la cabeza apoyada contra la pared, junto a la ventanilla, y Serafín, sobre el hombro de su amigo.

Mientras Serafín se despedía de todos los compañeros de viaje, Zoilo seguía a lo suyo, de pie junto al vagón. Ensimismado en las escenas de júbilo que se sucedían alrededor. Ancianos, padres, niños abrazándose a familiares y amigos. La estación era un torbellino de personas de toda condición social. Desde señores con monóculos y chisteras hasta campesinos con alpargatas. Algunas señoras lucían muy elegantes, con parasol y vestidos pomposos adornados con hermosos lazos y encajes. No faltaban ociosos ni mendigantes bajo un andén más propio de estos que de aquellas. Largo, estrecho y descuidado. Sin asientos donde pudieran reposar los que esperaban ni techo cubierto que cobijara a los transeúntes en caso de lluvia.

—Hace unos años, este embarcadero sufrió un incendio —dijo uno de los campesinos compañero de viaje, que se había acercado a Zoilo al ver que observaba los travesaños horizontales del techo— y no está reparado del todo. Según dicen, van a hacer un embarcadero nuevo, pero la competencia se les ha adelantado. Están construyendo otro en Delicias, a pocos metros de aquí.

Serafín se acercó para hablar a su amigo.

—Este buen hombre y su mujer se han ofrecido a acompañarnos al Banco de España.

—No se molesten —rehusó Zoilo.

—No es molestia, al contrario, estamos encantados de acompañarlos. Además, nos pilla de camino —matizó el campesino, del que colgaban dos maletas y del cuello, una bota de vino—. A pie no se tarda ni veinte minutos en llegar a la plazuela de la Aduana Vieja, aunque quizá prefieran un carruaje, porque el primer tramo es de tierra y se pueden ensuciar esos zapatos tan lustrosos.

—Después de tantas horas sentados, preferimos andar —le atajó Zoilo como velo a su precaria situación económica.

—Vayamos pues.

Los tres varones marcharon hacia el exterior, seguidos de la mujer del campesino, con cesto repleto de embutidos y pañuelo negro a la cabeza. Desde la puerta del recinto, el paisano les señaló el comentado embarcadero de Delicias, hacia el sur, donde varios grupos de operarios trabajaban encaramados a una estructura metálica gigante con techo a dos aguas. Al parecer tendría capacidad para cinco locomotoras. A ambos lados del edificio principal estaban levantando dos hileras de columnas de menor tamaño para las terminales de pasajeros.

—Lo van a inaugurar el año que viene, o eso pretenden —le comentó el campesino.

Sin tiempo para la contemplación por los bultos que cargaban, tomaron rumbo norte. Paseo del Prado. Hacia el centro de la ciudad.

Efectivamente el camino era un llano de árboles enfilados sobre una alfombra de tierra. Los de chistera y parasol transitaban en carruajes por la zona de boñigos. Los de alpargata y pañuelo, bajo las sombras de los árboles.

—¡Miren qué hermosura! —comentó el campesino al pasar junto a un recinto atestado de plantas y árboles exóticos—. Es el jardín *Bocánico*. Algunos de estos árboles tienen más de cien años.

—¡Espectacular! ¡Nunca había visto nada igual! —exclamó Serafín—. ¿Ve usted cómo hemos hecho bien en ir andando? En carruaje no lo habríamos visto igual. Por cierto, ¿cómo dice que se llama este jardín?

—*Bocánico*.

—¿Y eso qué quiere decir?

El campesino titubeó unos segundos.

—Pues... no lo sé. Cuando llegue le preguntaré a mi nena.

—Será jardín Volcánico —dilucidó Zoilo.

—Pues eso será...

Rebasado el verde recinto, resultó una explanada de decenas de paseantes. Algunos accedían al parque por la puerta del Pabellón Villanueva. Elegantes señoras con niños y sirvientas. Cofrades del señorío. Pintores, grabadores. Holgazanes, mendigos.

Serafín avanzó unos pasos para aproximarse a un pintor que daba los últimos retoques a un gran lienzo con la imagen del edificio fastuoso que se levantaba frente a ellos, a continuación de la explanada.

—Si le gustan las pinturas —dijo el campesino, encorvado detrás—, tiene cientos en ese museo.

Mientras el corpulento contemplaba el lienzo con detenimiento, en silencio, Zoilo parecía embelesado en el majestuoso edificio. Intacto. Sin heridas de guerra.

El peso de los bultos les impidió prolongar la parada. El corpulento llevaba en su talega el lingote de diez kilos, abrazado contra el pecho. Zoilo, el lingote pequeño y algo de comida en su talega colgada del hombro.

Cruzaron el paseo del Prado para adentrarse en la zona adoquinada por la calle de las Huertas. Directos al Banco de España, en la plazuela de la Aduana Vieja. Le resultó extraño a Zoilo que la capital de España no estuviera amurallada, como lo estaba Cartagena, para poder defenderse de irrupciones externas, como ocurriera en su tierra solo seis años atrás.

Por el camino, el campesino les contó que solían ir a Madrid con cierta frecuencia para ver a su hija, que había dejado el pueblo para trabajar inicialmente en la fábrica de tabacos de Embajadores y a los pocos años, como aprendiz en una modesta fábrica de chocolates.

—Vive sola, ¿saben ustedes? Y venimos a menudo con la excusa de traerle comida, pero en realidad es porque nos da miedo que le pueda pasar algo —susurró el campesino a modo de confesión—. Aunque no sé si me da más miedo que viva sola o que se recoja a un tarambana que le amargue la vida, porque ahora se le ve muy feliz. Y como es hija única, en cuanto me jubile, nos vendremos a vivir con ella, que además no estamos para tanto viaje. La edad no perdona y tenemos muchos achaques. Cuando no es un *remor* en el pecho, es en los riñones o en el *empeine* —dijo tocándose el bajo vientre—. Y si no hemos tenido más hijos, es porque a mi mujer, durante el parto, le dejaron los bajos inservibles.

Entre confesiones y anécdotas varias, llegaron a la plazuela de la Aduana Vieja, y como se aproximaba el mediodía, el campesino propuso esperar hasta que Zoilo y Serafín concluyeran sus gestiones bancarias, para comer todos en casa de su nena. Serafín aceptó encantado. Zoilo, que tenía otros planes si conseguían el dinero, no supo decir que no.

Sacaron los lingotes que guardaban envueltos en papel de estraza, entregaron las talegas al campesino para su custodia y entraron en el banco.

—¡Tú sigue mis pasos y quédate siempre detrás de mí! —susurró Zoilo a su amigo, que se infló de orgullo bajo el sombrero.

Zoilo ojeó la sala. Mostrador, empleados y decenas de clientes de porte similar al suyo. En un lateral, un empleado de edad avanzada, inmerso en una mesa llena de papeles y legajos. Junto a un despacho con la puerta cerrada, que supuso del director. Se dirigió hacia el empleado.

—¡Buenos días!

El de pelo canoso levantó la cabeza lentamente.

—Vaya al mostrador.

—Escúcheme, por favor —insistió Zoilo—. Necesito hablar con el director.

—¿Con qué director?

—Con el director del banco —contestó Zoilo extrañado—. Con el patrono.

—Si se refiere al gobernador, don Martín Belda y Mencía del Barrio, no creo que esté en su despacho. Y aunque estuviera, nunca atiende a particulares. Si usted no sabe con quién quiere hablar, no le puedo ayudar.

—Yo no lo sé, pero usted sí lo va a saber en cuanto vea lo que traemos. —Zoilo se volteó hacia su amigo—. Enséñale uno.

El corpulento obró solemne situando los dos bultos sobre la mesa y destapando el lingote de diez kilos, ante la sorpresa del empleado.

—Esto es solo una muestra —sentenció Zoilo al tiempo que gesticulaba a su amigo para que volviera a envolverlo—, porque tengo más de los que ustedes puedan almacenar.

—¿Me dice su nombre, por favor?

—Zoilo Baraza.

El empleado buscó una silla y la situó frente a su mesa.

—Siéntese aquí, don Zoilo. Voy a intentar localizar a don Manuel Secades, el subgobernador.

Dejó las gafas sobre la mesa y subió la escalera de mármol al fondo de la sala.

—¿Lo estoy haciendo bien? —susurró Serafín a su amigo.

—Perfectamente.

Cuando entremos en el despacho del subgobernador o de quien sea, no hables ni te sientes a no ser que yo te lo pida. Quédate siempre detrás de mí o junto a la puerta. Que se note que estás más concentrado en lo que está ocurriendo alrededor que en nuestra conversación.

El corpulento asintió con un guiño y esperó en la retaguardia a que el empleado volviera. Observando el entorno desde su posición le llamó la atención que, a pesar de la treintena de personas que trajinaban en aquella sala, apenas se oyera un leve murmullo. Al ver que regresaba el empleado, se enderezó abrazando los lingotes con semblante áspero.

—No está el subgobernador, pero le atenderá su secretario. En breves instantes bajará. Tenga la amabilidad de esperar.

Zoilo asintió pomposo desde su silla. Tranquilo pese a la incertidumbre, quizá por estar acostumbrado a tratar con la alta alcurnia. Mucho más nervioso estaba el corpulento en su papel de forzudo protector.

El empleado volvió a sumergirse en sus papeles y los dos amigos esperaron en silencio, hasta que varios minutos más tarde apareció un quinceañero disciplinado con traje de pana y paso firme.

—¡Buenos días! Mi nombre es Fernando Ceballos —saludó con arrugada reverencia—. Ayudante del secretario del subgobernador, don Liberato Velarde. Por favor, acompáñenme a su oficina.

Subieron los tres a la primera planta. Un gran pasillo y decenas de despachos silenciosos. Ni un ruido de la actividad que en ellos se presuponía. Aunque por entonces comenzaban a comercializarse las primeras máquinas de escribir, la complejidad y el volumen de cada artefacto hacían que incluso en el Banco de España se siguiera escribiendo todo a mano: correspondencia, certificados, contabilidad...

—¿Da usted su permiso, don Liberato? —preguntó el ayudante tras golpear con los nudillos sobre la puerta.

—¡Adelante!

El secretario se levantó con sonrisa de político en elecciones, saludó a los nuevos clientes y les ofreció las dos sillas de madera y terciopelo dispuestas frente a su mesa. Zoilo eligió una de las sillas, don Liberato volvió a su sillón, el ayudante desapareció y el corpulento se quedó de pie junto a la puerta, abrazado a los lingotes con gesto solemne.

—¡Bonito edificio! —sonrió Zoilo a modo de preámbulo.

—Perteneció a la Sociedad Fabril y Comercial de los Gremios, dedicada principalmente a la compraventa y manufactura de lana y seda, pero su actividad económica fue en retroceso hasta la quiebra y tuvieron que subastar el edificio. Fue entonces cuando lo adquirió el Banco de Isabel II, precedente del

Banco de España, y por eso verá usted que no tiene la estructura típica de un banco ni los servicios que se precisan.

Zoilo asintió recio como si hubiera visitado multitud de bancos, con la mirada incrustada en el secretario, que desde el otro lado de la mesa se explicaba con cierta pátina de arrogancia.

—Y por ello me consta que don Martín está haciendo las gestiones oportunas para la construcción de una nueva sede en la calle de Alcalá. Con despachos más amplios y luminosos, más espacio para atender a nuestros señores clientes y un sótano acorazado como Dios manda. Y si don Martín se lo ha propuesto, seguro lo consigue. Solo es cuestión de tiempo —se mantuvo pensativo por unos instantes—, aunque probablemente me jubile antes. En todo caso, aquí no se está nada mal. —Abrió un cajón de la mesa y extrajo una caja de puros—. ¿Un habano?

—No, gracias.

—¿Y para su ayudante?

Zoilo volvió a negar sin dar opción a su amigo. Don Liberato Velarde sacó uno para él, lo olió apasionado y volvió a guardar la caja para proceder con calma al ceremonial de corte del gorro y encendido entre inhalaciones profundas.

—Bueno... y díganme. ¿Qué les trae a ustedes por la capital?

Zoilo repitió el gesto que había hecho abajo frente al empleado de pelo canoso, para que Serafín procediera a destapar los lingotes sobre la mesa. Despacio. Con cuidado de no rallar el barniz.

—De este tamaño —Zoilo señaló el lingote más grande— les podría traer bastantes más de los que caben en esta mesa.

—Perdone mi indiscreción, pero entiendo que es usted comerciante o tiene una fundición de plata.

—Lo segundo. Una fundición heredada hace muy poco. En Almería.

El secretario se inclinó sobre la mesa para acercarse a los metales, al tiempo que deslizaba sus gafas por el tabique nasal, como queriendo enfocar. Inmóvil, con el puro humeante a la altura del oído.

—Dice usted que tiene muchos más... —señaló a modo de pregunta, esperando el gesto de asentimiento de Zoilo para continuar preguntando—. Y, ¿qué quiere hacer con ellos?

—Venderlos. Estos dos por monedas de cinco pesetas; el resto, aún no lo he decidido.

Don Liberato Velarde se levantó de la mesa, visiblemente extrañado.

—Discúlpenme un segundo. Ahora mismo vuelvo.

Salió del despacho y cerró la puerta. Zoilo, que se había girado siguiendo la salida del secretario, se quedó mirando a su amigo.

—¡Esto huele mal! —susurró Serafín—. Ha salido con mala cara. Como si no le hubiera gustado algo de lo que has dicho y hubiera salido para llamar a la policía. Posiblemente le haya extrañado que un zagal de tu edad diga tener tanta plata. ¿Qué hacemos si viene la policía y te pregunta? ¿Le dirás que tienes una fundición en Almería?

—Por supuesto. No puedo contar una cosa a este hombre y otra distinta a la policía.

—¿Y si nos detienen por posible robo hasta comprobar si es verdad lo que dices?

—Confía en mí —dijo Zoilo con falsa entereza—. Además, a mí no me ha parecido que llevara mala cara. Igual le ha dado un retortijón de tripas y ha tenido que salir corriendo.

Ambos se mantuvieron en silencio, llevados por los pasos del secretario sobre las maderas del pasillo. Escucharon que en la lejanía abría una puerta y mantenía una breve conversación con otro hombre. La reverberación del pasillo hacía imposible entender ni una palabra. A continuación, cerró la puerta y los pasos regresaron durante unos segundos eternos.

—He consultado al jefe de caja —comentó don Liberato Velarde, entretanto regresaba a su sillón— y me ha confirmado que no hay ningún problema. Pueden ustedes subir el resto de los lingotes para canjearlos por el tipo de moneda o billete que deseen.

Ambos amigos respiraron aliviados al comprobar que se había tratado de un malentendido. Mientras Zoilo aclaraba que traerían el resto de la mercancía en una segunda visita y que llegado ese momento sería flexible con el tipo de cambio, Serafín sintió derretirse junto al marco de la puerta.

—Sepa usted que ha hecho muy bien en venir al Banco de España —explicó don Liberato Velarde entre caladas al puro—, desde que hace cinco años nos concedieron el derecho en exclusividad a emitir billetes, entre otros motivos para evitar la falsificación y controlar la inflación, hemos tenido problemas con bastantes bancos y sociedades de crédito. Además de que no tienen ningún interés ni prisa en retirar sus billetes, a pesar de los decretos del Gobierno que instan a su recogida, hemos detectado que emiten pagarés con formato de billete bancario, ya sea al portador o nominal, en competencia con nuestros billetes. Hemos tenido que denunciarlos por fraude ante el Ministerio de Hacienda y retirarlos de la circulación, pero una y otra vez, vuelven a aparecer. Por eso le digo que ha hecho usted muy bien en venir aquí.

Zoilo recordó entonces que algunos patronos de la minería le habían aconsejado otros bancos.

—¿Qué habría pasado si los hubiera llevado a otro banco? —preguntó Zoilo.

—Consecuencias impredecibles. Le habrían dado pagarés en forma de billetes, que usted solo podría canjear en esa entidad, siempre y cuando dispusieran de metálico en el momento que usted lo necesitara. Porque, como usted sabrá, los bancos no mantienen todo el efectivo recibido de los clientes, ante la reducida posibilidad de una retirada masiva de fondos, y destinan una parte a la concesión de créditos, por ejemplo.

Gracias a que el empleado había simplificado el problema, soslayando otras causas y consecuencias, le sirvió a Zoilo para entender el problema y confirmar por lo tanto que las diecisiete horas de traqueteos habían merecido la pena.

—Y, ¿dice usted que vienen de Almería?

—La fundición que he heredado está en Almería, pero ambos somos de un pueblecito cercano a Cartagena.

—Han recorrido muchos kilómetros. Quizá no sabe que tenemos una sucursal en Alicante.

—Sí, lo sé, pero aprovechando la visita a unos familiares —intentó recordar alguna de las últimas paradas de tren— que viven en Villasequilla...

—¡No me diga! ¡Villasequilla de Yepes! —interrumpió don Liberato Velarde—. Mi señora es de allí y vamos bastante a menudo. Casi todos los fines de semana ¿Quiénes son sus familiares? ¿Cómo se llaman? Seguro que los conozco.

Zoilo había tentado demasiado a la suerte.

—Bueno... realmente no son familiares. Son amigos, pero para mí son como de la familia.

—¿Y cómo se llaman? —insistió tras exhalar una nube de humo cubano.

—Entienda que no se lo diga. Pocos saben lo de mi herencia y le rogaría que no lo hablara con nadie.

El tono de don Liberato Velarde se serenó al instante.

—Por supuesto. Esté usted tranquilo, que todo lo hablado aquí será considerado secreto profesional. Volviendo al asunto que nos ocupa, me ha comentado usted su intención de canjear estos dos lingotes por monedas de cinco pesetas. —Zoilo asintió con decisión, deseoso de que el secretario resolviera cuanto antes—. No sé cuántas monedas serán, pero sí sé que les va a pesar mucho.

—Supongo que no más que los lingotes.

—Efectivamente. Tiene usted razón. Y para los musculosos brazos de su acompañante será como un saco de plumas. Con su permiso, entenderá la necesidad por nuestra parte de comprobar que ambos son macizos y de plata auténtica. Deme unos minutos y si todo está correcto avisamos al responsable de caja.

Autorizado don Liberato Velarde con un leve descenso de la cabeza de Zoilo, hizo sonar una campanilla de mano oculta entre los papeles de la mesa. A los pocos segundos apareció el ayudante para recibir órdenes. Tomó los metales y salió del despacho abrazado a ellos.

Al ver Zoilo que la visita se dilataba, permitió a su amigo tomar asiento. El corpulento avanzó hacia la silla libre, la levantó y retrocedió con ella hacia el fondo del despacho para sentarse junto a la puerta. Con seriedad y celo de no dejar entrever que era novato en el ejercicio de la custodia.

Mientras esperaban los resultados, el secretario del subgobernador chismorreó a Zoilo tejemanejes varios que llevaban entre manos y le ofreció la posibilidad de un préstamo con un interés fijo anual del seis por ciento, en el caso de que más adelante lo necesitara para ampliar o remodelar el negocio. Si bien Zoilo no entendía parte de la jerga empleada, asentía solemne desde su silla; mirando de reojo a su amigo que, al sentarse y elevar una pierna sobre la otra, había dejado a la vista el calcetín blanco, viejo, rociado de manchas y agujeros.

Volvió el ayudante con los lingotes, los dejó sobre la mesa y cuchicheó algo inaudible a su jefe, que le hizo asentir sonriente. Mientras don Liberato Velarde daba nuevas instrucciones al ayudante, Zoilo aprovechó para hacer señas a su amigo, que al momento bajó la pierna y se estiró el pantalón.

—Ya tenemos el visto bueno —indicó don Liberato, al tiempo que su ayudante salía nuevamente del despacho—. He pedido que venga el jefe de caja para que calcule el cambio y proceda al pago.

A los pocos segundos volvió a entrar el ayudante en compañía de un señor de edad avanzada.

—Le presento a don Fernando Pérez Casariego, jefe de caja de este ilustre banco.

Tras los pertinentes saludos, el recién llegado inspeccionó las marcas de los lingotes y apuntó en una cuartilla sus pesos.

—Permítanme unos cálculos. —Tomó la cuartilla y la dejó sobre los papeles de la mesa, al alcance de la vista de Zoilo—. Trescientas onzas del grande más treinta del pequeño. A cinco pesetas la onza, tenemos un total de mil seiscientas cincuenta pesetas.

—Lo quiere en monedas de cinco —apuntó don Liberato.

El cajero miró extrañado a Zoilo, como esperando confirmación. Al asentir Zoilo, prosiguió.

—En monedas de cinco pesetas de plata de ley de novecientas milésimas tendríamos un total de... trescientas treinta. ¿Está usted de acuerdo?

—Totalmente —contestó Zoilo—. ¿Podría, por favor, calcular el peso total?

—Por supuesto. Si estimamos unos veinticinco gramos por moneda, tenemos un total de... ocho kilos y doscientos cincuenta gramos.

En la mente de Zoilo había quedado esculpida la cifra calculada por el jefe de los cajeros: mil seiscientas cincuenta pesetas. Muchísimo dinero en comparación con las dos pesetas que se pagaba en forma de vales por una jornada minera. Equivalía, por lo tanto, a ochocientos veinticinco días de duro trabajo. De sol a sol.

Por su parte, el corpulento, que no necesitaba ningún cálculo para ser consciente de la magnitud de la gesta, intentaba contener la euforia con el rictus serio. Todo estaba saliendo a pedir de boca. Bastante más sencillo de lo esperado, al igual que en la oficina del periódico. El jefe de caja había ido a por el dinero y nadie había requerido, hasta el momento, la cédula personal de Zoilo. Un documento identificativo, exento de retrato, que expedían los ayuntamientos y firmaban los señores alcaldes. Ninguno de los dos amigos poseía aquel impreso, si el banco lo hubiera solicitado. De hecho, casi nadie en el pueblo lo tenía, puesto que apenas se le daba uso. Solo para comparecencias en juicios y algún que otro trámite en la administración pública.

El jefe de caja entró con dos bolsas de tela y el ayudante de don Liberato Velarde con otras dos. Desde el fondo del despacho el corpulento estiraba su cuello, tras la nube de humo, para ver cómo, una a una, colocaban todas las monedas en columnas sobre el cantil de la mesa.

—Aquí tiene usted treinta y tres montoncitos de diez monedas —dijo el jefe de caja, juntando las columnas para que viera el cliente que todas tenían la misma altura—, lo que hace un total de trescientos treinta. ¿Está usted de acuerdo?

—Totalmente.

El empleado sacó un talonario del bolsillo y procedió a escribir la cantidad.

—Si hace usted el favor de firmar este recibo y escribir su nombre, damos la gestión por finalizada.

Zoilo nunca había firmado, así que improvisó un garabato con sus iniciales.

—Que usted lo disfrute —dijo el jefe de caja a modo de despedida.

Zoilo pidió a Serafín devolver las monedas a las bolsas y se levantó para agradecer con un apretón de manos la amabilidad de don Liberato Velarde.

—Si no ha quedado con nadie para comer —comentó don Liberato—, permítame que le invite.

No esperaba Zoilo semejante propuesta del secretario del subgobernador. Estaba claro que la puesta en escena había resultado exitosa. El corpulento, que prefería la compañía de sus paisanos, miró de reojo a su amigo mientras recogía las monedas. Zoilo habría aceptado, pero optó por no seguir tentando a la suerte, no fuera a ser que durante la comida metieran la pata en algún comentario, además de que se veía en la obligación de complacer a Serafín como recompensa por el buen trabajo realizado.

—Se lo agradezco, pero hoy no puedo —ventiló Zoilo finalmente—. Tengo una reunión de trabajo, a buen seguro aburrida, que no puedo aplazar. Ya sabe usted lo que son los negocios. Pero le tomo la palabra. Le aseguro que pasaré a verle en cuanto pueda, y seré yo quien le invite como agradecimiento por la amabilidad y cortesía con la que hoy nos ha tratado.

Como si se conocieran de toda la vida, repitieron el apretón de manos y se despidieron hasta una próxima ocasión. Los dos amigos salieron al aire limpio del pasillo y de allí a la escalera de mármol. Serafín, abrazado a las cuatro bolsas. Eufórico al no haberse materializado sus peores presagios. Zoilo, a su lado, más contenido.

Los campesinos los esperaban en mitad de la plazuela. Él con el cigarrillo en la boca, la bota de vino al cuello, las talegas al hombro y las dos maletas en el suelo, una a cada lado. Ella, con el cesto de embutidos sobre la cadera.

—¿Todo solucionado? —preguntó el campesino al verlos llegar.

Serafín levantó las bolsas.

—Son montoncitos de céntimos que hemos recogido para una obra benéfica —improvisó Zoilo—. Nos han hecho el encargo unos vecinos, aprovechando que veníamos a Madrid...

—¡Pues muy bien! ¡Si ya han terminado, vamos a casa de mi nena!

El campesino devolvió las talegas a Zoilo, tomó sus maletas y salió de la plazuela hacia poniente. Apresurado. Ansioso por llegar. Le seguían su mujer y los dos amigos, que habían acortado los pasos para quedar ligeramente rezagados.

—Tenemos que ser un poco más discretos —susurró Zoilo—. Se supone que hemos venido tres personas para firmar una herencia y debemos llevar mucho cuidado. El mundo es muy pequeño y donde menos te lo esperas aparece un conocido o el familiar de un vecino. No vayamos a fastidiarla ahora que todo va como la seda.

Sacó el tocino y los trozos de pan que quedaban en las talegas y se los ofreció a dos niños que jugaban sentados en un portal con un viejo muñeco de madera. No tenían aspecto harapiento ni parecían desnutridos, pero celebraron el regalo como agua de mayo. Vaciadas las talegas, las abrió en el suelo para que su amigo ocultara en el interior las bolsas de monedas. Mientras Zoilo sujetaba las talegas, observaba el escaparate de un café al otro lado de la calle: «Variado surtido en helados y fríos. Licores de todas clases». Terminado el cambio, se acercaron al cristal.

—Cuando terminemos de comer te invito a un reparo —le propuso Zoilo—. Sentados en los sillones del fondo, como dos señores.

—¿Pondrán aquí reparos?

—Supongo. Y si no saben, les enseño yo, que coñac y vino dulce hay en todos sitios...

Al final de la calle, los campesinos doblaban la esquina.

—¡Acelera el paso, que se nos escapan! —clamó el corpulento intentando no trotar para evitar que las monedas tintinearan.

Le seguía Zoilo sin demasiado ímpetu. Más interesado en contemplar las calles y edificios de la capital que en no perder de vista al matrimonio. Había bares, panaderías y tiendas de géneros. Talleres, hostales y almacenes. Conversaciones lejanas y ruidos que percibía como si fueran exclusivos de aquel lugar.

Llegados a la casa de «la nena», se felicitó Serafín mil veces por haber insistido en comer con los campesinos. Y es que esperaba que abriera la puerta una copia de la madre, quizá no con pañuelo negro a la cabeza ni tanta arruga, pero sí desaliñada y con un sayo de curvas indefinidas. Después de ver a los progenitores, nunca habría imaginado semejante moza. Pelo negro recogido en una larga trenza, blusa blanca entallada bajo un pecho voluptuoso y una falda de pliegues que dejaba imaginar sus anchas caderas y su estrecha cintura. Pero lo que cautivó al corpulento fueron sus ojos rasgados. Negros. Intensos.

Mientras las dos mujeres preparaban la comida en la cocina, los varones esperaban con sus respectivos vasos de vino y varios trozos de longaniza.

—Yo me quedo en Madrid —bromeó Serafín apenas salió el anfitrión a por más tabaco.

—¡Y una mierda! ¡Tú te vienes conmigo sí o sí! ¡Y con las cuatro bolsas intactas, que te conozco!

—¿No puedo regalar unas monedas a esta familia?

—¡Ni hablar!

—Me lo descuentas de mi parte.

—¡He dicho que no! ¿Quieres que «la nena» se enamore de ti por tu dinero? ¿Eso es lo que quieres?

El corpulento bajó la cabeza.

—Cuando hayamos solucionado nuestro tema de las patatas, todas las patatas, podrás hacer lo que te dé la gana. Te podrás venir a Madrid o adonde quieras, pero hasta que llegue ese momento, seguiremos según lo planificado.

El corpulento mantenía la mirada en la madera.

—¡Serafín! ¿Me has oído? ¡No lo compliquemos ahora que todo está saliendo bien!

—Es que... ocasiones como esta pasan una vez en la vida.

—Lo sé, pero solo te pido unos días. Mientras tanto puedes enviarle cartas o postales que yo te escribiré. Si de verdad le has gustado, podrá esperar unos días. ¿No crees?

—Vaaaaaaaaaale —aceptó alargando la primera sílaba y señalando hacia la puerta. Se oían los pasos del campesino.

—¡Que no falte vino! No vayan a pensar ustedes que esta humilde familia es tacaña con los invitados.

—Y tampoco vayan a pensar ustedes que nosotros somos gente estirada —señaló Serafín—, que somos de pueblo como ustedes. Es verdad que nos está yendo bien, pero nadie nos ha regalado nada. Han sido muchas horas de duro trabajo. De día y de noche.

Sobre todo de noche, pensó Zoilo.

La comida transcurrió distendida, entre bromas. Zoilo más comedido. Serafín, eufórico por lo que había en las bolsas y al otro lado de la mesa. Atento a cuanto dijera la chica. A sus movimientos. A cualquier gesto o palabra que denotara interés por él. Embelesado ante la firmeza con la que se desenvolvía y el respeto con el que trataba a sus padres.

Puesto que ella trabajaba en una fábrica de chocolates, el

postre consistió en una fuente repleta de lascas heterogéneas de diferentes tonalidades. Las que al parecer se desechaban antes del embalado y con las que el patrono obsequiaba a los operarios en pequeñas cantidades. Ninguno de los dos amigos había probado el chocolate de cacao, ya fuera en tableta o líquido. No conocían por entonces los bombones ni el chocolate con leche y a sus manos únicamente había llegado el de garrofa en contadas ocasiones. Aquel les supo a gloria.

El campesino detectó pronto una demasía de agasajos por parte del corpulento hacia su hija y la repentina finura de la nena; ella, que solía ser áspera como las alfombras de esparto y poco propensa al coqueteo. Pero no le importó, porque al campesino le pareció un buen candidato para su hija. Por fin alguien con dinero que cuidara de su nena, que trajera tranquilidad a la familia y, con suerte, los ansiados nietos. Además, durante el viaje habían hecho buenas migas y no intuía problemas de convivencia si al jubilarse se iban a vivir a Madrid. Nunca en la misma casa, pero sí cerca. Lo más cerca posible.

Finalizada la comida y puesto que ni a los anfitriones ni a Serafín se les veía intención alguna de poner fin a la velada, Zoilo tuvo que tomar la iniciativa con la excusa de unas gestiones previas al tren de vuelta. Y en parte era cierto, puesto que tenía previsto cambiar los billetes por otros en primera clase.

Mientras los dos amigos agradecían a la familia el trato recibido, la nena envolvió varias lascas de chocolate y se las dio al corpulento. De reojo Zoilo vio que junto con el envoltorio le había entregado un papelito doblado.

En cuanto pisó la calle, Serafín pidió a su amigo que le leyera el contenido.

—Espera a que nos alejemos un poco, no vaya a ser que nos estén mirando por la ventana.

—Me da lo mismo. No puedo esperar.

El corpulento se situó frente a Zoilo para evitar que pudiera avanzar, y le obligó a que abriera el papelito y leyera lo que parecía la dirección de la vivienda. En la parte baja había una mancha de chocolate.

—Eso no es una mancha. ¡Es un corazón! —soltó Serafín con un grito contenido—. ¿No ves que tiene forma de corazón?

Zoilo no lo veía por ningún lado, a pesar de girarlo en redondo, pero miró a su amigo con gesto encogido como si fuera cierto. De inmediato, Serafín le quitó el papel, lo dobló y lo guardó en el bolsillo de su chaqueta.

—No me lo vayas a perder...

—¡Serafín, quién te ha visto y quién te ve! Menudo viaje me espera... Vamos a tomarnos un helado, a ver si se te enfría el ánimo.

Como Zoilo se temía, la conversación en la cafetería fue monotemática. El camino hasta la estación, también.

—¿Prefieres quedarte en tercera para charlar con tus paisanos? —preguntó Zoilo antes de llegar a la ventanilla.

—Ya veo que quieres deshacerte de mí, pero no lo vas a conseguir. Iré en primera contigo.

Zoilo resopló.

—Es que me vas a poner la cabeza loca.

—Te prometo que no hablaré de lo guapa que es, ni de sus ojos rasgados, ni de sus hechuras, ni del dibujo con forma de corazón que me...

—¡Serafín! ¡Para ya! ¡Estás tonto!

El corpulento soltó una sonora carcajada, que apagó de inmediato al ver que su amigo hablaba en serio. Finalmente, les permitieron cambiar los billetes, pagando la diferencia. Los dos en primera clase. Los dos en el mismo vagón, muy a pesar de Zoilo. Asientos tapizados de terciopelo rojo. Mucho más cómodos y espaciosos: cuatro pasajeros por banco, dos bancos por compartimento y tres compartimentos por vagón hacían un total de veinticuatro, en comparación con los cincuenta pasajeros del vagón de tercera. El resto del habitáculo no difería sobremanera: paneles de madera y alumbrado de aceite.

Al ser la vuelta menos bulliciosa y más confortable, Serafín aprovechó para compensar el déficit de horas de sueño. Sin chaqueta, con el faldón de la camisa visible y las talegas amarradas al contorno de la cintura. Por su parte, Zoilo, que apenas deshizo el porte, tuvo tiempo entre cabezadas de repasar todo lo ocurrido desde que sus miserias le llevaron a organizar una sociedad de rateros al servicio de caciques. Al margen de la responsabilidad que como cabecilla tuviera sobre las desgracias ocurridas, ya solo podía pasar página y proyectarse un futuro de prosperidad para el que solo servía un carácter fuerte y decidido. Experiencia no le faltaba y la soltura había quedado suficientemente demostrada en presencia del mismísimo secretario del subgobernador del Banco de España. Si quería hacerse un hueco en el negocio de la minería debía dar imagen de solvencia, y comenzar por eliminar de raíz su fachada de chico tímido. Nunca más miraría al suelo ni para sortear los boñigos. Si conseguía vender el resto de los lingotes con la misma facilidad, ya no tendría que bajar a la mina ni respirar su aire enfermizo. Ya no tendría que transportar calderos con el agua de las filtraciones ni limpiar el establo. Nunca más.

Una vida difícil la de todos aquellos jóvenes que, mucho antes de comprender el mundo, habían tenido que aprender a colarse por sus resquicios.

# 21

*Veracruz, México*
*Lunes, 13 de junio de 1898*

Volvía a la hospedería con los periódicos de la mañana cuando encontré por segundo día consecutivo a Gonzalo Tornero charlando en la recepción con Benita. Visita de cortesía, aprovechando que su pareja se ausentaba desde bien temprano para regentar una fábrica a las afueras de la ciudad. Al parecer, le iban bien los negocios, por lo que Gonzalo no sentía la premura de quien necesita dinero y podía dedicarse a su pasión: el teatro. Ahora estaba organizando un grupo *amateur* que reunía varias tardes por semana y ya me había insistido para que interpretara algún personaje. Pero no. No me veía capaz, ni siquiera como figurante, así que le había propuesto ayudar como maquilladora o apuntadora. Más adelante, cuando me estableciera y me estabilizara.

Benita me pidió que vigilara la recepción mientras se ausentaba para hacer varios recados. Solía pedírmelo algunas mañanas. Y yo, encantada de ayudarla.

Con la ayuda de Gonzalo Tornero, sacamos un par de sillas a la puerta de la hospedería y nos acomodamos entre el bullicio de la gente, al tiempo que Benita se alejaba a la carrera. Me gustaba charlar con mi paisano porque era un tipo culto, de los que leen y viajan.

—Ayer tuve una discusión con mi pareja —me soltó nada más sentarse—. Está muy estresado con el trabajo. Tiene muchos problemas con sus empleados.

—Son muy desagradecidos —convine—. Precisamente ese fue el motivo por el que tuvimos que salir aprisa de La Unión, con lo puesto y en una carreta pestilente. Miles de trabajadores se declararon en huelga y se dedicaron a quemar todo lo que veían a su paso: negocios, viviendas... Entiendo que se sintieran frustrados y es posible que sus sueldos no dieran para muchos caprichos, pero ¿acaso pretenden cobrar lo mismo que un licenciado si no saben ni leer? Además, a los que no trabajaban como arrendatarios se les pagaba con vales canjeables en el colmado.

Gonzalo mantenía la mirada en el suelo. Al quedarme en silencio la elevó.

—He leído algo respecto a la revuelta —dijo al fin tras ahogar un suspiro— y sé de primera mano lo duro que es ese trabajo porque el marido de una tía materna bregó y murió en una de aquellas minas. Elisa, te voy a ser sincero. Desconozco qué tal era tu marido como empresario, supongo que habrá de todo como en botica, pero por lo general ningún empresario se hace rico pagando sueldos justos. Y me consta que la minería no es una excepción, al contrario, la mayoría no se preocupa lo más mínimo por sus trabajadores, de hecho, se producen muchos accidentes por falta de seguridad. Desprendimientos, derrumbes, inundaciones repentinas por perforación de acuíferos... —Su cara parecía constreñirse—. El ansia de riqueza de los patronos mineros les pone una coraza ante el sufrimiento ajeno. Solo algunos, muy pocos, intentan adecentar su imagen donando pequeñas cantidades de dinero, limosnas al fin y al cabo, a comedores y asilos, con la fingida intención de mitigar una mínima parte de la desdicha que ellos mismos han generado. Y respecto a los vales canjeables, no sé si eres consciente de que obligar a que el minero gaste su salario en la tienda del patrón es una forma perversa de monopolio, en la que el trabajador no puede escapar de la miseria en la que malvive por mucho que trabaje porque nunca tiene dinero. Su única fortuna son los propios vales o las legumbres que almacena en la despensa, que debe revender a bajo precio en caso de que necesite algunos céntimos. Y qué decir de la explotación laboral de niños. Hay minas en las que la mitad de los trabajadores no tienen más de ocho o nueve años, pasan más de doce horas al día acarreando hasta veinte kilos de rocas sobre sus endebles espaldas o pedaleando sobre las balsas de decantación. Cómo van a saber leer si desde pequeños no hacen otra cosa que trabajar. Y pobre del niño que no trabaje, que se lleva el azote del capataz de correa. Me contaba mi tío que era desgarrador ver a los niños llorando, empapados, temblando de frío y recibiendo pescozones y bofetadas.

Me removí en la silla.

—Mi marido nunca lo habría permitido.

—Perdona si te han molestado mis comentarios. Tienes razón, no debería haber generalizado. Olvida lo que he dicho. —Revoloteó su mirada por mi silla—. Además, no sirve de nada discutir por lo que pasa a diez mil kilómetros. Hay que centrarse en lo que está dentro de nuestro ámbito de actuación. Y en nuestro ámbito está disfrutar de este maravilloso día, ¿verdad?

Asentí con embozo. Abstraída.

Aquella noche no dormí, ni la siguiente, pensando en la posibilidad de que Zoilo se hubiera enriquecido a costa de sus trabajadores. Una y otra vez mi mente me repetía la frase de Gonzalo: «ningún empresario se hace rico pagando sueldos justos» y me mostraba escenas inventadas de niños temblando de frío en la oscuridad de la mina, llorando mientras sus patronos les pegaban para que trabajaran con mayor celeridad.


A pesar de la desazón, quería terminar la conversación con Gonzalo acerca de la minería. Necesitaba que me contara cuanto supiera de la realidad minera vista desde la perspectiva de los que se desloman en las profundidades, una realidad que hasta ese momento se me había mostrado deformada. Gonzalo no era minero, pero conocía el asunto de primera mano y por ello, me encaminé a su casa la mañana del miércoles, decidida a escuchar todo lo que saliera de su boca, aunque se me abrieran las carnes. El lote incluía esclarecimiento y bochorno a partes iguales.

Las indicaciones de Benita me condujeron a una mansión enorme. El jardinero avisó a una criada que me abrió la cancela y me condujo al interior por el camino central de piedra, entre árboles y arbustos floridos. En silencio, seguí el dulce contoneo de su falda bajo una camisa blanca entallada que hacía de lienzo de su cola trenzada negra. Una lugareña menuda de piel tostada y mirada tierna. Entramos en la casa y me explicó que el señor estaba tomando un baño, y me pidió con sumisión que esperara sentada en uno de los sofás de aquel enorme salón repleto de candelabros, muebles barrocos, espejos y cuadros de barcos con firmas y dedicatorias.

En pocos minutos apareció envuelto en una bata blanca, atusando con las manos su melena mojada y seguido por la sirvienta con dos cafés sobre una bandeja y un platito repleto de galletas.

—¡Qué sorpresa! —me abordó con sus brazos extendidos—. ¡Una murcianica en mi casa!

De nuevo me abrazó con tal ternura que creí moldearme en sus pliegues. Espiré y me mantuve adherida el tiempo que él consideró. Ya no sé si lo visité para abrir mis oídos o porque necesitaba otro de sus abrazos. De hecho, intuía que mi paisano no querría seguir opinando sobre la tiranía de los patronos y así fue. Supongo que mis ojos reflejaban el dolor de la herida sangrante y, aunque le insistí, se limitó a contarme entre sorbos de café lo poco que había conseguido leer en periódicos mexicanos y españoles con fechas posteriores al día en que Zoilo y yo salimos de La Unión con lo puesto: viviendas de patronos quemadas, ayuntamiento arrasado, red telegráfica cortada, cuartel de la Guardia Civil destruido... La situación había llegado hasta el extremo de que el gobernador civil había declarado el estado de guerra. Desde luego, habíamos hecho bien en salir de allí.

—Y de Cuba, ¿qué sabes? —le pregunté.

—Pues que la Marina yanqui está desembarcando en la isla y la independencia es inminente, tras años de lucha que se ha llevado por delante la vida de cientos de miles de mambises y campesinos.

Mi cara de asombro solicitaba aclaración.

—Al parecer los militares españoles han encerrado en campos de concentración a todos los considerados independentistas o colaboradores, sin que hayan podido defender su inocencia; y como son muchos los que han muerto por hambre o enfermedad, les hemos dado a los yanquis la excusa perfecta para que nos declaren la guerra con el pretexto de liberar al pueblo cubano;

cuando el verdadero motivo es que las guerras, por desgracia, no solo sirven para que los países expandan sus dominios, sino también para que muchos ganen dinero: los que fabrican armas y explosivos, los que fabrican barcos, acero o máquinas de vapor, los que suministran combustible, uniformes y alimentos, los bancos... Sin olvidarnos de todas esas empresas que, finalizada la guerra, ofrecen sus servicios y productos para reconstruir las zonas devastadas. Y lo que poca gente sabe es que está previsto un nuevo intento de construcción de un canal en Panamá que comunique el océano Atlántico con el Pacífico, sin duda una importantísima vía de comunicación; y los yanquis necesitan bases en el Caribe para controlar y proteger toda la zona. Imagínate lo que significará que los barcos puedan pasar de un océano a otro sin tener que bordear el continente americano. Va a estar más transitado que la calle Mayor de Cartagena un domingo por la tarde.

Aquel razonamiento me dejó helada: que un país entre en guerra y esté dispuesto a sacrificar miles de vidas humanas para que grandes empresarios aumenten sus fortunas. En casa siempre había oído que la guerra era en algunos casos la única forma de garantizar la integridad e independencia del territorio patrio, la memoria de los que lucharon por nuestra tierra y el respeto a una existencia sin tiranos ni opresores, pero nunca que fuera el negocio de cuatro magnates.

—Soy hija de un militar —traté de refutar— que ha dedicado su vida a defender nuestra patria, no los intereses de los empresarios.

—¿Y cuál es nuestra patria, Elisa? ¿La tierra en la que hemos nacido, la tierra de nuestra infancia? Al menos yo no lo siento así, que tuve una infancia atestada de humillaciones y desprecios por ser un niño extraordinario —me sonrió—. Yo, que hoy estoy aquí y mañana allá, hago mía la frase de Benjamin Franklin: «Donde mora la libertad, allí está mi patria». Pero dejémoslo ahí, que hablar de estos temas supone entrar en arenas movedizas. Apenas me conoces y no quiero que tengas un mal concepto de mí. Yo solo me refería a que, como siempre ocurre, los políticos deciden en connivencia con los poderes económicos. Todos ellos son uno solo, patrioteros de su propia patria. Por supuesto que la culpa no es de los militares, ni siquiera de los políticos, porque al final no dejan de ser un triste reflejo de nuestra sociedad, en la que el éxito se mide por los billetes que tenemos en el bolsillo, por el tamaño del cortijo o por los metros cuadrados de vivienda. Es un asunto complejo que en mi opinión no conseguiremos solucionar hasta que nos demos cuenta de la importancia que tiene la educación. La educación que recibimos desde pequeños. El sistema educativo debe estar al alcance de todos, debe adaptarse a las necesidades de cada zagal y debe dar mayor importancia a los valores humanos, en lugar de fomentar la competición por conseguir los mejores resultados individuales. —Me miró desde su sofá, hizo una pausa y continuó—. Te lo dice alguien que no tuvo la oportunidad de estudiar. Mis padres eran demasiado humildes como para llevarnos a la escuela y me tuve que buscar la vida para aprender a leer y escribir cuando ya era mayor. Y por ello he sufrido la burla de no pocos privilegiados, que obtuvieron las máximas calificaciones de sus profesores al saber en qué año nació tal rey o quién inventó tal cosa.

—¿No pudiste ir a la escuela?

—No. Debía ayudar en el campo. Solo me permitían ir los días en que no había faena, pero como no conseguía llevar el ritmo de la clase, prefería perderme por los bancales. De mayor asistí a una escuela para adultos y fue cuando descubrí el placer por la lectura. Y ya no he parado de devorar libros y periódicos.

Sus palabras henchidas de conocimiento me habían encogido en el sofá. Desconcertada. Escasamente entendía el calado de sus ideales, que por supuesto no era capaz de completar ni rebatir. Tal vez por ello apenas di importancia al asunto de la educación y me centré en lo que entonces más me dolía: el supuesto caciquismo de los empresarios. De hecho, desde aquellas conversaciones con Gonzalo, mis noches eran más largas y mis circunstancias menos decorosas ante la posibilidad de que todos aquellos fajos de billetes guardados en las maletas pudieran estar manchados de sangre. Ahora más que nunca necesitaba ver a Zoilo y no solo por motivos afectivos. Necesitaba explicaciones que asentaran mi conciencia, como alivio si aquellas suposiciones eran falsas o para enmendar el daño en caso contrario. Estaría dispuesta a volver a mi tierra y ayudar a los más desfavorecidos con todo aquel dinero.

También necesitaba aclarar con mi progenitor lo que significarían las palabras integridad y respeto para aquellos compañeros suyos que se habían dedicado a vejar la dignidad de los que piensan diferente, sin excusarse en la obligatoriedad del cumplimiento de las órdenes castrenses. Sabía que padre no era de esos, pero me dolía que solo nos hubiera mostrado la mejor mitad de cada retrato. Como si mis hermanas y yo fuéramos incapaces de entender que todo rebaño tiene sus ovejas negras. Comprendí en aquel momento que toda mi vida me había comportado como una necia y tal vez solo por eso me alegré de haber cruzado el Atlántico e incluso de haberme quedado sola. Por fin empezaba a ver los retratos completos, aunque estuvieran salpicados de sinsabores. Entonces entendí cuando Benita me hablaba de aquellos señores cultos del Casino Alemán que parecían estar enfadados con el mundo. Era para estarlo y eso que yo apenas comenzaba a vislumbrar un hilo de luz entre tanta penumbra.

Intuí que Gonzalo se había percatado de mi creciente desazón, porque aparcó también los temas bélicos y de educación para ofrecerme su ayuda en todo aquello que yo necesitara y preguntarme por mi estancia en Veracruz. Le hablé de Benita, de lo que suponía para mí su infinita ayuda, y de Alfonso, como contraposición de personalidades.

Se interesó más por el segundo.

—¿Qué sabes de ese tipo?

—Poco —le dije—. Viajó con nosotros en el barco y se alojó en la hospedería de Benita, pero desapareció al día siguiente.

Como necesitaba aliviar mi tensión, añadí detalles de sus maldades, como la agresión a nuestra sirvienta en el pasillo del barco o a Benita el día de su partida a España.

—¿No has vuelto a verlo? —me preguntó desde su sofá.

Negué con la cabeza y le repetí que, supuestamente, había regresado a España. No hizo más preguntas relacionadas con Alfonso, pero el tono de aquellas dos me resultó extraño. Si solo unos días atrás no me habría percatado, ahora empezaba a captar gestos, modulaciones de voz y miradas.

Ese miércoles 15 de junio de 1898 se inauguraba en Francia la primera edición de la Exposición Internacional del Automóvil. Más de cien mil personas acudieron a contemplar los singulares carruajes sin caballos que durante diecinueve días se exhibieron en el jardín de las Tullerías. Todo un éxito.

## 22

*Cartagena, España*
*Miércoles, 9 de julio de 1879*

A las diez de la mañana entraba el tren en el andén de la estación de Cartagena. Unos pabellones de madera provisionales en espera de la construcción de la estación definitiva. Los dos amigos bajaron entre la algarabía, gozosos a pesar del cansancio acumulado tras otros quinientos kilómetros y otras diecisiete horas de viaje. Y es que las talegas con las cuatro bolsas repletas de monedas de plata les daban más vigor que el vino de hemoglobina. Para Zoilo, el trayecto había resultado más placentero con los asientos tapizados y aliviados de viajeros; no así para el corpulento, que aburrido apenas había abierto la boca y se había limitado a dormir, soñar con su amada y abrir el papel para ver una y otra vez el supuesto corazón de chocolate.

Desde la estación se encaminaron a la puerta de San José para restituir su habitual vestuario en casa del costurero y rescatar a Juanjo. Zoilo, con la cabeza gacha, receloso de que algún conocido lo viera tan elegante; Serafín, detrás, pese a los reclamos de su amigo, a paso lento, abrazado a las talegas y sonriendo a niños, mujeres, hombres, perros y socavones.

Tras despojarse de los trajes, dieron al sastre varias monedas como agradecimiento por la custodia de los ropajes y por permitirles que se cambiaran allí una y otra vez. Apretón de manos y despedida hasta la próxima.

—Prefiero las alpargatas —comentó el corpulento al bajar de nuevo a la calle Santa Florentina.

No rebatió Zoilo, que se lanzó a serpentear entre la gente, preocupado por saber de Juanjo. Como se temía, no se encontraba en la fonda. La puerta de su habitación estaba cerrada con llave y nadie contestaba a los golpes de nudillos ni a las voces. El corpulento, que conocía las debilidades del susodicho, propuso bajar en busca del bar más cercano.

Desde la acera ojearon uno a pocos metros, en la planta baja de un edificio que parecía descascarillarse. Un establecimiento que armonizaba la venta de ultramarinos a vecinas y de alcohol a holgazanes. Saludaron al tendero, que les sonrió a la espera de peticiones —parapetado entre la barra y una pared de estanterías hasta el techo con garrafas, botellas y conservas de todo tipo—, y aguardaron a que sus pupilas se dilataran para sondear el lúgubre establecimiento. Acertaron. Sentado en la penumbra del fondo estaba Juanjo jugando al dominó con tres desconocidos. Los únicos clientes del establecimiento.

—¡Juanjo, vámonos! —increpó Serafín desde la puerta.

—Esperad a que termine la partida... —pidió, ebrio en demasía.

El corpulento se arrancó dispuesto a sacarlo arrastrando, pero le frenó Zoilo, que prefería discreción. Sonrieron de nuevo al dependiente y avanzaron hacia su amigo, que resignado se despedía de sus compañeros de mesa. Zoilo hizo un gesto al corpulento para que se centrara únicamente en el tintineante contenido de las talegas y se encargó él de tomar el brazo de Juanjo para llevarlo fuera del establecimiento. Nadie dijo nada. El dependiente volvió a sus quehaceres y los parroquianos reunieron las fichas en el centro de la mesa para mezclarlas e iniciar una nueva partida.

—¿Acaso pretendíais que estuviera encerrado jugando a la peonza? —balbuceó bajo el toldo de la puerta—. Ninguno de los que he conocido en el bar sabe nada de mi vida. Podéis estar tranquilos, que no he contado nada.

—¡Ya, pero te podía haber visto alguien del pueblo!

No parecía importarle demasiado. Tampoco a Serafín, que de nuevo sacaba el papelito del bolsillo. A la sombra del toldo,

Zoilo permaneció pensativo mientras observaba a uno y a otro, deseoso de completar el canje de todos los lingotes para deshacer la sociedad. No se veía trabajando largo tiempo con semejante pandilla de irresponsables. Juanjo, apoyado contra el cristal del escaparate, incapaz de mantenerse en pie; Serafín, ofuscado por el súbito enamoramiento y Jesús, seguro que haciendo poso en alguna taberna del pueblo o en algún ventorrillo de los repartidos por la sierra minera. Una situación que solo podría ir a peor a medida que se incrementaran sus fortunas. No obstante, Zoilo era consciente de que la creación de una sociedad era la forma más creíble de justificar la situación económica que se les avecinaba. Los dos aficionados a tabernas y ventorrillos desempeñarían puestos ficticios para no tener que verles las caras, aunque con ello recayera el peso del negocio en los que habían ido a Madrid. Serafín no suponía problema alguno, porque era obediente y trabajador.

Tan pronto pensaba Zoilo en disolver la sociedad como en la conveniencia de mantenerla algún tiempo para llevar a cabo la compra de alguna explotación minera que darían a partido para justificar así los ingresos. Decidiría más adelante. Ahora tenía que encargarse del supuesto heredero.

—¿Prefieres volver con nosotros a La Unión o te quedas en Cartagena? —preguntó temeroso de que eligiera la primera opción y hablara más de la cuenta al verse atosigado por la indiscreción vecinal.

—¡Aquí no me quedo! ¡Por supuesto que me vuelvo a mi casa!

Ante tal rotundidad no quedaba otra que subir a la fonda para recoger sus pertenencias. La cama estaba deshecha, la sábana en el suelo y la mesa de víveres, intacta. Quedaba claro que solo había entrado allí para dormir las borracheras. Recogieron la comida, pagaron al hospedero y regresaron a la estación para tomar el tranvía de vapor a La Unión. Diez kilómetros que Zoilo aprovechó para recordar a ambos lo que debían contar respecto al viaje, a la herencia y al notario, aun a sabiendas de que Juanjo no recordaría parte de las explicaciones. Finalizadas las aclaraciones, Zoilo dedicó el resto del trayecto a contemplar el paisaje por la ventanilla del vagón, a evadirse como hiciera en el viaje a Madrid. Aquel, por novedad; este, por apego. Se sentía unido a estas tierras de tonalidades grisáceas, pardas y ambarinas, extraídas de las profundidades con el esfuerzo de miles de paisanos durante cientos de años. Castilletes, poleas, cables. Montículos, balsas, chimeneas.

Llegados por fin a la estación del pueblo, Zoilo echó en su talega varios trozos de tocino y una de las cuatro bolsas de monedas, puso el resto en la talega de Serafín y se marchó a paso ligero, mientras el corpulento se quedaba atrás ayudando a Juanjo a bajar los peldaños del vagón.

Al llegar a casa, encontró a su madre en el fogón, avivando el fuego del perol junto a los dos perros, que supervisaban los trajines de la matriarca a la espera de que cayera algo. Ni rastro de sus hermanos.

—¡Buenos días, madre! ¡Ya estoy de vuelta!

Los dos perros se le abalanzaron eufóricos de alegría. Zoilo colgó la talega donde los sombreros, con cuidado de no hacer ruidos que delataran el contenido y se agachó sobre la estera de esparto para abrazar a los que siempre celebraban su llegada.

—Buenos días —dijo su madre sin desviar la atención del guiso, como si la ausencia del mayor de sus hijos hubiera durado apenas unos minutos—. Ha venido preguntando por ti la viuda de don Antonio, que en paz descanse.

Zoilo, que tenía preparado el relato inventado de la herencia, se quedó petrificado, en cuclillas, permitiendo que los perros le lamieran el rostro.

—¿La viuda de mi patrono? ¿Doña Engracia?

La madre asintió.

—¿Y cómo sabe dónde vivo?

—Supongo que habrá preguntado a los vecinos.

—¿Qué quería?

—Hablar contigo, me ha dicho. Parecía urgente.

—Pues voy a su casa ahora mismo.

—¡De eso nada! Que espere, que tus hermanos están a punto de llegar y vamos a comer. Irás cuando te hayas echado la siesta, que esa gente no respeta nada ni a nadie.

Zoilo se sentó obediente frente al tablero que sobre dos troncos verticales hacía las veces de mesa. Supuso que el encuentro entre ambas no habría sido del todo afable, conocedor del aire de superioridad de la visitante y de la falta de pleitesía de su madre hacia todas aquellas familias venidas a más.

Intentando disimular el nerviosismo que le oprimía, resumió desde la mesa el supuesto viaje en tono aburrido y sin demasiados detalles. Su madre parecía más interesada en ultimar los preparativos para la comida, lo que agradeció Zoilo, que dedicaba sus silencios a enumerar los posibles motivos por los que lo buscaban.

Más interesados se mostraron sus hermanos, que, nada más entrar, le bombardearon con preguntas de todo tipo, la mayoría relacionadas con la experiencia de viajar en ferrocarril. Como Zoilo no podía decir que el trayecto de vuelta lo habían hecho en primera clase, expuso las incomodidades de compartir un banco de madera con otros cuatro pasajeros a lo largo de diecisiete horas y su preferencia de viajar en carro, aunque fuera más lento y traqueteado, pero con la ventaja de parar a placer y dormir al fresco. Durante la comida detalló los paisajes que había contemplado desde la ventanilla, las enormes llanuras de barbechos labrados y de campos segados. Les describió también la estación de ferrocarril que se estaba construyendo en la capital —con capacidad para cinco locomotoras—, las amplias avenidas y los hermosos parques. Les explicó que la ciudad no tenía una muralla que la protegiera y sustituyó la visita al Banco de España por la supuesta oficina del notario. Sus hermanos se advertían entusiasmados; su madre, ligeramente preocupada ante la posibilidad de que tantas horas en un vagón a velocidad elevada hubiera producido trastornos en su organismo que afloraran en diferido. No estaría tranquila hasta que pasara un tiempo prudencial: días o quizá semanas.

Finalizada la comida, Zoilo argumentó la necesidad de mover las piernas a pesar del sueño, así que, tras el último bocado, partió rumbo a la casa de su difunto patrono, a las afueras del pueblo. El camino le llenó de incertidumbre. Cabizbajo, barajó multitud de supuestos. Tal vez se habían enterado de que había estado por los alrededores de la fábrica de hierros la fatídica noche y querían preguntarle. Si los dos hijos varones de la viuda estaban en casa y alguno tenía la agresividad del hermano fallecido, el interrogatorio podría finalizar de un modo fatídico. Quizá debía esperar a que la viuda volviera a buscarlo y evitar de ese modo la casa del patrono. Independientemente del motivo por el que lo requería, la interesada era ella, así que resolvió retomar el camino de vuelta, a tiempo todavía de echar la siesta.

El sol caía vertical y las chicharras anunciaban los casi cuarenta grados de calor húmedo. Al ruido de sus pasos sobre las piedras del camino se superpuso el de un carruaje que parecía acercarse desde atrás. Se giró y vio una elegante berlina. Cuatro faroles, dos caballos y un cochero. Se apartó del camino y esperó a que pasara, pero el carruaje comenzó a desacelerar hasta detenerse a su lado. El cristal de la puerta se deslizó.

—Buenas tardes, Zoilo. ¡Qué suerte haberte encontrado!

Su corazón volvía a desbocarse.

—Buenas tardes, doña Engracia.

Junto a ella estaba su hija mayor. Ambas de luto riguroso, desde la mantilla hasta los zapatos.

—Precisamente nos dirigíamos a tu casa porque necesito hablar conmigo. ¿Puedes subir, por favor?

—Por supuesto.

Zoilo abrió la portezuela, subió y se sentó enfrente. Intentando disimular el nerviosismo esperó en silencio a que la señora comenzara.

—Hemos tenido suerte al encontrarte aquí, en mitad del camino, porque prefiero que nadie oiga lo que quiero pedirte.

—Usted dirá... —dijo sin levantar la mirada de sus rodillas.

—Como imaginarás, estamos pasando por unos momentos muy difíciles. No sé si podré levantar cabeza después de lo ocurrido, porque el dolor que llevo dentro me consume día tras día. Se me hace muy duro levantarme cada mañana sabiendo que ya nada volverá a ser igual, porque alguien decidió una noche desgarrar dos trozos de mi pecho. Y bien sabe Dios que si lucho es por mis hijos. —Sacó un pañuelo de la manga y secó sus lágrimas, al tiempo que su hija le acariciaba el hombro—. Intento disimular mi pena y hacer todo lo que está en mis manos, pero desde que no está mi marido no hay quien lleve el sustento de nuestra familia. El único que conocía el oficio de su padre era mi hijo Antonio, que también se nos ha ido, y estamos desesperados porque necesitamos a alguien que nos ayude.

Zoilo entendió entonces el motivo de tanta urgencia.

—Siento mucho lo ocurrido. Cuente conmigo para lo que necesite —dijo al suelo mientras sus pulsaciones desaceleraban.

—Sabía que podría contar contigo y por eso me gustaría que fueras tú quien llevara los negocios de mi difunto marido. Don Antonio siempre hablaba muy bien de ti. Para él eras como un hijo y si confiaba en ti es porque tienes capacidad sobrada para desempeñar ese trabajo.

Zoilo se mantuvo en silencio unos segundos. A lo lejos se oía el golpeteo de decenas de cascos de una recua sobre las piedras del camino.

—Señora... Desconozco muchos asuntos que trataba directamente don Antonio con proveedores y clientes, temas de pagos a los trabajadores, de bancos...

—No te preocupes por eso, porque no estarás solo. Te echarán una mano mis hijos Fulgen y José, que saben de números y de dineros. Han estudiado en la Sociedad Económica de Amigos del País, en Cartagena.

Zoilo intentó disimular su euforia. Le estaban pidiendo como favor lo que para él era el sueño de su vida, pero antes de aceptar la propuesta debía aclarar los términos monetarios.

—Doña Engracia, no me juzgue mal, pero entienda que al igual que su familia necesita ingresos, también la mía, por lo que me gustaría saber qué salario me ofrece.

—¿Cuánto cobras ahora?

—Dos pesetas diarias en vales.

—Pues... te ofrezco otras dos pesetas en monedas. Cuatro en total.

Zoilo negó.

—¿Se te antoja poco? —preguntó doña Engracia—. ¿Cuánto pides?

—Por lo que usted me ofrece, creo que será difícil que lleguemos a un acuerdo. Prefiero no hablar de cantidades para no ofenderla. Quizá podría proponerle el puesto a alguno de los capataces de las minas, que conocen el negocio perfectamente.

Por mi parte, le doy mi palabra de que no diré a nadie nada de lo que hemos hablado.

—¿Cuánto pides? —insistió doña Engracia.

—Con todos mis respetos... prefiero que hable antes con los capataces o con otros candidatos que usted considere.

—¿Cuánto pides?

Zoilo respiró profundo y soltó su propuesta.

—Diez pesetas al día y un quince por ciento de los beneficios.

La ternura de la viuda se esfumó de improviso. Se le quedó la cara áspera que Zoilo solía ver cada vez que llegaba al caserón con algún recado del patrono.

—Eres buen negociador y eso me gusta, pero no puedo aceptar. Lo siento. Es demasiado dinero.

En ese momento Zoilo habría bajado del carruaje, pero su timidez le ancló al asiento a la espera de que fuera doña Engracia quien diera la conversación por finalizada.

—Seis pesetas y otras dos en vales —dijo ella tras unos segundos de incómodo silencio.

No esperaba Zoilo la contraoferta de quien se suponía que no estaba instruida en el mundo de los negocios y ni siquiera tenía que comprar a tenderos ni regatear a vendedores ambulantes. Zoilo se habría bajado definitivamente al considerar escasa también la segunda oferta y puesto que disponía de una caterva de lingotes con los que iniciarse en el mundo de los negocios sin depender de los consentidos retoños de un avaro cacique. Sin embargo, su experiencia le aconsejaba no precipitarse. Agradecía que doña Engracia hubiera pensado en él para tan importante cometido y que estuviera ahora intentando llegar a un acuerdo al aumentar su oferta en nada menos que cuatro pesetas diarias. Debía contestar. La viuda esperaba. Y su hija. El cochero. Los caballos. Debía pensar algo ya.

—Perdone, señora, mi perplejidad, que se debe a lo inesperado de la situación.

—Lo entiendo, Zoilo. Si necesitas tiempo, podemos esperar un ratito o hasta mañana por la tarde incluso.

Zoilo se mantuvo pensativo, intentando dilucidar pros y contras. No perdería nada con probarse en los negocios de su difunto patrono; la probabilidad de éxito sería mayor que si empezaba de cero con el dinero de sus lingotes, además de servirle para adquirir experiencia y justificar entre sus familiares y conocidos el repentino incremento de capital. Debía aprovechar aquella oportunidad y contestar a la contraoferta de la viuda. Repetir las diez pesetas y el quince por ciento podría ofender a la viuda, que ya había hecho un esfuerzo por acercar posturas. Razonó la idoneidad de mostrar una mínima condescendencia.

—No quiero vales, señora —susurró finalmente—. Lo mínimo que podría aceptar serían ocho pesetas diarias y el diez por ciento de los beneficios.

—Si todo va bien, puedes estar seguro de que no tendré ningún problema en darte lo que pides, pero entiende que de momento todo es incertidumbre y no sé si seremos capaces de remontar el vuelo, mucho menos de ganar dinero. En cualquier caso, acepto tus condiciones para que veas que confío en ti. Veremos qué pasa en los próximos meses... ¿Cuándo podrías empezar?

—Mañana mismo.

—De acuerdo. Mañana a primera hora te espero en casa para hablar con mis hijos, acordar los detalles y aclarar dudas. Es muy importante que comencemos con buen pie y sin malentendidos.

A Zoilo le encantó la actitud de quien hasta entonces había parecido distante, arrogante y engreída. Tal vez el talante era fingido, obligada a bajar temporalmente a las trincheras para mantener un patrimonio más que nunca en peligro. Lo comprobaría en los próximos meses.

—Toma, Zoilo —dijo la hija alargándole una caja con una cinta anudada en forma de lazo—. Son galletas que he hecho esta mañana para tu familia. Espero que os gusten.

Zoilo agradeció el presente y bajó tras una leve reverencia. Atónito por la inesperada propuesta de doña Engracia, y algo menos por el regalo de la hija, que lo consideró parte de la estrategia persuasiva de la madre. Permaneció pensativo junto al camino, mientras la berlina reanudaba su marcha. La mayoría de sus supuestos previos al encuentro habían sido trágicos. Nunca habría imaginado el verdadero motivo por el que lo buscaban.

Pensó en contar todo a su amigo, por si prefería ser su mano derecha en lugar de trabajar en el campo, toda vez que el proyecto de sociedad de los cuatro amigos quedaría cancelado tarde o temprano, pospuesto cuando menos.

Por tercera vez interrumpió la siesta del corpulento, que de nuevo cruzaba con sigilo el pasillo para abrir en calzones la puerta del almacén de los aperos.

—¡Serafín, no te creerás lo que me ha pasado! —comenzó apenas se sentaron en los serijos—. Nada más llegar a casa, me dice madre que me está buscando doña Engracia, la viuda de don Antonio. ¿Te imaginas para qué?

Serafín se mantuvo pensativo, mirando fijamente a su amigo.

—Sabiendo que eras la mano derecha de su difunto marido y que sus hijos, según me has contado en alguna ocasión, no son más que unos niñatos consentidos... es posible que te haya pedido ayudarles en los negocios.

—¡Eso es! ¡Has acertado! Yo pensaba que quería preguntarme algo relacionado con los asesinatos. Temía que alguien nos hubiera visto por los alrededores aquella noche.

—En ese caso te estaría buscando la policía, no ella. —El bostezo de Serafín confirmaba escasez de interés por la noticia—. Entonces, ¿le has dicho que sí?

Zoilo asintió.

—Mi siguiente sorpresa ha sido cuando ha aceptado pagarme ocho pesetas al día y un diez por ciento de los beneficios.

—Tú sabrás si te merece la pena seguir atado a esa familia. Yo no habría aceptado. Tienes patatas de sobra para montar un negocio o hacer lo que te dé la gana.

—¡Vaya, Serafín! ¡Voy de sorpresa en sorpresa! Pensaba proponerte que fueras mi mano derecha, ahora que ya no tiene sentido lo de hacer una sociedad con tus amigos.

—¡Ni loco me meto en semejante berenjenal! De hecho, no me apetecía demasiado constituir una sociedad y mucho menos relacionada con la minería. Si has aceptado trabajar con ellos, me has hecho un favor. El viaje a Madrid me ha servido para darme cuenta de la vida que me estoy perdiendo por no ver más allá de estas montoneras de escombros. ¿Te acuerdas cuando me dijiste que el día que tuviera el dinero podría ir adonde me diera la gana? Pues eso mismo voy a hacer. Ya lo tengo pensado: de momento seguiré ayudando a padre en el campo, viajaré periódicamente a Madrid y si todo va bien, buscaré trabajo allí, me casaré y formaremos una familia con los hijos que Dios nos dé. Una vida sencilla, sin corbatas, trajes ni sombreros de copa.

Zoilo no replicó, al contrario, sintió un gran alivio al saber que en su nueva andadura no dejaba a su amigo en la estacada. Entendía que Serafín prefiriera una vida tranquila y no quisiera ningún tipo de relación con los hijos de su difunto patrono. Zoilo era consciente de las dificultades que se avecinaban, pero necesitaba aprovechar aquella oportunidad. Sin duda era la ilusión de su vida.

Aclarado el futuro más inmediato de cada uno, solo quedaba fijar un día para desenterrar los lingotes y llevarlos al banco. Al de Madrid con toda seguridad, a la vista del enamoramiento de Serafín; si bien debía preguntar antes en la estación acerca de los detalles logísticos necesarios para el transporte de la mercancía: embalaje, carga, custodia y descarga.

# 23

*Veracruz, México*
*Viernes, 24 de junio de 1898*

El 24 de junio, día de San Juan Bautista, los mexicanos hacían honor al santo bañándose en ríos y albercas. La fiesta del agua. Para muchos, el único baño del año.

Benita me llevó a una alberca de riego a las afueras de la ciudad, donde decenas de hombres, mujeres y niños se divertían chapoteando entre voces y risas. Lugareños de piel morena; ellos con el torso desnudo; ellas con blusa blanca, falda estampada, toalla a la espalda y melena empapada. Y los que no chapoteaban, reposaban en la orilla al alcance de las salpicaduras o humedecían el gaznate por las proximidades.

En mi caso, y puesto que no quería desentonar, me limité a seguir a pie juntillas lo que hacía mi amiga, que se percibía en su ambiente. Como en casa. De hecho, era tal la efervescencia del momento que habría sido comprensible si en ocasiones se hubiera olvidado de mi presencia, lo cual no sucedió. Como una anfitriona de alto copete me fue presentando a todas sus amistades y familiares: más de la mitad de los presentes. Jóvenes y ancianos. De todas las edades y del mismo estrato social. Del estrato de la sencillez, espontaneidad y alegría desbordante, a pesar de las estrecheces económicas.

Encantados de compartir, nos ofrecieron tarta de coco, mazafinas y vino de guayaba. La tarta y las galletas se comían solas a poca hambre que una tuviera, pero el vino parecía aguardiente.

Qué mal me vi. Seguía sin aprender la conveniencia de mojarme los labios antes del primer trago y salió pulverizado como semanas atrás había ocurrido con el pulque de Benita.

Aquel mejunje había escaldado mi garganta y los presentes se reían a carcajadas, incluida mi querida amiga. Recordé entonces mi histórico de pulverizaciones previo a mi aventura transoceánica, tres o cuatro, todas ellas en las fiestas de mi amigo Enrique Nier, que gustaba de camuflar potingues en forma de refrescos.

Yo, que siempre he sido muy observadora y comparo lo visto con lo vivido, sobre todo en tierra extraña, advertí innumerables similitudes con mis añoradas raíces. Aquel día de risas me satisfizo percibir un sinfín de similitudes en la necesidad de evadirnos de los problemas diarios, de conectarnos emocionalmente con las personas de nuestro entorno; no tanto en el gusto por las bebidas alcohólicas, que tantos problemas conlleva su abuso. Relación fatal e inquebrantable entre el humano y la levadura a lo largo de miles de años. Pueblos de casi cualquier rincón del mundo, remotos e incomunicados algunos, se las han ingeniado para fermentar algún tipo de cereal, tubérculo, fruta, leche, miel, arbusto, hoja de árbol, flor o mucílago de planta, como es el caso del pulque.

En mi afán de sentirme aceptada por aquella gente de semblante amable, me uní a la algarabía y, aprovechando que tenía la garganta anestesiada, me envalentoné con otro trago. Esta vez sin pulverizaciones. Tuve que sonrojarme mucho pese a llevar polvos de arroz, porque la intensidad de las carcajadas fue en aumento.

—¡Qué carajo! ¡Que se muera quien no la quiera! —me soltó Benita abrazada a mi cintura.

Superado el lance, al parecer con éxito, nos sentamos en la orilla de la balsa con las piernas a remojo y la toalla a la espalda, jugando con una pelotita de tela que nos tiraba el niño de la familia. A pesar de que yo era la única con traje de baño y sombrero enorme por aquello de no perder mi tono nacarado, nadie hizo comentario ni gesto alguno. Volviendo a mi obcecación en analizar y comparar lo observado, supe que, si esto mismo hubiera ocurrido en mi añorado balneario del Chalet, los comentarios habrían sido muchos, sobre todo de las féminas. No había novedad o disparidad que no fuera despedazada. ¡Qué mentalidad! Encorsetada como nuestros vestidos. Yo la que más, hasta mi desembarco en el Nuevo Mundo.

La alberca estaba situada en lo más íntimo de una frondosa arboleda de solerillos. Rectos. Esbeltos. Altos. Muy altos. El sol apenas se colaba por el tapiz de las copas, lo cual era de agradecer. A ras de suelo, en una acuarela de claroscuros, nuestras candorosas almas y la balsa. Ovalada. Con la longitud de un vagón minero y no más de tres palmos de agua. El perímetro exterior, donde reposábamos los maduritos y trasnochados, estaba pavimentado con grandes piedras planas ensambladas, con un pequeño canal en un lateral para la recogida del agua de lluvia.

Sumida en mi placidez, vi cómo Benita se inclinaba hacia mí.

—Esta fiesta debería repetirse más a menudo, al menos una vez al mes. Y no lo digo por el vino de guayaba, que ya he visto que le gusta, sino por el baño: algunos huelen a demonios. —A continuación, se volvió para mirarme de frente—. Yo soy muy aseada y me lavo todas las semanas. Ya ha visto usted que mi morada está siempre muy limpia y no le falta de nada: suelo enlosado, cama con colchón de lana, espejo bien grande, mi Virgen de la Asunción... Cuando empecé a chambear, aquello era un almacén sucio y maloliente. Sobre un montón de sábanas había embutidos colgados del techo repletos de lama. Asqueroso. Mi patrón ha sido siempre más huevón que la mandíbula de arriba y la chava que había antes era bastante flojita, la pobre. Supongo que la contrató por su buena apariencia. —Se puso las manos sobre los pechos—. Tenía para dar chiche a todos los bebés del barrio. Aunque esté mal que yo lo diga, mi patrón ha tenido mucha suerte de encontrarme. Bueno, yo también he tenido suerte —se me pegó y bajó el volumen—, bastante más que casi toda mi gente, aunque le puedo asegurar que muchos de los que usted ve acá o en Veracruz van desaliñados por pura dejadez. Más de un huésped no se ha metido nunca en la bañera y cuando dejan la recámara tengo que ventilarla, lavar la ropa con agua caliente y hasta varear la lana del colchón. En más de una ocasión he tenido que rociar la recámara con desinfectante.

Pese a sus descontentos, se le notaba orgullosa de sus tradiciones. Como yo con mi querida Cartagena, más ahora en el destierro. Consciente de ello y de la amabilidad con la que me había acogido e incluso protegido, solía repensarme cualquier comentario a sus costumbres, no fuera a molestarle. Trataba de entenderles, sabedora de que no siempre es mejor lo de una y aunque lo extraño me produjera desasosiego. Aprendí entonces que las experiencias sazonan tu camino y que el tiempo no siempre consume, no solo pasa silente. En ocasiones marca a fuego recuerdos en el alma para hacerlos imborrables.

Nunca habría imaginado aquel incremento en mi capacidad de adaptación. No quiero decir con ello que aceptara cualquier propuesta. Mi mente se estaba expandiendo, pero su límite elástico seguía siendo escaso. Nunca habría aceptado varear la lana de un colchón mugriento ni me habría bañado en el agua turbia de aquella alberca. De hecho, mi semblante gozoso recibía las salpicaduras con fingida benevolencia. Al parecer las plantas acuáticas servían como sistema de depuración y el color marrón era tierra de la ladera que los bañistas removían con los pies. No me bañé, aunque probablemente aquella agua era mucho más saludable que el Almarjal de Cartagena o que el agua de la mayoría de nuestros pozos intramuros.

Benita, ajena a mis pensamientos, seguía divagando sobre la falta de higiene y su efecto directo en el contagio de enfermedades. Le expliqué que ese problema no era único de su tierra, con el agravante en Cartagena de ser una ciudad encerrada entre murallas y sin red de alcantarillado, lo cual me avergonzaba sobremanera. Y pensar que fue la perla del Mediterráneo en época romana. Esplendor y apogeo enterrado bajo nuestros pies. Tiempos mejores sin duda. Ahora solo teníamos un desagüe principal que recorría la calle del Arsenal Militar hasta desembocar en el mar y a la que se conectaban las viviendas más cercanas mediante conducciones de fabricación casera. Le conté que uno de los privilegiados era un amigo que vivía en la calle Mayor, el cual había solicitado autorización años atrás para construir una tajea que condujera las aguas sucias al paso de la alcantarilla por la plaza de las Verduras. Para las viviendas que no podían conectarse a aquel desagüe, la mayoría, solo quedaba la opción de un pozo negro si se disponía de patio o tirar las aguas sucias por balcones y ventanas al grito de «agua va». Como en la Edad Media.

—Acá tampoco tenemos tuberías para las aguas sucias ni para el agua de beber. Dicen que van a instalarlas aprovechando las obras del puerto. A ver si es verdad. En la aldea es diferente: yo siempre he bebido agua de las acequias y nunca he tenido ningún problema. Ni mis paisanos. ¡Mire qué sanos están!

No sabría decir si estaban sanos, pero al menos se les veía alegres. A medida que llegaban más lugareños, la balsa comenzaba a quedarse pequeña. Según me comentó Benita, en otras albercas y balnearios de mayor aforo los vendimiadores instalaban quioscos y la velada incluso estaba amenizada por músicos, pero se reunía mucha gente y a última hora aumentaba la probabilidad de riñas y algaradas fruto de la embriaguez de unos pocos. Por suerte, nuestro paraje era apacible y placentero.


En esto que un chico salió de entre un grupo junto a la balsa, sombrero en mano, seguido por dos jóvenes armados con guitarra y trompeta, para tomar a una moza del brazo y llevarla hacia un claro junto al camino de tierra. Visiblemente remolona se dejaba remolcar, vitoreada por las amigas. Tras la pareja, los músicos comenzaron a interpretar una canción de ritmo alegre, al parecer bastante conocida.

Casi todos cesaron sus juegos con el agua para contemplar la escena y seguir el ritmo con las palmas. Miré a Benita buscando explicación, pero se limitó a dedicarme una sonrisa fugaz para no perder detalle.

Llegados al claro, el chico comenzó a bailar frente a la moza, mientras ella se tapaba la boca con la mano. Poco a poco comenzó a contonearse y corresponder al baile del galán, momento que aprovechó él para colocar el sombrero en el suelo y moverse alrededor con balanceos, saludos y giros que ella ejecutó picante como salsa de jalapeños. La moza llevaba el pelo recogido en una gran trenza, falda bordada a la rodilla, blusa blanca y zapatillas con hebillas. Él, pantalón largo, sandalias y camisa blanca. Entretanto el chico chasqueaba los dedos con sonrisas burlonas, ella se agachó para recoger el sombrero —ante la euforia de los allí presentes— y lo subió por encima del hombro para que ambas cabezas desaparecieran detrás.

Nunca había presenciado un baile tan desvergonzado, acostumbrada a los de salón o a nuestras típicas jotas huertanas, y debo reconocer que me habría gustado protagonizar un baile como aquel con diez años menos y la desenvoltura de aquella chica.

Tras el episodio musical, amigos de la pareja se aproximaron para felicitarles efusivos entre chillidos y brindis, mientras el resto volvíamos a nuestros quehaceres: yo a devolver la pelotita al pequeño y Benita a charlar con sus amistades. Habría parado el tiempo hasta que el sol se hubiera agotado, sabedora de que tras el fin de la jornada me acecharía la ansiedad que a diario me consumía.

A media mañana se produjo de nuevo una algarabía a pocos metros de donde se había ejecutado el baile. Estaba claro que la jornada no sería tan reposada como yo había imaginado. Todos saltaron de la balsa y se arremolinaron en torno a unos señores que, con fardos de paja, estaban formando en el suelo un círculo de unos cuatro metros de diámetro.

—¡Vamos! —me achuchó Benita—. Están haciendo un palenque.

—¿Un palenque?

—¡Sí! Un ruedo para una tapada de gallos. Supongo que en su país tiene otro nombre.

—¿Te refieres a un recinto para una pelea de gallos? —volví a preguntar.

Benita asintió altiva y me tomó de la mano para llevarme adonde los dueños de los animales. Cuatro señores con bigotón y sombrerón que abrazaban a sus animales como a recién nacidos.

Cuando ya tenían colocados los fardos, uno de los organizadores sacó cal de una bolsa para marcar unos rectángulos en el interior, y otro presentó a los dos primeros contendientes. Al instante, los congregados comenzaron a gritar sus apuestas.

—Nos encanta apostar —dijo Benita al tiempo que sacaba monedas de un bolsito de tela que guardaba en la pechera—.

Los mexicanos no jugamos a nada si no hay apuesta de por medio.

A punto de soltar la primera pareja sobre la arena, me escabullí hacia atrás y me retiré a las inmediaciones de la alberca, donde unos niños alargaban la fiesta del agua. Mientras ellos chapoteaban, me senté en una gran piedra y me descalcé para sentir el contacto de la piel desnuda sobre la suavidad del musgo húmedo.

Llegado el mediodía, todos buscaron un raso a la sombra donde desplegar sus manteles. Benita y yo nos unimos a un grupo de veinte personas, tres perros y una cabra. Solo Benita, su hermano, un primo y yo nos sentamos en los márgenes de la tela. Los más viejos. El resto buscaron piedras lo suficientemente grandes. Apenas probé bocado, no porque la tarta de coco y las mazafinas de la mañana me hubieran saciado, como les dije a ellos, sino por la enorme telaraña que ondeaba sobre mi cabeza, la mugre de las perolas y la ausencia de cubiertos.

Asquerosidades aparte, nimiedades al fin y al cabo, me vino muy bien aquella jornada de abandono mental. Sin reparar en mis pesares, dejé que el ambiente de la alberca rellenara de tranquilidad mis desasosiegos. Una jornada agradable rodeada de buena gente arraigada a sus costumbres.

Y pensar que ese mismo día, a dos mil kilómetros de nuestra estancia serena, se había librado una batalla en las proximidades de Santiago de Cuba, con el resultado de decenas de heridos y muertos en ambos bandos. No solía estar al tanto de la actualidad, reacia a leer periódicos por la desazón que me generaban las noticias de sucesos; incrementada desde que mi paisano Gonzalo Tornero me desnudara su punto de vista respecto a la guerra, los empresarios, los políticos, la patria y la educación. Si caía algún periódico en mis manos, me centraba en la última página, la de anuncios.

Nos fuimos de la alberca apenas terminó la pitanza, ante la posibilidad de que pudiera producirse alguna riña entre los de mal beber. Regreso lento: la burra que tiraba del carrito parecía más cansada que nosotras.

## 24

*La Unión, Murcia*
*Jueves, 10 de julio de 1879*

Conforme a lo convenido, Zoilo acudió a la residencia de doña Engracia a primera hora del jueves, para acordar con sus hijos Fulgencio y José la manera de enderezar el negocio familiar. Nervioso y ligeramente preocupado, llevaba planificada su estrategia en una cuartilla. Quería comenzar con buen pie, con imagen de sobrada solvencia, en parte presionado por las ocho pesetas requeridas y el diez por ciento de los beneficios.

Abrió la puerta de la cancela y avanzó por el camino en recto hacia el caserón, entre frondosa vegetación, cantos de chicharras y árboles centenarios, salvados del frenesí minero al hallarse por fortuna en el interior del cortijo. Si bien había recorrido aquel trayecto en numerosas ocasiones, la mayoría con recados y encargos para la señora, esta vez la marcha exhalaba cierto aire glorioso, como militar en territorio conquistado. Algún día podría tener unos jardines como aquellos y una bonita casa —aunque no fuera tan grande—, donde vivir en compañía de su madre y hermanos. Ya no resultaba tan remoto el sueño de cambiar el olor a orines y excrementos del caserío por el aire limpio de un cortijo.

Tras los golpes de aldaba fue recibido por el mayordomo, con saludo reverencial, como si nunca se hubieran visto. Como si no hubieran compartido anécdotas y cuchicheos mientras descargaban los encargos del patrono por la puerta de servicio.

No podía deberse a la vestimenta de Zoilo, ya que llevaba el viejo traje de boda de su difunto padre. Supuso, por ende, que el hombre habría sido aleccionado, porque tras el escueto saludo se limitó a guiarle solemne hacia un majestuoso salón donde desayunaba doña Engracia en compañía de Delia, la hija en edad de merecer, artífice de las galletas. Era la primera vez que Zoilo entraba por la puerta principal y la primera que accedía a aquel salón colmado de cuadros, espejos, candelabros y muebles barrocos.

La anfitriona le saludó con la misma ternura que el día anterior, le pidió que se sentara a la mesa y al mayordomo, que despertara a los dos hijos que se iban a iniciar en el mundo de los negocios. Aquella esquina de la mesa rebosaba exuberancia en forma de rebanadas de pan tostado de miga blanca, tarros de mermelada y fruta de todo tipo. Zoilo había aprendido a que fuera la sirvienta quien llenara su taza de café y su copa de zumo. Tomó una tostada y la cubrió de mermelada. Eso sí debía hacerlo él.

—Me ha generado un gran alivio —comentó la señora— que hayamos llegado a un acuerdo. Sé que este es solo el principio y que surgirán contratiempos de todo tipo, pero con dedicación y buena voluntad podrán solventarse. Quiera Dios que los dos Antonios que en mi alma llevo nos guíen desde el cielo. —Levantó los ojos hacia el techo y se santiguó. La hija copió el gesto y a continuación Zoilo hizo un sucedáneo moviendo su mano en círculo desde la frente hacia el hombro izquierdo, la barriga y finalmente el hombro derecho. Doña Engracia se mantuvo ausente en oraciones y rogativas susurradas durante un lapso incómodo hasta que al fin su mirada descendió del cielo en dirección a Zoilo—. Estoy convencida de que habrá entendimiento entre vosotros, porque hay buena voluntad, que es lo importante. Para mí ya eres uno más de la familia.

Zoilo se mantuvo en silencio: nunca sabía qué comentar cuando se enfrentaba a esta clase de conversaciones, ni le apetecía lo de ser considerado como uno más de la familia, consciente de la conveniencia de no entremezclar relaciones afectivas con intereses económicos. Máxime cuando no era él quien había elegido los compañeros de faena.

—¿Les han gustado las galletas? —preguntó Delia con su voz blanda.

Zoilo asintió sin despegar la mirada del mantel.

—A punto he estado de no probarlas —dijo al fin—, porque mis hermanos las han devorado. Estaban buenísimas.

Doña Engracia sonrió placentera.

—Aunque no está bien que yo lo diga, Delia es una mujercita responsable, cariñosa, madrugadora... Quiero a todos mis hijos por igual, pero mi Delia es la que más me cuida. La más atenta. El día que tenga marido, estoy segura de que lo cuidará como a un rey. No le faltará de nada. Y niños, muchos, porque te encantan, ¿verdad?

—Sí, madre.

Zoilo, que estaba acostumbrado a tratar con todo tipo de caciques, vanidosos la mayoría, avaros todos, se sentía visiblemente incómodo. Le alegró que bajaran pronto los que iban a ser sus socios. Fulgencio y José aparecieron a ritmo lento, como cohibidos. Al ver Zoilo sus caras, recordó la conversación con su amigo Serafín relativa a que no eran más que unos niñatos consentidos, aunque no tenía claro si se habían demorado por vaguedad o habían estado esperando a ser avisados por la que ejercía de casamentera. De hecho, ninguno de los dos traía ojos de recién levantado.

Saludaron a Zoilo con un formal apretón de manos y se sentaron a la mesa mientras la sirvienta les colocaba enfrente sus cubiertos respectivos. Doña Engracia continuó el resto del desayuno con sus ínfulas de hijos perfectos, previendo la buena marcha de los negocios e insistiendo en la necesidad de comenzar con buen pie y sin malentendidos.

Finalizado el desayuno, Delia se despidió de su madre con un beso y del invitado, con una leve inclinación de la cabeza. La sirvienta procedió a despejar la mesa y Zoilo pidió permiso a la señora para sacar su cuartilla del bolsillo y exponer sus ideas, sin tener claro todavía quién sería jefe de quién, porque solo uno de los tres debía ser el jefe. Eso sí lo tenía claro.

—En mi opinión, y si no están de acuerdo corríjanme, lo primero que debemos hacer es conocer la situación actual de la empresa. —Esperó gestos de aprobación y continuó. Los hijos de la doña asentían con esa predisposición que mana jovial de los noveles cuando se les requiere para asuntos de destacada trascendencia—. Como ustedes saben de números y de contar dineros, podrían encargarse de aclarar cuánto hay en efectivo, pedidos en curso y material pendiente de pago y de cobro.

—Respecto al dinero en efectivo —aclaró Fulgencio—, los asesinos rompieron la caja fuerte de la fábrica de hierros y se lo llevaron todo.

Zoilo asintió cabizbajo. No podía decir que la caja fuerte se utilizaba como almacén de cables y cuerdas.

—Desconozco si su difunto padre, que en paz descanse, tenía más cajas en las otras fábricas. Si no es así, al menos ya tenemos ese tema claro. Para ponernos al día de los pedidos en curso hablaremos con los encargados de las fábricas y con los capataces de las minas. Aprovecharemos para contarles la nueva situación y concienciarles de que ahora más que nunca necesitamos de su colaboración para que todo funcione como antes. Estoy seguro de que no pondrán ningún impedimento. —Zoilo levantó la mirada hacia doña Engracia, que aseveró complacida—. Y respecto a lo que pueda quedar pendiente de cobro o de pago, sería conveniente buscar anotaciones en los cajones de los despachos, antes de hablar con los tratantes y patronos. Desconozco si su difunto padre lo apuntaba en algún cuaderno o lo llevaba todo en la cabeza.

—No sabríamos decirle —admitió Fulgencio, a todas luces más impetuoso que José—. Padre no solía contar nada relacionado con los negocios. Quizá a nuestro hermano Antonio, que en paz descanse, por ser el mayor y el único que hasta el momento trabajaba con él. Pero si dejó algo apuntado, lo encontraremos.

Mientras Fulgencio respondía, Zoilo recordó haber visto a don Antonio con un cuaderno; en concreto aquel día en que fue a la fábrica de hierros para decirle que don Hilario no sabía nada del corrimiento de mojones. Tenía grabada en la retina la imagen de su patrono buscando números entre un manojo de papeles, para apuntarlos a continuación en un cuaderno. Pero no dijo nada. Si había algo apuntado aparecería, así que, para mayor satisfacción de doña Engracia, continuó con la planificación de tareas pendientes. Debían conocer el dinero gastado en salarios, carbón y hierro, así como los nombres de los proveedores y clientes, al menos los principales. Más adelante calcularían el coste de fabricar cada tolva, cada castillete, cada cargadero, cada equipo por pequeño que fuera, tanto en horas como en material, para conocer así el beneficio de todo lo que saliera por la puerta; ya que en alguna ocasión había oído quejarse a don Antonio de no tener apenas beneficio con la fabricación de ciertos equipos, si bien podía ser una estrategia más de astuto negociador para subir los precios al cliente de turno. Zoilo no aclaró a los hermanos que ese fuera el motivo, solo que debían conocer los beneficios para saber qué minas y fábricas tenían menor rendimiento económico, por si interesaba darlas a partido. Cualquier decisión de ese calado sería tomada de común acuerdo por los tres nuevos regentes y siempre con la aprobación de doña Engracia.

Resueltas varias dudas de Fulgencio y aprovechando el entusiasmo generalizado, Zoilo pidió el fin de semana y un par de días de la siguiente para resolver un supuesto asunto familiar. Como doña Engracia concedió sin objeción alguna y nadie preguntó el motivo, Zoilo no tuvo que disfrazar con mentiras el canje del resto de los lingotes.

José, que hasta ese momento había permanecido en silencio, propuso poner manos a la obra. Su hermano asintió y Zoilo advirtió a los presentes del posible malestar de los trabajadores por los salarios pendientes de cobro durante las cinco semanas que nadie se había hecho cargo de los negocios. Le constaba que en las minas se había seguido trabajando como de costumbre, probablemente en las fábricas también y era posible que cuando llegaran, los capataces pidieran los salarios que se les debía.

Doña Engracia se levantó, salió del comedor y apareció a los pocos minutos con un sobre en la mano.

—Debéis hablar con los trabajadores y hacerles entender que en breve cobrarán los atrasos —explicó, al tiempo que entregaba el sobre a Fulgencio—, pero antes necesitamos generar beneficios porque, como ellos también saben, todo lo que teníamos se lo llevaron los ladrones.

En ese momento Zoilo se atestó de dudas al desconocer si la

familia estaba aprovechando el supuesto robo para retrasar el pago a los trabajadores, si era don Antonio quien había ocultado la situación económica a su propia familia, si lo había estado malgastando en vicios inconfesables o si se debía a que todo aquel lujo y poderío no era más que un chamizo con fachada de mármol. No tardaría en comprobarlo.

Se despidieron de doña Engracia y subieron al carruaje que había mandado preparar el mayordomo.

El primer destino fue la fábrica de hierros. Frente a la puerta había un señor de porte elegante, con bombín negro, pipa humeante y mostacho frondoso. Junto a él, un carruaje de cochero y farolillos.

—Ese hombre se llama Basilio. Tiene decenas de minas entre Punta Blanca y Punta Negrete —aclaró Zoilo, que lo conocía por haberle llevado recados en numerosas ocasiones. Bajaron los tres y se encaminaron hacia el patrono. Zoilo al frente.

—Buenos días, don Basilio, qué alegría encontrarle por aquí. Le presento a don Fulgencio y a don José, hijos de don Antonio, que en paz descanse.

—Mi más sentido pésame —suspiró el patrono—. Ha sido inmensa y profunda la congoja que nos ha producido a todos los que trabajamos en este difícil mundo de la minería. Lo desprotegidos que estamos ante la crueldad de los vándalos y la poca valía que nuestra vida tiene para esa gentuza. Ahora más que nunca necesito su compañía —dijo señalando al cochero—. Es mi asistente, mi persona de confianza y mi ángel de la guarda. ¡Don Francisco, saque usted el «callabocas»!

El cochero se agachó y sacó una escopeta de caza que escondía bajo el pescante.

—Cuando salgo de casa, siempre me acompaña. No se despega de mí ni con agua caliente. —Soltó una carcajada—. Y si ustedes me permiten un consejo, deberían llevar protección, no vaya a ser que a esa gentuza se le ocurra volver. Las ratas regresan adonde saben que hay comida.

Zoilo se giró hacia el cochero de sus cofrades.

—¿Sabe usted disparar con escopeta?

—Por supuesto, señor. Habré cazado miles de liebres y conejos.

—¿Y estaría dispuesto a ser nuestro protector?

—Lo que ustedes manden, que para servir estamos.

—Eso implicaría tener que disparar a cualquier vándalo que apareciera.

—Pueden estar seguros de que no me temblaría el pulso.

Todos se sonrieron.

—¡Solucionado! —soltó don Basilio—. ¡Ya tienen su propio ángel de la guarda! Y yo me quedo más tranquilo, que si he venido hasta aquí ha sido para darles el pésame y saber de ustedes. Los que tenemos una peseta debemos ayudarnos en todo lo que podamos, que la situación en esta sierra está cada día peor. Por cierto, antes de marcharme quisiera preguntarles por mis tolvas.

Zoilo tomó de nuevo la iniciativa.

—Pase a la oficina y lo hablamos.

—Gracias, pero tengo prisa. Solo quería saber si están terminadas porque las necesito con cierta urgencia para el nuevo lavadero de mineral.

—Entenderá usted que no podamos contestarle en estos momentos. —A continuación, se giró hacia los dos hermanos—. Para que don Basilio no se vea perjudicado, daremos prioridad a sus tolvas, en el caso de que no estuvieran terminadas. —Esperó la conformidad de sus socios y volvió al patrono—. Y para que usted no tenga que volver, nosotros iremos a informarle.

—Agradecido quedo, porque entiendo su situación y el esfuerzo que están haciendo. Queden ustedes con Dios.

Los tres jóvenes correspondieron al saludo y esperaron estáticos sobre la tierra a que el cacique subiera a su carruaje e iniciara la marcha.

—A todos nos gusta que nos regalen el oído, ¿verdad? —le sonrió Zoilo a los dos hermanos—. No debemos perder ni un solo cliente. Vamos para dentro y pongámonos manos a la obra.

Los hermanos no replicaron, pero sus ojos rezumaban admiración ante el desparpajo de Zoilo. Y es que las oficinas del mayor banco del país habían oído su nombre con el tratamiento de don y habían afianzado su nueva imagen de desenvoltura vaciada de timidez, como si el elegante traje del sastre de Santa Florentina le hubiera tensado la espalda para que dejara de hablar hacia el suelo. Timidez que ya solo afloraba en contadas ocasiones, normalmente en presencia de féminas.

La sorpresa de los tres fue mayúscula al ver que la fábrica estaba parada. Parecía que no hubiera nadie y la capa de polvo apuntaba a que la inactividad no fuera cosa de un día. Cerraron la puerta y avanzaron entre los hierros. En ese momento vieron al encargado tras una mesa de trabajo sobre la que había un cántaro de agua, varias herramientas y una escopeta. Desaliñado y somnoliento, les contó que había custodiado la fábrica día y noche a la espera de que se presentara algún jefe, evitando así que los rateros la desvalijaran.

Al tiempo que Zoilo escuchaba al encargado, no perdía de vista la escopeta de cartuchos que descansaba sobre la mesa. Al parecer, ahora todos llevaban escopetas como si les fueran a salvar sus vidas, desconocedores todos de que don Antonio y su hijo habían muerto precisamente por llevar una de aquellas.

Como gratitud por haber custodiado la fábrica, Zoilo le dejó entrever que, si los negocios retomaban su rumbo normal, sería recompensado con un aumento de sueldo.

—¿Están ustedes de acuerdo? —preguntó a los dos hermanos, que asintieron rotundos.

Zoilo los presentó como hijos de don Antonio, regentes los tres, sin aclarar lo que ni siquiera él sabía: quién sería el jefe y cuáles las responsabilidades de cada uno. Debían ponerse a trabajar enseguida, así que subieron todos a la oficina para que el encargado les explicara lo que se estaba fabricando, material pendiente de recibir, últimos equipos entregados y cualquier otro asunto que considerara de interés.

La oficina se reducía a un cuartucho con una ventanita desde la que se divisaba el taller, una mesa atestada de papeles, un sillón, una silla y una estantería con carpetas amontonadas. Parecía estar tal cual la había dejado don Antonio. Los hermanos buscaron un par de cuadernos, despejaron la mesa y se sentaron para apuntar todo a ritmo endiablado. Dos horas de explicaciones, y eso que Zoilo se encargaba de centrar el monólogo cada vez que el empleado se dispersaba en anécdotas o cuchicheos.

Resueltas la mayoría de las dudas, ya solo quedaba avisar a los trabajadores para que volvieran a la fábrica.

—Están todos muy preocupados —comentó el encargado—. Si no mandan nada más, voy ahora mismo a sus casas para darles la buena noticia.

—¡Espere! —requirió Fulgencio, que le entregó un billete de veinticinco pesetas—. Si conseguimos que todo vaya como antes, le pagaremos el resto de los atrasos, además del aumento de sueldo que le ha comentado don Zoilo.

Al ver los hermanos la cara de sorpresa del encargado, entendieron que no esperaba cobrar el tiempo de centinela, pero Zoilo sabía que se debía al pago con dinero en lugar de vales. Zoilo alargó la vista intentando ver si aquel noble papelito era de los que llevaban la firma del gobernador del Banco de España o de los ilegales que emitían otros bancos. Como no pudo verlo, pensó en hablarlo con los hermanos en otro momento, cuando no hubiera nadie delante y sin revelar que la explicación procedía nada más y nada menos que de don Liberato Velarde, secretario del subgobernador del ilustre Banco de España.

Dedicaron aquella tarde y la mañana del viernes a recorrer el resto de las fábricas y minas para proceder del mismo modo con todos los capataces y encargados. Las conversaciones resultaron bastante fructíferas y la información recopilada, suficiente. Incluso tuvieron tiempo para pasar por las propiedades de don Basilio y comunicarle que sus tolvas estarían terminadas en un par de semanas.

Los hermanos se advertían entusiasmados con los resultados y Zoilo, radiante por recorrer la sierra minera en berlina con cochero, privilegios al alcance solo de los patronos más adinerados. Habría podido apearse a las afueras del pueblo para evitar las calles sinuosas y estrechas de tierra y escoria, pero nada le hacía más ilusión que llegar hasta la misma puerta de su casa, así que propuso entrar en el pueblo para presentarles a su madre y hermanos.

Inolvidable el instante en que Zoilo bajó del carruaje y vio a su madre en el quicio de la puerta. No esperaba que se asomara y menos aún que dejara entrever un leve gesto de orgullo; ella, que no solía mostrarse deseosa de lo terrenal ni devota de lo divino. Quizá valoraba ahora que alguien de su prole consiguiera lo que ella nunca había ansiado. Para mayor gozo de Zoilo, varios vecinos habían salido al oír los cascabeles y observaban la hermosura del carruaje.

Detrás bajaron sus dos socios, que fueron presentados a la madre con tratamiento de don e hijos del difunto patrono. La madre ofreció sus condolencias, sabedora del dolor profundo que deja la pérdida de un ser querido. Silencio de cabezas bajas a continuación. Incómodo.

Como los hermanos de Zoilo no habían llegado todavía y su madre no mostraba intención alguna de invitarlos al interior de la vivienda, Fulgencio y José se despidieron con una sutil reverencia.

—Madre, ¿ha visto qué berlina más bonita? —dijo desde el umbral de la puerta cuando sus socios retomaban la marcha.

—Este traje de tu difunto padre está muy estropeado.

—Lo sé, madre. Me están haciendo uno nuevo.

Por el extremo de la calle contrario al que marchaba la berlina, se acercaba un grupo de vecinas enlutadas con manojos de acelgas silvestres. Zoilo y su madre entraron en casa y cerraron la puerta.


Aquella tarde de viernes fue a Cartagena para dilucidar lo relativo al transporte de los lingotes y de paso recoger los trajes que les había estado custodiando el sastre de Santa Florentina. Habría podido preguntar en la estación de La Unión y evitar así los diez kilómetros en el tranvía de vapor, pero consideró más discreta la estación de Cartagena.

Le explicaron que el tren llevaba, además de la oficina ambulante del servicio de Correos, un vagón de carga para las sacas con destino a Madrid, el cual solían completar con los baúles de los pasajeros y otros bultos de gran tamaño. Como el tren no se empleaba para el traslado de mercancías, no solía haber problemas de espacio excepto en contadas ocasiones, la mayoría relacionadas con el traslado de domicilios familiares. Por si era el caso, convenía saber el volumen aproximado a fin de evitar imprevistos, cuestión que resolvió Zoilo indicando con las palmas extendidas las tres dimensiones del conjunto. Las mismas que tenía la caja fuerte de donde habían extraído los lingotes.

No habría problema, concluyeron los empleados, siempre y cuando Zoilo se encargara del transporte hasta la misma portezuela del vagón. De igual manera, debía hacerse cargo de los bultos tras ser descargados sobre el andén de la estación madrileña.

Asunto aclarado, que no resuelto. Zoilo salió del pabellón de madera y se detuvo pensativo bajo el cobertizo. Indeciso y preocupado ante la difícil labor de trasegar tanto lingote con absoluta discreción. Lingotes pesados que deberían embalar individualmente o en grupos de dos a lo sumo, para lo cual necesitarían envoltorios tipo cajita de madera que disimularan el contenido. Deberían encargarlos a un carpintero, lo que no supondría un problema, si bien el tamaño del conjunto aumentaría de modo considerable por muy ajustados que quedaran los lingotes en sus recipientes. No lo veía claro. Pensó también en la opción de envolverlos con papel de estraza, como hicieron con los dos lingotes que llevaron a Madrid, pero no acababa de convencerle la idea ante la probabilidad de que algún papel se rompiera durante el trasiego y asomara la plata. Imaginaba horrorizado la hipotética escena de los envoltorios rotos y los lingotes esparcidos sobre el andén de la estación frente a decenas de curiosos, rateros algunos. Y cuando llegaran a Madrid, sería imposible custodiar tanto bulto si además debían encargarse ellos de sacarlos de la estación y subirlos a una berlina de alquiler. Imposible no llamar la atención, como imposible era contar con la ayuda de Juanjo y Jesús ante su manifiesta deriva hacia el abandono. Concluyó entonces la idoneidad de llevar la carga en carruaje a la sucursal de Alicante, y evitar así los complicados transbordos, aun a sabiendas de que su enamorado amigo se opondría. Sin duda era la mejor opción, así que partió a paso resuelto hacia la zona amurallada directo a una de las paradas de coches de caballos, berlinas y carretelas. Si no encontraba una lo suficientemente robusta y cómoda, preguntaría en la plaza de los Carros a algún tratante que estuviera dispuesto a alquilarle la suya.

No hizo falta ni tuvo que preguntar mucho hasta localizar a

un dueño de varias berlinas, que con verborrea de charlatán dijo disponer por fortuna de la más confortable y lujosa, de los dos mejores caballos y del más veterano de los chóferes. Zoilo intentó que el alquiler no incluyera al cochero, pero el propietario se mostró inflexible en ese punto, tal vez por miedo a que la berlina no volviera. Marcharían solo de día, los animales debían descansar en establo, el cochero en hospedería o fonda, y el cliente debía hacerse cargo de todos los gastos de alimentación y pernocta.

Aceptadas las condiciones y el precio, quedaron junto a la iglesia de La Unión. El sábado al amanecer. Zoilo había estimado un total de veinte horas, diez por jornada. Podrían parar a placer y dormir en alguna de las fondas que a buen seguro encontrarían en los cruces de caminos, para llegar al banco a primera hora del lunes. La vuelta debía ser necesariamente más rápida, para enfrascarse lo antes posible en el cargo recién estrenado, obsesionado Zoilo con no perder la confianza de la doña.

Resuelto el escollo del transporte, fue a la sastrería de la calle Santa Florentina para que le embalara los trajes en sacos de lienzo. Propina, apretón de manos y vuelta al pueblo en el tranvía. Esa misma tarde tenía que explicar a Serafín la conveniencia de viajar a Alicante y la necesidad de que fuera a la mañana siguiente. Dejaría los trajes en casa de su amigo, para echarlos al carruaje alquilado cuando cargaran los lingotes.

Como había supuesto, tuvo por respuesta el tremendo disgusto de quien contaba las horas para ver a su amada. Zoilo supo justificar los motivos y aplacar los arrebatos, consciente de que siempre se terminaba haciendo lo que él resolvía. Plan de viaje aclarado y vuelta a casa. A cenar y digerir la noche entre caricias a sus dos perros y viajes a la calle para miccionar el nerviosismo sobre la pared desconchada del solar vecino; y es que eran muchas las novedades e incertidumbres. A ello se unieron imprevistos como la tardanza de la berlina que los debía llevar a Alicante. A media mañana del sábado todavía no había aparecido.

La desazón iba en aumento. Los dos amigos optaron por patrullar los alrededores de la iglesia ante la posibilidad de que el cochero no hubiera entendido el punto exacto de recogida.

—Si seguimos esperando —resopló Serafín— no nos va a dar tiempo a desenterrar las patatas antes de que vuelvan mis padres del huerto.

—Tienes razón. Empieza a desenterrarlas mientras yo busco otra berlina.

—¿Y si cuando tú llegues ya están mis padres en casa?

—No te preocupes. Improvisaremos algo.

Cuando marchaban a sus cometidos vieron que aparecía un carruaje al final de la calle. Dedujeron que se trataba del contratado, porque se había detenido tras doblar la esquina y el cochero parecía preguntar a uno de los viandantes.

—¡Voy yo! —gritó Zoilo a su amigo—. Tú empieza a desenterrar las patatas.

Los dos amigos salieron al trote: Serafín hacia su casa y Zoilo hacia el carruaje, que seguía parado. Efectivamente, era el contratado. Un coche de dos caballos con caja cerrada y remates plateados; puerta trasera de acceso, dos asientos vis a vis acolchados y ventanas de persianas y cristales abatibles. Algo menos elegante que la hermosa berlina de los hijos de don Antonio y aunque espacioso hasta para seis personas, escaso quizá para la carga que le esperaba.

Tras apearse Zoilo frente al domicilio de su amigo, explicó al cochero que el inicio del viaje se demoraría lo suficiente como para que pudiera comer en la taberna donde tantas mañanas de domingo había trabajado.

—Diga usted que va de parte de Zoilo Baraza y que yo pagaré la cuenta. No se preocupe por el carruaje, que yo me quedaré vigilando.

El cochero asintió agradecido y saltó a tierra rumbo a la taberna. Probablemente no esperaba que lo invitaran después de haber llegado tarde y antes de comenzar la travesía.

Zoilo aguardó a que el cochero desapareciera calle arriba para entrar en casa de su amigo, directo a los limoneros del patio. Serafín ya había apartado la tierra y comenzaba a sacar los lingotes. Uno a uno, los depositaba sobre un saco extendido para que Zoilo los limpiara con un trapo y los llevara ocultos hasta la berlina. Por suerte, hubo sitio suficiente en los huecos de ambos asientos.

Terminado el trasiego, Serafín emparejó con la azada la tierra bajo los limoneros y Zoilo acomodó los trajes extendidos sobre uno de los asientos. Para no demorar la salida acordaron comer a bordo, así que Serafín corrió a por una bota de vino y una talega con pan y embutidos, mientras Zoilo iba a por el cochero. En pocos minutos ya habían iniciado la marcha.

Si bien habían conseguido ocultar los lingotes a vecinos y familiares, les inquietaba la posibilidad de que algún contratiempo durante el viaje delatara el valioso material que transportaban bajo sus traseros. Por suerte, el cochero tampoco reparó en que las ballestas del carruaje estaban más vencidas de lo normal.

—Ya he hablado con Juanjo y Jesús —explicó Serafín—, y les he dicho que cuando vendamos las patatas se disolverá el grupo. —Sacó el pan de la talega y cortó una cuña. Situó un trozo de tocino sobre el chusco y comenzó a cortar lonchas de uno y de otro, alternativamente, para llevárselos a la boca. Zoilo no parecía tener hambre—. Cuando me dijiste que habías decidido hacer negocios con la familia de tu patrono, vi el cielo abierto. A mí no me apetecía continuar con estos temas y resulta que a ellos tampoco. Y aunque sean siervos de la bebida, no han perdido el sentido común, porque me han pedido que les guarde su parte del dinero. Supongo que así tardarán más tiempo en malgastarlo. —Cada cuatro o cinco trozos de tocino y pan, se echaba un trago de la bota.

—¿Vas a tener que excavar otra vez entre los limoneros para esconder el dinero? Al ser papel, tendrás que protegerlo en botes de cristal...

El corpulento parecía decir que no con la cabeza inclinada hacia atrás y la boca abierta hacia el caño de vino. Finalizado el trago, se limpió los labios con el dorso de la mano y aclaró la garganta con un leve carraspeo.

—No hará falta esconder nada: he contado a mis padres que el lunes vamos a recoger la herencia de Juanjo, que ha decidido repartir el dinero entre los cuatro amigos y que tanto él como Jesús me han pedido que les administre su dinero.

—¿Y qué han dicho tus padres?

—Les ha parecido bien, porque saben de la afición de los

pánfilos a las tabernas, y les he pedido que, si me voy a Madrid, sean ellos quien les administren el dinero. Así no tendré que sufrir cada vez que vea a mis padres regando los limoneros o quitando las malas hiervas con la azada. Menudo suplicio me ahorro.

Zoilo asintió para girar la cabeza hacia el mar. Sin aclarar qué había contado él a su familia respecto al viaje ni cómo justificaría el incremento súbito de capital. Quizá lo tenía más fácil, sabedores todos del importante cargo recién estrenado.


Aquel sábado hicieron noche en una venta próxima a las salinas de Torrevieja. El cochero compartió dormitorio con Zoilo, los caballos durmieron en el establo y Serafín, en el carruaje. Zoilo le había propuesto relevarle a media noche, pero el corpulento había declinado el ofrecimiento al saberse más capacitado para defender la valiosa carga.

A la mañana siguiente retomaron la marcha con las primeras luces del día. El tramo restante se presumía más largo debido a la demora en la salida del día anterior.

El camino transcurría aledaño a la arena fina de la playa. Zoilo, que no estaba para panorámicas, se había tumbado sobre uno de los asientos y trataba de sumar alguna hora de sueño. Parecía que hubiera vigilado él y Serafín quien hubiera dormido en cama, porque enérgico a raudales había echado mano de la talega para tomar su desayuno de longaniza, pan y vino. En silencio, para no molestar a su amigo, mientras contemplaba a través del cristal las afiladas nubes, teñidas de tonos anaranjados por el sol que comenzaba a emerger sobre el horizonte de un mar en calma. Acompañaba al sosiego la marcha monótona de los caballos, el golpeteo de sus cascos sobre las piedras del camino y los crujidos ocasionales del carruaje al salvar socavones y pedruscos.

Resultó inútil el intento de Zoilo por descansar la conciencia. Tras decenas de volteos sobre el asiento, se incorporó y explicó a su amigo lo que le inquietaba.

—El cochero no debería ver mañana el trasiego de los lingotes. Aunque no sea del pueblo, la noticia correría como la pólvora. No me importa que vea los fajos de billetes cuando salgamos del banco, porque se supone que venimos a recoger la herencia, pero si ve los lingotes... estamos perdidos.

—¿Entonces? ¿Qué hacemos?

—Te estoy diciendo que no lo sé. Si lo supiera probablemente habría podido dormir algo esta noche. La única forma de que no vea los lingotes es que no esté cuando los bajemos. Podemos decirle que se vaya a tomar algo, como hice ayer cuando llegamos a tu casa.

—Solucionado —zanjó el corpulento.

—¡Solucionado, no! ¿Y si no le apetece? ¿Y si no quiere despegarse del carruaje? No podremos obligarle y si insistimos sospechará que estamos tramando algo.

Serafín se inclinó hacia su amigo. Parecía tener la solución.

—Si no queremos complicaciones, lo mejor es que se quede durmiendo mientras nosotros vamos al banco, y para que duerma a pierna suelta no hay nada como una buena borrachera la noche anterior.

El semblante crispado de Zoilo se endulzó de improviso.

—¡Buena idea! —Por unos segundos se mantuvo en silencio para completar la propuesta de su amigo—. Como presiento que el cochero se lleva mejor contigo, esta noche me quedaré yo en el carruaje y tú cenas con él y lo atiborras de alcohol. Para evitar que mañana se despierte, él dormirá en una habitación y tú en otra. Antes de que amanezca pondré los aparejos a los caballos y subiré a tu habitación para vestirnos de señoritos. Tendremos que darnos prisa para salir antes de que la luz o el ruido de la gente despierte al cochero, aunque ello suponga tener que esperar dos o tres horas a que abra el banco; y como este buen hombre no sabrá adónde hemos ido, no tendrá otra opción que esperar a que volvamos. ¡Serafín, has tenido muy buena idea! De haber sabido que íbamos a emborracharlo, habríamos hecho bien en traer a algún pánfilo, porque necesito que tú no bebas para que mañana seas mi perfecto guardián. Como en Madrid.

Serafín asintió orgulloso. Le entusiasmaba la idea de volver a interpretar el papel, recordando una y otra vez cuando situó solemne los dos lingotes sobre la mesa del mismísimo secretario del subgobernador del banco más importante de España. Si los de Madrid se habían sorprendido al ver solo dos, cuán grande sería el asombro cuando vieran lo que traían bajo sus posaderas. Zoilo, menos ilusionado por interpretar papeles y después de mitigar parte del desasosiego, volvió a acurrucarse sobre el asiento para conseguir dormirse finalmente a pesar del traqueteo y de los ruidos del exterior. Pasó tumbado gran parte del camino, dormitando o charlando con su amigo, excepto cuando paraban para comer o para dar agua y descanso a los caballos.

Cuando a lo lejos ya se divisaba la ciudad portuaria, preguntaron en varias fondas hasta encontrar una con disponibilidad de dormitorios individuales y establo lo bastante grande como para que cupiera el carruaje. La fonda seleccionada, regentada por un afable matrimonio con una prole de once hijos, disponía de taberna en la planta baja y ocho dormitorios para los señores clientes en la planta superior, además de un molino harinero, una almazara, un horno de pan y varias tahúllas con verduras, hortalizas y frutales.

Conforme a lo previsto, Zoilo permaneció en el carruaje mientras Serafín y el cochero cenaban en la taberna, relajado pese a la absoluta oscuridad y al olor a excrementos.

Sería medianoche cuando le despertó un golpe y a continuación el ruido de la manilla. Era Serafín que, a tientas por el establo, había chocado con el carruaje e intentaba abrir la puerta.

—Zoilo, ¿estás durmiendo?

Tras unos segundos llegó la contestación.

—Sí. Estaba durmiendo. Dime, ¿qué quieres?

Zoilo se incorporó sobre el asiento y encendió el candil, mientras la puerta se abría y de la negrura brotaba la silueta tambaleante de Serafín.

—Vengo a decirte que te aprecio mucho —se le advertía dificultad para enlazar las sílabas— y que me tendrás siempre para lo que necesites. Aunque me vaya a Madrid vendré cada vez que me lo pidas.

—¡Estás borracho! ¡Dios mío! ¡Se suponía que tenía que beber él, no tú!

—Ha bebido mucho más que yo, te lo aseguro, pero decía que empinar el codo sin compañía es de borrachos.

El alcohol exhalado pronto impregnó el interior del carruaje. Zoilo elevó la lámpara de aceite hacia los ojos entornados de su amigo, que sujeto con ambas manos al marco de la puerta intentaba mantener la verticalidad. El cuerpo le oscilaba como si sus robustas piernas no fueran capaces de sujetarle.

—¡De acuerdo! ¡Acuéstate y mañana temprano subiré a despertarte!

—Sube tú. Yo me quedo aquí.

Zoilo se levantó con el candil en alto. Indignado por la falta de compromiso y seriedad de su amigo, porque no era consciente de la trascendencia que tendría en sus vidas lo que ocurriera a la mañana siguiente. Y es que el hecho de que en Madrid todo hubiera salido a pedir de boca, no garantizaba que en esta sucursal no sobreviniera contratiempo alguno que alertara al director lo suficiente como para llamar a la Guardia Civil.

—Serafín, sube y acuéstate —le pidió finalmente con indulgente tono de resignación—. Se supone que quien se queda en el carruaje es para vigilarlo y tú no estás para otra cosa que no sea dormir.

—Tienes razón. Siempre tienes razón. Eres muy inteligente y te admiro. Por eso eres mi mejor amigo.

—¡Serafín, acuéstate! Para una vez que consigo dormir, vienes tú y me despiertas.

—Lo siento. Haría por ti lo que fuera, lo que me...

—¡¡¡Serafín, acuéstate ya!!!

Agachó sumiso la cabeza, se giró hacia la puerta y descendió agarrado al marco. Zoilo suspiró resignado, tomó el candil y bajó también para guiarlo hasta la puerta que daba a la taberna.

No quedaba nadie en aquel salón saturado de humo de tabaco. Las velas estaban apagadas y las mesas rebosaban botellas y jarras vacías. Zoilo echó sobre su cuello el brazo de su amigo y, sorteando las isletas de serrín sucio, atravesó la taberna en dirección a la escalera que daba a los dormitorios. Dejó al corpulento sobre la cama y cerró la puerta para volver al carruaje.


A la mañana siguiente saltó a la paja del establo cuando todavía era noche cerrada. Encendió los faroles del carruaje, preparó los caballos, los enganches y subió cauteloso las escaleras de madera para deslizar una nota bajo la puerta del cochero, donde explicaba la conveniencia de dejarlo descansar mientras ellos iban a la ciudad, y remarcaba para su tranquilidad que tanto el carruaje como los caballos estarían vigilados en todo momento.

Avanzó lento por el pasillo hasta el dormitorio de Serafín, golpeó la puerta con los nudillos y susurró su nombre repetidamente. No había caído en quedarse con la llave o dejar la puerta entornada, así que siguió requiriéndole, incrementando el ímpetu de los golpes y la intensidad de las voces con la misma progresión que el arrebato que provocaba en su ánimo.

Acercó la oreja a la madera y esperó unos segundos en silencio. Imposible que Serafín le oyera con semejante recital de ronquidos, derivados de la ingesta de alcohol. Lo habría dejado en la fonda y habría marchado él solo a esperar la apertura de la sucursal, pero sabía que no podía hacerlo. Le necesitaba. El director de la sucursal, los empleados y cualquiera habrían recelado de un joven cargado de plata hasta los topes y sin lacayo alguno ni asistente de confianza.

Bajó al bar y entró en la trastienda. Ni rastro de los posaderos ni de sus hijos, así que optó por buscar llaves en cajones y armarios. Con todas las encontradas subió al dormitorio de Serafín y fue probando una por una. Algunas parecían encajar, pero ninguna giraba. Habría tirado la puerta abajo, pero de seguir dando golpes habría acabado despertando al cochero, así que bajó al establo para llevar el carruaje hasta la fachada del edificio. Lo situó bajo el dormitorio de su amigo, trepó al techo de la caja y empujó la ventana entreabierta.

—¡Serafín! ¡Despierta!

Como seguía roncando, saltó al suelo, tomó un puñado de piedras y volvió a trepar para tirárselas con ahínco. La primera pedrada fue certera y el resultado, inmediato.

—¿Qué pasa?

—¡Vístete ya, que está amaneciendo!

El corpulento salió de la cama visiblemente mareado y procedió a vestirse mientras Zoilo le apremiaba desde la ventana. Al subirse el pantalón, perdió el equilibrio y agarrado al cinturón cayó de cabeza contra un pequeño mueble de madera que había frente a la cama. El golpe fue tremendo y el cabreo de Zoilo, mayúsculo.

—¡No hagas ruido! —barbulló—. ¡Si despiertas al cochero estamos jodidos!

Habría subido para vestirse de gala y ayudar a su amigo, pero no quería dejar el carruaje desatendido, así que esperó a que apareciera por la puerta de la fachada, para saltar del carro y correr escaleras arriba. En pocos minutos ya estaban de camino a la ciudad; Zoilo, a las riendas y el corpulento, en el interior del habitáculo para custodiar la mercancía, sobrellevando en silencio un dolor de cabeza insoportable.


Tampoco la ciudad de Alicante conservaba un cerco fortificado que la protegiera; al parecer, gran parte de las murallas, puertas y plataformas habían sido derribadas.

Entraron en la plaza de San Francisco y, tras preguntar a un lugareño, continuaron por la calle del mismo nombre directos a la plaza de la Constitución —situada a solo dos calles del puerto— y desde allí por la calle de la Princesa hasta la sucursal del Banco de España, a unos cuarenta metros.

Ya solo quedaba esperar a que abrieran las puertas para que Zoilo entrara solemne. Mientras tanto, y puesto que el corpulento no estaba para otra cosa que no fuera vegetar en el interior del carruaje, Zoilo aprovechó para dar un breve paseo hasta el puerto.

Impregnándose de la brisa del mar que lo vio nacer, se asomó al otro lado del muelle, hacia el noreste, para divisar los balnearios de la playa del Postiguet, a los pies del castillo de Santa Bárbara; serenísimos ahora, pero abarrotados en apenas unas horas de bañistas locales y veraneantes, llegados muchos en el tren de Madrid. Ansiosos todos por disfrutar de un clima agradable y de los nueve baños que, según los facultativos, ayudaban a prevenir y combatir el reumatismo, la anemia o la dermatosis.

Zoilo, que nunca había catado tales acomodos, se habría conformado con pasar la mañana en alguna de aquellas pasarelas, contemplando de cerca los chapuzones de las señoritas en traje de baño. Quizá otro día: ahora debía volver sobre sus pasos, no fuera a ser que alguna indisposición intestinal arremetiera a su amigo de improviso y tuviera que abandonar el carruaje.

No fue el caso. Al parecer la recuperación del corpulento era rápida y su predisposición, la habitual.

Tras la esperada apertura de la entidad, Zoilo se presentó a uno de los empleados y pidió que le condujera al despacho del director. El trato recibido resultó igual de cordial que en la sede de Madrid y el hecho de conocer al secretario del subgobernador, posibilitó que fuera tratado con distinción sin tener que exhibir ni un solo gramo de plata. Al requerimiento del director acudieron dos empleados para proceder al trasiego de los lingotes desde el carruaje hasta su despacho, mientras el corpulento vigilaba la descarga junto al vehículo y Zoilo charlaba con el director. Si bien el regente viajaba con cierta asiduidad a la sede central, conocía solo por referencias a don Liberato Velarde, lo que Zoilo aprovechó para significarse con reseñas como el lugar de nacimiento de la mujer del susodicho —Villasequilla de Yepes— o la recomendación que le diera en su despacho de Madrid, entre efluvios de puro habano, de acudir exclusivamente al Banco de España, por tener la exclusividad en la emisión de billetes y ante los problemas de falsificación de otros bancos y sociedades de crédito.

Acompañando los últimos lingotes apareció el corpulento, para permanecer erguido junto a la puerta del despacho. Zoilo esperaba que tanto el director como sus subordinados se mostraran sorprendidos ante tal cantidad de lingotes apilados en el suelo y que importunaran con cuestiones relativas al origen de la fortuna, quehaceres y propiedades; pero se limitaron a contabilizar y calcular importes. Acordaron repartir la cuantía en billetes de veinticinco, cincuenta y cien pesetas, más adecuados para el pago de salarios y mercancías que los de quinientas y mil. También un par de bolsas con monedas de plata de dos y cinco pesetas.

En espera de que los empleados retiraran la mercancía y trajeran el dinero, el director se acercó al armario y sacó una pequeña cajita que entregó carialegre a su nuevo cliente. Se trataba de una pluma de plata que, según explicó, solo concedían en ocasiones muy especiales; dejándole claro que no se la entregaba por ser un cliente pudiente, sino por su compostura y trato distinguido. A punto estuvo Zoilo de emocionarse cuando destapó el presente, bajo la mirada atenta de su amigo, henchido también de complacencia.

Como el trasiego de lingotes no había acabado y el director supuso que Zoilo conocía de primera mano los servicios que el banco ofrecía, para completar el tiempo de espera optó por comentar la situación económica de aquella región asomada al Mediterráneo; situación marcada principalmente por la crisis agrícola como consecuencia de la mayor sequía del siglo. Zoilo añadió entonces que un manchego le había contado en el tren de camino a Madrid las mermas de cosecha de cereal que los campesinos estaban sufriendo por la escasez de lluvias durante los últimos seis o siete años. En efecto, el director corroboró que la sequía se extendía a toda la península y que la economía alicantina subsistía gracias al impulso de la industria del turismo desde que la línea férrea les había unido a la capital.

El director continuó dando cifras y fechas. Parecía saberse al dedillo aquella soporífera soflama. Se le advertía cómodo, incapaz de percibir el desinterés de Zoilo, quien estaba atento en apariencia, pero más centrado en el trasiego de plata y deseoso de ver los fajos de billetes.

Quedaban pocos lingotes por retirar cuando se presentó el empleado responsable del dinero. En una mano llevaba una maleta y en la otra, varios impresos. Dejó todo sobre la mesa y tomó uno de los papeles para explicar de nuevo las sumas. Tras el visto bueno de Zoilo, abrió la maleta y procedió a recontar los fajos de billetes, con detenimiento, para verificar conjuntamente que coincidían las cantidades. Esperó de nuevo el visto bueno y pidió a Zoilo que firmara el impreso para darle a continuación otro igual que acababa de firmar el director junto al sello del Banco de España.

Concluida la transacción, llegaron los buenos deseos y las despedidas protocolarias. No faltó la invitación del gerente, costumbre quizá de los directivos del banco a los clientes pudientes. Zoilo se disculpó agradecido con el mismo pretexto que en su día improvisó al secretario del subgobernador y, tras repetir el apretón de manos, salió de la entidad seguido por el corpulento, que abrazado a la maleta se encerró raudo en el carruaje. Ni siquiera bajó cuando llegaron a la fonda en busca del cochero. Los esperaba de pie junto al camino, visiblemente preocupado por si no volvía a ver el carruaje.

—Hemos preferido no despertarle —explicó Zoilo tras detener la caballería—, porque necesitábamos que estuviera descansado para la vuelta: tenemos un poco de prisa.

—Les estoy muy agradecido y les pido mil disculpas por haber bebido tanto. Fue una irresponsabilidad por mi parte.

—No se preocupe.

Zoilo le entregó las riendas, bajó del carruaje y entró en la fonda para recoger la ropa del dormitorio y pagar la cuenta.

—¿Necesita usted un ayudante? —preguntó el tabernero cuando Zoilo ya se disponía a abandonar el establecimiento.

—¿Cómo dice?

—Que si necesita usted un ayudante. Tengo de todas las edades.

Zoilo entendió entonces que se refería a sus hijos.

—Pues... de momento no. Pero no descarte usted que algún día le llegue una carta mía para ofrecer trabajo a alguno de sus hijos, porque sé que ustedes son gente noble y trabajadora.

—Eso por descontado. Tome. Llévese una garrafa de vino y unos chorizos para el camino, que les sentarán muy bien.

Ante la insistencia, Zoilo acabó por aceptar los presentes. El semblante bondadoso de aquel hombre le había recordado a su padre: se abrazó emocionado y salió raudo para comenzar sin demora el camino de vuelta.

No podía creer que todo aquello le estuviera pasando a él, pensaba tumbado sobre uno de los asientos. Serafín, sentado en el otro, adosado a la maleta.

## 25

*Veracruz, México*
*Viernes, 8 de julio de 1898*

No había día que finalizara sin una nueva sorpresa y aquel viernes 8 de julio no iba a ser menos. Cuando bajaba las escaleras para desayunar con Benita, me recibieron, en mitad de la recepción, mis tres maletas robadas: las dos de Louis Vuitton Malletier y la vieja de cuero negro. Se me antojaba imposible que alguien tuviera maletas idénticas. Grité el nombre de mi amiga y atónita me acerqué a los bultos.

—Buenos días, señora —se asomó Benita tras la cortina de rayas verticales—. ¡Ahí las tiene! Han aparecido sus petacas. Las acaba de traer un policía.

Los primeros rayos de sol se colaban horizontales por la puerta entreabierta e iluminaban las tres maletas bajo un enjambre de partículas de polvo en danza caótica. Como mi existencia.

De cada asa colgaba un papelito con mi nombre.

—¿Cómo saben que estoy alojada aquí? —le pregunté. Benita se encogió de hombros.

Los dos cierres de cada maleta estaban trabados y aparentemente intactos. Sopesé cada una de ellas y me pareció que estaban llenas. Me giré hacia mi amiga.

—¿Nadie las ha abierto?

Volvió a encogerse de hombros, atorada entre las telas de la cortina.

—Es posible que los ladrones tuvieran que huir y no les diera tiempo a abrirlas.

Me extrañaba que nadie hubiera tenido la tentación durante casi un mes de exilio, dondequiera que hubieran estado. Subí de nuevo a mi dormitorio y bajé al trote con las llaves en alto para comprobar si mi suerte estaba cambiando. En efecto, no habían abierto ninguna. Trajes, zapatos, pulseras, collares y fajos de billetes envueltos en telas.

Benita se advertía ligeramente incómoda a pesar de mi manifiesta euforia. En ese momento no le di mayor importancia, pero empecé a atar cabos en el desayuno.

—Ese hombre con el que usted vino... —titubeó Benita—, Alfonso... ¿Ha averiguado algo de él? ¿Sabe el motivo por el que fue a la oficina del Zócalo?

La miré extrañada.

—No. Claro que no. ¿Piensas que estoy metida en sus líos?

—Yo no... pero los policías... me han preguntado en varias ocasiones.

—¿Los policías? ¿Esos que dijeron que yo mentía y que no había ocurrido ningún asesinato?

Nunca había visto a Benita tragar saliva.

—Y ¿por qué te preguntan a ti?

—Bueno... usted ya sabe... El comisario me conoce.

—La próxima vez dile que me pregunte a mí.

—Así lo haré, señora. Perdone si la he molestado. ¡Maldito pinche!

—No me has molestado. No tengo nada en contra tuya. Al contrario, solo puedo agradecer enormemente todo lo que estás haciendo por mí. Me fastidia que esa gente no me haga caso y luego vaya preguntando a mis espaldas.

Comenzaba a entender que supieran mi paradero y a dudar del motivo por el que habían desaparecido las maletas.

—Por cierto —le dije con el tono más neutro que pude—. ¿Cuando viniste a verme al hotel Universal, sabías que me las habían robado?

Benita asintió apesadumbrada.

—¿Ya te había informado el comisario?

Volvió a asentir.

—¿Y te pidió que me propusieras volver a tu hotel para tener controlados mis movimientos, a sabiendas de que sin maletas era probable que aceptara?

Benita negó, pero sus ojos no se mostraban tan rotundos. Le habría hecho más preguntas, pero finalmente callé. No quería incomodarla aún más. Al fin y al cabo, Benita se había sincerado conmigo desde el día en que la seguí hasta la casa del comisario. Tema zanjado por el momento.


Las mañanas en que mi amiga no requería mi ayuda solía dedicarlas a pasear. Al parecer, en un mes y medio de paseos ya era conocida entre los lugareños, que me saludaban con un adiós estirado y sonrisa cercana. Salía temprano con un parasol pequeño por las zonas más transitadas, antes de que el sol cayera vertical. Me gustaba evadirme entre el revoltijo de idiomas y acentos, e imaginar los motivos y destinos de los rostros extranjeros, pálidos como el mío. Los más cabizbajos o ensimismados los concebía como yo, huyendo de su pasado; los más decididos, quizá en viaje de negocios; excursionistas recién llegados, los que preguntaban a unos y a otros. Una masa heterogénea de almas dispersas hacia infinitos destinos.

Sin embargo, aquella mañana la dediqué casi en exclusiva al recogimiento, sentada en una de las últimas filas de la parroquia. Con la cabeza cubierta por un velo y en zona separada de los hombres, como parte de los preceptos de la santa Iglesia en cuanto a formalidad del comportamiento. Ellos, con la cabeza descubierta por ser imagen y gloria de Dios. Nosotras, con velo o mantilla por ser gloria del varón.

Necesitaba ordenar pensamientos, meditar sobre las opciones de mi futuro más inmediato y, sobre todo, pedir a Dios que me trajera a Zoilo. Mi Zoilo. Mi chico tímido de rictus marchito. Se me hacía demasiado duro vivir sin él, extrañada por pensar así cuando un par de meses atrás solo veía debilidades. Cuántos momentos perdidos. Me resistía a pensar que no volvería a verle. Algo me decía que seguía vivo, aunque me embistieran multitud de cuestiones sobre su repentina desaparición.

Tras un par de horas de rezos y promesas me abandoné al

devenir de los lugareños, que transitaban por el lateral del templo en dirección a la Virgen de la Asunción, para rezar arrodillados a sus pies frente a un revoltijo de velas. El aire se respiraba denso entre un murmullo de rezos superpuestos y algún que otro llanto.

—Buenos días, Elisa —sonó justo detrás de mí.

El sobresalto me despegó del asiento. Inspiré profundo, me giré y vi a un tipo con aspecto desaliñado que se enjugaba el sudor de la frente con un pañuelo. Su timbre me resultaba familiar: esperé a que apartara la tela.

—Ha cambiado mucho mi aspecto, ¿verdad? —preguntó suavizando el tono.

Al dejar la cara descubierta lo reconocí.

—¡¿Alfonso?! —Mi corazón se me disparó con la sonrisa que le pude adivinar bajo la barba—. ¿No habías vuelto a España?

—Esa era la orden que me dieron, pero estaba ciertamente cansado de tanto trasiego sin sentido y he decidido abandonar la Marina para establecerme de forma definitiva en esta tierra. Ya no soy militar. Ahora tengo una nueva identidad. Por favor, a partir de ahora llámeme David.

—A partir de ahora no te voy a llamar de ninguna manera, porque no tengo ninguna intención de volver a verte. ¿Qué quieres de mí? —solté—. ¿Has venido a matarme?

—Nunca le haría daño.

—Eres de lo peorcito que conozco. ¡Mira que pegar a Benita!

—No le pegué. Se cayó.

—¿Se cayó y se partió el labio? Ya te estás yendo por donde has venido, que están al llegar unos amigos.

Deshice el giro para mirar al frente, pero noté que se me acercaba al cogote.

—¿Se refiere al cura? —preguntó con voz de susurro—. ¿Atilano también es su amigo?

Se me heló la sangre. Me volví de nuevo, pasmada.

—¡Me has estado vigilando! —silabeé nerviosa.

—Necesito que me escuche y si no le convencen mis explicaciones daré la vuelta y desapareceré para siempre.

—Si es la única forma de no verte nunca más, adelante.

Se levantó y se sentó en mi banco, deslizándose sobre la tabla barnizada hasta quedar a un par de palmos de mi bolso.

—¿Es la primera vez que entras en una iglesia? —le reproché nerviosa—. ¿No sabes que los hombres deben estar separados de las mujeres?

Alfonso alzó la mirada alrededor, con gesto soberbio.

—No veo ninguna zona marcada y no creo que nadie tenga la osadía de echarme. Además, serán cinco minutos, pero antes de empezar necesito que me dé su palabra de que mantendrá en el más absoluto secreto todo lo que oiga a continuación.

Asentí hastiada. Miró a unas lugareñas envueltas en negro que avanzaban hacia el fondo del templo y esperó hasta asegurarse de que no había nadie lo suficientemente cerca.

—Como le conté en el barco, me llamo Alfonso Torres Fructuoso y hasta hace unos días era teniente de navío del Ministerio de Marina. Hace tres años me destinaron a la embajada española en Washington como miembro de la red de vigilancia y observación de la Marina de los Estados Unidos. Mi primer cometido fue informar sobre un cretino que al parecer trabajaba para la inteligencia americana. Soltero como yo y aficionado a las tabernas, solo necesité una identidad falsa, constancia y alguna que otra invitación para fraternizar con él. Un tipo muy peculiar, de los que les gusta que les escuchen. Y allí estaba yo, un supuesto argentino dispuesto a escuchar sus peroratas y hacerle recados cada vez más importantes. Nunca se dio cuenta por mi pésimo acento argentino que de aquel país solo conocía el Lomas Athletic Club. El caso es que, cuando comenzó el conflicto de Cuba, lo trasladaron a Veracruz y me vine con él. Al principio me limitaba a recogerle periódicos o a ponerle al corriente de los movimientos de barcos en el puerto, pero en poco tiempo me fui ganando su confianza y me dio tareas de mayor calado. Toda la información que conseguía de este tipo la enviaba mediante telegramas en clave a mis superiores y en varias ocasiones viajé a España, cuando se me encomendaba algún trabajo especial, como este último en que coincidimos con ustedes. Durante mis ausencias y para que el americano no sospechara, le decía que iba a visitar a algún familiar. Por eso cuando usted entró en la oficina diciendo mi verdadero nombre, que me había conocido en un crucero en compañía de «otros» militares españoles y que no podía decir el motivo, no me quedó otra opción que hacer lo que hice. No sé si usted se dio cuenta, pero en ese momento, él se dirigía hacia el cajón de su despacho, donde tenía su pistola.

Miré sus ojos fugazmente.

—Me lo podías haber dicho.

—No podía ir por ahí contando a lo que me dedicaba. Lo tenía prohibido. De hecho, ni siquiera lo sabe mi familia ni mis amantes, que son muchas.

No me cuadraba su relato con algunos hechos observados a nuestra llegada a Veracruz, como el papel doblado que dio al niño. Como había supuesto Benita, podía haber estado trabajando al mismo tiempo para ambos bandos, pero preferí dar el tema por zanjado.

—A partir de ahora —continuó— mi vida dará un cambio radical. Seré un hombre de negocios en una empresa que se dedica al mantenimiento de barcos. He conseguido el puesto por mi supuesta experiencia como marino mercante. Me han contratado como directivo y estoy a punto de conseguir el contrato de mantenimiento de todos los buques de la Armada Mexicana. Un contrato millonario que me solucionaría la vida si no fuera porque tengo a alguien pisándome los talones. No sé quién es ni qué quiere de mí, pero sus intenciones no son nada buenas. El otro día intentó clavarme un cuchillo en la barriga. Menos mal que apenas penetró unos centímetros en la capa de grasa. Para que luego digan que la grasa del abdomen no es buena. Corrí tras él, pero no pude alcanzarlo.

Entendí entonces que no separara su mano izquierda de la barriga, aunque aquel tema de agresiones y persecuciones no me interesaba lo más mínimo.

—¿Y de mi marido sabes algo?

Asintió lentamente, lo que me hizo estallar en lágrimas. Contuve la respiración y esperé a que hablara.

—En el barco nos contó que había trabajado como minero, que tenía experiencia con explosivos y que...

—¡Lo sabía! —le interrumpí entre sollozos—. ¡Lo escondisteis en el barco para llevároslo a Cuba y que os ayudara con los explosivos!

Alfonso me había explicado en uno de sus monólogos patrióticos que la mayoría de las minas españolas no explotaban por mal ensamblaje.

—En efecto —confirmó—. Como en Cuba teníamos el mismo problema que en Cavite, mis superiores pidieron a don Zoilo que por favor nos acompañara a la isla. Él no tendría que participar directamente en el conflicto y solo estaría allí el tiempo necesario para ayudarnos a solucionar los problemas y formar a la tropa. Accedió con la condición de que usted estuviera de acuerdo, pero mis superiores no aceptaban que fuera conocedora de una información clasificada como confidencial por el Ministerio de Marina. Explicaron a su marido la conveniencia de mantenerlo en secreto, al menos hasta llegar a Cuba, lo que implicaba que solo usted desembarcara en Veracruz, sin conocer el verdadero motivo por el que su marido continuaba a bordo, para lo cual inventarían algún motivo relacionado, por ejemplo, con los permisos de entrada aduaneros; pero don Zoilo se opuso tajante. No consiguieron convencerlo, a pesar de explicarle que usted estaría siempre escoltada durante el tiempo de espera y que volverían a rencontrarse en cuestión de días, por lo que se vieron en la obligación de alistarlo a la fuerza. Tuvieron que incomunicarlo desde ese mismo momento.

Mi marido, que era parco en palabras, se había ido de la lengua con aquellos extraños. Siempre fue un poco excéntrico y demasiado ingenuo. No sé cómo le pudo ir tan bien en los negocios.

—¡¿Y esto tampoco me lo pudiste contar?! —le increpé enjugándome las lágrimas con el pañuelo del escote.

—Tenía órdenes de no contar nada hasta que el crucero llegara a Cuba, lo que suponía esperar unos cinco días tras nuestro desembarco. Es cierto que podría habérselo explicado cuando ocurrió lo del abrecartas, pero como usted sabe muy bien, salí huyendo con lo puesto y sin tiempo para nada.

—¿Y me propusiste volver a España sabiendo que mi marido estaba en Cuba y que antes o después vendría a Veracruz? ¡Eres peor que una sabandija!

Alfonso se levantó cabizbajo, dando la conversación por finalizada. Lo agarré del brazo y tiré hacia abajo para que volviera a sentarse. Aun pareciéndome el mismísimo demonio, sabía que no había tomado él las decisiones, y sentía, además, que Dios me lo había enviado como respuesta a mis súplicas. En cierta manera, aquellas noticias habían aliviado la presión que constantemente me oprimía el pecho.

—¿Sabes en qué parte de la isla está? —pregunté, inquieta—. Hoy mismo buscaré un barco que me lleve a Cuba.

—¿Está loca? ¡No puede! Aunque los periódicos no cuenten casi nada, la isla está sitiada por los yanquis. Hace cuatro días nos hundieron el *Alfonso XII* cuando pretendía entrar en el puerto de Mariel con provisiones. Tampoco sabe usted lo que ocurrió el pasado día 3, ¿verdad?

Como yo misma me había prohibido leer la prensa local, apenas estaba informada. Solo sabía lo que me había contado Gonzalo Tornero el día que me presenté de improviso en su casa. Sabía que la guerra estaba próxima a su fin y que la situación debía de ser crítica, pero de alguna manera desatendía todo aquello que pudiera ser nocivo para los frágiles pilares que sostenían mi ánimo, hostigado hasta la saciedad.

Con aquellas últimas palabras de Alfonso mi pecho volvía a oprimirse. El alivio había durado poco y mis ojos colmados de odio barrenaban los suyos.

—No sé lo que ocurrió el día 3 ni quiero saberlo —contesté con el poco aire que era capaz de pasar por mi garganta—. El caso es que primero me das a entender que Zoilo ha ido a la isla como quien va de vacaciones y ahora me dices que entrar allí supone jugarse la vida. ¡Necesito saber si mi marido está en Cuba!

—Tengo entendido que nuestro vapor pudo entrar en la isla: si hubieran tenido algún contratiempo me habría enterado. Tenga en cuenta que entraron hace más de un mes y entonces la situación en la isla era más favorable. Incluso después han sido bastantes los buques que han conseguido acceder con tropas, víveres y munición a pesar del bloqueo de la armada yanqui. Por lo tanto, es bastante probable que don Zoilo se encuentre en la isla.

—¡Necesito saber dónde está mi marido!

—Puedo intentar enterarme —propuso—. Aunque ahora lo tengo más difícil, todavía me quedan amigos en la Marina. Deme unos días.

—Unos días... —repetí—. ¿Dónde estás alojado?

—No se lo puedo decir. Confíe en mí.

—¡¿Que confíe en ti?! ¡Lo siento, pero no! Si mañana no tengo noticias tuyas haré lo necesario para entrar en Cuba, aunque tenga que arriesgar mi vida. No me importa.

En estas llegó un pedigüeño con la mano extendida. Alfonso negó con la cabeza y esperó a que se alejara lo suficiente.

—Cualquiera puede ser un espía —insinuó con la voz atenuada.

—Pues va muy bien caracterizado. Le tienen que haber pagado mucho para quitarse todos los dientes. Tú solo dejaste de asearte, más sencillo, ¿verdad? Aunque habría sido mejor que te hubieras cortado la lengua.

Alfonso volvió a levantarse ajeno al comentario.

—Una última pregunta —le retuve de nuevo—. ¿Qué me puedes contar de Benita? ¿Ha trabajado para vosotros?

Su cara de desconcierto se tornó pícara.

—¿Por qué lo dice? ¿Le ha comentado algo?

—No.

—¡Qué astuta es usted! —Volvió a mirar alrededor para confesarme con voz de susurro—. Nunca ha trabajado para nosotros. Simplemente me informaba, cuando nos veíamos, de las novedades del puerto para que yo le gratificara con alguna moneda. Este es el puerto con mayor tráfico marítimo de México, todos los días llegan barcos con pasajeros y mercancías procedentes de medio mundo, entre ellos España, y eso lo convierte en un punto caliente de vigilancia para los yanquis, o gringos como los llaman aquí. Y como es lógico, también para nosotros.

—O sea, que vuestro agente altamente cualificado para el espionaje en esta zona portuaria lleva delantal y se llama Benita, ¿no es así? —No me contestó. Continué preguntando—. ¿Te comentó la desaparición de mis maletas?

Asintió con los brazos entrelazados.

—¿No es extraño que hayan aparecido intactas? —insistí—.

Además, en su hospedería, cuando yo ni siquiera estoy registrada allí.

—Aquí todos se conocen y una mujer como usted destaca más que una mosca en un vaso de leche. Desconozco la causa de la desaparición de las maletas, pero le seguiré siendo transparente para que confíe en mí: antes de esfumarme pedí a Benita que por favor cuidara de usted y que supiera en todo momento dónde estaba por si necesitaba localizarla. Y no se lo reproche, porque le pedí que, por favor, no dijera nada, a sabiendas de que aquel secreto no perjudicaría a nadie.

A pesar de los antecedentes de Alfonso, prefería creerle que imaginarme sin Zoilo y enemistarme con Benita, mi único puntal. Ya solo me quedaba esperar a que Alfonso cumpliera su palabra y volviera a aparecer con noticias de Zoilo, aunque se me antojaba poco probable que se expusiera otra vez en público con el único motivo de informarme. Debía darle alguna razón para asegurarme de que nos volviéramos a ver. Y debía dársela ya, porque de nuevo se disponía a salir del recinto. Salté del asiento y le llegué a la espalda.

—Te propongo un trato —improvisé.

Se volvió y atendió extrañado.

—Tú localizas a Zoilo y yo te proporciono información. Nos vemos mañana aquí a las once.

Su cara se tornó burlona.

—¿Información de Benita? ¿De Atilano? No, gracias. No la necesito.

—Te equivocas. Me infravaloras. Aunque llevo aquí poco tiempo, he entablado amistad con el comisario y con su señora.

Su cara se desfiguró.

—¿Con el comisario? ¿Y qué le ha contado?

—Temas que seguro te interesarían y que quizá te aclaren por qué tienes a alguien siguiéndote los talones. Nos vemos mañana a la misma hora, pero te contaré lo que sé solo si me traes noticias de Zoilo.

—¿Y cómo sabré que no me está mintiendo?

—Lo mismo te digo. Eres tú quien insiste en ser transparente, ¿no es cierto? —Esperé unos segundos amenazantes antes de sentenciar—. Nos vemos mañana a las once.

Asintió y salió del templo cabizbajo. Sus pasos se fueron diluyendo entre los paisanos que acudían a su rezo diario y yo de nuevo me abandoné al deambular de ellos, pensativa en una especie de aturdimiento crónico. Disponía de solo veinticuatro horas para inventarme una historia medianamente creíble.

26

*La Unión, Murcia*
*Lunes, 29 de septiembre de 1879*

Solucionado el delicado escollo de los lingotes y disuelto el grupo, prometieron no desempolvar lo ocurrido con la esperanza de que asuntos como la herencia fueran disipándose de las mentes vecinales. El verano pasó sin pena ni gloria: Juanjo y Jesús, en ventorrillos y tabernas; Serafín había aprovechado los fines de semana de menos faena para visitar a su amada, y Zoilo pudo centrarse a tiempo completo en su nuevo cometido. Aprendió los entresijos del negocio lo que tardó en llegar el otoño, gracias a la ayuda de los hermanos Fulgencio y José, y de su amigo Ignacio —que seguía pernoctando en el establo de la mina y hacía ahora de correveidile, como lo había sido él del difunto patrono—. Trabajaban los cuatro con ahínco y de manera natural habían cedido los hermanos el liderazgo a Zoilo. Doña Engracia apenas le emplazaba, ya que era informada por sus hijos a diario, lo que no evitaba que Zoilo tuviera que ver a menudo tanto a la doña como a sus tres hijas. Cualquier pretexto servía a la matriarca para presentarse en casa de Zoilo con la idea de halagar a su madre con postres caseros y alabanzas al buen hacer de sus hijos. Puesto que a ambas no les unía situación social o económica ni de lejos parecida, la doña trataba de avenirse con el pretexto de haber sufrido ambas la pérdida de su marido y de ser forasteras alejadas de su tierra y seres queridos.

La familia de Zoilo vivía ahora a las afueras del caserío y disfrutaba de una vivienda más confortable, un corral más grande y un establo con capacidad para dos caballos y una carreta de segunda mano. No era la mansión con jardines que Zoilo había soñado, pero les permitía vivir cerca del pueblo y con bastantes comodidades. Sillas de madera, armarios nuevos y camas con colchón de lana. Pozo, pila, cocina, ollas, cacerolas y despensero repleto de conservas, garbanzos de Castilla, jamón cordobés y chorizos extremeños adquiridos en la plaza cartagenera de San Sebastián.

La madre de Zoilo trataba de evitar a doña Engracia, simulando no estar en casa o desviándose de la ruta si la divisaba de lejos; pero la doña, que era persona tenaz y curtida, sabía forzar encuentros en apariencia fortuitos. Al parecer no tenía ocupación mejor que hacer de casamentera. Tampoco le importaba recibir negativas veladas cada vez que proponía su mansión para la siguiente tertulia.

Zoilo trataba de ser amable, sus hermanos buscaban siempre una excusa para salir en desbandada y su madre se limitaba a dejar que el tiempo transcurriera con un gesto visiblemente mustio que la doña ignoraba. Las dos madres, las tres mozas y Zoilo se sentaban en las sillas de reciente adquisición, en torno a la mesa con mantel de hilo para tomar el postre elaborado por Delia, la hija mayor. Resultaba curioso que las dos menores abandonaran las sillas enseguida, después del postre, porque preferían los serijos que la familia conservaba por apego.

Al menos una vez por semana, Delia los honraba con un postre diferente. Exquisitos todos. Aderezados con especias aromáticas exóticas al alcance de pocos. Unos y otros tenían claro el motivo de las visitas y los agasajos, pero como Delia no dejaba entrever sus sentimientos ni complacencias, ya que solo levantaba la mirada para aseverar las explicaciones de su madre o para contestar con monosílabos, Zoilo no sabía si aquellos continuos detalles se debían a la generosidad de su carácter dulce y afable, a que existía cierto enamoramiento o solo a la mano manipuladora de su madre. Hasta que no pudiera hablar con ella, daría más peso a lo último, consciente de que para doña Engracia era la mejor manera de no perder el control de los negocios.

Delia vestía de negro; como era preceptivo tenía prohibido tocar el piano durante el año de luto riguroso y salía de casa siempre en compañía de su madre. Ni siquiera paseaba sola por los jardines del cortijo, por lo que resultaba harto difícil hablar a solas con ella. La doña siempre acechaba, demandándole continua atención y cariño por la pena que le afligía. Pero como Zoilo necesitaba aclarar sus dudas, decidió asistir con mayor asiduidad a los calderos de arroz de los domingos, a los que era invitado solo por ser considerado de la familia, ya que en el primer año de luto no se recibían visitas al domicilio.

Zoilo no tuvo que esperar demasiadas semanas hasta conseguir su objetivo. La doña permanecía en su alcoba por una indisposición intestinal que la aferraba al orinal y que, muy a su pesar, le había impedido asistir a misa; los dos hermanos se habían despedido de Zoilo, finalizada la comida, para subir a sus respectivos dormitorios, y las tres hermanas se habían sentado en sus mecedoras para retomar los bordados, mientras las sirvientas recogían la mesa.

Zoilo se acercó al corrillo de lutos y se plantó frente a Delia, que viéndole llegar había clavado la mirada en el suelo.

—Necesito hablar con usted —susurró él, tras un respiro.

—¿No le han gustado mis galletas? —preguntó hacia las losetas del suelo.

—No se trata de eso. ¿Podríamos hablar usted y yo a solas?

Las dos hermanas menores se taparon la boca tratando de silenciar las carcajadas, al tiempo que los pómulos de la mayor daban color a su envoltura sombría.

—No creo que a madre le parezca bien.

—Solo será un minuto. Necesito hacerle una pregunta y me marcharé. Confíe en mí.

Delia miró a sus hermanas y convino con una imperceptible inclinación de la cabeza para que salieran de la estancia. Zoilo esperó a que cerraran la puerta y se sentó en una de las mecedoras.

—Puede estar segura de que a mi familia y a mí nos encantan los postres que usted prepara, pero no sé si lo hace por amabilidad o porque siente algo por mí. —Al oír aquello, Delia clavó más la cabeza, invadida de timidez. Ante la incomodidad del silencio que parecía espesar el aire, Zoilo suspiró resignado y al fin se levantó—. Perdone si la he molestado. Desde hace tiempo quería hacerle esta pregunta y por fin hoy me he decidido, pero no volveré a incomodarla. Le pido que, por favor, no cuente nada a su madre.

La avergonzada se enderezó ligeramente.

—Dicen mis hermanos que usted es trabajador, inteligente y buena persona. Todos lo tienen en buena consideración y por mi parte no pondría ningún impedimento al noviazgo, siempre y cuando madre diera el visto bueno, que es como debe ser. El problema es que nunca podría comenzar antes del alivio de luto.

—Entonces... ¿de sus palabras debo deducir que siente algo por mí? —Zoilo volvió a sentarse, intentando tasar si los ojos de Delia lo miraban diferente.

—Yo estaría dispuesta a casarme con el hombre que tuviera a bien pedir mi mano formalmente a madre, y si ella estuviera de acuerdo. Lo normal sería que dispusiera mi difunto padre, que en paz descanse, pero ahora es madre, la pobre, quien tiene que hacer de padre y de madre.

—¿Se casaría con cualquier hombre que fuera aceptado por su madre, aunque usted no se sintiera atraída por él? ¿Aunque fuera viejo, no le quedara ningún diente y estuviera arrugado como una pasa?

Zoilo esperaba sacarle alguna sonrisa, pero Delia continuó sus explicaciones.

—Cualquier matrimonio puede ser feliz si ambos están dispuestos a darse amor. Por supuesto que no me casaría con una mala persona y por eso mismo requiero la conformidad de madre, ya que tiene siempre mejor criterio y quiere lo mejor para mí. Me ha enseñado lo que está bien y lo que está mal, a bordar, a coser, me ha enseñado modales y a no fiarme nunca de los hombres. Una señorita como yo no debe expresar sus sentimientos delante de un hombre que no sea de la familia, no debe bromear, coquetear ni hablar con él a solas si no hay consentimiento paterno o materno, lo cual estoy incumpliendo en estos momentos. Bien sabe Dios que si lo hago es porque sé que madre tiene confianza plena en usted, aunque, como ella dice, no hay que fiarse de ningún hombre por muy halagada que una se sienta. ¿Cuántos años tiene?

Decepcionado Zoilo por las explicaciones de la señorita y porque únicamente le interesara su edad, se limitó a contestar sin demasiado entusiasmo.

—Diecisiete.

Ella sonrió, al parecer conforme con el dato.

—Uno más que yo. El otro día leí en un periódico que de cada mil mujeres que se casan, cuatrocientas tienen entre dieciséis y diecinueve años.

Leía periódicos, pensó Zoilo, además de hacer galletas y tartas. No le agradaba su físico, demasiado parecido al de su madre. Si algún día conseguía darle un beso, se le antojarían los labios de su suegra, que a buen seguro no andaría muy lejos. Delia, que había aparcado la timidez, continuó con lo leído.

—Quinientas de cada mil tienen entre veinte y veinticinco años, y de las cien restantes algunas tienen treinta y siete, treinta y ocho y hasta treinta y nueve años. Me resulta curioso que se casen tan mayores. Supongo que serán casos concretos de mujeres que deben cuidar a sus padres enfermos.

Sabía sumar y razonar lo leído, además de tener buena memoria, pensó Zoilo, que ya le importaba menos el enorme parecido físico con su madre. Estaba claro que Delia no solo sabía hacer postres y bordar el ajuar. El sentir de Zoilo había cambiado levemente, aunque le molestaba haberla conocido por la insistencia de la doña. En cualquier caso, el noviazgo no podría formalizarse hasta el año siguiente, por lo que no tenía sentido insistir en aclaraciones. Si el destino así lo quería, algún día aquella chica se fijaría en las graciosas pecas de sus mejillas y en su mata de pelo negro, abrillantado los días festivos con zumo de limón.

—¿Da usted su permiso?

—Adelante, Ignacio.

—¡Le traigo buenas noticias! En la Cogotazos han dado con un manto de galena «argentina».

Zoilo detuvo la pluma sobre la libreta y levantó la mirada hacia su recadero.

—¿Galena argentífera?

—Eso mismo. La que tiene plata —confirmó Ignacio.

—¿Están seguros?

—Supongo que sí... Yo no he visto el mineral, porque no habían empezado a subirlo. Me lo ha comentado el capataz.

Zoilo recordó entonces que don Antonio solía quejarse de la insolvencia de aquel capataz, compensada en parte con la sobrada experiencia de sus mineros.

—Tenemos que decirles que desde ahora y hasta que se agote el manto, tienen que trabajar por turnos de doce horas. Veremos con el resto de los capataces cuántos trabajadores nos podemos llevar a la Cogotazos. Debemos reforzar los turnos tanto en la mina como en el lavadero. Y otra mula para el malacate. Hay que sacar esa plata cuanto antes.

Aquel mineral era el más codiciado de entre los más de cien que constituían el subsuelo de la sierra minera.

Zoilo cerró la libreta y salieron de la fábrica de hierros a paso rápido hacia la carreta que Ignacio utilizaba para el traslado de pequeñas herramientas, espuertas y cántaros de agua potable. Le habría gustado comentar antes el hallazgo con los hijos de doña Engracia y la decisión de reforzar los turnos; pero desconocía el paradero exacto de los hermanos, que a media mañana habían salido a negociar cobros y tramitar pedidos de material.

Antes de iniciar la marcha, Zoilo e Ignacio bajaron los enseres de la carreta que podían saltar con el traqueteo, los dejaron en el interior de la fábrica y tomaron las riendas para azuzar a la yegua por los sinuosos caminos entre montículos de gachas, balsas de estériles, barrancos y asentamientos de chabolas.

Hablaron con los capataces y acordaron la reubicación del personal, a los que habían seleccionado para la Cogotazos se les pidió que fueran a su casa a descansar para reincorporarse en el turno de noche. A las nueve. Seis trabajadores: tres para la mina, uno para el malacate y dos para el lavadero. Cuatro adultos y dos jóvenes de apenas doce o trece años.

Aquella fue otra noche de insomnio para Zoilo, que seguía compartiendo cama con sus dos perros, aunque ahora en habitación independiente. Salió de casa de madrugada, sigiloso para no despertar a la familia y subió a su caballo para presentarse en la Cogotazos y ver de primera mano los avances. De allí iría a casa de doña Engracia para plantear la conveniencia de contratar a varias personas que vigilaran la mina y el lavadero, de día y de noche, ya que la noticia llegaría en breve a oídos de los usurpadores del bien ajeno.

El caballo avanzaba despacio por el camino de piedra que ascendía sinuoso hacia las instalaciones de la mina. Se divisaba iluminación en exceso. Zoilo apretó la marcha y para su sorpresa se encontró con una multitud de señores que portaban candiles y antorchas en las cercanías del malacate. Bajó del caballo y se acercó temeroso de confirmar sus peores presagios. En torno al pozo, un grupo de hombres ayudaba a vaciar las espuertas de escombros que subía el malacate, mientras otros alumbraban y el resto cuchicheaba en tono de velatorio. Desolados todos, con sus rostros teñidos del polvo metálico que ascendía por la caña del pozo. Entre los del candil estaba el capataz. Zoilo se dirigió hacia él.

—¿Qué ha pasado?

—Un derrumbe, señor. El acceso a la galería ha quedado sepultado y estamos sacando el escombro lo más rápido que podemos.

El que gobernaba la mula alzó la voz hacia Zoilo.

—Oí un par de estruendos que resonaron por la boca del pozo como truenos. Tan fuertes que a punto estuvo la mula de desengancharse.

—¿Quién había abajo?

—El Manolico, el Demetrio y su hijo.

Al pronunciar los nombres de los desdichados, se hizo el silencio entre los presentes. Un silencio de miradas perdidas, roto únicamente por los crujidos de las maderas del malacate, por los bufidos de la bestia que lo movía y los ruidos de los escombros cuando vaciaban las espuertas.

Zoilo no fue capaz de dar ninguna indicación a sus trabajadores ni las gracias a los que se habían acercado a ayudar tras el estruendo. Quieto junto a los que continuaban afanados por remediar lo inevitable, dejó que su rostro se fuera impregnando de aquel polvo espeso con olor a azufre. Inmóvil, aturdido. Como si aquel veneno en suspensión le hubiera disipado la conciencia. Como si el tiempo se hubiera detenido y a su alrededor trajinaran sombras moribundas, presagio de sus propios destinos.

Tras unos segundos de enajenación, volvió a la realidad, al desasosiego de quien se siente responsable de semejante fatalidad; cavilando que podría haber sido aún mayor la desgracia si hubiera aumentado el número de mineros, lo que no había llegado a plantear por la escasez de espacio. La mayoría de las minas de aquella sierra solían ser tan pequeñas y angostas que solo algunas excedían la media docena de mineros. Pequeñas por tratarse de minifundios anexos —separadas en muchos casos por menos de cien metros— que en ocasiones originaban disputas por la propiedad del mineral. Ese era otro motivo por el que a Zoilo le había urgido la extracción. Temía que el arrendatario —también llamado partidario— de la mina vecina les provocara un derrumbe que obligara a suspender las excavaciones, de manera que él pudiera acceder al manto desde alguna de sus galerías. Demasiadas minas, muchos partidarios y pocos escrúpulos.

Sacaron escombros durante cuatro días y tres noches, ayudados por vecinos y familiares, hasta localizar los cuerpos sin vida de los tres mineros. El pueblo parecía haberse acostumbrado a esa clase de desgracias. Todos acudían al funeral para mostrar sus condolencias y retomar su vida de trabajo y miseria. No les quedaba otra.

Zoilo temía que llegaran días trágicos como aquellos. Se sabía preparado para llevar un negocio y lo estaba demostrando, pero no se veía con fuerza suficiente para consolar a quien había perdido a un hijo, a un marido o a un hermano. Sobre todo cuando se es el jefe y entre las posibles causas del derrumbe está el deficiente entibado de la galería por la urgencia de los trabajos. No estaba claro el motivo, porque el operario que trabajaba en el malacate no sabía si había oído una explosión o un derrumbe. Por lo tanto, podía deberse también a una mala manipulación de la dinamita o a la acumulación de gases.

Se armó de valor y acudió a ambas casas mortuorias en compañía de doña Engracia, Fulgencio y José. Llegados al primer destino, encabezó ella la marcha, abriéndose paso entre la multitud, directa hacia quien había perdido a hijo y marido. Sentada en el fondo de la estancia languidecía junto a las cajas de madera y a una decena de enlutadas que batían sus abanicos rezando en un revoltijo de susurros, atentas al desfile de vecinos. Tras los féretros había una gran cruz de madera, imágenes de santos y velas encendidas. Temperatura insoportable, olor a cera quemada y aire denso que no parecía menoscabar la determinación de doña Engracia. Frase usual de condolencia acompañada de una leve inclinación de la cabeza y paso atrás para que sus hijos la copiaran. Percibió Zoilo que la afligida receptora de pésames mascullaba algo a la doña, concentrada esta en que sus hijos cumplieran el trámite de manera correcta. A los tres se les advertía cierta premura.

Llegado el turno de Zoilo, avanzó hacia la mujer para resolverse con la misma fórmula que sus predecesores. El corazón le latía fuerte y los murmullos del exterior impedían escuchar lo que seguía mascullando la pobre. Zoilo inspiró profundo y se agachó para acercarle el oído.

Entre sollozos y en tono casi inaudible, la mujer se lamentaba por el tremendo padecimiento y por la situación en la que había quedado, ya que no tenía más hijos que trajeran un jornal a casa.

—No se preocupe, señora. Haré todo lo que esté en mi mano para que usted no pase hambre.

La mujer levantó la cabeza lentamente y bajo el velo negro miró a Zoilo con gesto dulce.

—Se lo agradezco de corazón. Es usted muy buena persona, pero no pretendo limosnas. Prefiero trabajar, aunque sea en la mina. No me importa.

Zoilo no esperaba semejante contestación: por unos segundos permaneció pensativo, intentando esquivar los ojos de dolor que tenía delante.

—Déjeme que lo hable con doña Engracia y cuando encontremos una solución vendré a hablar con usted.

La señora cogió la mano de Zoilo con la intención de besarla, pero él lo impidió a sabiendas de que sus acompañantes lo estaban observando. Con un leve gesto comprimido se despidió de ella.

—¿Qué te ha dicho? —preguntó doña Engracia cuando salían de la vivienda.

—La pobre se ha quedado sola y sin una peseta.

—Algún familiar tendrá que le pueda echar una mano.

—Creo que no...

La doña, que ya había subido el primer peldaño del carruaje, se detuvo para girarse hacia Zoilo.

—Por nuestra parte, podemos darle unos vales, pero deberá buscar trabajo como sirvienta. En nuestra casa no es posible porque tenemos personal de sobra. Igual podría trabajar para vosotros...

Zoilo se encogió de hombros, en silencio. Subieron todos y marcharon al otro duelo.

Fue un día muy duro anímicamente. Apenas pudo concentrarse el resto de la jornada, por lo ocurrido y por las cavilaciones respecto a qué contestaría su madre cuando le propusiera contratar a una sirvienta.


—Madre... esta mañana he estado en los duelos.

—¿Con la señorona?

—Y con sus dos hijos. Menos mal que he ido con ellos, porque se pasa muy mal. La mujer que ha perdido a su marido y a su hijo estaba completamente hundida, la pobre. —Desde la mesa miraba a su madre, que de espaldas preparaba una tortilla para la cena—. Solo tenía a ese hijo y se ha quedado sola... sin nadie que traiga un jornal a casa.

Su madre trajinaba la rasera en silencio.

—Parece muy buena mujer —perseveró Zoilo—. Francisca, se llama... ¿Usted la conoce?

—No.

—Es joven. Unos treinta años... Y ahora necesita trabajar urgentemente... El problema es que ha dedicado toda su vida a las tareas de la casa y no sabe hacer otra cosa.

—Lo que no se sabe se aprende —dijo ella sin volverse.

La estrategia sitiadora no estaba resultando, pero debía continuar. Urgía una solución.

—Madre, usted debería tener a alguien que la ayudara. No tiene necesidad de trabajar tanto.

Detuvo la rasera y se volvió hacia Zoilo. Seria.

—Sé lo que pretendes desde que has empezado a hablar de esa mujer y te voy a dejar claro que por muy buena persona y trabajadora que sea, no pienso meter a ninguna desconocida en casa. Y si es conocida, solo cuando yo la invite, que bastante tengo con soportar las visitas de la señorona cada vez que se le antoja. Ella, que tanto se pavonea, podría darle trabajo en su mansión.

—Dice que ya tiene sirvientes de sobra.

—Pues que la emplee en alguna fábrica: una mujer puede hacer lo mismo que un hombre si se lo propone.

Asunto finiquitado. Ella volvió a su sartén y él, a discurrir sobre temas banales hasta la llegada de sus hermanos.

Otra noche de desvelos tratando de buscar alternativas, inconsistentes todas: la pobre no quería limosnas, la doña decía tener sirvientes de sobra y su madre rehusaba acoger a desconocidas. Lo de proponer a la desdichada como operaria le parecía cuando menos deshonesto, ya que suponía pedir un favor a la doña por no quererla él como sirvienta; y como lo de abordar el tema con urgencia estaba resultando nefasto, consideró oportuno hablar antes con los hijos, para buscar entre los tres una solución consensuada que no irritara a la doña.

No hizo falta. Cuando a la mañana siguiente entró en la fábrica de los hierros, el capataz le comentó que la viuda objeto de sus desvelos, conocida en el barrio por su habilidad para el chismorreo, había decidido tomar el hatillo y los ataúdes en dirección a Almería, su ciudad natal. Zoilo recibió el comentario con fingido gesto de estupor, aliviado en sus adentros porque uno de sus problemas marchara en carro. Pero como el sosiego no parecía ser amigo de aquellos lares, apenas veinticuatro horas más tarde Ignacio llegó con otra noticia de la Cogotazos que confirmaría sus sospechas.

## 27

*Veracruz, México*
*Sábado, 9 de julio de 1898*

Alfonso me había revelado el motivo de la desaparición de Zoilo, y lo más importante, su paradero actual: «Es bastante probable que don Zoilo se encuentre en la isla». Con aquella frase tatuada en mi mente, dediqué la quietud de la noche a cavilar posibles modos de localizar a mi marido. Algunas inverosímiles, otras bastante más certeras, *a priori*.

Creí buena la opción de consultar al comisario, con la ayuda de Benita, si sabía de alguien que pudiera informarnos. También consideré conveniente preguntar por mi marido en todos aquellos establecimientos que ofrecían alojamiento en Veracruz, por si Zoilo ya había llegado a la ciudad y me andaba buscando. Con ayuda de buenas propinas dejaría el recado a los empleados y un papelito con mi paradero por si en algún momento llegaba para hospedarse alguien de nombre Zoilo Baraza. Me pareció buena idea y oportuno ponerla en marcha tan pronto como volviera de la parroquia. No debía perder ni un minuto.

Cavilando aquello, pasó la noche y llegó la mañana de un sábado lluvioso como tantos otros. Aparté la cortina, apoyé la frente contra el cristal y busqué rostros conocidos entre los que corrían a los soportales para ponerse a salvo del chaparrón. Así me mantuve hasta que cesó el aguacero y los paraguas dieron paso al bullicio de los vendedores ambulantes. El escenario volvía a ser el de siempre. Abrí la ventana y me apoyé sobre el marco para que el olor a tierra mojada me impregnara la piel y el ánimo.

Como apenas había dedicado tiempo a preparar algún embuste para Alfonso, llegó la hora de marchar hacia la parroquia sin nada medianamente creíble. Me senté a los pies de la cama e inspiré profundo. «Soy mujer y él, baboso, no hay problema.» Me envolví en mi bata de terciopelo gris y salí en silencio al retrete, alargando el paso como si ello me librara de tropezarme con alguno de los huéspedes que tenía por vecinos. Un elenco de especímenes de todo tipo y condición. De diferentes tonalidades, linajes y procedencias. Rostros efímeros a los que saludaba sin prestar atención, excepto los de larga estancia y los que me reseñaba Benita en nuestros cuchicheos de trastienda: dos operarios de las obras de ampliación del puerto que solo venían a dormir, el escuálido Aurelio con su garganta de mariachi y un anciano de nombre Severo que apenas salía de su habitación colmada de trastos.

De vuelta a mi dormitorio me apresuré para componer mi figura, consciente de que llegaba tarde. Me puse un corsé, blusa blanca, falda con ribetes de terciopelo, recogí los mechones sueltos bajo las horquillas, apuntalé el moño en lo alto, mezcla casera de polvos de arroz y talco, carmín en los labios, perfume francés y bajé directa a la calle sin reparar en si mi amiga rondaba por la trastienda. Sin desayunar. Sin aliento.

—¡Buenos días, señora!

El saludo venía de un carromato que marchaba paralelo a la fachada del hostal. Levanté la mirada y vi al chico renegrido que nos había llevado a la plaza de Armas el trágico día del abrecartas.

—¿De paseo? —me sonrió al tiempo que detenía su caballo.

Tras unos segundos de enajenación, volví al presente.

—Buenos días... Sí... Voy a la parroquia.

—Suba que la llevamos. Domingo de Ramos no le cobrará nada. Y yo, por supuesto, tampoco.

Acepté la invitación, temerosa de que Alfonso se marchara con noticias de Zoilo. Mientras subía, Domingo de Ramos me observaba, como si me hubiera reconocido.

—La dejo en la parroquia y sigo hacia la casa del comisario.

No más le hago recados —continuó rellenando el silencio—. Hoy le llevo café en grano y chocolate. Ando por las oficinas de la comisaría como si fuera uno de ellos.

—Quién sabe... —añadí con cierta apatía—. Igual el día de mañana eres uno de ellos.

—¿Yo, policía? No creo, señora, aunque no me importaría. Seguro que con uniforme estoy cabrón y ligo más que detrás de este caballo maloliente.

Me resultaba curioso el desparpajo con que se expresaba pese a su juventud —yo a su edad bordaba pañuelos, saltaba a la comba y hacía figuras de barro—, y aunque dediqué el corto trayecto a concentrarme en mi inminente cita, llegamos a la parroquia sin que me viniera ningún embuste. Quizá el cochero podía ayudarme.

—¿Oyes las conversaciones de los policías? —pregunté con fingida inocencia.

—Claro, señora. Si yo contara...

Vi el cogote de Alfonso en la última fila de bancos y pedí al chico que avanzara unos metros para no bajarme frente a la entrada. Manías que tiene una. Cuando detuvo de nuevo el carruaje le hice una señal para que se me acercara.

—¿Has oído algo de Cuba o Puerto Rico? —le susurré.

Asintió sonriente.

—¿Y de los gringos?

—Esos temas... no más los trata el comanche con un canijo que viene de vez en cuando.

Necesitaba alguna idea que me sirviera como anzuelo, era mi última opción. Mientras lo intentaba, controlaba de reojo que ninguno de los que salían del templo fuera Alfonso.

—Si me cuentas algo de lo que has oído te daré una buena propina.

—No puedo, señora. Si se enteraran tendría que huir a la China por lo menos.

—Nadie sabrá que tú me lo contaste. Te doy mi palabra.

Tras unos segundos de indecisión, se echó hacia atrás para hablarme al oído, pero no llegó a abrir la boca, porque oímos un estruendo, seguido de gritos de señoras. Miré hacia atrás y justo entonces un carruaje como el nuestro nos rebasó despavorido.

En pocos segundos se había concentrado una marabunta de lugareños frente a la parroquia.

Contagiada por la efervescencia del momento y agobiada por si Alfonso se me perdía entre el gentío, bajé del carro y corrí al interior del templo. Alfonso había desaparecido. También los feligreses, que habían corrido a fisgar. Todos excepto la Virgen, que parecía asomarse desde el fondo. Volví sobre mis pasos y salí a la solana, donde decenas de personas rodeaban entre murmullos y lamentos a alguien, al parecer, atropellado por el carro que se había dado a la fuga. Supuse que las plañideras de la Virgen habían encontrado un motivo extra para sus llantos. Regresé desalentada al interior y, cuando iba a sentarme en uno de los bancos, emergió en mi mente la figura de Alfonso. Salí rauda y aparté las mantillas de encaje para llegar hasta el desdichado. En efecto, era él, tumbado boca arriba en postura imposible. Levanté de los adoquines su cabeza ensangrentada y advertí un leve resuello. Estaba vivo.

—¡Un carro! —exclamé al aire—. ¡Busquen un carro! ¡No se queden ahí mirando!

El tropel se apartó y como un unicornio mugriento apareció Domingo de Ramos.

Con gritos impropios de una señora de mi compostura, ordené a los presentes el embarque de Alfonso mientras yo subía por el otro lado para recibir el extremo superior de su cuerpo inerte.

Nuevamente Alfonso y yo cabalgábamos entre la multitud, reviviendo la jornada del abrecartas, aunque esta vez era él quien yacía inconsciente y yo quien sujetaba.

Diez galopes, media docena de cruces dirección sur y llegamos al hospital de San Sebastián. Un edificio majestuoso del siglo XVIII, de dos alturas, robustos muros de piedra, grandes ventanales y fachada austera. Varios religiosos de los que atendían a los enfermos salieron a la puerta para ocuparse del herido, momento que aprovechamos para abandonar sigilosos el sitio como quien deja un recién nacido en puerta ajena. En ese instante llegaba otro herido tumbado sobre un tablero de cama, que portaban cuatro lugareños cual santo en procesión.

Alfonso quedó ingresado, supuse, y nosotros, compungidos, nos dirigimos al puerto. Domingo de Ramos, resoplando por la carrera; el chico, sin ánimo para despegar los labios y yo, ligeramente doblada por un repentino dolor a la altura del pecho. Pensé que por fin el destino estaba por resolver mi lucha en forma de infarto, súbito y efectivo, pero volvía a estar equivocada. Tuvo que ser un ataque de ansiedad, porque fue menguando poco a poco en el camino de vuelta, lo que me permitió retornar a la realidad para recordar lo que más me importaba.

—¿Cómo te llamas? —pregunté al chico.

—¡Rafael Morales, para servirle! —exclamó hacia uno de los lados.

—Cuando puedas, por favor, necesito que pares para hablar contigo.

El chico obedeció al instante. Detuvo el carruaje y elevó la rodilla sobre el pescante para girarse hacia atrás. Con voz de susurro le expliqué que necesitaba buscar a mi marido por todos los establecimientos de Veracruz donde ofrecieran alojamiento. No le di más detalles ni él me los pidió, solo me preguntó si tenía previsto comenzar la expedición en breve.

—Si puede ser, ahora mismo —le apremié.

Como el chico tenía pendiente el encargo del comisario, me bajé en la hospedería de Benita y quedamos allí en aproximadamente un cuarto de hora, tiempo más que suficiente para hacerme con un buen puñado de monedas y un generoso escote con el que conseguir la máxima colaboración de los dependientes. Cambiamos las monedas españolas en el establecimiento de Manuel Fernández y comenzamos la andadura.

En todos los hospedajes procedíamos del mismo modo: Rafael paraba frente a la puerta principal, colocaba el escabel, me ayudaba a bajar con aire solemne y al oído me decía los centavos que debía dar de propina, en función de la calaña del local. Paramos para comer y continuamos por la tarde. En todo el día apenas nos dio tiempo a recorrer la mitad de los locales, debido a la lluvia que con demasiada frecuencia nos obligaba a buscar cobijo. La respuesta siempre era la misma, nadie sabía de Zoilo Baraza y todos aceptaban el encargo con interés. Aunque la amabilidad de los dependientes de aquella ciudad era siempre exquisita, supongo que también influyó mi vestido entallado y el tono refinado de mis súplicas adornadas de candidez.

Llegamos a la hospedería de Benita pasadas las once de la noche. Rafael se marchó con el encargo de descansar para retomar las visitas a la mañana siguiente y yo me descalcé en el zaguán, puesto que no veía luz en la habitación de Benita. Me recogí la falda y me encaminé a la escalera.

—¡Buenas noches, señora Elisa!

La cortina se apartó y apareció el rostro visiblemente agotado de mi amiga. Guardiana infalible, era capaz de reconocer a todos sus huéspedes por mucha discreción que procuráramos. Nunca supe cómo era capaz de distinguir los matices del silencio.

—¡Buenas noches, Benita! Perdona si te he despertado.

—No dormía. Recién he acabado la faena y estaba rezando a mi virgencita.

Le habría contado las novedades del día: el accidente de Alfonso —o tal vez intento de asesinato— y los resultados infructuosos de mi búsqueda, pero consideré oportuno esperar a la mañana siguiente. Ya sabía Benita, de boca mía, que probablemente Zoilo estuviera en Cuba, pero todavía no le había contado mi decisión de buscarlo por Veracruz ni le había propuesto hablar con el comisario. Como se le notaba cansada, me redirigí a la escalera.

—Mañana te cuento las novedades, que ya es muy tarde. ¡Que descanses!

—¡Igualmente, señora!

Me sentía bastante cansada, pero no tenía sueño. Entré en mi dormitorio, me acerqué al cristal y durante largo rato me evadí en el reflejo del candil sobre la negrura de la plaza inerte.

## 28

*La Unión, Murcia*
*Martes, 11 de noviembre de 1879*

Ignacio traía la noticia que confirmaba las sospechas de Zoilo: en la mina aledaña a la Cogotazos estaban sacando galena argentífera. La preciada mena de plata. Enfadado como nunca, el correveidile reveló las intenciones de los compañeros a los tres jefes allí presentes.

—Han quedado esta noche en el ventorrillo de la Rosario para acordar la manera de honrar la memoria de nuestros tres fallecidos.

Zoilo saltó de la silla.

—¡No vayáis a hacer algo de lo que os arrepintáis el resto de vuestra vida!

—Nos arrepentiremos si no hacemos nada.

—¡Ignacio, me dejas boquiabierto! ¡No esperaba eso de ti!

—Lo siento si le he decepcionado, pero creo que debemos hacer justicia y le puedo asegurar que yo estoy bastante más calmado que el resto.

Los dos hermanos contemplaban desde sus sillas las voces de Zoilo y las réplicas ásperas de Ignacio, de pie uno frente al otro.

—Suponiendo que fuera verdad lo que sospecháis, ¿cómo pensáis honrar la memoria de los fallecidos? ¿Vais a hacer lo mismo que supuestamente hicieron los de la otra mina? ¿Vais a provocarles un derrumbe para que mueran los que haya abajo?

—No se está hablando de derrumbar galerías, porque el culpable es el patrono, no los mineros.

—¡Ignacio, no tenéis pruebas! No sabemos si el patrono tuvo algo que ver.

Ignacio lo miró desafiante.

—Usted sabe, al igual que nosotros, que aquel derrumbe fue provocado.

—¡Te repito que no tenéis pruebas! No vayáis por ese camino, porque los desquites siempre terminan mal para unos y para otros. No permitiré que nadie se tome la justicia por su mano y el que lo haga será despedido de inmediato. No vaya a pensar la gente del pueblo que yo, o mejor dicho, que nosotros —Zoilo miró a los dos hermanos y volvió a Ignacio— hemos consentido o incitado a la venganza. Ahora mismo voy a hablar con los obreros para dejarlo claro.

Zoilo salió furioso de la oficina, seguido por su lacayo. En sus respectivas sillas quedaron los hermanos.

—¿Qué crees que ha pasado? —preguntó José a su hermano.

—Lo que dice el recadero —susurró Fulgencio—. Estoy convencido y seguro de que Zoilo piensa lo mismo, pero no quiere darles la razón.

—Hace bien, podría morir más gente.

—Pues... —antes de continuar hablando, Fulgencio se asomó a la ventana para asegurarse de que Zoilo se alejaba de la oficina escaleras abajo—, yo no creo que esté haciendo bien. Ahora que no nos oye nadie, te aseguro que me daría lo mismo si muriera el patrono o cualquiera de sus mineros, porque todos saben que nos están robando la plata y todos tienen la misma culpa. Si alguno muere no se merece ni una sola lágrima. Por eso estoy de acuerdo con el recadero en que debe hacerse justicia: no hay derecho a que nos roben con total impunidad, sabiendo que no les pasará nada. ¡A esa gentuza nunca le pasa nada! ¿Acaso se ha hecho justicia con la muerte de nuestro padre y de nuestro hermano? ¿Ha encontrado la policía a los asesinos? ¿Ha aparecido el dinero que padre tenía en la caja fuerte? No. Es comprensible que exijamos justicia y es legítimo que queramos recuperar nuestra plata. Y si nuestros operarios toman la iniciativa, deberíamos dejarles hacer en lugar de pararles los pies. Me-

nos preocupaciones para nosotros si solo tenemos que esperar...
lo cual no va a ser posible, porque la principal preocupación de
Zoilo es que la gente del pueblo opine bien de él. ¿Sabes lo que
te digo? Que me da lo mismo si dicen que hemos consentido la
venganza: lo importante es recuperar lo que es nuestro. Y nuestra opinión también cuenta, tanto o más que la suya. Sin habernos consultado, ha salido hecho una furia para amenazar a nuestros obreros con despedirlos como si el negocio fuera suyo. Me
da la sensación de que lo hemos encumbrado demasiado y se
nos está subiendo a las barbas.

—Tienes razón. Tampoco nos ha preguntado si queríamos ir
con él. Se le está olvidando que todo esto es nuestro.

—Y para colmo, le estamos llenando los bolsillos de dinero.
Debemos hablarlo con madre en cuanto lleguemos.


El sol se aproximaba a las cordilleras de montículos tras un denso tapiz de nubes afiladas. Zoilo detuvo el carro junto al lavadero de la Cogotazos y se acercó a los trabajadores, que habían
dado de mano y se aseaban en palanganas antes de marchar al
ventorrillo a macerar el gaznate y entonar el desgarro acompa-
sado de las profundidades. Aprovechó para hablarles allí mismo, a sabiendas de que serían más condescendientes que fuera
de la hacienda y con una copa en la mano.

Efectivamente, las palabras del recadero habían sido mucho
más mansas que las que pronunciaron allí el resto de los trabajadores. Sentencias y amenazas hacia el arrendatario de la mina
aledaña, que Zoilo no era capaz de aplacar con fingido carácter
conciliador. Ni se le pasó por la cabeza amenazar con echarlos,
no fuera a ser que tanta furia desbocada se encauzara hacia su
persona por la boca del pozo. No sirvieron de nada las palabras
de Zoilo y la improvisada reunión duró lo que tardaron los trabajadores en terminar de asearse y vestirse, para marchar por el
sendero de tierra que conducía hasta el ventorrillo de una señora
de hechura recia y carácter fuerte, llamada Rosario.

El arrendatario objeto de las iras era bastante conocido por
sus escasos escrúpulos en su ansia por hacer fortuna. Según decían, era partidario de media docena de minas de plomo disemi-

nadas por la sierra, que recorría desde el alba hasta el ocaso subido a lomos de su caballo para hostigar a sus capataces y amenazar a sus mineros. Soberbio, seco, amigo de nadie y maltratador en casa. Sombrero de ala ancha, pistola, cuchillo, camisa clara y pelliza marrón.

Esa noche ardió su casa. Al parecer habían avisado a la familia con suficiente antelación, porque el objetivo de los enfurecidos no era resarcirse con más sangre, sino echarlos de la sierra. Aquella vivienda reducida a cenizas no era la típica de los caciques adinerados, ya que el desterrado no había llegado a ser titular de ninguna de las minas que explotaba y debía pagar a los arrendadores entre el diez y el quince por ciento del valor del mineral extraído —además de los impuestos gubernamentales—. Ni unos ni otros ganaban dinero si no se extraía mineral, por lo que caía siempre la presión de la codicia sobre los sufridos mineros. El caso de la mina aledaña a la Cogotazos habría sido otro ejemplo más de usura, de no ser por la codicia desmedida de su explotador.

La mañana del miércoles amaneció con doña Engracia plantada frente a la puerta de la fábrica de hierros. Zoilo, que solía llegar el primero, se sorprendió al verla sola junto a su carruaje. Sin mayordomo y sin sus hijos. Al no apreciar en ella indicios de preocupación, intuyó que quizá la habrían informado del alzamiento y venía para agradecerle que hubiera intentado sofocarlo.

—Buenos días, Zoilo. Supongo que te habrás sorprendido al verme aquí y a estas horas. Llevo días queriendo hablar contigo a solas y he pensado que tal vez esta sea la mejor manera.

—¿Quiere que subamos a la oficina?

—No es necesario. Prefiero hablarlo aquí, ya que tengo cierta prisa y el asunto tampoco tiene mayor importancia. Simplemente quería saber si estás a gusto con tu trabajo y con el de mis hijos.

Le extrañó a Zoilo que la doña hubiera madrugado para preguntar aquello y dedujo que la cuestión importante asomaría en breve.

—Por supuesto que estoy a gusto. Creo que somos un buen equipo y que trabajamos muy bien juntos.

—Me alegro, Zoilo. Mis hijos me informan a diario, como sabes, y no he recibido queja alguna de ti. Al contrario, siempre me hablan muy bien porque eres trabajador, buena persona y de buena familia, como lo somos nosotros. Quizá por eso llevo días ilusionada con la posibilidad de que nuestras familias lleguen a ser algo más que amigas. Sé que esta no es la manera ortodoxa de proceder, pero bien sabe Dios que lo hago porque me dolería que alguien se te adelantara. Como te comenté el día que viniste a casa para relanzar el negocio, mi hija mayor es la que más me cuida, la más cariñosa y la que sabrá cuidar como nadie del hombre que la lleve al altar.

La doña hizo una pausa en espera de respuesta. Al ver que Zoilo no despegaba los labios, forzó la pregunta.

—Estos temas se deberían hablar entre hombres, pero al faltarme mi Antonio, que Dios lo tenga en su gloria, tengo que ser yo quien ocupe su puesto en estos y otros menesteres. Quiero que sepas que estas palabras no se las diría a cualquiera y ten por descontado que he dado este paso porque te tengo mucho cariño y me infundes tantísima confianza como para preguntarte si te gustaría pedir la mano de mi hija.

No esperaba Zoilo que la casamentera llegara a tal extremo. Debía contestar algo y sin demora. A punto estuvo de contarle la conversación con Delia el día que la doña se aferraba a su orinal en la intimidad de su dormitorio, pero creyó oportuno no comentar nada, por si la chica lo había mantenido en secreto y se generaba ahora cierta desconfianza.

—Para serle sincero, no me lo había planteado, puesto que en cualquier caso habría que esperar al alivio de luto. Tampoco sé qué opina ella.

—Respecto a la opinión de Delia, te puedo asegurar que, si tú me dices que sí, yo daré el visto bueno y ella estará de acuerdo.

Zoilo recordó cuando Delia le dijo que se casaría con el hombre que pidiera su mano formalmente y fuera aceptado por su madre. Se confirmaba así que el palo tenía bien aleccionado a la astilla.

—Y respecto al luto —continuó la doña—, yo nunca haría

nada que fuera una afrenta hacia la memoria de mi marido, que en paz descanse. Precisamente si lo hago es porque sé que desde el cielo me lo está pidiendo. En efecto, tienes razón en que se debería formalizar el año que viene, pero te lo pregunto para que no se te adelante nadie; que, aunque esté mal que yo lo diga, pretendientes no le faltan.

—Es muy guapa. Como su madre...

—Te agradezco el cumplido —correspondió con sonrisa forzada—. ¿Entonces?

El corazón de Zoilo latía desbocado. Si contestaba en sentido negativo provocaría el enfado de la doña, con consecuencias impredecibles, probablemente también laborales; y si contestaba que sí, estaría comprometiéndose como quien firma un acta notarial.

—Le seré sincero, porque usted no se merece que nadie le mienta, y menos yo. Sin duda puedo decirle que siento cierta atracción por Delia, pero por otro lado, tengo la impresión de que somos muy distintos y nuestros puntos de vista son demasiado diferentes.

—Delia es una chiquilla obediente y tiene el punto de vista que se le diga —contestó ligeramente irritada—, pero de tus palabras deduzco que no estás preparado para asumir un compromiso de este tipo.

Zoilo bajó la mirada, intentando evitar los ojos punzantes de la señora.

—Me duele mucho lo que voy a decirte, pero debes entender que el negocio de mi difunto marido, que Dios lo tenga en su gloria, tiene que estar gobernado por familiares. Sí o sí. Diferente sería si yo no tuviera hijos ni cuñados, que ya los tendré. Pero no es el caso. Es verdad que falta mi hijo mayor, mi Antoñico, que para los negocios era tan avispado como su padre, pero estoy segura de que mi Fulgencio, mi José y los yernos que lleguen sabrán sacar el negocio adelante.

El tono inicialmente tierno de doña Engracia se había agriado. Por unos segundos se hizo el silencio, interrumpido solo por el canto de las chicharras. La doña miraba a Zoilo, como deseando que recapacitara; pero al ver que seguía cabizbajo, sentenció azorada.

—Por favor, dame todas las llaves que tengas de mis propiedades.

Zoilo le entregó el manojo de llaves que llevaba en el bolsillo, doña Engracia las guardó en su bolso y volvió a su carruaje. Se remangó el vestido y subió al pescante con movimientos poco refinados, para asir las riendas y marcharse a golpe de látigo. Zoilo se quedó inmóvil junto a las huellas de los disparos incrustados en la fachada, cabizbajo, incapaz de reaccionar incluso cuando el carruaje de la doña había desaparecido sendero abajo. Acompañado por su carreta y por el caballo que desde el aparejo lo miraba como si supiera qué había pasado, repasó cada contestación, culpándose por no haber reaccionado de otra manera, por no haber sido más avispado. Ya no había marcha atrás, así que solo le quedaba despedirse de sus compañeros de faena. Sin dejar de rumiar una y otra vez lo sucedido, esperó entre el vasto silencio a que llegaran los hijos de la doña y los trabajadores de la fábrica. El aire que ahora le oprimía el pecho, ascendía colmado de humedad y polvo fino de torronteras, cañadas secas y escombreras. A lo lejos, una recua de mulas con su arriero al frente serpenteaban por un camino empinado.

En apenas veinte minutos apareció el mismo carruaje que se había llevado a la intrigante. Más sosegado ahora y con el mayordomo a las riendas. Como Fulgencio y José habían sido informados por su progenitora, Zoilo se limitó a despedirse con un apretón de manos. Tampoco ellos dijeron nada, aunque sus semblantes denotaban frustración y abatimiento por haber perdido a quien los capitaneaba.

Con los trabajadores —que llegaban a pie por el sendero que subía desde el pueblo— sí mantuvo breves pláticas para que supieran la verdad de lo ocurrido. Frases de lamento de los sorprendidos obreros, alguna lágrima de Zoilo y lo mismo con los trabajadores de las otras posesiones de la doña, para lo cual necesitó recorrer media sierra y dedicar el resto de la mañana.

Terminado el periplo volvió a casa. Cuando entró, sus hermanos todavía no habían llegado y su madre estaba cosiendo unas telas.

—Madre, doña Engracia me ha despedido porque no he aceptado casarme con su hija Delia.

—¡No sabes lo que me alegro! —contestó con la rapidez de un resorte.

—Supongo que usted se alegra porque ya no tendrá más visitas, pero yo me he quedado sin trabajo.

Su madre detuvo la aguja en lo alto y se volvió para mirarlo fijamente.

—Me alegro de que no hayas cedido ante la presión de la señorona y no te hayas comprometido a vivir con una persona a la que no quieres, porque te habrías arrepentido el resto de tu vida. Y respecto al trabajo, no necesitas a esa gente para demostrar lo que vales. Tú puedes llegar adonde te propongas y con más facilidad sin esos chupasangres y sin esa tirana que te trata como si le debieras la vida.

Zoilo no esperaba semejante reacción. Hacía tiempo que no la oía hablar con tanta determinación, sumida en una permanente tristeza de pensamientos silentes y con absoluta apatía a todo lo que no tuviera que ver con su familia y su casa. Permanente, desde que el aire envenenado de la mina se llevara a su marido y echara por tierra sus ilusiones. Nueve años dedicados a cuidar de sus tres hijos, dejando de lado las relaciones vecinales e incluso el cuidado de su propia apariencia. Su indumentaria siempre negra y las ojeras de sus pesares habían marchitado el aspecto de quien todavía destellaba beldad en forma de hermosos ojos, cara pecosa, pelo rojizo y pómulos prominentes. Se llamaba Isabel, pero como siempre ha sido costumbre en los pueblos, se le conocía más por el apodo que por su nombre. En su caso era conocida como «la Seca», al parecer, por su físico de joven y por su carácter de siempre.

Al oír las palabras de su madre, Zoilo corrió hacia ella y se abrazó a su cuello sin que ella apenas descompusiera el gesto. En ese momento llegaron sus hermanos que, al enterarse de la noticia, coincidieron en el parabién.

Avivado por las palabras de su familia, dedicó la tarde a planificar su futuro. En la intimidad de su habitación, tumbado sobre su cama, junto a sus perros. Decidió que con una parte del dinero de los lingotes intentaría arrendar la mina aledaña a la Cogotazos, aprovechando que habían expulsado al partidario y la actividad en la mina había quedado paralizada. Al saberse que había galena argentífera, era previsible que tuviera muchos pretendientes y que el propietario pidiera más del quince por ciento de las ganancias, incluso en torno al veinte por ciento. Quizá más, lo que haría el negocio escasamente rentable a poco que se produjeran derrumbes, filtraciones o rotura de maquinaria. Sobre todo, porque era intención de Zoilo pagar a los jornaleros en metálico para no ser visto entre los vecinos como otro explotador inmisericorde, ávido de dinero fácil. Preocupado por no generar suspicacias, donaría parte de los beneficios —al menos los conseguidos tras la venta del primer lote de galena— a la Casa de Socorros de La Unión. Un establecimiento manejado por un único practicante y dedicado a mineros accidentados y enfermos sin posibilidades económicas que, si bien estaba administrado por el Ayuntamiento, sobrevivía gracias a donativos de particulares y empresarios de la zona. Aquella Casa de Socorros sirvió como génesis del Hospital de Caridad de La Unión, inaugurado en julio de 1883.

A la mañana siguiente se levantó cuando sus hermanos, para desayunar con ellos y salir en busca del propietario de la que podía ser su primera explotación minera. Como no sabía quién era ni dónde encontrarlo, marchó a la mina a sabiendas de que habría algún guarda que pudiera informarle. No se equivocaba. Antes de que el caballo enfilara el camino que subía hacia la bocamina, ya había dos guardianes apostados en el lindero, a la espera de saber quién se acercaba y con qué intenciones, apuntando con sus escopetas hacia el cielo en señal de aviso.

—¿Qué le trae por aquí? —preguntó uno de ellos en tono arisco, cuando Zoilo detuvo el caballo.

—Buenos días, señores. Ando buscando al propietario de esta mina.

El que había preguntado soltó una carcajada.

—¿Y pensaba encontrarlo por aquí? ¿Acaso cree *usté* que el mandamás lleva pico y pala?

Zoilo correspondió la impertinencia con una sonrisa forzada.

—Por supuesto que no, pero suponía que ustedes me podrían decir cómo localizarlo.

—Como poder podemos, pero me da que no va a ser posible. ¿*Pa´* qué quiere verlo?

—Para arrendarle la mina que ustedes protegen.

El de las impertinencias extendió otra sonora carcajada, interrumpida al ver que su compañero avanzaba unos pasos hacia el forastero.

—Sepa usted que lo va a tener difícil, porque no es el primero en pretender estos terrenos, ahora que todo el mundo sabe lo que se esconde en lo más profundo; y si estamos nosotros aquí es porque no hay día que no aparezcan sinvergüenzas a por lo que no es suyo, en grupos a veces, y casi siempre armados. Pero, si a pesar de todo, sigue queriendo hablar con el señor Sandoval, vuelva al amanecer. Nosotros le daremos el recado esta tarde y si mañana le está esperando cuando usted llegue, querrá decir que está dispuesto a negociar. ¿Cómo se llama usted?

—Zoilo Baraza. —Ante la posibilidad de que solo con el nombre no fuera suficiente, completó con referencias que, si bien le restaban lustre, podrían ayudar a decidir en positivo al propietario de la mina que pretendía—. Hijo de Isabel, «la Seca», y persona de confianza de don Antonio, el patrono que apareció muerto junto con su hijo en la fábrica de hierros.

—¡Malditos asesinos! —exclamó el insolente, para girarse a continuación hacia su compañero—. ¿Entiendes ahora por qué te digo que antes de *na´* hay que disparar? —Y de nuevo se giró hacia Zoilo—. Hay que disparar a los sesos, donde no cojeen.

El guardián que atesoraba toda la cordura concluyó la conversación desdeñando las baladronadas de su compañero.

—Como le he comentado, esta tarde daré el recado al señor Sandoval por si considera conveniente venir mañana a negociar con usted.

Zoilo asintió agradecido y subió de nuevo a su caballo para bajar al pueblo. Tenía claro a quién intentaría contratar como vigilante en caso de llegar a un acuerdo con el patrono.

Aquella noche aprovechó el sosiego de la cena en torno a las velas para explicar a su familia el motivo de sus últimas andanzas. Su madre, que se le percibía bastante más afable de lo habitual, le advirtió de los peligros de andar solo por la sierra, máxime cuando todos en el pueblo conocían su suerte por haber recibido parte de la herencia de su amigo Juanjo. Al instante, se ofrecieron sus hermanos para acompañarlo, a lo que Zoilo se opuso en redondo. Los ofrecimientos y las negativas se superponían con dulzura, pero en tono creciente. Los tres hermanos insistían arrebatados, entretanto reunían sus cucharas en la cacerola para retornarlas colmadas y saciar la gazuza.

—No se hable más —sentenció la madre, que hasta ese momento había escuchado aparentemente impasible—. No quiero más desgracias en esta casa, así que mañana te acompañarán tus hermanos, y en adelante búscate a alguien de confianza que te guarde.

En efecto, no se habló más del asunto. Zoilo aceptó agradecido y dedicó el resto de la cena a cavilar en silencio posibles custodios y arrendadores alternativos en el caso de que no apareciera el de la anexa a la Cogotazos. Como protector pensó en el guardián de aquella mañana, como persona de confianza tentaría a su amigo Ignacio y para la búsqueda de otros arrendadores pediría consejo a don Hilario. No fue necesario, porque a la mañana siguiente le estaba esperando en la mina el señor Sandoval. El recibimiento fue mucho más cordial de lo esperado, al parecer porque el de porte gallardo ya conocía a Zoilo como recadero de don Antonio. Zoilo no recordaba aquel rostro semioculto bajo sombrero de fieltro y barba cuidada; tampoco los encuentros que el señor Sandoval le describía con minuciosidad. Relajados ambos de pie junto al carro de los hermanos de Zoilo y a pocos metros de la bocamina y de sus guardianes.

Efectivamente, el señor Sandoval le explicó que muchos se habían ofrecido a arrendarle la mina, y los había descartado a todos ante la posibilidad de que se repitiera la falta de seriedad del anterior arrendatario: quejas continuas para retrasar los pagos y artimañas de todo tipo para falsear las ganancias, e incluso habían llegado a desviar parte del mineral extraído. Así un día y otro también. Quebraderos de cabeza incluso cuando, tras el desastre del derrumbe, ya habían comenzado a extraer la codiciada galena argentífera. El señor Sandoval tenía la certeza de que con Zoilo no ocurriría, así que acordaron la comisión —ligeramente más alta de lo habitual— y sellaron el acuerdo con un apretón de manos.

En un par de días estaría preparado el contrato de arrendamiento, tiempo más que suficiente para que Zoilo contratara a un equipo de mineros, buscara a un capataz de confianza —con suerte, su amigo Ignacio— y varios arrieros que con sus recuas de mulas transportaran el mineral a la fundición de don Hilario.

Vuelta a casa en el carro. Zoilo, orgulloso por la hazaña conseguida y sus hermanos, boquiabiertos de admiración.

## 29

*Veracruz, México*
*Domingo, 10 de julio de 1898*

El domingo era día de relativo asueto en el hospital veracruzano de San Sebastián. Los religiosos se dedicaban al rezo y las curas no urgentes se aplazaban al lunes. Se respiraba calma, incluso entre los enfermos que deambulaban por las enormes salas del sanatorio. Casi todos con bata blanca y algunos pocos con pantalón y camisa, como si solo hubieran ido a pasar la noche.

Alfonso dormitaba en la sala de hombres, sobre una de las infinitas estructuras de hierro con lienzo de lona y sábana desgastada, dispuestas todas ellas en hileras. El tiempo parecía estancado en las miradas aletargadas de los que reposaban sobre sus camas, en el aire denso cargado de humedad y olor a transpiración.

Un enfermo que pasaba frente a la cama de Alfonso miró compasivo el enorme vendaje de la cabeza, que desde las cejas hasta la nuca permitía adivinar la magnitud de las heridas. Avanzó varias camas y se sentó en la suya para susurrar al vecino.

En ese momento y como si eclosionara de su letargo, el cuerpo sudoroso de Alfonso comenzó a moverse lentamente sobre la sábana salpicada con gotas secas de sangre. Se paralizó de nuevo y a continuación le sobrevino una sacudida a modo de convulsión. Despacio abrió los ojos y sin apenas menear la cabeza percibió desorientado una serie de siluetas indefinidas flotando ondulantes alrededor. A medida que su mente se reactivaba, aquellas siluetas comenzaban a tomar forma de ventanas, camas y personas. Intentó levantarse y fue al despegarse de la lona cuando sintió un insoportable dolor de cabeza que le machacaba la parte superior del cráneo al ritmo de las pulsaciones. Volvió a tumbarse y con las manos tanteó las vendas entre gestos de dolor, intentando vislumbrar qué le había pasado y por qué estaba tumbado en el camastro de lo que parecía un sanatorio. Imposible aclarar las dudas que le asaltaban, incapaz de pensar con claridad.

El viejito de la cama anexa lo saludó al ver que se había despertado tras más de veinticuatro horas inconsciente.

—¿Dónde estoy? —preguntó Alfonso sin corresponder al saludo.

—En el hospital de San Sebastián. Lo atropellaron ayer frente a la parroquia y perdió el conocimiento hasta ahorita mismo, que se acaba de despertar. ¿Se encuentra bien? ¿Necesita ayuda?

Al ver el viejito que el vecino no contestaba, volvió a tumbarse sobre su cama. Alfonso se mantenía en silencio, atento a su memoria, que comenzaba a mostrarle secuencias de lo sucedido. Desordenadas al principio, confusas, hasta que consiguió la secuencia completa y recordó entonces el motivo de su lamentable estado. Contuvo la respiración con los ojos hinchados de arrebato, se incorporó agarrado al cabecero y sujetándose a las barandillas de las camas se encaminó inestable hacia la puerta del fondo. Los enfermos lo contemplaban en silencio. Nadie lo detuvo, los religiosos estaban en la capilla y en las enfermerías de la planta alta. Cruzó la puerta de la sala de hombres, se quitó las vendas de la cabeza, las tiró al suelo y descalzo salió del edificio. Al sentir el viento sobre su cráneo elevó ambas manos para palparlo. Estaba rapado y con los dedos podía notar los bultos y las costuras por las que todavía supuraban las heridas. Al verse las manos ensangrentadas, volvió a por las vendas para limpiarse y con las tiras colgando de las manos salió de nuevo para acechar a los transeúntes. Las nubes acababan de descargar el segundo chaparrón de la mañana y solo había un par de señoras al final de la calle. Esa dirección tomó Alfonso. Apoyado contra la pared avanzaba con lentitud, mirando hacia atrás a cada momento para asegurarse de que nadie lo seguía. Sabía que la bata blanca y las manchas de sangre delataban su procedencia, así que tomó por la primera bocacalle con la intención de transitar por callejuelas menos concurridas.

Su respiración resultaba cada vez más trabajosa. Debía de haber perdido mucha sangre tras el accidente, se sentía débil como nunca y apenas podía gobernar sus piernas. Aquella callejuela de tierra mojada daba acceso a un pequeño patio atestado de trastos y broza. Al fondo, una cuerda con ropa tendida bajo una repisa de madera y un montoncito de troncos junto a la puerta trasera de la vivienda. Habitada, se oía en su interior la voz de un niño y de una señora de edad avanzada.

Alfonso se aseguró de que nadie hubiera accedido al callejón por sus dos extremos y entró en el patio para agenciarse alguna de las prendas. Al encorvarse para tantear los pasos de sus pies desnudos, se pisó la bata y a punto estuvo de caer sobre la broza. Una vez situado bajo la repisa descolgó un pantalón y una camisa, se sentó sobre los maderos con cuidado de no hacer ruido y se vistió lo más rápido que sus entumecidas manos le permitían. Le habría venido bien un sombrerón típico de los lugareños sobre su llamativo cráneo, pero se le antojaba imposible encontrar alguno a su paso; ni disponía de dinero en el caso de que algún transeúnte estuviera dispuesto a vendérselo.

Sentado sobre los troncos, tomó del suelo la bata que acababa de quitarse y la arrebujó para secarse la cara y limpiar los regueros de sangre que lentamente le brotaban de la cabeza. Acabada la faena se asomó al callejón, comprobó que no había nadie y reanudó su camino. Aunque trastabillando y sin rumbo aparente, Alfonso conocía bien cada palmo de la ciudad.

La callejuela le desembocó en una más ancha y luminosa, bastante más transitada. Algunos perros esqueléticos, varios carros y una decena de viandantes que esquivaban los charcos. El sol volvía a ocultarse tras un manto de nubes oscuras, que en aquella estación del año se aligeraban con frecuencia, lo que solía generar en los recién llegados una sensación incómoda de bochorno húmedo y pegajoso.

Alfonso respiró profundo y se incorporó al tránsito intentando aparentar normalidad, a pesar de los pies descalzos, la vistosidad del cráneo y lo ajustado de las prendas sustraídas. Andaba despacio, pegado a la pared con la cabeza gacha, procurando disimular la condición exhausta de sus hechuras. Vagó por aquellas calles de adoquines, sin que nadie le prestara un mínimo de atención. Solo los zopilotes desde los aleros y alguna que otra mirada lugareña compasiva o de repugnancia. Como un alma borrosa pasó frente a escaparates y bajo balcones con olor a mil flores que no era capaz de percibir. Concentrado en gobernar el entumecimiento de los músculos, no prestaba atención a lo que acontecía alrededor, ni siquiera a las dos figuras erguidas que se aproximaban. Dos policías que Alfonso no fue capaz de distinguir hasta tenerlos a pocos metros. Ya era tarde para cambiar el rumbo, los dos agentes se le acercaban asombrados por las heridas y hematomas del cráneo. Alfonso acercó la barbilla al pecho y extendió la mano en forma cóncava, como si pidiera limosna.

—No te acerques a ese pordiosero —susurró el policía más viejo al compañero—, no te vaya a pegar algo.

Esquivaron al supuesto pedigüeño y prosiguieron con su recorrido sosegado y su conversación intrascendente. Alfonso miró de reojo hacia atrás, cruzó al otro lado de la calle y cerca de la esquina se paró frente a una casa de paredes desconchadas. Tanto la puerta como la ventana estaban cerradas a cal y canto. Sus piernas endebles lo habían conducido a una casa deshabitada en estado de aparente ruina. Empujó la madera de la puerta, que, hinchada de humedad, parecía resistirse, se coló cuando apenas había abierto un palmo, cerró con la llave que solía esconder bajo uno de los cascotes caídos del techo y se desplomó.


En el hospital, un individuo con sombrero calado hasta las gafas entró en la sala de hombres y preguntó por los dueños de las camas vacías, no más de cuatro o cinco. Al llegar a la cama de Alfonso, preguntó en voz alta.

—¿Saben ustedes si esta cama tiene dueño?

—¡Tenía dueño hasta hace un rato! —dijo el viejito de piel tostada—. Un señor que atropellaron ayer frente a la parroquia.

—¿Dónde está?

—No lo sabemos. Se despertó y sin decir nada desapareció tambaleándose como si estuviera mamado.

El intruso se encaminó rápido hacia la salida.

—Otro que se marcha sin despedirse —dijo el viejito a los compañeros—. Ni este me da las gracias por las explicaciones, ni el enfermo a los religiosos por lo bien que se han portado con él. ¡Que se vayan a la chingada esos gachupines maleducados!

Alfonso había conseguido alcanzar la cama. Tumbado desde hacía varias horas, permanecía inmóvil, con la mirada dispersa en los desconchados del techo y en los fragmentos colgantes que parecían esperar un breve soplo para desmoronarse. Acompañado únicamente por el ruido de su respiración y, en la distancia, por el bullicio del vecindario.

Aunque su cuerpo entumecido se iba recuperando de la caminata, el dolor de cabeza seguía acrecentándose. Quizá estuvieran remitiendo los efectos de alguna droga anestésica suministrada por los religiosos. La piel afeitada del cráneo, pintada con regueros de sangre coagulada y labrada en relieve con montículos amoratados, parecía que hubiera dejado de sangrar, porque a cada momento se tanteaba con la mano por miedo a que estallara alguna de aquellas heridas. Si lo que palpaba no estaba yendo a peor, podía ser entonces que el origen de tanto dolor estuviera bajo el cráneo. Que se hubiera producido algún hematoma interno —bien tras el accidente, bien durante su huida del sanatorio— y se debiera a la presión del coágulo. Por si ese era el motivo, no cabía otra que relajarse, con la esperanza de que su cuerpo se repusiera poco a poco. Estaría así el tiempo que hiciera falta —horas o días incluso— hasta que el dolor remitiera.

Andaba en aquellas cavilaciones cuando oyó un ruido. Contuvo la respiración y aguzó los oídos. Alguien intentaba abrir la puerta. Probablemente algún mendigo o aficionado al pulque en busca de cobijo. Imposible que pudiera entrar porque había cerrado con llave.

Cesó el traqueteo y cuando todo apuntaba a que el supuesto indigente se había marchado a por otro refugio más accesible, sonó un disparo y el chirrido de la puerta al abrirse. El tipo había conseguido entrar y por las formas no era del pelaje que Alfonso había supuesto. Era probable que se tratara de quien en cierta ocasión había intentado clavarle un cuchillo en la barriga.

Fuera quien fuese, no le traían motivos cándidos, así que debía reaccionar rápido. Se arrancó una costra de la cabeza y tras comprobar que volvía a sangrar sobre la manta polvorienta, bajó de la cama y descalzo sobre los cascotes del suelo avanzó hasta la ventana. Habría saltado de haber tenido suficiente energía, pero como le era imposible, abrió los cristales, se asomó a la repisa y asegurándose de dejar un reguero de gotitas rojas, deshizo sus pasos para esconderse bajo la cama.

Los pasos avanzaban por el pasillo, lentamente, zigzagueantes entre la porquería que tapizaba el suelo. Se detuvieron al aproximarse a la primera puerta, a la derecha, para asomar la pistola y la cabeza después. Al fondo de la estancia, un fogón mugriento lleno de cacharros sucios y una repisa de piedra sobre la que descansaban varias piezas de fruta y una garrafa de vino. Ni una sola presencia viviente que no fueran las dos cucarachas que correteaban por el suelo, así que los pasos retomaron el pasillo hacia la siguiente puerta, a la izquierda. La del dormitorio donde Alfonso había intentado reponerse de la caminata. De nuevo se asomó la pistola y sobre esta el rostro del asaltante. El intenso silencio recorrió la estancia. Alfonso, que había tenido el tiempo justo para esconderse bajo la cama, contuvo la respiración contraído de dolor.

Los pasos se adentraron en el dormitorio, se detuvieron en el centro y a continuación corrieron hacia la ventana.

—¡Hijo de mala madre, ¿te has escapado otra vez?!

Alfonso podía ver los zapatos de cuero negro y los bajos de los pantalones. Por los brillos y las telas debía de ser alguien pudiente.

—¡Hijo de mala madre!

El tipo se percató del reguero de sangre que llegaba hasta la repisa y refunfuñando en voz baja, se encaramó al marco y saltó a la calle. Cuando de nuevo se hizo el silencio, Alfonso salió de debajo de la cama por el lado contrario a la ventana y corrió trastabillando hacia el fondo del pasillo para salir por la puerta que daba al patio comunitario. Se asomó antes para comprobar que no transitaba ningún vecino y avanzó entonces hacia la sombra de un enorme naranjo en mitad del jardín. Se habría refugiado en otra vivienda de no ser porque todas estaban habitadas y corría el riesgo de que los gritos de los dueños delataran su presencia. Únicamente estaba abandonada la vivienda que él había utilizado desde el fatídico día del abrecartas y de allí, desde aquel pasillo, llegaban de nuevo ruidos que Alfonso fue capaz de percibir pese a los latidos que retumbaban en su cabeza. Era probable que el tipo hubiera vuelto tras descartar que Alfonso hubiera huido por las calles de Veracruz.

Puesto que su única opción era la puerta trasera del patio, abandonó la sombra del naranjo, salió a la calle y se apoyó contra el muro para dilucidar el mejor derrotero. Justo enfrente había un almacén con el portalón entornado. Ese sería su siguiente refugio. Cuando se disponía a cruzar la calle, se percató del rastro de sangre que delataba su trayectoria. Se quitó la camisa, se envolvió la cabeza y avanzó despacio hacia el interior del almacén. Había aperos agrícolas en un lateral y una gran montaña de estiércol en el otro. El olor era nauseabundo y muy intenso, a pesar de que faltaba parte del techado.


El tipo estaba siguiendo las gotitas rojas. Despacio. Con la pistola escondida en el bolsillo del pantalón por si aparecía algún vecino y con la tranquilidad de saber que su enemigo no podría llegar muy lejos. Cruzó el patio, salió a la calle e intentó encontrar en la tierra la trayectoria de las gotitas rojas. Habían desaparecido. Elevó la mirada y vio que a lo lejos jugaban varios niños con una pelota de tela. Ningún viandante ni carruaje por aquella calle de paredes encaladas y rejas con flores. Se giró hacia atrás y vio que sobre la pared exterior del patio había una gran mancha roja a la altura de la espalda. Pasó el dedo y comprobó que era sangre todavía no coagulada: Alfonso acababa de pasar por allí, y como no podía haber huido a la carrera, solo quedaba la posibilidad de que hubiera abordado el portal de alguna de aquellas viviendas. El de sombrero calado hasta las gafas planeó llamar a todas las puertas, una a una, pero antes debía revisar el almacén que tenía justo enfrente. Miró a ambos lados de la calle para asegurarse de que nadie lo veía y entró.

Con la primera bocanada de aire, le sobrevinieron varias arcadas. Retrocedió rápido y salió en busca de aire fresco. Agarrado a la manilla de la puerta se dobló intentando contener las náuseas. Nunca había respirado un hedor tan desagradable. Esperó a que su estómago se repusiera, tomó aire y con la respiración contenida abrió la puerta para asomarse de nuevo y divisar entre las penumbras algún rastro de Alfonso. Imposible que una persona o animal pudiera permanecer vivo dentro de aquella pocilga: cerró definitivamente la puerta y soltó el aire retenido. Avanzó calle arriba y una a una fue llamando a la media docena de puertas. A los únicos dos vecinos que abrieron, les explicó que era responsable de un sanatorio y que andaba buscando a un leproso fugado, por si habían tenido la tentación de darle cobijo. Todos contestaron en negativo, también el grupo de niños que al final de la calle jugaba con la pelota de tela. Volvió sobre sus pasos y entró de nuevo en el patio de la casa que Alfonso utilizaba como refugio.

En el interior del almacén, la montonera de estiércol comenzaba a moverse, a abultarse en un lateral. Asomó una mano, el brazo y seguido de este una cabeza, la de Alfonso, capaz de mantener la respiración más de diez minutos, de resultas de su afición al buceo. Gateó hacia la calle, vació los pulmones, inspiró aire limpio y se encogió en posición fetal sobre la tierra. Su cabeza parecía que le fuera a estallar. Durante el tiempo que permaneció inmóvil, solo anduvo por allí una viejita que, al percibir el tufo desde la distancia, cruzó al otro lado de la calle para pasar lo más alejada posible. Con la nariz tapada bajo el velo negro, se esforzaba por acelerar sus pasos, no fuera a ser que justo en ese momento despertara el que yacía. No se despertó por el paso de la anciana ni por el perro callejero que le estuvo lamiendo la sangre seca de la cabeza un buen rato. Lo despertaron los gritos de los vecinos que salían despavoridos del patio. Alfonso entreabrió los ojos y entendió el motivo de tanta desesperación al ver que tras el muro se elevaba una columna de humo denso.

En un santiamén, la calle se atestó de confusión: los que llegaban con calderos de agua, los que se apresuraban por sacar a los ancianos y niños de las viviendas anexas a la que ardía, los que entraban y salían a la carrera para amontonar en la calle sus pertenencias, los curiosos y las que lloraban. Medio centenar de personas en cuestión de segundos.

Aunque Alfonso tenía mermada su capacidad auditiva, pudo distinguir entre el griterío a alguien que decía no extrañarse de que la casa abandonada hubiera ardido y se lamentaba de que solo un milagro evitaría la propagación al resto de las viviendas. Como ni unos ni otros repararon en su presencia, se levantó apoyado contra la pared del almacén y puso rumbo al puerto. Su cara y su torso desnudo estaban cubiertos de estiércol, que lentamente se iba desgajando para caer al suelo con cada paso. El cielo encapotado no parecía que fuera a descargar el agua que tanto bien le habría hecho. A medida que se acercaba a la zona portuaria, se incrementaba el tránsito de carruajes, carretillas, comerciantes y turistas. Todos se apartaban con manifiesta repugnancia, creyéndole el más sucio de los mendigos y el más ebrio de los borrachos. Ni rastro del tipo que le perseguía.

En ese momento se oyeron los silbatos de dos bomberos que subían desde el puerto, en sus respectivos carros. Uniformados con traje y casco blanco, gobernaban el trote de las mulas desde los pescantes de dos carros idénticos, diminutos, provistos de pico, pala, barril de agua y bomba manual. Acababan de pasar junto a Alfonso, cuando las campanas de la parroquia comenzaron a avisar del siniestro, con un número determinado de tañidos para indicar el lugar del incendio a los aguadores de la zona.

Al llegar al puerto, donde un grupo de niños chapoteaban, se tiró al agua para desprenderse de manchas y olores, inconsciente del efecto que el agua salada tendría sobre las heridas de la cabeza. Cuando vieron los niños que se retorcía de dolor y que apenas era capaz de mantenerse a flote, acudieron para sacarlo.

—¿Es usted el señor Alfonso? —preguntó uno de los niños tras tumbarlo sobre el cemento.

Alfonso soltó varios manotazos a los chicos. Solo el que había preguntado se mantuvo a su lado.

—¡Ay, señor, veo que últimamente no le van muy bien los negocios! ¡Se le ve un poquito desmejorado!

El gesto de Alfonso se endureció.

—Tráeme ropa limpia.

—¿Tiene lana para comprársela?

Alfonso negó con mirada mordiente.

—Pues... no más tengo dos opciones —dijo el chico—: pedir ropa a Dios y esperar a que obre el milagro, o robarla y pedir perdón a Dios.

—¡Rápido! —exclamó Alfonso.

—Me obliga usted a lo segundo. —Tras un suspiro de resignación, el chico se alejó farfullando—. Espero que Dios guarde a este cabronazo... y tabique la puerta.

## 30

*La Unión, Murcia*
*Lunes, 17 de noviembre de 1879*

Los mineros contratados por Zoilo, familiares, amigos y vecinos escuchaban las bendiciones y plegarias del sacerdote, reunidos en torno a la bocamina. «Dios, Padre santo, que nos concedes el fruto de la tierra, te suplicamos con humildad que bendigas a los fieles que se adentran en las profundidades para extraer con dignidad lo que tú has creado y contribuyen con su trabajo a la prosperidad de sus familias. Tú, que vives y reinas por los siglos de los siglos. Amén.» El oficiante sumergió el hisopo de bronce en la vasija de agua bendita que le sujetaba el monaguillo y procedió a esparcirla sobre los mineros y sobre el pozo que en su negrura les aguardaba.

La idea de la bendición había surgido de los propios trabajadores, que veían aquellas dos explotaciones mineras anexas como símbolo de la codicia humana y fuente de desgracias. Invocado el todopoderoso, ya solo quedaba ponerse manos a la obra y comenzar la extracción de la galena. El contrato de arrendamiento entre Zoilo y el señor Sandoval estaba todavía pendiente, si bien por entonces un apretón de manos era tan válido como una firma sobre papel, máxime cuando noventa de cada cien unionenses no sabían leer ni escribir.

Zoilo había conseguido convencer a su amigo Ignacio para que trabajara para él como persona de confianza, como recadero e incluso protector, pero de ningún modo como encargado de los mineros por la enorme inquina que tenía a los «capataces de correa». Tampoco Serafín estaba disponible, y es que, en solo cuatro meses desde la expedición a Madrid, pasaba más tiempo con su amada que laborando con sus padres. Como no tenía a nadie de confianza para el puesto de capataz, decidió reunir a los mineros el día antes de las bendiciones para proponerles la opción del subarriendo a cambio del veinticinco por ciento del valor del mineral extraído. Por supuesto que aceptaron encantados de ser ellos sus propios jefes y por supuesto que Zoilo no les contó el verdadero motivo por el que les había ofrecido la mina a partido, enmascarado con la candorosa justificación de sentirse comprometido con los trabajadores, frente al continuo abuso de la gran mayoría de los patronos.

Todos se mostraron conformes con el trato y con el hecho de tener a un intermediario, ya que por entonces era habitual que el arrendatario hiciera de arrendador ante un tercero, e incluso que el tercero subarrendara a un cuarto. De esta manera, los intermediarios se aseguraban un porcentaje de las ganancias conseguidas con el trabajo ajeno. En el caso de Zoilo, cobraría a la cuadrilla un cinco por ciento más de lo acordado con el señor Sandoval, solo por generar confianza en unos y en otros: trabajador de conducta ejemplar para el de arriba y respetado jefe de sangre obrera para los de abajo. Y como era de esperar, si el negocio resultaba según lo previsto, ya tenía pensado repetir la fórmula en tantas explotaciones mineras como pudiera. Contactos no le faltaban y buena reputación, tampoco.

La única condición de Zoilo a los trabajadores —por estar comprometida supuestamente con el propietario de la mina— era que se permitiera a Ignacio el control del mineral desde la extracción hasta la llegada a la fundición. Para ello, debían dejarle entrar en la mina cuantas veces lo requiriera. Ningún minero puso pega alguna. Tampoco los dos arrieros contratados para el traslado de la mena desde el lavadero hasta la fundición de don Hilario, conscientes todos de que por entonces era práctica frecuente que pequeñas cantidades del mineral transportado no llegara a su destino, como una forma de sobresueldo de arrieros y tratantes de lo ilícito. Respecto a la vigilancia de la mina se resolvió prescindir de la persona propuesta por Zoilo, ya que dos de los trabajadores, hermanos y solteros, trasladaron su barracón de madera a las proximidades.

Los trabajos discurrieron sin contratiempos destacables y, tras el agotamiento del manto de galena argentífera en un par de meses, continuaron con la extracción de pirita hasta que las continuas filtraciones de agua no se pudieron aliviar con calderos. Hasta ese momento en que se vieron obligados a clausurar la explotación, la labor de control realizada por Ignacio fue esencial para que todos trabajaran conforme a lo convenido, no hubiera malentendidos y los pagos fueran puntuales y acordes a las cantidades entregadas. Sobre todo durante aquellos meses en que la valía del mineral fácilmente podía tentar al más decoroso. En ese tiempo, la mina anexa continuó inactiva y Zoilo no tuvo contacto alguno con la señora Engracia ni con sus hijos. Delia y sus hermanas apenas salían de casa por el luto riguroso que se les imponía y los dos varones no solían frecuentar lugares que no fueran sus propiedades. Solo en una ocasión había atisbado a José, el hijo tímido de la señorona, entre el gentío de un domingo de Navidad en la calle Mayor de La Unión.

Con la primavera llegaron los nuevos contratos. Tres arrendamientos de una tacada, firmados con un mismo propietario, gracias a la mediación de don Hilario, que de esta manera se sabía preferente en la compra del mineral. En los tres casos, Zoilo empleó a grupos de mineros como partidarios. Y a sabiendas de que su éxito se debía, en gran parte, a la imagen que de él tenían pudientes y trabajadores, cada cierto tiempo, normalmente en fechas señaladas y siempre con la suficiente difusión entre los vecinos de la villa, donaba una exigua parte de sus beneficios a la Casa de Socorros. No había semana que no se asomara algún vecino al portón de su madre Isabel, «la Seca», para mostrar su agradecimiento hacia el primogénito, en forma de paños de ganchillo, flores silvestres, liebres o perdices.

Su amigo Ignacio continuaba con la importante labor de control, a Serafín no se le había visto por el pueblo desde las pasadas Navidades y tanto Juanjo como Jesús seguían dedicándose a humedecer el gaznate en tabernas y ventorrillos, con el dinero que para comer les racionaban los padres de Serafín.

—¡Bebe vino, Zoilo! —dijo don Hilario con tono ebrio y la copa en alto—. O quizá debería decir: ¡beba vino, don Zoilo!, ahora que es usted la envidia de todo hijo de minero.

Zoilo escuchaba con la mirada arqueada hacia la mesa, a la espera de que se sirvieran los postres para poner punto final a la velada. Con cierta frecuencia, el cacique lo invitaba a cenar en su casa tras los cobros correspondientes por el mineral fundido.

—Eres la envidia porque has sabido salir del fango donde todos se pudren, y has llegado alto porque eres inteligente y trabajador. Inteligente, que no listo, porque si fueras listo ganarías mucho más dinero.

—Ya le he dicho que no pienso falsear las cantidades. No voy a estafar a mis mineros.

Don Hilario remató la copa de un trago y la dejó sobre la mesa. Hizo una seña a su mayordomo para que volviera a llenarla y se centró entonces en los ojos de Zoilo.

—¡Vaya, con el señorito! ¡Ahora se ha vuelto decente! ¿O es que acaso tienes más querencia a los mineros que a los patronos? Porque te recuerdo que con el mineral de don Antonio, que en paz descanse, no fuiste tan escrupuloso.

Por la mente de Zoilo desfilaron imágenes de sus correrías nocturnas, de los encargos a su amigo Serafín en el almacén de los aperos, de la fatídica noche de los disparos. En silencio repasó cada instante, deseoso de que el anfitrión diera la cena por finalizada. No parecía llegar ese momento, porque tras rematar cada copa, hacía un gesto al mayordomo para que volviera a llenarla. Fue la experiencia del uniformado la que clausuró la velada. Con gesto serio, se acercó a su señor y le susurró al oído la conveniencia de descansar. Don Hilario sonrió y se despidió del invitado con un escueto buenas noches, para dejarse ayudar por su sirviente, que, agarrado del brazo, lo sacó del salón en dirección al dormitorio.

Zoilo se quedó sentado en el silencio del salón, frente a las velas del hermoso candelabro de plata que presidía la mesa, entre contornos sombríos de tapices, cuadros y visillos. A los pocos minutos apareció de nuevo el mayordomo con el encargo de ofrecerle todo el vino y comida que el invitado requiriera. Zoilo negó agradecido y pidió su chaqueta y su bufanda.

—Supongo que usted estará acostumbrado a oír conversaciones de todo tipo —tanteó Zoilo, mientras el mayordomo lo ayudaba a abrigarse.

—Señor, yo me limito a atender a mi patrón y a sus invitados de la mejor manera posible. Le aseguro, por la vida de los que más quiero, que me dejaría cortar el pescuezo antes que contar una sola palabra de lo que se dice en esta casa. Nunca traicionaría la confianza del señor Hilario. Son muchos años los que estoy a su servicio y para mí es como un padre.

Las palabras del mayordomo parecían sinceras, si bien castillos más grandes habían caído por el influjo del señor dinero. Sin más comentarios, acompañó al invitado hasta la puerta y se despidieron deseándose una buena noche.

Aquella no fue la última invitación del cacique, ni la última vez que le tentó con negocios turbios. Hubo cenas privadas y en compañía de otros caciques de la zona, aprovechadas todas ellas por Zoilo para rastrear posibles negocios al amparo de la camaradería que estimulan infalibles los vapores del alcohol. Para el verano había conseguido otras dos concesiones mineras y una pequeña fábrica de tolvas, competencia directa de la fábrica de hierros de su difunto patrono. En todos los actos sociales era presentado por don Hilario como su ahijado y en alguna ocasión había llegado a manifestar públicamente que sería el heredero de su fortuna, lo que no inquietaba a Zoilo, sabedor de la palabrería del cacique y ante la posibilidad de que se tratara de una estrategia para asegurarse a alguien a su lado durante la luna menguante.

En cualquier caso, el número de contactos seguía aumentando y como consecuencia, las oportunidades de negocio. Zoilo aceptaba cualquier invitación del cacique. Si se trataba de actuaciones teatrales o circenses, solía acudir en compañía de Ignacio. La primera vez, y quizá por ello la noche más mágica para su amigo, fue aquella en la que actuaba el famoso prestidigitador peruano Señor de Gago en el Casino de Cartagena. Acudieron los tres en la elegante berlina de don Hilario. El cacique mostraba su satisfacción en forma de continuas anécdotas y experiencias, Zoilo se limitaba a asentir como si lo escuchara y su amigo observaba todo a su alrededor con sonrisa perenne. Era la primera vez que Ignacio acudía a un evento de esa categoría, la primera vez que no se replegaba en alguna esquina para observar el desfile de lujosos carruajes, cocheros con sombreros de copa, señores trajeados y esposas pomposas. Esa noche era él quien bajaba de uno de los carruajes, bajo la atenta mirada de la muchedumbre. Era él quien entraba con traje prestado en un edificio de señores, quien disfrutaba del espectáculo y acompañaba con énfasis los aplausos del público cada vez que el experimentado prestidigitador maravillaba al respetable con su habilidad para volar cartas, transformar flores en palomas y pañuelos en conejos.

Aquella fue una de las muchas noches de diversión que don Hilario regaló a los dos amigos a cambio de compañía. Quizá también algo de afecto, reconocimiento y consideración. Parecía necesitarlo con tanta intensidad como un jornalero la comida o el abrigo.

Don Hilario falleció una fría mañana de enero de 1882, con sesenta años recién cumplidos, un patrimonio venido a menos y una fundición con poca faena. De hecho, en los últimos tiempos ya solo quedaban cinco operarios de los más de treinta que habían llegado a trabajar cuando se fundían en serie los lingotes de plata. Al día siguiente del sepelio, todos los familiares del fallecido —llegados la mayoría desde Málaga—, acudieron al despacho del escribano público, que solemne leyó el testamento dictado por don Hilario varios meses antes de su fallecimiento:

En la villa de La Unión, a 10 de noviembre de 1881.

En el nombre de Dios, que es Padre, Hijo y Espíritu Santo; Santa María Virgen y todos los mártires que murieron por Cristo, a todos nos llega la hora de reunirnos con el Todopoderoso, aunque ignoremos el día y la hora, por ser misterio reservado solo para Dios; por lo que yo, don Hilario Rubielos y Monteagudo, de sesenta años de edad, cristiano católico, viudo y vecino de esta villa, hallándome como me hallo en pleno uso de mis facultades mentales y con todas las deudas y obligaciones terrenales cumplidas, si en breve hallare la muerte, tengo a bien repartir mis bienes en la forma y manera siguiente:

Dejo a mi hermana Vicenta la vivienda que habito, el corral, el almacén y la caballeriza con la berlina, los caballos y los aparejos. También el terreno hasta el recinto amurallado que rodea la vivienda y diez mil pesetas para que pueda sustentarse con autonomía y merecida decencia.

Dejo a mi cuñado Manuel, marido de mi hermana Vicenta, cinco barricas de vino y una docena de copas talladas a mano. Dejo a mi sobrina Vicenta dos sábanas blancas, seis toallas de hilo y una jofaina de cerámica. A mi sobrino José, un cobertor color salmón con encaje de plata, un pijama de seda sin estrenar, un laúd y un juego de cuerdas.

También es mi voluntad dejar a mi hermana Úrsula, si viva fuere, un escritorio de madera de roble francés y dos plumas de plata.

Dejo la fábrica de plomo y fundición, así como todas las herramientas, instalaciones y maquinaria que en ella hay, a Zoilo Baraza, vecino de La Unión y única persona de mi entera confianza con los conocimientos y la energía necesarios para relanzar el negocio.

Y para finalizar, dejo tres mil pesetas al párroco de La Unión, que ha de preparar mi alma para el siguiente paso.

Doy fe y verdadero testimonio de todo lo contenido,

J. M. Huerta, escribano público
del número de la villa de La Unión

Zoilo no había asistido a la lectura del testamento, a sabiendas de que sería el foco de todos los malestares si se hacía efectivo lo que don Hilario había comentado públicamente en más de una ocasión. En efecto, tras la lectura, el despacho se inundó de cuchicheos, centrados la mayoría en la figura del desconocido lugareño. Incluso algún familiar olvidado en los repartos propuso localizarlo para esclarecer si habría manipulado las últimas voluntades del cacique. Por suerte para Zoilo, no cuajó la propuesta, principalmente porque más que la fábrica todos ansiaban el dinero y la vivienda del fallecido, aspecto este que nadie criticó por estar presente su hermana Vicenta. Los comentarios relacionados con el reparto desigual entre los familiares se reservaron para la intimidad de los carruajes durante los respectivos caminos de vuelta.

# 31

*Veracruz, México*
*Domingo, 10 de julio de 1898*

Desde que dejamos a Alfonso el día anterior frente a la puerta del hospital, no había tenido noticias de él y, para mi propio asombro, estaba casi tan preocupada por su estado como por el paradero de mi marido. Aunque se había portado como una alimaña y ahora estaba en buenas manos, me sentía culpable. Temía un fatal desenlace y otra carga de remordimiento sobre mis espaldas. Pensamientos que me apretaban las sienes y me diluían cualquier atisbo de sosiego. De hecho, la noche había transcurrido interminable entre duermevelas y volteos.

Me vestí y bajé a desayunar con Benita para acudir a mi cita dominical con la santa misa. Cuando entré en la trastienda, ya me tenía preparado un cuenco con fruta troceada, que despaché mientras le contaba lo sucedido con Alfonso el día anterior. Nada parecía sorprenderle, ni siquiera que el atropello pudiera deberse a un intento de asesinato. De ahí salté al tema de la búsqueda de Zoilo y mi idea de preguntar en todas las hospederías de Veracruz le pareció buena. El día anterior ya había recorrido los locales más céntricos y tras la misa continuaría por los alrededores de la ciudad y zonas costeras, con la ayuda de Domingo de Ramos y su simpático cochero. Me interesaba que ese tema llegara a oídos del comisario cuanto antes, y así se lo hice saber a mi amiga, por si él podía ayudarnos con la búsqueda, e incluso, con un poco de suerte, por si podía contactar con alguien de la isla.

Como la excursión me iba a llevar todo el día, Benita no podía acompañarme, pero me aseguró que hablaría con el comisario tan pronto como terminara sus quehaceres matinales.

A media tarde ya habíamos recorrido todos los locales donde ofrecían alojamiento. La búsqueda había resultado fatigosa e igual de improductiva que el día anterior, pero en mi aliento conservaba cierta presencia de ánimo por la unánime predisposición de los hospederos. De vuelta, pedí a Rafael que pasara por el hospital de San Sebastián para preguntar por Alfonso. Me atendió un religioso diferente a los dos que el día anterior habían ingresado el cuerpo inerte del exmilitar arrogante.

—¿Es usted familiar? —me preguntó afable, con la cabeza ligeramente agachada y un acento que no identifiqué por no parecerse al mexicano ni al español.

—No. Lo recogimos tras el accidente para traerlo aquí.

—¡Qué buen corazón! ¡Dios les bendiga! —A continuación se enderezó para mirarme con gesto mustio—. Tengo que darle una mala noticia... o buena, según se mire: el hombre por el que usted pregunta se ha marchado esta mañana. Ayer conseguimos taponarle la hemorragia tras el ingreso y debo decirle que llegamos a temer por su vida, porque tenía pulsaciones inestables y bastante fiebre. Desde entonces, le hemos realizado las curas pertinentes, le hemos cambiado los vendajes... y ha vuelto en sí precisamente cuando estábamos en la capilla rezando por él y por el resto de los enfermos. Coincidencia, pensaría un laico, que a buen seguro no alcanzaría a justificar el hecho de que el enfermo haya podido valerse sin ayuda, después de haber perdido tanta sangre. Al parecer, se ha marchado sin decir nada a nadie, sin esperar siquiera a que le dispensemos un pantalón y una camisa de la beneficencia. A todos nos ha sorprendido tanta urgencia. Es posible que su cabeza no funcione bien debido al golpe... y esté desorientado, perdido a merced del destino. Si es así, que el Señor lo proteja y lo guarde. —Levantó de nuevo la mirada buscando mis ojos—. ¿Puedo ayudarle en algo más?

Ante mi negativa se despidió de mí.

—Pues vaya usted con Dios. —Se disponía a girarse hacia la

puerta del fondo, cuando un pensamiento le frenó. Se detuvo unos instantes y se orientó de nuevo hacia mí—. Por cierto, en la sala de hombres me han comentado que, tras la marcha del enfermo, ha venido un hombre preguntando por él.

Me extrañó que alguien en Veracruz se interesara por Alfonso.

—¿Sabe su nombre? —pregunté.

—No. Lo siento.

—¿Y su aspecto?

—Tampoco sé decirle. No lo vi porque justo en ese momento todavía andábamos con nuestras plegarias al Todopoderoso. Al parecer, ese buen hombre se marchó con la misma prisa que el enfermo al que buscaba.

Confusa, habría entrado en la sala de hombres para preguntar a los que habían presenciado las idas y venidas, pero me desinflé deseosa de llegar a mi cama. Necesitaba apaciguar el tremendo dolor de cabeza que me había producido tanto trasiego. Di las gracias al religioso, salí al carruaje y retomamos el camino de vuelta a la hospedería.

Al llegar me recibió la cara bulliciosa de mi amiga y sus preguntas relativas a la expedición. Le resumí en un par de frases el resultado infructuoso y le insté a la cena para completar lo sucedido. Necesitaba descansar.

—Por cierto, ¿has tenido tiempo de hablar con el comisario? —le pregunté cuando ya me encaminaba hacia la escalera.

—Sí, señora. Me ha dicho que no conoce a nadie en la isla, pero que hará todo lo que esté en su mano para contactar con su esposo.

—Muchas gracias, Benita. Luego nos vemos.


Estaba tumbada sobre la cama cuando me sobresaltó un molesto golpeteo contra la puerta. Me levanté sigilosa y me acerqué con la esperanza de que se hubieran equivocado de destinatario. Pensé que quizá se trataba de un despistado o vecino borracho, lo cual no resultaba extraño en aquellas regiones del pulque. Fuera quien fuese, seguía aporreando la puerta, así que tomé aire y pregunté con cierto desaire.

—¿Quién es?

Mala suerte. Ni despistado ni borracho.

—Alfonso Torres.

Entreabrí la puerta y por unos segundos dudé de si era el Alfonso que yo conocía. Me costó reconocerlo por la cabeza rapada, hinchada y amoratada. Tampoco lo definía esa mirada afligida indigna de un arrogante al que tantas veces había tenido que soportar. Pero lo más impactante era su intenso hedor nauseabundo, repugnante, asqueroso.

—Necesito que me ayude a esconderme —dijo bajando el volumen al mínimo—. Alguien está intentando asesinarme.

Recordé entonces cuando el religioso del hospital de San Sebastián me contó que había llegado un hombre preguntando por Alfonso. Quizá era cierto que alguien le seguía y quizá fuera el mismo que lo había atropellado, lo que justificaría su salida del hospital con tanta urgencia, aunque no me habría extrañado que, aun sin prisa, se hubiera ido sin un simple gesto de agradecimiento hacia la labor altruista de los religiosos. Como el tema que me importaba no era ese, sino el de la búsqueda de mi querido Zoilo, preferí no contárselo.

—Te ayudo si me dices todo lo que sabes de mi marido.

—No sé más de lo que le conté en la parroquia: que se lo llevaron a la isla para ayudar con las minas y explosivos, mientras usted lo esperaba en Veracruz.

—Pero me dijiste que alguien en la Marina podía informarte.

—Es verdad, pero no he podido hablar con él. Estos últimos días me he dedicado a esconderme del tipo que quiere acabar conmigo. Ya le comenté que había intentado clavarme un cuchillo, pero ahora lleva una pistola. De verdad que este tipo va en serio y no sé por qué. No sé si es de la Marina, amigo del yanqui que maté o un admirador frustrado —me dijo forzando una leve sonrisa.

No hice caso de la ocurrencia para no continuar con el tema del supuesto perseguidor e insistí en el paradero de mi marido.

—¿Sería posible enviar un cablegrama a la isla preguntando por Zoilo Baraza?

Alfonso resopló con desgana.

—No sé si es posible. Además, es poco probable que alguien conteste, porque algunas posiciones ya han sido tomadas por los yanquis y mambises. En cualquier caso, podría intentarse.

Levanté el índice ciertamente irritada.

—Esa última frase te va a librar de que te pongamos de patitas en la calle, porque por humanidad no te mereces ni el aire que respiras.

Sorprendida de mi reacción, lo dejé en el pasillo y entré a buscar una muda de Zoilo, una toalla y una pastilla de jabón.

—Toma. Primero báñate y después hablaremos —le solté tajante—. La puerta del fondo. Llama antes por si está ocupado.

Y cerré la puerta. Me pegué a la madera y escuché sus pasos alejándose por el pasillo. Al Alfonso de carácter impetuoso y profusa fortaleza que yo había conocido le dominaba una insólita zozobra, como si el suelo se deslizara bajo sus pies para hacerle vacilar a cada paso. Cuando calculé que el pasillo estaría desierto, abrí la puerta despacio y bajé en busca de mi confidente.

Estaba en el fogón, con sus quehaceres diarios.

—Benita —dije, señalando hacia la escalera—, Alfonso ha venido. Está arriba.

—¿Ese hijo de la chingada ha entrado en mi casa sin pedirme permiso? El caso es que he oído a alguien, pero pensaba que era el cuete de don Aurelio por la forma en que arrastraba los pies. Discúlpeme, señora, por haberme confiado. ¡Ahorita mismo lo soluciono!

Corrió hacia su cama, se agachó y sacó la escopeta.

—¿Ha entrado en su recámara? —preguntó con encono.

—No. Está en el baño. Pero no vayas a hacer ninguna locura. Está herido y pide ayuda.

—Ayuda la que yo necesité cuando me dejó tirada en el suelo. Todavía me duele la cara.

Miré compasiva a mi amiga.

—Tienes razón. Lo que hizo estuvo fatal y no tiene ninguna justificación. No seré yo quien lo defienda ni quien diga lo que hay que hacer.

—¿Qué le ha dicho ese pinche cabrón?

—Que necesita esconderse porque alguien intenta asesinarlo.

—¡Mire qué bien! No más lo vamos a poner de patitas en la calle para que ese alguien nos ahorre el trabajo.

Como mantenía mi mirada compasiva, accedió finalmente. Conseguí apaciguarla y que dejara el arma de nuevo bajo la cama, pero me prohibió subir sola a la habitación, gesto que agradecí con un abrazo. Subimos las escaleras y esperamos en el pasillo a que apareciera. Benita, con un rodillo de amasar que había subido a escondidas debajo del delantal, y yo, a su lado.

—¡Tranquila, Benita! —le pedí con la voz recubierta de falsa entereza, cuando en sus ojos tensos apareció el reflejo de Alfonso.

—No se preocupe. Estoy muy relajada —contestó con la mirada fija en el que venía.

Los cinco minutos de lavado no fueron suficientes. Cuando ya estaba frente a nosotras, me llegó su hedor con la misma intensidad que antes del baño.

—Hola, Benita —saludó Alfonso embutido en la ropa de Zoilo. Llevaba la toalla en una mano y la pastilla de jabón en la otra.

Mi amiga hizo un giro inesperado de cintura y con la velocidad de un rayo sacudió su brazo derecho en movimiento circular ascendente hasta impactar contra el rostro de Alfonso. Le soltó tal bofetada que lo estampó contra la pared del pasillo. Tuvo suerte el malogrado que la mano ejecutora no fuera la del rodillo.

—¿Hola, Benita? ¿Qué confianzas son esas? —Volvió a levantar el brazo y lo dejó suspendido en el aire por si llegaba a sus oídos alguna respuesta malsonante—. ¡Señora Benita! ¡Se dice buenos días, señora Benita!

Al oír los ruidos, se asomó uno de los huéspedes, trabajador en las obras de ampliación del puerto. Alto, corpulento.

—Buenos días, don Isidoro —saludó Benita con sonrisa dulce, mientras Alfonso se despegaba de la pared intentando recuperar la verticalidad—. Perdone usted si hemos interrumpido su merecido descanso de domingo, pero este mamarracho ha tenido la osadía de intentar marcharse sin pagar. Siga usted descansando, que ya me ocupo yo de que nadie vuelva a molestar a los que reposan en esta santa casa.

El huésped cerró su puerta sin mediar palabra, entretanto Benita tomaba a Alfonso del brazo para conducirlo hasta una de las habitaciones libres. Sacó de un bolsillo el manojo de llaves, buscó la que correspondía y abrió enérgica. Empujó a Alfonso, entramos nosotras detrás y cerró la puerta.

—¿A qué ha venido acá?

—Quieren matarme.

—¿Y? —Se estiró mi amiga con el mentón en alto—. ¿Ha venido a que le solucionemos sus líos? ¿Acaso en la entrada hay algún cartel que diga que esto es una protectora de tontos? Si no quiere problemas, váyase por donde ha venido.

Alfonso me devolvió la toalla y el jabón, y arrastrando los pies desnudos pasó lentamente frente a nosotras en dirección al pasillo.

—¡Qué peste echa este cabrón! —me dijo Benita con la suficiente intensidad de voz como para que él la oyera—. ¿De dónde habrá salido? ¿Del culo de una vaca?

Al ver las heridas de la cabeza y su figura abatida sentí remordimiento por el trato que le estábamos dispensando.

—¿Podríamos dejarlo en esta habitación hasta que se mejore?

Benita me miró extrañada.

—¿Está dispuesta a dar cobijo a un asesino? Usted misma me contó que este cabrón clavó un abrecartas a un gringo.

—Lo sé... pero tengo la esperanza de que me ayude a encontrar a Zoilo. Él tiene contactos en la Marina.

La miré intentando transmitir compasión. Creo que hizo efecto, aunque necesitó varios segundos para digerir mis palabras.

—No espere usted que le vaya a ayudar ahorita, si no lo hizo antes. Las ramas viejas no se enderezan.

Como le mantenía la mirada, aceptó finalmente. Aceleró el paso y lo alcanzó antes de que comenzara a bajar las escaleras.

—¡Eh, cabrón! —clamó mi amiga en forma de susurro autoritario y rodillo levantado—. Tiene suerte de que la señora Elisa sea compasiva con los desgraciados, porque si por mí fuera, usted no pisaba el suelo que yo friego ni aunque fuera arrastrando los sesos de ese cabezón que tiene. Y una cosa le digo: procure no traernos problemas si no quiere conocer a la verdadera señora Benita, porque la próxima vez no subiré con un rodillo. Vendré con la escopeta, se ponga la señora Elisa como se ponga. ¿Me ha entendido?

Alfonso asintió cabizbajo, clavado en mitad del pasillo. Sus ojos de avellana se advertían barrenados por el miedo.

Benita bajó altiva a por una copia de la llave de la habitación donde habíamos estado. Nunca la había visto así; ella, que siempre era tan dulce. A los pocos segundos estaba de vuelta con la llave en una mano y una sábana arrugada en la otra.

—He agarrado la más vieja que he encontrado —me dijo al oído—, no me vaya a manchar las nuevas de sangre.

Entró en el dormitorio y deshizo la cama para extender sobre el colchón la sábana que traía. Sobre una silla dejó colgada la toalla que yo le había prestado. Al salir con los bultos lo volvió a mirar amenazante.

—Durante el tiempo que usted esté en mi casa, tendrá que obedecerme. ¿Está claro? —Esperó a que él asintiera—. Aunque no sea bueno bañarse dos días seguidos, mañana se frotará otra vez con la pastilla que le ha dado la señora Elisa y si no se le quita la peste, le restregaré yo misma con el líquido que utilizo para las chinches. Así que, por su propio bien, procure mañana oler a flores. Ande pues a la recámara y no se le ocurra molestar a nadie.

Alfonso entró en el dormitorio y cerró tras de sí. Benita me miró. Se le notaba inusualmente exaltada, pero en todo momento me transmitió la sensación de tener la situación controlada.

—Si este desgraciado la molesta, deme un grito y subo más rápida que el eructo de un viejito.

Con los bultos abrazados, bajó las escaleras y yo detrás. No se lo podía decir, pero me daba mucho miedo quedarme sola en mi dormitorio.

—¡Qué suerte he tenido de encontrarte! —le dije mientras bajábamos—. ¡Estar contigo me da mucha tranquilidad!

—Yo también agradezco tenerla cerca, por si tuviéramos que salir voladas. —Se paró en mitad de la escalera y me miró con sonrisa burlona—. Imagínese que estamos en la calle y un perro nos persigue, prefiero estar con usted, que a buen seguro corre menos.

Entre carcajadas contenidas terminamos de bajar y entramos en la trastienda. Me senté a la mesa suponiendo que mi amiga continuaría con sus quehaceres culinarios. Pero no, debía marcharse a hacer unos recados. Al no concretarme el motivo, no quise ofrecerle compañía, pero fue salir por la puerta y yo, casi detrás. Necesitaba estar rodeada de gente.

Deambulé más de media hora por la plaza, sin perder de vista la puerta del hostal, por si llegaba mi amiga o salía el desdichado. Como ninguno de los dos aparecía, se me ocurrió visitar a mi paisano Gonzalo Tornero. Necesitaba alejarme de allí y contar mis pesares a otra persona que no fuera mi sufrida amiga.

Cuando llegué a su casa, de nuevo me abrazó y volví a agradecerlo. Nos sentamos y le conté lo sucedido, para pedirle a continuación, en un alarde de descaro impropio de mí, que me permitiera alojarme en su casa unos días, al menos hasta que Alfonso se fuera del hostal, propuesta que Gonzalo aceptó encantado. A Benita le contaría que me quedaba en casa de mi paisano a petición de él, para dedicar más tiempo a una supuesta obra de teatro, por ejemplo.

—Si te quedas en mi casa, el favor me lo haces tú —me dijo—, porque últimamente mi pareja dedica demasiado tiempo a los negocios. Ahora está en la capital y no volverá hasta la semana que viene, o la siguiente. Quién sabe...

—No puedo quedarme —le solté tras unos segundos de cavilación—. Benita ha alojado al arrogante porque yo se lo he pedido. Me avergüenzo de haber estado a punto de dejarla sola. Por favor, olvida lo que te he dicho.

Gonzalo asintió en silencio, pensativo, a la búsqueda de una propuesta que solucionara mi desazón.

—Podemos hablar con don Atilano Orona y con el párroco —planteó finalmente— por si tienen a bien alojarlo en su casa. Los religiosos saben cómo tratar a estos descarriados y sin duda Alfonso estará muy bien atendido.

No me pareció mala idea, tampoco buena por trasladarles el problema. Porque Alfonso era sinónimo de problemas. Los atraía como un imán al hierro.

Mi paisano me insistió con argumentos varios que me empujaron a aceptar, siempre y cuando ambos religiosos no pusieran ninguna objeción. Esa fue mi condición. Con la amabilidad de quien se ha visto excluido en demasiadas ocasiones, Gonzalo Tornero me ofreció su casa para que la tranquilidad del entorno aliviara mi desasosiego, mientras él trataba de solucionarlo. Me dio otro abrazo, tomó un paraguas, una bolsa de tela que se colgó al hombro, y se marchó dejándome arrellanada sobre el sofá de terciopelo.

Creo que no había terminado de cerrar la puerta cuando ya me había quedado dormida. Un par de horas de profundo sueño que me reconstituyeron con más ímpetu que veinte baños en el balneario del Chalet.

Regresó cuando apenas entraba luz por los grandes ventanales del salón. Colgó el paraguas y la bolsa de tela en el perchero y se sentó a mi lado para relatarme el resultado de sus andanzas. Los jadeos apenas le permitían hilar frases completas, supuse que debido al trasiego. Mientras tanto, el mayordomo encendía los candelabros y preparaba la mesa para la cena, aunque en ese momento yo todavía desconocía que aquella sería otra noche de ayuno y consternación.

Había hablado con los religiosos y ambos habían dado el visto bueno sin objeción alguna. Al menos eso fue lo que me transmitió con un tono neutro que no supe calibrar y que se ensombreció a continuación. De nuevo malas noticias, las peores que nunca habría imaginado: Alfonso había sido asesinado en su habitación del hostal.

Al instante, pensé en mi amiga.

—¿Cómo está Benita?

—No lo sé, porque no la he visto —me contestó con elevación de hombros—. La he buscado para explicarle nuestra solución al problema del alojamiento de Alfonso, pero no estaba en su recámara, en el patio trasero... ni siquiera por los soportales de la plaza. Entonces he pensado en hablar yo mismo con el arrogante para explicarle lo acordado e incluso acompañarlo a la vivienda de los religiosos esta misma tarde, no fuera a ser que después se arrepintiera. Así, cuando Benita regresara, todo estaría solucionado y tú podrías hacerme compañía unos días. El caso es que... he subido a la planta de huéspedes... y ¡menudo susto cuando he entrado en su habitación! ¡Qué espanto! No te voy a contar lo que he visto, porque ha sido muy desagradable. Y el olor era nauseabundo, como si aquello fuera una cloaca.

Se removió en el sofá con el gesto arrugado de repugnancia y carraspeó por duplicado para continuar con lo sucedido.

—Al principio no sabía qué hacer, hasta que he optado por dar parte en la comisaría del puerto. Me ha sorprendido que los policías conocieran a Alfonso. Al decir su nombre y algunos rasgos físicos, han cuchicheado algo relacionado con el «agente español». Eso me demuestra que todos estamos fichados, aunque creamos pasar desapercibidos —situó el dedo índice bajo el párpado inferior y abrió los ojos como una lechuza— y que nada les sorprende, porque me ha resultado curiosa la parsimonia con la que el comisario ha designado a dos policías para que me acompañaran. Al llegar al hostal, Benita ya había regresado. Estaba en la trastienda y afortunadamente no se había enterado de nada. Me he quedado con ella en su recámara para que no viera lo ocurrido, hasta que han bajado los policías y nos han explicado que el fallecido llevaba un puñal clavado en el pecho, que la habitación no estaba revuelta ni había signos de forcejeo. Cualquier hipótesis puede ser cierta, incluso que él mismo haya puesto fin a su vida.

—¡Debo volver! ¡Pobre Benita!

Aunque Gonzalo me insistía en que ya no había de qué preocuparse, me levanté de un salto y salí a la calle a paso ligero. El viento había amainado y las nubes amenazaban de nuevo con lluvia. Oí que, desde el quicio de la puerta, mi tocayo me voceaba el refrán del perro y la rabia, pero yo rehuía concentrada en la oscuridad que me rodeaba. Apenas había transeúntes. Alargué el paso lo que la falda me permitía y di rodeos para evitar a borrachos y pedigüeños. Varios estaban sentados junto a la puerta trasera de una ruidosa cantina, a la espera de que sacaran la basura con las sobras de las cenas.

Al otro lado de las ventanas por las que desfilaba pude ver destellos de escenas familiares: mujeres bordando a la luz de las velas, niños correteando y mesas con gente y comida. Imágenes y olores que me transportaban a lugares y momentos de mi infancia, de mi juventud añorada.

Llegué jadeando, temblorosa. Entré directa en la trastienda y allí estaba mi amiga, sentada junto a la mesa. Encogida como un pajarito en la penumbra.

—Acabo de enterarme de la muerte de Alfonso —le dije nada más verla—. ¡Dame un abrazo!

Se levantó con la vista perdida y me abrazó enérgica.

—¡Ay, señora, qué mal rato he pasado! ¡Ese malnacido ha tenido que morirse acá! ¡Se podía haber ido adonde el diablo perdió el jorongo y la Virgen la mantilla! ¡¿Sabe lo que le digo?! ¡Que le han dado una sopa de su propio chocolate!

Supuse que se refería a que se lo tenía merecido, lo que en España conocíamos como «pagar con la misma moneda». Le pregunté si todavía estaban arriba los policías, pero ya no quedaba nadie e incluso otros señores se habían llevado el cadáver. Solo quedaba la alfombra manchada de sangre, la peste que a buen seguro tardaría días en desaparecer y los enseres de la habitación que los policías habían revuelto en la búsqueda de indicios.

—Por cierto, ¿cómo se ha enterado usted de que Alfonso había muerto? —me preguntó.

—He estado en casa de Gonzalo.

Noté cierto reflejo de recelo en la mirada perdida de Benita, ataviada con más desconcierto que pesadumbre.

—¿Le dijo usted al señor Gonzalo en qué recámara habíamos alojado al desdichado?

Negué en silencio.

—Después de que los policías se marcharan, he preguntado a los dos huéspedes que trabajan en las obras del puerto y me han comentado que nadie ha llamado a su puerta en toda la tarde. —Levantó la mirada en busca de la mía—. Todas las recámaras están siempre cerradas, tanto si están libres como ocupadas. ¿Entiende lo que trato de decirle?

—Que Gonzalo ha acertado con la recámara de Alfonso a la primera, o quizá ha olfateado la peste que probablemente salía por debajo de la puerta.

Benita seguía desconcertada, pensativa. Ajena al ruido lejano de los carruajes, a los olores del guiso que comenzaba a bailar en el puchero, al trasiego del loro en su presidio.

—Y... ¿cómo ha podido entrar?, ¿quién le ha abierto la puerta de la recámara si la otra llave la tengo yo?, ¿le ha abierto el propio Alfonso? Porque entonces no es posible la opción del suicidio...

Traté de disimular el escalofrío que me recorrió la espalda. Mi cabeza era reacia a pensar que Gonzalo tuviera algo que ver con el fatal destino del exmilitar. Que hubiera acabado con la vida de una persona por el simple hecho de aliviar mis pesares.

Esa noche no cenamos. Benita apartó el guiso del fuego y dormimos juntas en su cama, al amparo una de la otra y de la escopeta que escondía debajo.

## 32

*Cartagena, España*
*Sábado, 19 de mayo de 1883*

Zoilo acudía a Cartagena los fines de semana que el trabajo y las nubes lo permitían. Siempre en compañía de su amigo Ignacio, para disfrutar de las artes escénicas, ya fuera en el Teatro-Circo, el Teatro de Máiquez o el Principal. Por entonces no existía el cinematógrafo. Llegó a Cartagena trece años más tarde, en octubre de 1896, en forma de barracón instalado en la plaza de San Sebastián.

Con el buen tiempo asistían a las corridas de toros y a la feria, que se celebraba en el solar del derribado monasterio franciscano —conocido posteriormente como glorieta de San Francisco—, tapizado de casetas con toda clase de mercancías —sombreros, abanicos, perfumes, porcelana, plata, juguetes, golosinas— y puestos de agua en los accesos para los que acudían al disfrute de bailes, rifas, bandas militares y conciertos de música clásica. Trajes, corbatas y pajaritas. Helados de mantecado, de café blanco. Olor a dulces, café y humo de tabaco. A alcohol transpirado en los tablados y a orines en las calles aledañas. Gente en exceso, casas de comidas abarrotadas y días de mucha faena para los agentes municipales que acudían de otros distritos para evitar que en la feria se dieran robos y peleas.

Aquella tarde de sábado hubo una función benéfica en el Teatro de Máiquez, a la que asistieron los dos amigos. Lleno absoluto y ovación final. A la salida, la habitual tertulia entre familiares y amigos. Ignacio charlaba con un tratante de la zona que en más de una ocasión les había vendido herramientas y maquinaria para el laboreo en la sierra. Junto al tratante estaba su mujer, que comentaba la función con una conocida del balneario. Anexas platicaban también las hijas de ambas. Nueve o diez en total.

Desde la retaguardia y en silencio observaba Zoilo las evoluciones de una de las chicas, la de ojos azules y mechones pardos ondulados, que distraída cuchicheaba con otras del grupo. El tratante, avispado en demasía, advirtió las miradas indiscretas de Zoilo y aprovechó el primer *impasse* en la conversación con Ignacio para presentarles a su mujer y pedir a esta que procediera de igual manera con el resto de las féminas.

Tras las presentaciones, Ignacio continuó su charla, ajeno a la estratagema. Y aunque el tratante le asentía con fingido interés, dedicaba mayor atención a los progresos de Zoilo, que había aprovechado la ronda de saludos para situarse junto a la chica de mechones ondulados. Zoilo carraspeó varias veces, tragó saliva y se lanzó al albero antes de que la moza reanudara la tertulia con sus amigas.


—¿Le ha gustado la función?

—Sí, pero... se me ha antojado demasiado tristona —le contesté—. Prefiero las que me hacen reír.

—Tiene razón. A mí me pasa lo mismo.

Me miró sonriente y a continuación desvió su timidez hacia la farola de gas que nos alumbraba desde lo alto de la otra fachada. Como mis cinco hermanas cuchicheaban de temas anodinos y madre andaba despistada con la señora del tratante —amigas del balneario y colaboradoras ambas en la Casa de Misericordia de Cartagena—, fui yo la que le procuró conversación; llevada por mi intuición, quién sabe si por la placentera sensación que me producía su semblante dulce.

Mi sorpresa fue en aumento al comprobar que, conforme conversábamos, su velo de timidez dejaba paso a un carácter firme y decidido. El pecoso y delgaducho que tenía frente a mí resultó ser un hombre de negocios, arrendatario de varias minas y estudiante. Entre miradas furtivas a mis ojos me contó que dos o tres veces por semana asistía a la academia nocturna de un tal Remigio Martínez, profesor en el número veinte de la calle del Duque, de las asignaturas correspondientes al grado de Bachiller: latín y castellano, aritmética, geometría y dibujo lineal, física, geografía, historia... Estudios que acometía en horas robadas al sueño, ya que dedicaba la mayor parte del día al ministerio de la minería. Mientras me relataba cómo había pasado de la mina a los negocios, yo intentaba visualizar a aquel hombrecito abriéndose paso entre marrulleros y estafadores. Sorprendida por su pericia, en contraposición a su semblante dócil, el relato de su vida se advertía casi heroico. Sin embargo, transmitía humildad incluso en su forma de vestir. Llevaba un traje con más puestas que el sol, plagado de roces y brillos de plancha. Según me contó en alguna conversación posterior, era cliente fiel de una de las sastrerías más modestas de Cartagena, ubicada en un pequeño apartamento de la calle Santa Florentina.

Su ternura ataviada de timidez sirvió para que nuestra madre permitiera que ambos mozos nos acompañaran a casa esa misma noche. Marchábamos delante las seis hermanas, madre detrás —como pastora con su rebaño— y ellos en la retaguardia. Cuando llegamos a la puerta de casa, madre les dio las gracias y esperó a que entráramos todas para repetir el agradecimiento antes de echar el picaporte. Esa fue la primera de muchas noches de conversaciones fugaces, guiños y sonrisas. Procurábamos vernos los fines de semana en bailes, conciertos y teatros. Esquivaba la vigilancia de madre gracias a la complicidad de mis hermanas. Mientras la rodeaban con cuchicheos y rumores, me acercaba yo o enviaba a la pequeña para que le dijera el día y la hora del siguiente evento. Así de cándidos eran nuestros corazones y tan frecuentes los encuentros que le llevaron al abandono paulatino de los estudios: unas noches porque tenía cita conmigo, otras por asuntos de trabajo y el resto porque su mente se distraía en la siguiente cita.

Madre se dio cuenta pronto de que era yo la cortejada, quizá ya lo sabía desde el primer día que nos vimos en el Teatro de Máiquez. En cuanto tuvo ocasión no tardó en decir al mozo que su marido era almirante de la Marina de guerra y diestro en el arte de la esgrima, a lo que Zoilo contestó con notoria entereza su intención de hablar con él para presentar sus respetos y nobles intenciones.

Formalizada la relación, conocimos momentos de entretenimiento y sonrisas, paseamos por el muelle, por el Arsenal, por la alameda. Días gratos todos en su compañía... y con la presencia siempre cercana de madre, lo que no evitó que consiguiéramos ratos de relativa intimidad, entrañables. Su mirada cargada de dulzura y sus palabras hacían que las mías se atoraran en algún punto de mi garganta. Lo recuerdo a diario y todavía hoy sigo convencida de que repetiría una y mil veces.

Aunque padre nunca me lo dijo, ni siquiera lo insinuó, sé que Zoilo no era su candidato predilecto. Supongo que prefería a alguien de mejor linaje, alguno de los que me presentó en fiestas y onomásticas, y por quienes no me interesé lo más mínimo. La mayoría me resultaban repelentes y cuando no era el caso, se daban de bruces con mi actitud anodina porque odiaba profundamente todo lo relacionado con esos ambientes de burguesía rancia en su afán por imitar los lujos y excesos de la nobleza. Siempre he huido de ese tipo de pompa, aunque debo reconocer que desde bien pequeña me he derretido por los trajes elegantes y los complementos vistosos.

Recuerdo las miradas de padre al hijo del minero, sus silencios... y por ello opté por vernos fuera de casa, con la compañía de madre cuando no conseguía despistarla y siempre con la complicidad de mis hermanas. Aunque en varias ocasiones expliqué a padre la brillante trayectoria profesional de quien me cortejaba, entendía que quisiera para mí mayor empaque y prestigio, aunque con Zoilo tuviera asegurada una vida de acomodos y sirvientes, con manteles de hilo en la mesa, mármol en la escalinata, óleos en la pared y brillos caros en el joyero.

Desde que tengo uso de razón, en nuestra mesa nunca faltó exquisita repostería, leche recién ordeñada, pescado fresco y pan de miga blanca, elaborado con harina de trigo refinada y horneado a diario por el personal de cocina. Padre siempre estaba fuera de casa; madre, pendiente del servicio y también de nosotras, dedicadas las seis a completar los arcones con nuestros respectivos ajuares para cuando tuviéramos la dicha de casarnos. Las seis nacimos en Cartagena durante los diecinueve años que nuestros progenitores vivieron allí. Cuando padre ascendió a contralmirante fue destinado al Arsenal de La Carraca, en Cádiz. Yo tenía diecisiete y llevaba uno de noviazgo con Zoilo, tiempo más que suficiente para no querer despegarme de su lado, lo que nos obligó a una boda precipitada. Mucho antes de lo esperado y no porque fuera excesivamente joven, ya que por entonces resultaba normal que una mujer contrajera matrimonio con esa edad.

Mis padres se encargaron de explicar a todos los allegados el motivo de tanta premura, no fueran a pensar que la moza, o sea yo, me había quedado embarazada. En los casos en que así era, se zanjaba el asunto con una apresurada boda sin fiesta, sin retrato ni traje blanco. Y si semejante conducta indecorosa era intolerable para la familia mancillada, existía la opción de organizar la boda con alguna urgencia inventada y de resultas, un hijo supuestamente sietemesino. Aunque todo el pueblo sospechara la realidad de lo ocurrido, la familia trataba de lavar su imagen refiriendo que el bebé había nacido antes de tiempo, pese a que se le viera sano y rollizo.

Madre compró las telas de los vestidos y contrató a varias modistas para que los cosieran. El gobernador militar ofreció su casa para el baile y mis hermanas se encargaron de las flores para la decoración de la iglesia castrense de San Fernando y del salón, cuya velada amenizó la banda de Infantería de Marina. Una fiesta inolvidable, aunque se desarrollara sobre ese escenario de opulencia que yo siempre había detestado.

Para nuestro recién estrenado matrimonio, compramos un hermoso caserón en la villa de Portmán a un patrono inglés, con jardines, árboles y un estanque. Contratamos mayordomo, cocinera y dos criadas. Zoilo no era muy amigo de compartir casa con personas ajenas a la familia, pero comprobó rápido que el servicio no coartaba nuestra intimidad y que eran muchos los provechos y las comodidades. Algunas, desconocidas para él hasta ese momento, como el uso en invierno de los calentadores de cama. Su amigo Ignacio se instaló en la vivienda contigua, junto con el resto de los sirvientes.

Mi vida transcurría como la de cualquier mujer que quiere a

su marido, que vive lejos de su familia en un pueblo con poco júbilo y mucha miseria, y que no puede tener hijos. Así de tajante fue mi médico tras el segundo aborto.

Yo habría preferido vivir en Cartagena, pero Zoilo siempre me argumentaba la insalubridad de la urbe y la mayor mortalidad a causa de infecciones de todo tipo: viruela, sarampión, disentería, escarlatina, difteria, tifus... debido al aire húmedo encerrado entre montañas, al agua contaminada de los pozos, la ausencia de alcantarillado y al enorme lago de agua insalubre del Almarjal. Si por entonces los periódicos alertaban de los estragos que ocasionaba la epidemia de cólera en Egipto y se vanagloriaban de la excelente salud pública en toda España, solo dos años más tarde, en junio de 1885, hubo una epidemia de cólera introducida en Cartagena por una prostituta enferma, que causó la muerte a unas mil doscientas personas. No se consiguió evitar la expansión de la bacteria a pesar de que se decretó el cierre de la ciudad, se fumigaba con cloro a todos los que entraban por alguna de las dos puertas que quedaron abiertas, se repartieron centinelas por el perímetro amurallado, se organizaron cuatro brigadas de desinfectadores para la inspección de viviendas en busca de coléricos y se habilitó un lazareto en mitad del campo, hasta donde una brigada de presidiarios llevaba a los enfermos en camillas.

Agradecí entonces que viviéramos alejados de semejante fatalidad.


Los años transcurrieron en una monotonía de quehaceres cotidianos y desidia conyugal creciente. Mi marido seguía enfrascado en sus múltiples asuntos empresariales y yo dedicaba la totalidad de mi tiempo a organizar el trabajo de los sirvientes, a comprar novelas que engullía con bastante celeridad y a instruirme en revistas sobre los preceptos de la alta costura. Tras un quindenio de abriles llegó el año que cambiaría nuestra vida para siempre: 1898. A las puertas del siglo XX, la minería emprendía un paulatino declive por la severa competencia de otros países con mejores infraestructuras, lo que ocasionó el empeoramiento de las ya degradadas condiciones laborales de los mineros y el consecuente incremento de la crispación. Yo, que en aquel tiempo era ingenua a raudales, no fui capaz de apreciar turbulencia alguna. Quizá porque mi relación con aquella pobre gente era nula y porque Zoilo ocultaba cualquier conflicto laboral en lo más recóndito de su tripa. Tampoco nuestro calendario de eventos sociales se había visto alterada. Seguíamos frecuentando bailes, espectáculos y fiestas de la burguesía pudiente.

Pero no fueron los obreros quienes prendieron la llama. Lo que relataré a continuación es el verdadero motivo que desencadenó nuestro éxodo a Veracruz. Fue un sábado, 19 de febrero. Aquella tarde estábamos invitados a un glamuroso baile en la elegante residencia del capitán general del Departamento, evento que por gusto mío habría sustituido por el baile de disfraces que para esa misma jornada había organizado mi buen amigo Enrique Nier en su fonda.

—A mí tampoco me apetece —me decía Zoilo—, pero debemos mantener el contacto con la gente influyente. Es fundamental para los negocios.

Mientras mi asistenta me remataba el intrincado peinado, Zoilo leía el periódico junto a la ventana.

—¡Vamos a llegar tarde! —susurró sin desviarse del papel.

—Estamos terminando —sentencié, sentada en ropa interior frente al espejo—. Si quieres, ya te puedes vestir.

Su sombrero de copa estaba preparado encima de la cómoda; sobre la cama, el frac, la pajarita, el cuello postizo, los puños con sus respectivos gemelos y la pechera almidonada sobre el galán de noche. Moda francesa para las mujeres e inglesa con influjos norteamericanos para los hombres.

En apenas diez minutos ya habíamos emprendido el camino. Nos recibió en su puerta el propio capitán general, acompañado de su elegante esposa. Ambos con sonrisas diestras y oliendo ella a un perfume que debía de llevar esencia de jazmín. En el *hall* esperaban dos mayordomos para desabrigarnos y ofrecernos la primera copa de champán. Avanzamos hacia el salón principal copa en mano, entre lo que parecía una exposición de jarrones con flores, cuadros y esculturas. Firme, Zoilo; levemente inquieta, yo, ante la incertidumbre de las vestiduras que me rivalizarían, cuando por entonces comenzaban a simplificarse en complejidad. Entramos en un magnífico salón vestido en madera, colmado de luz de gas y una pequeña tarima al fondo con música de orquesta. Al instante se nos acercó un matrimonio conocido de otros eventos, alegres por vernos de nuevo o por tener contertulios, charlamos animados largo rato entretanto seguían llegando invitados.

La tarde avanzaba y el ambiente transcurría distendido, en armonía, al ritmo de la música que suave acompañaba la amalgama de conversaciones esparcidas por el salón y risas esporádicas vestidas de pajarita. En algún momento, Zoilo despachó a su tertuliano para incorporarse a un grupo de seis que charlaban animados entre el denso humo de sus habanos. Yo seguía con la señora del inicio y otras dos jóvenes que se nos habían adherido. Como estaba más pendiente del entorno que de la intrascendente conversación, vi que un desconocido se acercaba a mi marido.

—¡Buenas tardes, don Zoilo! —dijo una voz a su espalda.

Se volvió y su media sonrisa se quedó congelada al ver la figura rígida de Fulgencio, uno de los herederos del que fuera su patrono don Antonio, con los que había compartido el liderazgo de los negocios durante cuatro meses intensos. El hijo más resuelto peinaba canas resplandecientes hacia la nuca. Su rostro envejecido, el considerable aumento de hechuras y la barriga prominente lo mostraban ahora como reencarnación de su difunto padre.

—¿Qué tal le va? —lanzó Fulgencio con tono adusto—. Por lo que veo, sobradamente bien, ¿no es cierto? Siempre me resultó llamativo su exorbitante ascenso en este difícil mundo de los negocios, aunque no pongo en duda que es usted una persona bastante hábil e inteligente. En el pueblo no hay vecino que no lo admire por haber llegado a lo más alto sin venirle de cuna, hay quien dice que ha sido gracias a una herencia compartida por un conocido suyo, pero los dos sabemos que no es cierto, ¿verdad?

Zoilo espesó el gesto por el desconcierto que le generaron aquellas palabras. En silencio dejó que continuara el que parecía dispuesto para el hostigamiento.

—Si en estos momentos se está arrepintiendo de haber asistido a este hermoso evento, sepa que no hemos coincidido por casualidad. He venido a sabiendas de que usted también estaba invitado, para hacerle saber que soy conocedor de lo que realmente ocurrió, lo cual no me ha llevado excesivo tiempo ni esfuerzo. Solo he tenido que invitar a un par de vinos a un gañán amigo suyo: don Juan José, el supuesto heredero. Porque no heredó nada, ¿no es cierto? —Los ojos de Fulgencio taladraban con odio los de Zoilo—. Si así lo desea, puedo seguir contándole lo sucedido, aunque no tendría sentido, pues usted fue el protagonista de la farsa.

—Desconozco qué le habrá contado Juanjo, pero como usted sabe, es alcohólico y mezcla fantasía y realidad.

—Entonces, ¿no es cierto que usted, en compañía de su amigo Serafín, quien ahora vive en Madrid, hospedaron al supuesto heredero en una pensión de Cartagena mientras llevaban un par de lingotes al Banco de España? ¿Tampoco es cierto que días más tarde llevaron el resto de los lingotes a una sucursal de Alicante?

La orquesta interpretaba un foxtrot y frente a la tarima bailaba una decena de parejas. Zoilo dio una calada a su habano, intentando aparentar sosiego. En silencio, mientras el de redondeces fofas continuaba con tono decidido, arreciado quizá por los influjos del champán ingerido antes del abordaje.

—¿Sabe usted que me he personado en la sucursal del Banco de España en Alicante? Hace diecinueve años de aquello y el director ya no es el mismo, pero el cajero sí y no ha tenido ningún reparo en referirme lo acontecido aquel día, grabado en su mente por lo inusual del caso: el carruaje en la puerta, la cantidad ingente de lingotes, la premura por zanjar la operación y el hecho de que una persona supuestamente ricacha como usted subiera al pescante sin ningún sirviente que llevara las riendas. Al director también le resultó extraño, pero no lo puso en conocimiento de las autoridades porque no era asunto de su incumbencia y en previsión de futuras transacciones. Tuvo usted suerte de que nadie presentara denuncia. Desde entonces he estado atando cabos y entiendo ahora por qué se estremecía cada vez que veía los impactos sobre la pared de la fábrica de hierros.

Solo hay una explicación: que usted y sus secuaces fueran quienes dispararon a mi padre y a mi hermano para que nadie descubriera sus tejemanejes con los lingotes. Y de paso, con el dinero conseguido y un poco de suerte, quedarse con los negocios de mi padre. —La galanura inicial de Fulgencio había descarrilado en forma de oratoria arrebatada—. No puedo denunciarlo por asesinato, porque no tengo pruebas, pero sí por el robo y venta de los lingotes, porque el cajero está dispuesto a testificar. Y para que vea que no soy tan atroz como usted, le haré una propuesta: le concedo un plazo de tres meses para que me reintegre el dinero de la plata que robó a mi familia. De no ser así, explicaré lo ocurrido al periódico para que todo ser viviente sepa la verdad. Ese mismo periódico que en su día utilizó usted para difundir la mentira de la herencia. Y a continuación lo denunciaré para que pase el resto de su vida en la cárcel.

Cumplido el objetivo, Fulgencio terminó su copa de un trago y le dio la espalda para marcharse con paso firme. Zoilo se incorporó con fingida normalidad a la tertulia de los que fumaban habanos. No me comentó lo ocurrido durante el camino de vuelta, solo que habríamos hecho bien en asistir a la fiesta de mi amigo Enrique Nier, lo cual me sorprendió. Lo notaba visiblemente apagado, pero mi ingenuidad lo supuso cansado como yo estaba de los comentarios triviales y chismosos de mis contertulias. Continuó apagado un sinfín de días, silencioso, pensativo; durante los cuales tomó la clandestina decisión de huir al Nuevo Mundo e ideó un plan que nos mostrara ante nuestros allegados como víctimas candorosas obligadas al destierro. Enrevesado plan que puso en marcha pocos días antes de que expirara el plazo dado por el hijo de su difunto patrono y que consistía en aprovechar el carácter refractario de los mineros más noveles del pueblo para que el malestar general existente en la sierra degenerara en una revuelta obrera. Con astucia y celeridad diseminó el rumor de la bajada de precios del mineral debido a la competencia de países como Estados Unidos y Australia, lo cual era cierto, así como que los fundidores de la zona aprovechaban la coyuntura para comprar a precios más bajos, lo que obligaría en breve a que todos los patronos de la sierra redujeran el número de vales con los que pagaban a sus trabajadores.

Tal y como esperaba Zoilo, fue mayúsculo el enfado de los recién informados en aquellos encuentros supuestamente casuales. Tanto como para recorrer los ventorrillos de la sierra enfureciendo a sus compañeros de profesión. El entorno minero ya estaba de por sí agitado y bastaban un par de láguenas para que las discusiones se acaloraran. La vida en la sierra andaba convulsa. Los obreros faenaban encrespados, la indignación impregnaba sus barrios. Contribuyó además que los patronos parecían mantenerse indiferentes, incapaces de infundir una pizca de calma a poco que hubieran mejorado la penosa situación económica de sus trabajadores. Un caldo de cultivo al que solo fue necesario agregar una pizca más de agitación para que resultara en una revuelta obrera. Zoilo, que era consciente de la crispación existente, esperaba que también los hijos de don Antonio fueran objeto de la furia de los trabajadores, pero nunca imaginó que semejante desesperación desembocara en la mayor rebelión y de peores consecuencias jamás vivida.

Mi inocencia desconocía por entonces que Zoilo ya tenía nuestro futuro organizado dos meses antes de salir huyendo en la carreta de las salazones.

# 33

*Veracruz, México*
*Lunes, 11 de julio de 1898*

La semana despuntó con el habitual ajetreo en los muelles del puerto y en los soportales de la plaza. Carros, carretillas, caballos y voces de vendedores ambulantes. Benita ya había fregado el suelo del recibidor y se encaminaba ahora al dormitorio del difunto Alfonso. Como ya habíamos desayunado y mi desazón me mantenía pegada a ella como una rémora, seguí sus pasos escaleras arriba. Ambas necesitábamos poner punto final, y cuanto antes, a todo lo relacionado con ese hombre.

Entramos en el dormitorio y nos detuvimos junto a la puerta, frente al repertorio de cajones revueltos y manchas de sangre seca. Sin mediar palabra, Benita me entregó el balde con los enseres de limpieza, puso las rodillas sobre el suelo y a continuación las manos y la cabeza. Al principio no intuí sus intenciones, pero enseguida vi que se asomaba en dirección a los bajos de la cama. Levantó la cabeza y negó sonriente. Un escalofrío mudo me recorrió la espalda, similar al que me habían producido sus preguntas del día anterior, relativas a la posible implicación de mi paisano Gonzalo.

—Por si hay alguna cucaracha —dijo con su eterna sonrisa—. Me dan mucho asco.

Aquella ocurrencia destensó mi cuello y consiguió que distrajera la atención hacia el mobiliario y la decoración de la estancia, similar a la mía en cuanto a la vistosidad de los estampados que alegraban la colcha y alfombra. Paredes pintadas del mismo naranja pálido, ataviadas de cuadros y espejos, sin tapices. Y como cabecero, una simple tabla lisa, a diferencia de mi sol sonriente. Enrollamos la alfombra y la bajamos para extenderla en el patio trasero, con el ánimo de quitar la sangre incrustada a base de cubos de agua caliente, cepillo y jabón. Labor que realicé yo a petición mía y a pesar de Benita, que bastante tenía con encargarse del olor a cochinera que todavía rezumaba el dormitorio.

Finalizada la faena, la avisé para que me ayudara a colgar la alfombra sobre el cordel que atravesaba el patio. Se le advertía un ritmo distinto aquella mañana. Más pausado y jovial, lo que me generaba cierto desconcierto. No entendía semejante actitud, ante el hecho constatado del asesinato de una persona donde mismo vivíamos y dormíamos, y aunque el asesinado fuera un mezquino. No quise comentar su actitud ni mi desasosiego. Andaba yo demasiado fatigada por el insano trajín.

Descansábamos sentadas en la trastienda, cuando oímos unos pasos en el recibidor. A continuación, un buenos días con voz masculina. Benita se levantó apática y avanzó con paso templado para filtrarse por la cortina hacia el mostrador. Oí que devolvía el saludo y la voz preguntaba algo ininteligible, excepto mi nombre al final de la frase. El sosiego de mi corazón volvía a interrumpirse tajante. En ese momento habría huido por la puerta que daba al patio, por la negrura de la chimenea del fogón o por el resquicio de mis recelos, pero no tuve tiempo de reaccionar. La cortina se apartó de nuevo para que me removiera el gesto serio de Benita.

—Señora, pregunta por usted uno de los policías que vino ayer. ¿Puede salir o le digo que regrese más tarde?

—Voy ahora mismo.

Recompuse mi figura, me bajé el remangado de la blusa para el baldeo, recogí varios mechones bajo las horquillas y salí al encuentro del gendarme con la poca fortaleza que me quedaba. Benita volvió a la cocina, mientras yo me adhería al dobladillo lateral de la cortina. Al otro lado del mostrador me esperaba el uniformado. Semblante serio y bigotón frondoso sobre un rostro renegrido de sol y maltrecho de excesos.

—Buenos días. ¿Doña Elisa Monturiol?

Asentí extrañada.

—Necesito hacerle unas preguntas en referencia a la muerte de don Alfonso Torres ayer en esta hospedería. ¿Fue usted quien lo llevó al hospital de San Sebastián tras el atropello frente a la parroquia? —Asentí en silencio. Continuó—: ¿Pudo ver quién manejaba el carro que lo atropelló? —Negué—. ¿Ni siquiera de espaldas?

Me extrañó tanta insistencia. Tras unos segundos de embelesamiento, decidí explicarme en lugar de contestar con leves giros de la cabeza.

—Yo estaba dentro de la parroquia. Salí al oír el griterío y me encontré a una muchedumbre agolpada alrededor de Alfonso, pero ya no estaba el carro.

—Pues sepa usted que fue «apañado» minutos antes del suceso y posteriormente abandonado a las afueras de Veracruz. Sabemos que fue ese y no otro por la sangre que había en una de las ruedas.

Mi resentimiento no tardó en aflorar.

—Si hubieran investigado el asesinato que denuncié hace más de un mes, a principios de junio, es posible que todo esto no hubiera ocurrido. Como usted sabrá de boca de sus compañeros, Alfonso asesinó a un yanqui en una oficina cercana a la plaza del Zócalo. Yo misma fui a denunciarlo a su comisaría, pero no me hicieron caso.

—Eso no es cierto, señora. Creo recordar que nuestro compañero Jesús Martínez la acompañó al departamento donde supuestamente había presenciado el asesinato. El vetarro que chambeaba allí confirmó que no había visto nada y nuestro Jesusito no apreció ningún indicio que confirmara la declaración de usted. Poco más podía hacerse...

En ese momento recordé las inocentes preguntas del policía pardillo y las marcas de los cuadros en la pared, bajo el mapamundi.

—Por supuesto que se cometió un asesinato —refuté—, porque el propio Alfonso me lo reconoció. El problema es que ustedes no quisieron investigarlo, porque supongo que esas eran las órdenes, ¿verdad?

Me ignoró como si de mi boca no hubiera salido réplica alguna. Apoyado sobre el mostrador, se inclinó hacia mí para susurrarme.

—Tengo información que a buen seguro le interesa...

Me sorprendió aquel giro en la conversación. Al instante pensé en Zoilo, pero preferí no preguntar, a la espera de que desembuchara. El policía me mantenía la mirada, sin despegar los labios bajo el mostacho. Parecía que estuviera esperando algún gesto por mi parte. Noté entonces que sus ojos se desviaban hacia la cortina y entendí que no comenzaría hasta que mi amiga estuviera lo bastante alejada de nuestra conversación, lo que me confirmaba que también él conocía los tejemanejes de Benita con el comisario. Aunque ella trajinaba en la cocina, asentí en silencio y le señalé la puerta.

Salimos al bullicio de la plaza. Miró a nuestro alrededor y finalmente se dirigió a mí.

—Lo que sé, se lo he oído al propio comisario. Prométame que lo mantendrá en el más absoluto de los secretos.

—Se lo prometo —remaché con asentimiento de la cabeza.

Carraspeó por duplicado y procedió.

—Sus petacas fueron «apañadas» del hotel Universal por el propio Alfonso Torres. Al parecer, lo hizo para que usted no abandonara Veracruz y volviera a esta hospedería, al abrigo de la señora Benita.

Recordé mi conversación con Alfonso en la parroquia, cuando le pregunté si no encontraba extraño que las maletas hubieran aparecido intactas en un hostal en que ni siquiera estaba registrada. Me contestó que desconocía la causa y le creí.

—Suponemos —continuó el policía— que don Alfonso Torres necesitaba tenerla vigilada en todo momento porque usted vio cómo «quebraba» al gringo.

—¿Me está reconociendo que efectivamente se cometió un asesinato en aquella oficina del Zócalo?

—Por supuesto. En esa oficina trabajan oficiales de la inteligencia gringa y se ve que don Alfonso Torres les llevaba recados. Lo que no entendemos es cómo pudo cometer el tremendo error de llevarla a usted.

—No me llevó. Lo seguí yo.

El uniformado asintió con una leve mueca de regodeo.

—¡Qué astuta! Aunque... habría sido mejor para todos si no lo hubiera seguido. Don Alfonso Torres seguiría con sus tejemanejes; nosotros, tras la pista y usted, feliz en la ignorancia, ¿o es que necesitaba saberlo porque tenía algún cometido que desconocemos?

Puesto que era sincero, yo también lo sería.

—Mi cometido en esta vida se ha limitado siempre a ver pasar los días, pero es verdad que, desde mi llegada a Veracruz, había otro motivo por el que debía ser vigilada, a buen seguro bien distinto a lo que ustedes puedan cavilar. Le explico: desde que desembarcamos en Veracruz, Alfonso tenía la orden de escoltarme hasta que sus superiores le informaran de que el barco había llegado a Cuba, porque mi marido y yo nos enteramos en la travesía de que llevaban a bordo munición y armas para la isla. Alfonso debía asegurarse de que yo no lo comentara con nadie durante los cuatro o cinco días que restaban de navegación. Esas eran las órdenes y ese el motivo por el que estaba siempre a mi lado. Pero quizá tenga usted razón, que habría sido mejor para todos si no lo hubiera seguido. Debí aprovechar aquella pausa para respirar un poco de libertad. A fin de cuentas, era él quien tenía la obligación de estar a mi lado, no yo.

Noté que sus ojos arrugados se expandían, a la espera de que finalizara mi relato para formularme la pregunta que le escaldaba la boca.

—¡Por lo que usted comenta, se confirma que don Alfonso Torres era militar!

—En efecto, teniente de navío de la Marina española. Pero según me contó, se había dado de baja hacía poco para trabajar en una empresa dedicada al mantenimiento de barcos.

—Señora, permítame que ponga en duda todo lo que haya salido por la boca de ese bato. Era una chachalaca que mentía por puro placer. Por cierto, si no lo he entendido mal, ha comentado que su marido también hizo la travesía y, precisamente ayer, la chatita del hostal vino a la comisaría para preguntar al jefe si sabía alguna manera de contactar con el marido de usted, que está en Cuba. Por consiguiente, deduzco que los militares que iban a bordo lo enrolaron a la fuerza...

—Se lo llevaron porque durante muchos años ha trabajado en la minería y sabe de explosivos. Al parecer, tenían problemas con las minas: no explotaban por fallos en el ensamblaje.

—Dicen que la guerra está a punto de finalizar. El día menos pensado le llegará una carta de su marido explicándole que está a la espera de que algún barco lo saque de la isla o, mejor aún, que viene de camino.

Lo miré con gesto mustio.

—¿Dice usted que me llegará una carta? Imposible, no sabe dónde estoy alojada.

—Yo diría que sí es posible. Desde que don Alfonso Torres llegó a Veracruz hasta que dejó de pertenecer a la Marina, es bastante probable que informara a sus superiores en más de una ocasión, porque los militares, como nosotros, trabajamos siempre a base de instrucciones y reportes. Y en alguno comentaría el estado de usted y su paradero.

No se me había ocurrido tal posibilidad y quizá fuera muy remota, pero me daba el ánimo que necesitaba.

—Sea cierto o no que había dejado de ser militar —continuó el uniformado—, necesitaba tenerla controlada, no solo porque estaba al corriente de sus chanchullos, sino porque usted conocía su verdadera identidad. De ahí que le «apañara» sus petacas. Debo aclararle que Benita no supo nunca quién las robó, solo recibió el recado de don Alfonso Torres para que se personara en su hotel del Zócalo al día siguiente y le propusiera volver con ella.

Aunque yo sabía de boca del arrogante que Benita tenía el encargo de cuidarme, y en parte lo entendía, me decepcionó que su visita a mi hotel aquella mañana de viernes no fuera para saber de mí. Por entonces era ingenua al por mayor, cuando creía todo lo que me decían y confiaba mi suerte a una moneda.

Finalizada la conversación, le agradecí su sinceridad y la bocanada de esperanza que me había insuflado. Mis palabras le hicieron poco efecto, porque se despidió con semblante serio y saludo militar. Se encaminó hacia la comisaría y yo, hacia el hostal.

Habría irrumpido en la trastienda para cargar en Benita mi alegría contenida, pero había prometido discreción, así que entré descalza, tomé el periódico del mostrador y subí directa a mi habitación. Benita había dejado abierta la de Alfonso para que se ventilara. Entré en la mía, me desvestí de camino a la cama y puse los pies en alto para evadirme entre las dos hojas hasta que llegara la hora de comer. Solo publicidad y noticias locales, ninguna relacionada con la maldita guerra. «La primera abogada mexicana. El sábado a las 5 de la tarde, el amplio salón de actos de la Escuela de Jurisprudencia se veía concurridísimo por una infinidad de distinguidas damas y señoritas que asistían al examen profesional de la señorita María Asunción Sandoval, que al presente puede ostentar ya con orgullo el primer título profesional de abogado que se extiende para una mujer.» Para evitar la tentación de leer lo que me angustiaba, salté a la última página y me sumergí en los anuncios: «Un comerciante soltero establecido en esta ciudad desea encontrar como socio una señora independiente que sepa algo de contabilidad y tenga un capital de tres mil pesos para invertir en un negocio que deja buenas utilidades. Apartado de correo n.º 469». Aquel anuncio me llamó la atención, e incluso debo reconocer que me detuve a rumiar la posibilidad de iniciarme como empresaria, toda vez que disponía de suficiente capital como para suplir mis carencias contables; pero pronto lo descarté escamada por el hecho de que el anunciante remarcara su condición de soltero y solicitara que la señora tuviera que ser independiente y con dinero. Afortunadamente, mi grado de ingenuidad estaba menguando.


Llovía bastante aquella tarde de lunes cuando entró en el hostal nuestro idolatrado sacerdote, don Atilano Orona. Le habían llegado rumores del asesinato y necesitaba saber de nosotras.

Agradecidas por su visita, le explicamos lo ocurrido desde el atropello: yo, el esbozo de cada episodio y Benita, los detalles lúgubres. A cada comentario, el prelado hacía un gesto manso con la cabeza y pedía misericordia al Todopoderoso. Cuando terminamos, propuso rezar una oración por el alma de Alfonso Torres. Benita torció el gesto.

—Todos somos hijos de Dios —dijo don Atilano.

—Aunque somos del mismo barro, no es lo mismo bacín que jarro —soltó mi amiga.

Don Atilano procedió a sus plegarias indiferente a la ocurrencia y como tenía otras ocupaciones que le apremiaban, finalizó con una bendición a modo de despedida. Le agradecimos su visita y yo, además, que hubiera aceptado alojar en su casa a Alfonso. Don Atilano Orona me miró extrañado, mientras mi amiga se despedía con un besamanos.

—Me refiero a la conversación que tuvo usted con Gonzalo —le aclaré.

—No la recuerdo... Mi memoria se me está encogiendo como un chicharrón. Lo vi hace poco más de una semana y ya no soy capaz de recordar lo que platicamos. Denle recuerdos de mi parte y quédense con Dios. —Apartó la cortina y salió hacia sus quehaceres.

Según Gonzalo, habían hablado la tarde anterior mientras yo descansaba plácidamente en su casa. Estaba claro que uno de los dos mentía y como se me antojaba imposible que don Atilano Orona se hubiera dejado caer en el fango de lo mundano ante un asunto tan espinoso, centré mis cavilaciones en Gonzalo. Me urgía aclararlo, así que esperé a que escampara e improvisé la necesidad imperiosa de tomar aire fresco. Marché al puerto en busca del niño con el sombrero canotier. Estaba donde siempre, con sus amigos. Me acerqué sorteando los charcos que había dejado la lluvia y le pedí que me volviera a detallar los rasgos del hombre que me había seguido en dos ocasiones: el día que paseaba por el puerto tras la infructuosa visita con el agente a la oficina del yanqui y cuando volvía de seguir a mi amiga hasta la vivienda del comisario. En ambas ocasiones había tenido que refugiarme a la carrera en la hospedería.

El chico me dijo que parecía extranjero, aunque no tenía la piel tan blanca como la mía. Alto, de ojos pequeños, pelo negro y lunares grandes repartidos por la cara. No me supo decir más, pero para mí era suficiente: los rasgos coincidían con los de Gonzalo Tornero.

No podía entender que mi paisano me hubiera seguido a escondidas y, menos aún, que pudiera ser un asesino. Abrumada de especulaciones y frases como la de Benita la tarde anterior —«¿Cómo ha podido entrar? ¿Quién le ha abierto la puerta de la recámara si la otra llave la tengo yo?»—, deambulé por el cantil intentando encontrar justificaciones que lo eximieran, pero todas se disipaban como mi aliento en aquella brisa húmeda. Por contra, recordé cuando mi amiga entró en el hostal diciendo que había visto a Gonzalo por las cercanías de la plaza, momentos después de que el chico del canotier me avisara por segunda vez. Todos los indicios apuntaban en la misma dirección, pero fue el recuerdo de las ocasiones en que él me preguntó por el paradero del militar, lo que terminó de incrustar el estilete que me aguijoneaba.

De vuelta al hostal me crucé con Domingo de Ramos y su simpático cochero, Rafael Morales, que llegaban al puerto en busca de algún porte. Entonces se me ocurrió que podían llevarme a casa de Gonzalo para resolver mis dudas de una vez por todas. Me armé de valor y subí al carruaje rumbo a la casa de mi paisano. Por si era el caso de que mis preguntas producían efectos indeseables, me senté en el pescante para explicar a Rafael el motivo de mi visita, las andanzas de Alfonso desde nuestra llegada a Veracruz y las suposiciones que me atormentaban. El chico había vivido en primera persona la huida tras el lance del abrecartas y el rescate frente a la parroquia, pero desconocía el resto. Expuse cronológicamente todo lo ocurrido, sin descanso hasta que llegamos a la puerta de la verja. Saqué un reloj de mi bolso, se lo dejé y le pedí que avisara a la policía si no me veía de regreso en el plazo de veinte minutos.

—No te fijes en la hora —le dije—, que todavía tiene la de España. No la he actualizado porque quiero que siga así hasta que vuelva mi marido.

—De acuerdo, señora.

Puso el escabel, me ayudó a bajar del carruaje y abrió la puerta de hierro para que me adentrara en los jardines que tapizaban el recinto. Me despedí y avancé por el camino central de piedra, remangada por los charcos y acompañada por mis miedos. No había dado ni tres pasos cuando oí que Rafael arreaba al caballo para salir al trote. No podía dar crédito: me había dejado sola y para colmo, se había llevado uno de los relojes más bonitos de Zoilo.

Ya no había vuelta atrás. Me daba igual lo que me deparara aquella incursión. Avancé entre la espesura de los árboles, llamé a la puerta y me recibió el mayordomo, que me condujo hasta el salón, donde reposaba Gonzalo envuelto en su bata blanca.

—Dime la verdad. ¿Conocías a Alfonso Torres? —le solté tras su abrazo de bienvenida que no correspondí. Se irguió y me miró fijamente unos segundos.

—Por supuesto que lo conocía —contestó al fin—. ¡Dime alguien que no conociera a ese fanfarrón! Un tipo poco discreto a pesar del trabajo que tenía. Estoy seguro de que, cuando se presentó en el barco, no tardó ni cinco minutos en contarte a lo que se dedicaba. Y con una copa de más te lo detallaba, aunque no quisieras. Eso sí, era caballo ganador, un tipo que apostaba fuerte y que siempre conseguía sus miras, aunque para ello tuviera que pisarte el cuello.

Me ofreció asiento en uno de los sofás de terciopelo y paños de encaje, pero negué con la cabeza. Mi estado de nervios me impedía amoldarme a curvatura alguna. Cuando pretendía continuar con mi improvisado cuestionario, entró el mayordomo con un manojo de velas nuevas para sustituir las consumidas. Esperé en silencio a que finalizara la tarea y abandonara el salón, para enfocarme en Gonzalo, que ya había vuelto a su esquina del sofá.

—¿Lo mataste tú? —pregunté con un susurro.

—¡Por supuesto que no! Cuando llegué al hostal ya estaba muerto. Si hubiera tenido intención de quitar de en medio a ese tipejo, no me habría tomado la molestia de buscarle alojamiento.

Negué con la cabeza, de pie frente a él.

—Esta misma tarde, don Atilano ha estado en el hostal y me ha dicho que no te ve desde hace más de una semana.

—Porque hablé con el párroco. Don Atilano no estaba en ese momento.

Yo quería creerlo, pero su inusual desasosiego me tenía desconcertada.

—¿Y cómo localizaste el dormitorio de Alfonso? ¿A quién preguntaste? ¿Estaba la puerta abierta?

—Efectivamente, estaba entornada. No me hizo falta preguntar a nadie.

—Alguien que nos conoce me ha dicho que te vio cómo lo atropellabas frente a la parroquia —le mentí.

Apretó los ojos y con la mano extendida me invitó a sentarme en el sillón que había frente al suyo. Supuse que por fin quería sincerarse y esta vez sí accedí a apoyarme sobre el reborde del terciopelo.

—Cuando ves a tu pareja sufrir, un día tras otro, por culpa de un desgraciado, llegas a hacer cosas que nunca imaginarías. Todos estos lujos que ves a tu alrededor se deben a que durante años nos ha ido muy bien en los negocios, hasta que a Alfonso Torres se le ocurrió dejar lo de ser militar para dedicarse al mundo del mantenimiento de buques. Eso también te lo ha contado, ¿verdad? —Asentí en silencio, para que continuara—. Aunque te omitió un dato: que su cargo de directivo pertenecía al hombre con el que comparto mi vida. Alfonso mintió al dueño de la empresa diciendo que había sido marino mercante muchos años y que tenía contactos suficientes para conseguir el contrato de mantenimiento de todos los buques de la Armada mexicana. Como era lógico, al dueño de la empresa se le nubló la vista con la posibilidad de ganar millones de pesos y no tardó ni un solo día en proceder al relevo.

Miré la pared que tenía enfrente y comprendí el motivo de tantos cuadros de barcos con firmas y dedicatorias.

—¿Y qué tengo que ver yo en todo esto? —pregunté—. ¿Por qué me estuviste siguiendo a escondidas?

—Porque necesitaba acecharlo y tú eras la única persona con la que ese desgraciado mantenía cierto contacto. Traté de ser transparente contigo, pero como me contaste que él había vuelto a España y días más tarde os vi a los dos en la parroquia, supuse que por algún motivo no querías que supiera la verdad. Por eso me vi en la obligación de seguirte a escondidas.

Me quedó claro que el empeño de Gonzalo Tornero por saber de mí no era porque se alegrara de ver a una paisana. Recordé cuando con ternura me moldeaba a sus abrazos, aquellas charlas en la hospedería de Benita, aquel día que en su casa me hablaba de la necesidad de un sistema educativo que diera mayor importancia a los valores humanos. Precisamente él, que había llegado hasta el extremo de acabar con la vida de una persona para mantener su estatus y privilegios. Entendí entonces que lo de amar al prójimo puede resultar complicado cuando es el prójimo quien te ha bajado del pedestal, y que puede haber psicópatas como Gonzalo Tornero que pueden llegar hasta lo más insospechado.

—Si me hubieras dicho que acabaste con su vida en defensa propia —le susurré entre sollozos— te habría creído. Y no por ingenuidad, que de eso ya me queda poco, sino porque quería creerte. Mejor dicho, lo necesitaba.

—Ese tipejo era una sabandija y ya no tenemos de qué preocuparnos. Muerto el perro se acaba la rabia.

En ese momento, oímos ruidos que llegaban del exterior. Nos acercamos a los ventanales y apartamos los visillos. Mi cochero Rafael se aproximaba con paso firme por el camino de piedra, seguido de tres policías con sus respectivos revólveres en la mano. Otra vez mi ángel de la guarda venía al rescate.

Si los últimos minutos con Gonzalo me habían dejado boquiabierta, más me extrañó lo que hizo a continuación: volvió al sofá con calma y esperó sentado a que los gendarmes entraran para detenerlo. Incluso diría que se le advertía cierto aire glorioso mientras se lo llevaban.

Agradecí mil veces la ayuda de Rafael con un fuerte abrazo y el reloj que con insistencia trataba de devolverme. De vuelta en el carruaje, me asaltaban sentimientos encontrados que se entrelazaban con los acontecimientos de los últimos meses, pero si de algo me enorgullecí fue de entender que todos mis vaivenes emocionales eran lógicos y naturales ante tal carrusel de vivencias. Aprendí de mi simpático cochero que a mi alrededor había grandes personas anónimas por conocer. Que no debía dejar de maquillarme todas las mañanas por muchos reveses que me diera la vida y que me merecía ser feliz, pero también comprendí que no debía huir de mis emociones, porque la constante necesidad de olvidar el miedo, la tristeza o la ansiedad me podía arrastrar a las tinieblas del pulque, a la compra compulsiva de todo lo comprable, a atiborrarme de los guisos de Benita o a depender de su presencia. Porque esos estados de ánimo aparentemente nocivos están en nosotros, como el resto, ayudándonos a sobrevivir desde hace centenares de miles de años.

## 34

*Veracruz, México*
*Martes, 12 de julio de 1898*

La lluvia había apiñado a comerciantes y vecinos bajo los soportales de la plaza. Comenzaba a arreciar, mi paraguas apenas me resguardaba la cabeza y el periódico, que recién comprado llevaba doblado debajo del brazo. Esquivé las mercancías y el gentío para entrar en el hostal de Benita con la mayor diligencia que los bajos de mi vestido me permitían.

Mi amiga trajinaba en su cocina. Me asomé con los zapatos en la mano y el vestido remangado para no manchar el suelo de barro.

—Voy a mi recámara, en un ratito bajo —le dije.

Asintió sonriente y continuó con sus quehaceres, mientras yo subía ansiosa por desprenderme de la ropa mojada. Me acomodé una bata de seda y abordé mi cama, como tantas otras mañanas, para leer el periódico hasta la hora de comer. Aquel martes sí sucumbí a los despachos cablegráficos relacionados con la maldita guerra. Me sorprendió una noticia relativa al traslado del almirante Cervera a Estados Unidos, a bordo del crucero americano *St. Louis*, preso junto con sus oficiales españoles y el resto de la tripulación que habían sobrevivido a los bombardeos. A la marinería la llevarían a una isla y a los oficiales, a la Academia Naval de Annapolis, en la capital de Maryland.

Si habían apresado al máximo responsable de la Marina de

Guerra española en Cuba, quería decir que la guerra había terminado o estaba próxima a su fin. Al instante se agolparon en mi mente decenas de preguntas en lo tocante al paradero de Zoilo. Secuencias monocromas —como las que en Cartagena comenzaban a proyectarse en los barracones de algunas plazas—, todas con Zoilo como protagonista. Porque quizá era uno de esos cientos de tripulantes llevados presos, o tal vez no había participado en la batalla naval, puesto que su cometido estaba en tierra y se ceñía al correcto funcionamiento de las minas submarinas situadas en la bocana del puerto. Quizá tras realizar el trabajo lo habían exonerado de responsabilidad y vagaba ahora por la isla en busca de un barco que lo trajera a Veracruz. Podía visualizar su rostro demacrado, tostado por el exceso de sol y semioculto bajo una enorme barba.

Supuse entonces que si Zoilo era uno de los presos en traslado a Estados Unidos, serían conocedores los oficiales de la inteligencia americana de la oficina clandestina del Zócalo. A buen seguro tendrían el listado de nombres. Pensé en personarme, pero desistí al instante a sabiendas de que me lo negarían todo, no me ayudarían así se lo pidiera de rodillas.

Seguí leyendo cablegramas relacionados con la contienda: «El Sr. Sagasta podrá negar que España será la primera en ceder, pero es inminente que las negociaciones para el restablecimiento de la paz las comenzará muy en breve». Se confirmaba mi suposición de que el fin de la guerra estaba cercano.


Me había quedado dormida cuando oí a Benita voceando mi nombre. Me desperté sin saber qué ocurría ni en qué momento del día me encontraba. Alargué el brazo hacia la mesilla y volteé hacia mí el reloj de bolsillo. Marcaba las doce y cuarto. Seguía llamándome con insistencia. Me incorporé, la lluvia golpeaba fuerte contra la ventana. Ligeramente aturdida me senté sobre el canto de la cama. La voz de Benita se acercaba al compás de sus pasos. Seguía repitiendo mi nombre. Descalza me encaminé hacia la puerta. La abrí y asomó la cara alterada de mi amiga.

—¿Qué ocurre? —pregunté.

—Baje, por favor —me tomó de la mano y tiró de mí hacia la escalera.

—Me estás asustando. Dime qué ocurre.

—Nada malo, pero ¡apúrese!

No quiso aclararme el motivo de tanta urgencia. Giramos tras el primer tramo de escaleras y al enfilar el que desembocaba en el zaguán vi unos zapatos de hombre embarrados, rodeados de un charco de agua. A medida que bajábamos se iba descubriendo la figura empapada de quien fuera que me estaba esperando: un traje blanco colmado de manchas sobre un cuerpo escuálido, un cuello delgaducho y un rostro demacrado similar al que tantas veces había imaginado.

Benita me tuvo que ayudar a bajar los últimos peldaños. Sentía como si se me hubiera espesado el aire en los pulmones y el corazón se me desbocara. Quizá mi mente me había vuelto a traicionar con otro de sus desvaríos, máxime cuando acababa de despertarme. Giré la cabeza hacia mi amiga, que risueña asentía una y otra vez.

—Hola, Elisa. Por fin te encuentro.

Al oír la voz de Zoilo me enderecé de nuevo. Lo habría abrazado como siempre deseé en mis noches de desvelos, pero mi nerviosismo y el revoltijo de sentimientos encontrados me mantenían anclada al suelo.

—He hecho lo imposible por mantenerme con vida porque necesitaba volver a verte —me dijo posando sus ojos en los míos.

La piel de la cara se le había atestado de sol caribeño. Si trataba de tensar las comisuras de los labios en forma de sonrisa extinta, sus ojos evidenciaban la tragedia de una guerra de la que yo por entonces apenas tenía datos. Cicatrices esparcidas por la piel, que semanas atrás serían heridas sangrantes. En la cara, en el cuello, en las manos. Costaba reconocer ese cuerpo esquelético y encorvado, esa faz de mirada inerte, abatida, pómulos prominentes y pelo enmarañado.

—Voy a calentar agua —dijo Benita—. Este hombre necesita un buen baño y ropa seca.

Corrió hacia la trastienda y me dejó sola frente a la versión más apocada de mi marido.

—Me desembarcaron ayer en una playa, al norte de Veracruz, y anduve toda la noche bordeando la costa con la certeza de que te encontraría en algún hotel de la capital. Pero no esperaba que resultara tan sencillo, y todo gracias a ti, porque esta mañana he preguntado en una casa de huéspedes, la primera que he encontrado, y cuál ha sido mi sorpresa cuando el dueño ha sacado de un cajón un papelito escrito por ti con la dirección de este hostal y sonriendo me ha dicho que una señora muy guapa me estaba esperando. ¡Dios mío, qué alegría! Desde entonces no me he detenido ni para beber agua.

—¿Por qué no has venido en carruaje? ¿Has gastado todo el dinero que guardabas en la banda con bolsillos que te hice?

—Me desapareció al poco de llegar a la isla. Alguien me robó mientras me aseaba.

Benita regresó en un santiamén con una olla humeante y sobre el hombro una toalla, pidió a Zoilo que se descalzara allí mismo y subimos los tres, ella en dirección a la bañera y nosotros, a las maletas del dormitorio en busca de una muda limpia. Le hice un hatillo con lo primero que encontré, lo encaucé hacia el baño y nosotras bajamos a la trastienda.

Cuando Zoilo apareció, Benita estaba al guiso en el fogón y yo terminaba de preparar la mesa. A ella se le percibía gozosa; yo, pensativa e inquieta porque necesitaba oír de boca de mi marido las oportunas aclaraciones a las dudas que me carcomían. Como era un asunto meramente conyugal, le preguntaría cuando estuviéramos a solas. Por ello la conversación durante la comida se centró en sus peripecias isleñas. Con evidente desazón nos contó que se había dejado en la isla la audición del oído derecho y se había traído una cojera perenne causada por un pequeño proyectil incrustado en la pierna derecha, a la altura del muslo. Tal como lo contaba, se le notaba asustado. Ya en tono algo más sosegado nos explicó que varios días antes de que la flota española desfilara hacia el paredón, un oficial había permitido la marcha de todos los civiles que hasta ese momento cooperaban con la Marina española. Se adentraron en la isla y anduvieron a la deriva entre la frondosa vegetación, la humedad viscosa y el hedor de centenares de cadáveres de insurrectos. No habrían sobrevivido de no ser por la generosidad de los campesinos y pescadores, uno de los cuales se había ofrecido a traerlos al continente.

Impregnado de la cordialidad de aquellas gentes, dejó entrever entre bocado y bocado su querencia a la isla y su predisposición a volver cuando el conflicto estuviera resuelto, para ayudarles a rehacer sus casas y sus plantaciones. No hice caso al comentario, conocedora de los perjuicios que conllevan las decisiones precipitadas, y consciente de que, en adelante, yo tendría mucho que decir. Por lo pronto le sugerí que se fuera aclimatando a Veracruz, al ritmo sereno de sus gentes, al tiempo cambiante y al hostal de Benita, porque, le gustara o no, esa sería nuestra residencia hasta que tomáramos una decisión consensuada y meditada.

Cuando subimos al dormitorio, Zoilo pensaba que yo seguía siendo su complaciente esposa, porque nada más cerrar la puerta se abalanzó sobre mis pechos como un águila sobre su presa. Me lo quité de un manotazo y lo miré fijamente.

—Ten cuidado, que a la obediente becerrita le han salido cuernos y ahora topa —proseguí sin opción a réplica—. Por lo pronto, tengo que hacerte varias preguntas y espero sinceridad, si no quieres que lo nuestro empeore, estando como está al borde del abismo. Mi primera pregunta está relacionada con nuestra huida de La Unión, completamente inesperada, ¿verdad?

Zoilo me miró sorprendido. Con fingida calma me dirigí hacia el fondo de la habitación, donde las maletas, tumbé en el suelo una de ellas, la abrí y saqué un manojo de papeles, entre los que había un periódico. Regresé para señalarle, en la última página, el anuncio de nuestro vapor-correo, rodeado por un círculo hecho con carboncillo. Zoilo bajó la mirada hacia el papel y al instante volvió a mis ojos, en silencio.

—Este periódico es del 14 de abril —le dije con tono inquisitivo—. Veinte días antes de la revuelta. ¿Sigues afirmando que nuestra huida fue improvisada? —No contestó. Continué—. Desde que practico lo de pensar, he llegado a la conclusión de que alguien tan precavido y meticuloso como tú a buen seguro sabía lo que podía ocurrir y además guardaba en la recámara posibles alternativas. —Me quedé pensativa unos instantes—. ¿Fue este mismo periódico el que vimos en San Pedro del Pinatar?

—No me hizo falta sacarlo —contestó con la mirada perdida en el vacío que nos separaba—, porque Salvador tenía otro más reciente, de hacía varios días, que llevaba el mismo anuncio. Aquella mañana de sábado lo dejé adrede sobre la mesa del desayuno.

Para mis adentros maldije su deshonestidad y mi inocencia. Otra punción en mi pecho de las que dejan herida perenne.

—¿Y nuestros amigos no se dieron cuenta de que el periódico tenía varios días?

—Matilde no se dio cuenta, pero Salvador sabía todo lo que estaba pasando porque yo se lo había contado.

También me había fallado el que hasta entonces era mi ideal de hombre. Fue en aquel momento cuando Zoilo me contó su inesperado encuentro con el hijo de don Antonio en el baile organizado por el capitán general del Departamento. La tensa conversación y las amenazas fatídicas que habían motivado nuestro éxodo a Veracruz. Esperé a que finalizara el relato y continué aclarando dudas.

—Siguiente cuestión. —Hice una pausa, sin dejar de mirarlo fijamente—: Me resultó extraño que en el barco hablaras más de la cuenta en presencia de esos militares. Te conozco desde hace mucho tiempo y sé que eres demasiado cuidadoso con tus comentarios como para que se te escapara lo de que eras experto en explosivos. —Zoilo apretó los ojos. Continué—. A sabiendas de que estabas indignado por la pérdida de las colonias españolas a manos de los yanquis, no me extrañaría que hubieras decidido apoyar la causa. ¿Les dijiste lo de los explosivos para que te llevaran al frente?

Zoilo no respondió. Insistí.

—¿Les dijiste que eras experto en explosivos para que te llevaran al frente? ¡Contéstame!

Bajó su mirada desenfocada y asintió. Ligeramente indispuesta, retrocedí hacia la cama. Necesitaba sentarme.

—Antepusiste la causa patriótica a tu mujer. ¿No te importó

dejarme sola? ¿No se te pasó por la cabeza que yo estaría sufriendo sin saber qué había sido de ti?

—Pensaba que seguiríamos juntos hasta Veracruz. Que tú desembarcarías y me esperarías un par de semanas, tiempo suficiente para ir a Cuba, resolver los problemas con los explosivos, formar a los militares encargados y volver contigo. Nunca pensé que me ocultarían en el barco para que no supieras lo que estaba sucediendo.

Recordé entonces que, a bordo, los marinos hicieron la farsa de buscar a mi marido por el barco, que incluso sonó su nombre por la megafonía y que, tras una hora de angustiosa espera, aparecieron con aparente desánimo, negando con la cabeza y diciendo que habían revisado el barco de cabo a rabo con la ayuda de varios miembros de la tripulación. Recordé también cuando Alfonso me contó en la parroquia que mi marido había aceptado la misión con la condición de que yo estuviera de acuerdo y que los militares se habían negado a que fuera conocedora de semejante información confidencial, lo que había motivado el aislamiento.

Si tenía que culpar de algo a Zoilo era de imprudente. No podía culparlo por no consultarme antes sus intenciones, ya que siempre había sido costumbre que él decidiera y yo asintiera. Hasta ahora.

—Siguiente pregunta —le dije desde el margen de la cama—. ¿Has pegado alguna vez a un niño?

—¿A qué viene esa pregunta? Por supuesto que de niño me pegaba con mis hermanos.

—Me refiero a cuando eras empresario y tenías niños trabajando. ¿Les pegaste alguna vez? ¿Permitiste que les pegaran?

—¡De ninguna manera!

Tenía muchas más cuestiones, pero se le notaba cansado, abatido. Decidí que dormiríamos en habitaciones separadas, al menos por un tiempo, así que bajamos para que Benita le diera la llave de otro dormitorio. Mi avispada amiga recibió mi propuesta con aparente naturalidad, pero nos dijo que no al instante.

—¡Ay, señora! Lo siento, no me quedan recámaras libres. —Se mantuvo pensativa unos segundos y de seguido me miró con sonrisa cómplice—. Hay una cama libre en la de don Aurelio. Si no le importa al señor...

—Por supuesto que no le importa —me adelanté yo—. Mucho mejor que una trinchera, ¿verdad?

Zoilo asintió manso.

—No se preocupe, señor, no va a tener ningún problema, porque don Aurelio solo viene a dormir.

A dormir la borrachera, pensé yo y seguro que Benita también. A punto estuve de proponer a Zoilo la opción de alojarse en otro hotel, pero como ya había aceptado, detuve la propuesta en algún punto de mi gaznate. De vuelta a las escaleras, le pregunté por el cordelito que llevaba al cuello, del que colgaba algo oculto bajo la camisa. Tiró de la cuerda y apareció una bala. Se la había entregado un soldado poco antes de morir para que la hiciera llegar a su novia. A modo de guardapelo, llevaba dentro un mensaje y la dirección en España.

—Yo sí he tenido la suerte de volver a verte —me susurró en el pasillo— y tiempo de sobra para recapacitar. Si me das la oportunidad que no merezco, te demostraré que significas mucho para mí y que ha merecido la pena recorrer nuestro camino juntos.

—Por el momento, recorre el camino hasta tu dormitorio y descansa.

No podía decirle otra cosa mientras mi mente siguiera ofuscada.

Esperé a la mañana siguiente para preguntarle su opinión respecto a un supuesto artículo leído en un diario: «Ningún empresario se hace rico pagando sueldos justos». Omití que semejante frase procedía de un encarcelado por asesinato, para no rememorar las maldades de Gonzalo Tornero. Fue entonces cuando Zoilo me explicó todo lo acontecido desde la formación de la banda —para el trapicheo de mineral—, hasta su disolución tras la venta de los lingotes en el Banco de España. Que todos los trabajos habían sido encargados por caciques de la sierra con el afán de robarse entre ellos y que, al encontrar la caja fuerte repleta de lingotes, los habrían entregado a su patrono si no hubiera sido asesinado esa misma noche. Tuvieron que esconderlos para no acabar ellos en algún socavón de la sierra por encargo del cacique que fundía o por los hijos del difunto patrono. La vida tenía poco valor y menos aún la de chavales de la villanía.

Los días se sucedían insípidos entre la mansedumbre de Zoilo y mi apatía. Concentrada en sopesar los pros y contras de los lugares candidatos al puesto de domicilio, cautelosa por si el elegido era el definitivo. A pesar de que Zoilo seguía mostrándome su predilección por la isla, lo descarté recelosa de que el modo de vida campestre requiriera una metamorfosis completa de mis diamantinas costumbres. Por el mismo motivo rechacé otras islas y lugares exóticos. Tampoco países con idiomas extranjeros, así que reduje mi universo a dos opciones: México o España. Emancipación o vasallaje. Zoilo era reacio a pisar la tierra que lo vio nacer, aunque vivieran allí sus hermanos, su madre, la mayoría de nuestras amistades y casi todos nuestros recuerdos. Tampoco yo era partidaria de retomar el papel de vecina adorable y simpática consorte en los bailes de salón. Si finalmente optábamos por volver a España, prefería Cádiz, cerca de mis seres queridos. En Veracruz tenía a Benita, la mujer más maravillosa, campechana y espontánea que jamás había conocido. Puesto que la decisión no nos apremiaba, dejamos que los días transcurrieran pausados al compás de aquellas gentes. Por la mañana, ayudaba a mi amiga en lo poco que me dejaba; el resto del día descansaba en mi habitación o paseaba con Zoilo.

Como consecuencia de la traumática experiencia vivida en la isla —motivo que por entonces desconocía—, Zoilo era reacio a salir del hostal si no era en mi compañía. Yo, que ignoraba todavía las secuelas psicológicas que las guerras producen entre los que las sufren, supuse que su actitud se debía únicamente a motivos sentimentales, así que casi todos los días salíamos a pasear del brazo. Le enseñé la ciudad, lo llevé al Café de la Parroquia y le conté la anécdota de la primera vez que entré con Benita enfundada en uno de mis trajes. Vio los estoicos porteadores del puerto, escuálidos. Paseamos entre carretas y burros con alforjas y nos sentamos en los bancos de madera de la plaza del Zócalo, entre árboles enanos, plantas y palmeras gigantes. Entre el bullicio de lugareños y forasteros como nosotros. Entre el reclamo de limpiabotas, vendedores de limonada, boletos de lotería, huevos hervidos, camotes y agua. Le di a probar el endiablado pulque y recorrimos la ciudad en infinitos paseos, omitiendo todo lo nocivo de mis vivencias con Alfonso o Gonzalo. Mi mente parecía estar en fase de purga y rehusaba cualquier comentario relacionado con lugares como el hospital de San Sebastián. Los contemplaba como por primera vez.

Me resultaba curiosa la nueva relación de Zoilo con la comida. Ya fuera en cantinas, restaurantes o en la cocina de Benita, siempre rebañaba su plato como si se hubiera quedado con hambre. Pero no era ese el motivo. La primera vez que lo vi paseando la última pizca de tortita sobre la superficie del plato, le pregunté y me explicó que había visto morir a demasiadas personas por falta de comida, también por las condiciones insalubres y enfermedades tropicales. Demacrados, empapados en el interior de las trincheras, con los ojos colmados de desesperación y los pies hinchados por falta de vitaminas. Mucho más cruento que aquellos abismos de la sierra minera —a los que Zoilo estaba acostumbrado desde pequeño— que succionaban lentamente la salud de quienes se atrevían a horadar sus entrañas.

En pocas semanas, Zoilo había rellenado las aristas más angulosas de su figura, las ojeras se habían atenuado y su sonrisa volvía a aparecer con las graciosas ocurrencias de Benita. También su capacidad de embelesamiento cuando juntos descubrimos el encanto de las playas aledañas a la cuidad. Arena clara, mar en calma y débiles olas desplegaban a lo lejos su espuma blanca sobre los arrecifes de coral. Pero Zoilo seguía padeciendo de insomnio, así que convine con Benita el traslado de su cama desde la habitación de don Aurelio a la mía, lo que no impidió que el trastorno le continuara durante bastante tiempo, causado por el trauma de la guerra.

Aquellos días caí en la cuenta de que Veracruz y Benita me habían convertido en una persona diferente, con mayor capacidad de decisión y con sobrada facultad para obrar según mis decisiones. Sin excesivo miedo a equivocarme y sin el recelo de antaño a que crujiera la rama que me sostenía, consciente de que ahora podía desplegar mis alas en busca de otra.

Quizá me habría ocurrido lo mismo en cualquier otra esquina del mundo, pero había sido esa la que había rellenado los huecos que reblandecían mi interior. Entonces resolví que sería un desacierto regresar a mi pasado, a mis miedos y dependencias. Por fin lo tenía claro: convencí a Zoilo en el breve rato de una siesta y nos pusimos en marcha para buscar alojamiento en Veracruz.

## 35

*Veracruz, México*
*Lunes, 16 de mayo de 1904*

Han pasado seis años en un pispás. Ajena a cualquier vaivén político, disturbio patrio e incluso cuchicheo vecinal, mis días transcurren entre veinte mil quehaceres que me tienen atareada mañana y tarde. Vivimos ahora a las afueras de la ciudad, cerca del paseo de los Cocos, en un caserón que mandamos construir al estilo del que tienen nuestros amigos Salvador y Matilde en San Pedro del Pinatar. Como personal de servicio hemos contratado a tres lugareñas, un lugareño y conseguimos además que cruzara el Atlántico el entrañable matrimonio que nos hizo la vida más agradable en nuestra casa de La Unión y que, arriesgando su vida, nos ayudó a huir de la furia de los huelguistas. Vinieron con sus nueve hijos, de edades comprendidas entre los dos y los catorce años.

No he conseguido que Benita esté lo cerca de mí que me hubiera gustado: ha preferido la hospedería tras lograr que el dueño le pague un sueldo medianamente decente, pero seguimos viéndonos al menos una vez por semana, por lo general los domingos, en ocasiones me invita a comer junto a su loro y a la hornacina con su Virgen de la Asunción, y una vez al año nos bañamos en la alberca con sus amigos y familiares, cada 24 de junio, día de San Juan Bautista.

Al principio me costó entender que mi amiga optara por la hospedería, sin apenas descanso, pero con el tiempo me he dado cuenta de que prefiere estar allí porque hace y deshace a su antojo, también porque una persona tan extrovertida como ella necesita el bullicio del puerto, el contacto continuo con los mercaderes, sus clientes y forasteros. Alguien como ella que nació mirando al mar necesita seguir respirando su aire húmedo. En su hotelito del puerto es feliz.

Si en mi interior mantenía una mínima esperanza de que algún día Benita quisiera más tranquilidad y sosiego a mi lado, se esfumó la tarde de domingo que me llevó al Café de la Parroquia. Se le advertía cierto halo de misterio, como si guardara algún secreto tras su eterna sonrisa, pero como la veía tranquila, supuse que solo pretendía rememorar aquella primera vez en que le regalé uno de mis vestidos y entró glamurosa en la cafetería, acaparando todas las miradas masculinas. Nos sentamos a la misma mesa del fondo, pero esta vez eligió la silla que miraba en recto hacia la puerta de entrada. Parecía que estuviera esperando a alguien.

—Buenas tardes, señoritas —dijo un mozo de piel tostada que, para mi sorpresa, se había acercado desde una mesa que había a mi espalda—. Con el permiso de ustedes, he pedido al camarero que cargue sus consumiciones en mi cuenta.

Le di las gracias a sabiendas de que no era yo la causante del agasajo. Como Benita ni siquiera lo había mirado, atenta a la puerta, el mozo continuó demandando atención.

—Mi nombre es Jose Luis López.

Ante la insistencia, ella se giró hacia el obstinado, lo contempló unos segundos y elevó la barbilla con gesto áspero.

—A mí me llaman María, la arriera —le dijo con voz engolada, grave, masculina, propia de un barítono de ópera—, pero mi nombre es Francisco José.

No me imaginaba que fuera capaz de endurecer su timbre de esa manera. Mi sorpresa se transformó en risa contenida en forma de manos superpuestas sobre la boca cuando vi que el chico tragaba saliva y en silencio desaparecía a mi espalda para volver a su mesa. En ese instante, Benita se levantó como un resorte y agitó un brazo para llamar la atención de otro mozo que acababa de entrar en la cafetería. Se volvió a sentar, inspiró profundo y rebosante de alegría me explicó que se trataba del mocito, corredor de haciendas, al que le había tocado la lotería. Conforme el mozo se acercaba pude reconocerlo y aunque no recordaba lo que en su momento me contó de él, constaté que la relación se había abocado a una fogosidad más propia de adolescentes: Benita lo recibió como una jovencita enamorada y él con un par de besos en la mejilla. Me lo presentó y durante la media hora siguiente tuve que sobrellevar con gesto noble los cientos de arrumacos y agasajos del mocito hacia su amada. Le decía que era hermosa y con cadencia de mexicano locuaz me explicaba que ella era muy responsable y trabajadora, como si yo no la conociera. Le acariciaba la espalda y el pelo, y mi amiga le sonreía visiblemente ruborizada.

Mis quehaceres diarios gravitan en torno a las labores organizativas de la casa y a mi improvisado oficio de maestra. Comencé enseñando a leer, escribir, sumar y restar al personal del servicio y a los niños del matrimonio, y he terminado habilitando una habitación con pizarra y pupitres para enseñar a conocidos, amigos y recomendados deseosos de aprender. Entusiasmada ante el éxito de mi labor altruista, me he visto en la necesidad de establecer horarios que han acabado por ocuparme las mañanas completas de lunes a sábados.

Entre mis alumnos tengo a Rafael Morales, al que ayudo además económicamente para que no tenga que trabajar como cochero y pueda cursar estudios en el Instituto de Ciencias y Artes del vecino estado de Oaxaca. Su veterano caballo, Domingo de Ramos, dejó de tirar de carruajes y se dedica a pastar sus achaques libre por nuestra finca.

Zoilo, que siempre tuvo cierta habilidad para detectar los negocios más rentables, se asoció con un alemán tratante del puerto de Veracruz. Recobró la salud y la sonrisa y en nuestro hogar volvió a visitarnos la alegría con bastante asiduidad, a lo que contribuyó también el chiquillerío llegado desde La Unión. Desde entonces, no dejamos nada para otro día, no almacenamos ningún vino valioso en la despensa ni aplazamos celebraciones ni veladas. Por lo que pueda suceder.

Un par de veces al año recibo cartas de mis hermanas y con

mayor frecuencia de mi amiga Matilde. La última iba acompañada de un paquete que contenía un maletín oscuro. Dentro había un cacharrito con forma de alcachofa: una cabeza metálica con interruptor y un mango negro con un cable para conectar a la corriente eléctrica. Junto al cacharrito había varios accesorios con protuberancias de diferentes tamaños. Todo perfectamente incrustado en un acolchado forrado de seda. No tenía ni idea de lo que era hasta que vi la ilustración de la tapa: «For Health and Beauty, Hamilton Beach, New Lite Vibrator». En la imagen de la ilustración se veía a una chica aplicando en su cara las bondades del aparatito y en la carta mi amiga me decía que nada más ser conocedora del invento, me había comprado el primer ejemplar por si algún día tenía problemas de histeria. Ella no lo necesitaba, me aclaraba en su carta, porque prefería las manos del doctor Sanabria.

Mi hermana Carlota me había escrito en varias ocasiones su idea de visitarnos y si bien pensaba yo que sería una de esas frases huecas que suelen decirse, cumplió su promesa y, a principios de año, apareció por mi casa en compañía de su marido. Hacía tanto que no derramaba lágrimas de alegría, que les ofrecí nuestro hogar durante el tiempo que ellos consideraran y les pedí que no tuvieran prisa por volver. Y eso han hecho. Les ha gustado tanto la casa, el entorno y la amabilidad de los veracruzanos, que se han instalado en uno de los dormitorios y de momento no han fijado fecha de regreso a España. Carlota se dedica a vegetar y mi cuñado es bohemio, artista, trabaja el hierro en todas sus modalidades, obcecado por la impresión sensorial que supuestamente generaban sus trabajos. Siempre he pensado que son el fruto de un estado enajenado. Pasa el día en la parte trasera de la casa, junto al establo, haciendo esculturas al dictado de los nuevos estilos artísticos que tratan de romper definitivamente con los estándares y métricas clásicas. Mala suerte que esos nuevos aires hayan inundado los sesos de mi cuñado, porque nos está llenando el jardín y la casa de figuras extrañas. Algunas con apariencia humana o animal, otras parecen simples hierros trabados que yo utilizo para colgar macetas, sombreros o para sujetar velas, a pesar de que mi cuñado se esfuerza en explicarme que una obra de arte no tiene por qué tener utilidad.

«Tienes razón —le respondo—, pero con un par de macetas queda más bonito.» Nunca le aguijonearía su iniciativa artística, aunque intento contener su desbordada inspiración pidiéndole que espere a que terminemos de arreglar el jardín trasero. Arreglo y desarreglo, hago y deshago para no terminar nunca la reforma, como Penélope con su sudario.

Nuestras asistentas miran las esculturas con aversión y en privado se me quejan de que los hierros están oxidados y se pueden lastimar, con el consiguiente riesgo de contraer el tétanos. De hecho, no le han debido de gustar tampoco al jardinero, porque la hierba junto a las figuras crece descontrolada.

Todas estas vivencias y las que me han acompañado desde que llegué a Veracruz un 30 de mayo de hace seis años me han servido para darme cuenta de que es ahora cuando siento que estoy viviendo. Que mi corazón late con fuerza, que mi mente ha despertado. Desde pequeña había aprendido a decir lo que se esperaba de mí, a ser una niña ejemplar. Y en ese punto me encontraba el día que desembarqué en el Nuevo Mundo. Agradezco ahora aquel viaje. Agradezco haberme quedado sola, obligada a escucharme y seguir mis propias decisiones.

Perdoné las mentiras de Zoilo y hemos rehecho nuestra vida, aunque las cicatrices no me han desaparecido. No están visibles sobre la piel, pero se han perpetuado como tatuajes marcados a fuego sobre mi corazón arrugado. Me encantaría vivir como si acabara de salir al mundo. Sin prejuicios, sin recelos ni desencantos, pero no puedo. Arrastramos las consecuencias de nuestros actos y el peso de nuestras experiencias. Las positivas y las negativas. Todas.

# Agradecimientos

Han pasado muchos años desde que descubrí el encanto de engarzar personajes ficticios en mundos reales. Desde aquellos primeros momentos, he aprendido que la tenacidad y la constancia son fundamentales para llegar a buen puerto, pero también que mi determinación se aviva sobremanera con el ánimo de las personas que me acompañan, sobre todo cuando el camino se vuelve angosto y empinado. Por ello quiero empezar expresando mi profundo agradecimiento a mi gran amiga Belén Piñana. Sus palabras de ánimo en mis inicios literarios sirvieron de pilares sobre los que he ido transformando una mera afición en la pasión que ahora me roba horas de sueño y que lentamente me incrementa la presbicia.

También a mis padres —José y Leonor— y mis hermanas —Gema y Leo—, que desde el principio han admirado mis escritos como si existiera talento, en lugar de dedicación y constancia. Quiero destacar las observaciones y los interesantes comentarios de Leo cada vez que ha repasado mis escritos y la meticulosidad de Gema en la corrección de cada frase y cada párrafo. Su incondicional apoyo y sincero dictamen cada vez que lo he necesitado. Siempre.

Gracias a Marina, porque ha sabido orientarme en cada momento. Me propuso un lugar y una época para la temática de este libro y me ha aconsejado con atino durante el desarrollo de la trama. Gracias a mi hijo Martín, porque me deleita a diario con su ternura y su alegría desbordante.

Esta novela no habría visto la luz si Claudia Calva no hubiera percibido algo más que cien mil palabras ordenadas con esmero. Me alegro enormemente de que sea mi agente literaria. Me alegro de haber conocido su serena dulzura y sus cariñosas palabras. Del mismo modo, agradezco el entusiasmo con el que mi editora, Clara Rasero, acogió el manuscrito desde el primer momento. Su amabilidad y su paciencia cada vez que la he atosigado con mis cuestiones de principiante.

Y por último, gracias a María Dueñas por haber leído mi manuscrito y por haberme mostrado su generosa bondad en forma de unas palabras para la faja de este libro.

# Bibliografía

Ávila Roca de Togores, M.ª Pilar, *El ferrocarril: su papel en el desarrollo agrícola, comercial y turístico de la comarca de La Vega Baja (Alicante)*, Archivo General de la Región de Murcia, 2009.

Baker, Frank Collins, *A naturalist in México*, Chicago, 1895.

Cuesta González, Beatriz, *Un patrimonio histórico singular: la moda española en el siglo XIX*, Universidad de Cantabria. Curso 2016-2017.

Egea Vivancos, Alejandro y Barrocal Caparrós, M.ª Carmen, *El abastecimiento de agua de Cartagena en el siglo XIX y comienzos del XX. La época de las compañías de aguas*, Universidad de Murcia, 2007.

Escudero, Antonio y Barciela, Carlos, *Niveles de vida en la minería española (1870-1913)*, Universidad de Alicante, 2012.

García Ruipérez, Mariano, *El empadronamiento municipal en España: evolución legislativa y tipología documental*, Archivo Municipal de Toledo, 2012.

Gil y Maestre, A. y De Cortázar, D. *Historia, descripción y crítica de los sistemas empleados en el alumbrado de las excavaciones subterráneas. Nuevo método de iluminación en las minas*, Madrid, 1880.

Gutiérrez-Cortines Corral, Cristina, *La arquitectura del agua: los balnearios del Mar Menor*, Imafronte, Murcia, 1991.

Herrera, B., María del Socorro, *Militares españoles transmigrantes de Cuba a México, 1898-1910*, Universidad Autónoma Metropolitana-Iztapalapa, 2003.

INE, *Murcia, Censo de 1887*, Fondo documental del Instituto Nacional de Estadística.

—, *Desarrollo del Banco de España durante el período 1875-1930*, Fondo documental del Instituto Nacional de Estadística, Anuario 1930.

—, *Importe, por series, de los billetes del Banco de España que se hallaban en circulación en fin de cada uno de los años del sexenio de 1880-85*, Fondo documental del Instituto Nacional de Estadística, Reseña geográfica y estadística de España, 1888.

—, *Situación general del Banco de España en fin de cada uno de los años del sexenio de 1880-85*, Fondo documental del Instituto Nacional de Estadística, Reseña geográfica y estadística de España, 1888.

Iniesta Magán, José, *La Fonda de París en la Cartagena del Cantón*, Universidad de Murcia, 1994.

López-Morell, Miguel A. y Pérez de Perceval Verde, Miguel A., *Empresas y empresarios en la minería murciana contemporánea*, Universidad de Murcia, 2016.

López Yepes, José, *Caminos carreteros y vías férreas. Su significado y evolución en las guías de viajeros del siglo XIX. La ruta Madrid-Murcia-Cartagena*, Universidad Complutense de Madrid, 2006.

Martínez Rizo, Isidoro, *Fechas y fechos de Cartagena*, Hipólito García e hijos, Cartagena, 1894.

Martínez Soto, Ángel Pascual y Pérez de Perceval Verde, Miguel A., *Asistencia sanitaria en la minería de la Sierra de Cartagena-La Unión (1850-1914)*, Universidad de Murcia, 2009.

Martínez-Ruiz, Elena y Nogues-Marco, Pilar, *Crisis cambiarias y políticas de intervención en España, 1880-1975*, Banco de España, 2014.

McGary, Elizabeth Visère, *An American Girl In Mexico*, Dodd, Mead and Company, Nueva York, 1904.

Menéndez Suárez, Carlos, *Los castilletes mineros: una aproximación a su tipología*, Actualidad tecnológica, Patrimonio minero, COITM de Galicia.

Ministerio de Agricultura, Alimentación y Medio Ambiente,

*Catálogo y publicación de sequías históricas*, Centro de Estudios Hidrográficos, Madrid, 2013.

Ministerio de Fomento, *Real Decreto de 24 de junio de 1868 que aprueba el Reglamento para la ejecución de la Ley de Minas de 6 de julio de 1859, reformada por la de 4 de marzo de 1868*.

Narváez Torregrosa, Daniel y Cerón Gómez, Juan Francisco, *Inicios del cinematógrafo en Valencia y Murcia*, Artigrama, 2001.

Pérez de Perceval Verde, Miguel A., López-Morell, Miguel A. y Sánchez Rodríguez, Alejandro, *Minería y desarrollo económico en España*, Editorial Síntesis, Madrid, 2007.

Puell de la Villa, Fernando, *Guerra en Cuba y Filipinas: combates terrestres*, Instituto General Gutiérrez Mellado-UNED, España, 2013.

Ródenas, Clementina, *La convertibilidad de la peseta en el siglo XIX*, Universidad de Valencia.

Roldán de Montaud, Inés, *La banca de emisión en Cuba (1856-1898)*, Banco de España, 2004.

Rosser Limiñana, Pablo, *Origen y evolución de las murallas de Alicante*, Patronato Municipal del V Centenario de la ciudad de Alicante, 1990.

Sabaté Sort, Marcela, *Tipo de cambio y protección en la economía española de principios de siglo*, Universidad de Zaragoza, 1993.

Sáez Gómez, José Miguel; López González, José; Valera Candel, Manuel y López Fernández, Carlos, *Medio ambiente, medio social y epidemias: topografía médica de Cartagena y la epidemia de cólera de 1885 según Federico Montaldo y Peró*, Universidad de Murcia, 2004.

Salmerón Giménez, Francisco Javier, *Cieza en 1898: control político, condiciones de vida y participación de la población en la guerra*, Universidad de Murcia, 1999.

Sánchez Martínez, José, *Historia del Santo y Real Hospital de Caridad de Cartagena (1900-1936)*. Universidad de Murcia, 1998.

Sánchez Picón, Andrés, *Modelos tecnológicos en la minería del plomo andaluza durante el siglo XIX*, Universidad de Almería, 1995.

Serrano Álvarez, Pablo, *Porfirio Díaz y el Porfiriato, Cronología (1830-1915)*, Instituto Nacional de Estudios Históricos de las Revoluciones de México, México, 2012.

Soler Becerro, Raimon, *La evolución del salario en una empresa textil algodonera. La fábrica de la rambla de Vilanova i La Geltrú (1891-1925)*, Universidad de Barcelona, 1997.

*4 de mayo de 1898*
*Sierra minera de Cartagena-La Unión*

Zoilo, patrono minero, y su mujer, Elisa, deben huir como consecuencia de la violenta revuelta de miles de trabajadores. Deciden embarcar en un vapor italiano rumbo a México. En tanto el peligro parece haber desaparecido, el lujoso vapor guarda un secreto militar. Apenas lleva pasajeros, pero los camarotes no están vacíos.

*Mil mares de distancia* nos habla de superación, desapariciones y desquites. Una historia de intriga que transcurre paralela entre el pasado minero de Zoilo y el presente de su mujer, Elisa, perdida en la ciudad de Veracruz. Una mujer de vida acomodada que deberá abrirse camino en la bulliciosa tierra del pulque. Allí conocerá a una lugareña de desbordante frescura y humildad, que a golpe de realidad la despertará de su infinita candidez.